Marlian Wall

Parallelum

Marlian Wall
Parallelum

Impressum
Titel: Parallelum
Autor: Marlian Wall
1. Auflage
© Marlian Wall, 2017
ISBN: 9783743187467
Herstellung und Verlag: BoD-Books on Demand, Norderstedt

Umschlaggestaltung: Isabell Valentin
Fotos: © W.Scott McGill / Fotolia, © miroslav_1/ Fotolia
Schrift Titel: Twilight New Moon, P. A. Vannucci, Alphabet & Type

Bibliografische Information der Deutschen Nationalbibliothek: Die Deutsche Nationalbibliothek verzeichnet diese Publikation in der Deutschen Nationalbibliografie; detaillierte bibliografische Daten sind im Internet über dnb.dnb.de abrufbar.

Dieses Buch ist urheberrechtlich geschützt. Übersetzungen, Vervielfältigungen, Nachdruck, Speicherung, Aufarbeitung in elektronischen Systemen, Aufführung, Sendung sind auch in Auszügen nur mit vorheriger schriftlicher Zustimmung des Autors zulässig.

Auch als E-Book überall erhältlich

Prolog: Vermont

Rick

Tag zwei meines Aufenthaltes in der Klinik, in der mein Bruder sterben sollte. Und wieder aufgewacht war.

Ich traf die Familie, als ich mir im Restaurant des Krankenhauses ein verspätetes Frühstück bestellen wollte. Mit grummelndem Magen stellte ich fest, dass bereits das Mittagessen serviert wurde. Mir fiel die Auswahl schwer. Ich brauchte Kaffee und Rühreier, keine Suppe, keine Spaghetti!

Mein Blick wanderte suchend umher und fiel auf einen der Tische, an dem ich Franca, Elisabeth, Vince und Georg sitzen sah. Ich entschied mich für Pfannkuchen und ging zögernd auf den Tisch zu, beobachtete die vier. Franca unterhielt sich mit Georg, Elisabeth und Vince schienen ihnen zuzuhören. Als ich fast am Tisch angelangt war, sah ich, wie Elisabeth das Besteck sinken ließ, die Kopf zurückwarf und lachte. »Das kann ich kaum glauben, Vince. Das kann so nicht gewesen sein!«

Vince grinste: »Wenn ich es dir doch sage!«

Franca und Georg sahen erstaunt zu den beiden hin und Franca verdrehte die Augen. »Du hast gar nichts gesagt!«

Vince sah sie entschuldigend an. »Ach so. Ich habe gerade an diese Geschichte mit Max in der Bar gedacht.«

»Erzählst du sie uns auch?«, fragte Franca und entdeckte mich. »Hallo Rick, hast du gut geschlafen? Setz dich zu uns! Die Eltern sind bei Max und wir haben noch ein wenig Pause.«

Gleich meine nächste Begegnung mit Elisabeth verwirrte mich. Während Vince eine Episode aus der Zeit erzählte, als er gerade erst mit Max zusammengekommen war, dachte ich nach. Diese Verbindung zwischen Elisabeth und Vince schien über das hinauszugehen, was ich von ihnen wusste. Sie konnte die Gefühle anderer erkennen, wenn sie sie berührte, soviel hatte ich gestern herausgefunden. Doch Vince hatte sie eben nicht berührt und doch wusste Elisabeth, woran er sich erinnert hatte. Der nachdenkliche Georg mit der dicken Brille hatte keine Miene verzogen, nur Franca störte sich an dieser Art der Kommunikation zwischen Elisabeth und Vince. Aus den Berichten der anderen hatte ich geschlossen, dass auch er eine enge Verbindung zu seiner Mutter hatte, sich aber der Wissenschaft zugewendet hatte. Ich sprach ihn an, fragte, ob er noch in Schottland studiere.

Er schüttelte den Kopf. »Nein, ich habe soeben mein Studium in Kanada abgeschlossen.«

So jung und schon Absolvent? Ich fragte ihn nach seinen weiteren Plänen. »Ich möchte noch Geologie studieren, habe einen Studienplatz in der Schweiz. Meine Mutter und ich kehren übermorgen nach Europa zurück.« Der Junge kam ja viel herum und war wohl zum Forscher geboren!

Heute war schon Samstag, dachte ich mit Blick auf Elisabeth. Am Montag würde sie zurückfliegen und ich hatte ihre Geschichte erst in Anfängen erfasst, wie ich feststellen musste. Das Wochenende artete in Arbeit aus, verlief ganz anders, als ich es erwartet hatte. »Wollen wir denn gleich weitermachen?«, fragte ich Vince.

Er verstand sofort, was ich meinte und fragte Elisabeth: »Es ist dir wirklich recht, dass er alles erfährt?«

Sie sah mich nachdenklich an und nickte. »Ja, es ist an der Zeit und Rick ist ein guter Zuhörer. Aber eine Bitte hätte ich noch: Sie dürfen niemandem außerhalb dieses Kreises von dem erzählen, was Sie über mich erfahren. Und ich möchte Ihre Notizen lesen. Wäre das möglich?«

Ich nickte. »Natürlich. Und eine Bitte: Nenn´ mich Rick.«

Mit einem Lächeln nickte sie, nahm ihr Tablett und sprach Georg an. »Gehen wir? Wir haben uns noch so viel zu erzählen.« Sie wandte sich an uns: »Wir sehen uns später.«

Erster Teil: Schottland

1

Vincent

Du möchtest also wissen, wie es mit uns Dreien weiterging?

Elisabeth war vor zwei Monaten nach Deutschland zurückgekehrt und wie sehr sie mir fehlte, wurde mir von Tag zu Tag schmerzlicher bewusst.

In den ersten Tagen kam ich erstaunlich gut damit klar. Wir hatten jeden Abend miteinander telefoniert und ich freute mich schon tagsüber darauf, ihr abends von den vielen Begebenheiten und Gedanken zu berichten, die mir durch den Kopf gingen. Was hatte mich morgens bei der Zeitungslektüre beschäftigt, wie war der Tag an der Universität verlaufen, was hatte ich unternommen, wie lief es mit Max – all die Alltäglichkeiten, mit denen wir versuchen wollten, unsere Beziehung auch über die Entfernung hinweg zu erhalten. Ich stellte mir vor, sie sei nur unterwegs wie in der ersten Woche ihres Aufenthaltes bei uns und abends könnten wir wieder zusammen sein. Körperlich hatte ich fast wieder die Kondition vor dem Unfall erreicht. Auch mein tägliches Laufprogramm hatte ich wieder aufgenommen. Doch jeden Abend überfiel mich eine Unruhe zu der Zeit, zu der sie normalerweise von ihren Ausflügen zurückgekehrt war. Ich versuchte, die Ungeduld mit Beschäftigung auszugleichen, fuhr einkaufen und besorgte die Zutaten für unser Abendessen, begann zu kochen. Max hatte meine Veränderung stillschweigend zu Kenntnis genommen. Oft lobte er mich sogar für ein gelungenes Essen, auch wenn ich wusste, dass ihm unsere frühere Lebensweise fehlte.

Kurz nach dem Abendessen brach er ins Theater auf und mir blieben noch zwei Stunden der Wartezeit bis zu dem Telefonat mit Elisabeth gegen neun Uhr. Meine Ruhelosigkeit nahm zu. Zum Lesen fehlte mir die Konzentration und das Fernsehprogramm machte mir den Zustand unserer Gesellschaft zu schmerzlich bewusst. Ab und zu gelang es mir, einen der Filme anzuschauen, über die ich mit

Elisabeth gesprochen hatte. Doch selbst dann sah ich ständig auf die Uhr des Players, der mir signalisierte, wie lange ich noch warten musste. Nein, körperliche Bewegung half am besten und so drehte ich auch abends noch eine Laufrunde. Einmal jedoch schüttete es so sehr, dass ich wirklich nicht vor die Tür gehen wollte. Ich begann vor Ungeduld die Wäsche im Waschraum zu sortieren und in die Maschine zu stecken.

Die zurückhaltende Notiz unserer Haushälterin Claire fand ich am nächsten Abend zusammen mit meinem auf Kindergröße geschrumpften Kaschmirpullover auf dem Schreibtisch: »Dr. Jeremiah, da das Halten von Vorlesungen eher zu Ihrem Metier gehört, fasse ich mich kurz: Dilettieren Sie nicht in fremden Fachbereichen!«

Ich lachte über die Retourkutsche. Sie bezog sich auf eine Auseinandersetzung vor Jahren, als Claire meinen Schreibtisch aufgeräumt hatte. Damals hatte ich wohl diese Worte benutzt, um ihr klarzumachen, dass sie meine Dinge nicht anrühren durfte. Sie hatte mich ob der Wortwahl verständnislos angeschaut. Und ich hatte ihr allgemein verständlich erklärt, was ich ausdrücken wollte. Nie hätte ich gedacht, dass sie die Worte behalten hatte! Aber ich neigte dazu, sie zu unterschätzen und darauf hatte mich auch Elisabeth hingewiesen, die sich gut mit ihr verstand: »Du glaubst ja nicht, wie viel sie über euch weiß! Und wie scharfsinnig sie euch analysiert. Ich habe so gelacht!«

Schon eine Viertelstunde vor der Telefonzeit mit Elisabeth legte ich mir das Telefon bereit, schenkte mir ein Glas Wein ein und schob meinen Lieblingssessel vor das Fenster, damit ich bei unserem Gespräch in den Garten und aufs Meer blicken konnte. Das Licht dimmte ich weitgehend herab. Möglichst wenig äußere Reize sollten meine schönste Stunde des Tages stören.

Meist rief ich an und schon beim zweiten Klingeln meldete sie sich erleichtert: »Da bist du ja, ich habe schon auf dich gewartet!«

Wenn wir dann miteinander sprachen oder auch manchmal in Diskussionen gerieten, war jedoch nicht der Inhalt des Gesprochenen das Wichtigste für mich, sondern etwas anderes: Ich hörte ihre Stimme und wenn ich dabei die Augen schloss, konnte ich eine Ahnung dessen spüren, was ich gefühlt hatte, als sie noch bei mir war. Seit sie Schottland verlassen hatte, war die enge emotionale Verbindung zwischen uns abgebrochen und ich fühlte mich so leer, als sei ein wichtiger Teil von mir selbst verschwunden. Doch das war nicht die einzige Veränderung. Als sie hier war, hatte sie meine Stimmung, die schon immer leicht melancholisch war, ausgeglichen und mich das Glück fühlen lassen, das sie oft empfand. Nun war ich mit mir allein und die Schwermütigkeit, die mich schon das ganze Leben begleitete, empfand ich als zusätzliche Belastung.

Manchmal sah ich bei unseren Gesprächen auch nur in die Dunkelheit. Dann hatte ich den Eindruck, sie tanzte wieder als kaum merklicher Schatten in unserem Garten. Wenn ich ihr in diesen Momenten nicht antwortete, reagierte sie nie unwirsch oder beleidigt, weil ich ihr nicht zugehört hatte, sondern fragte nur leise: »Woran denkst du, mein Lieber, geht es dir wie mir?«

Nach der ersten halben Stunde unseres Gesprächs begann schon wieder das Unwohlsein. Nur noch 27, 26, 25 Minuten, bis wir wieder getrennt waren. Zu Anfang hatten wir stundenlang miteinander telefoniert, aber wir zogen die Einsamkeit und die Sehnsucht, die mich nach jedem Gespräch mit ihr unweigerlich überfielen, nur hinaus. Max hatte dann eher bedrückt als eifersüchtig reagiert: »Jetzt bin ich doch wieder bei dir, das hatten wir uns doch gewünscht. Wäre es dir lieber, dass sie hier bei dir ist?«

Ich wollte ihn nicht traurig machen, daher hatten Elisabeth und ich beschlossen, unser Gespräch auf eine Stunde zu begrenzen. So blieb mir noch ein wenig Zeit, bevor Max wieder nach Hause kam und mir von seinem Abend berichtete. Er brauchte mich im Moment, denn seine Theaterinszenierung war bei den Kritikern durchgefallen. Auch das Publikum reagierte zurückhaltend und geizte mit dem Applaus, den er vermisste. Ich hatte ihn zu einer der ersten Aufführungen begleitet und hatte mein Entsetzen kaum verbergen können. Dieser dominante, selbstgerechte und völlig überzogen agierende Star des Abends war doch nicht mein Partner, der gerade die einfühlsamen Rollen früher mit sensibler Zurückhaltung gespielt hatte. Und dadurch so erfolgreich geworden war!

Zuhause hatte er nach der Vorstellung nach meiner Meinung gefragt und ich hatte vorsichtig versucht, ihm meinen Eindruck zu vermitteln, doch meine Einwände ließ er nicht gelten, sah mich verletzt an: »Jetzt meckerst du auch noch! Hält denn nur noch Joseph zu mir? Er sagt, ich war noch nie besser!«

Ich schüttelte den Kopf: »Ich weiß, dass Joseph selbst Ambitionen hatte, Schauspieler zu werden. Nicht umsonst ist aus deinem damaligen besten Freund dein Manager geworden, denn er hatte nie deine Klasse. Hör auch auf andere Meinungen, Max! Seit wann erträgst du denn keine negativen Kritiken? Früher haben sie dich angespornt!«

Aber er reagierte regelrecht verbohrt: »Ich weiß, wie die Rolle zu spielen ist, das Publikum ist nur noch nicht reif dafür!«

Ich sorgte mich um ihn, aber ich erreichte ihn kaum. Und dann kam er eines Abends nicht nach Hause.

2

Max

Endlich war Elisabeth fort und ich hatte Vincent wieder für mich. Sie spukte ihm natürlich noch im Kopf herum. In den ersten Tagen nach ihrer Rückkehr nach Deutschland hörte ich ihn auch mit ihr telefonieren. Aber mit der Zeit bemerkte er, dass sie auch nur eine Frau unter vielen war. Die Freundschaft zwischen ihnen bestand wohl weiter, aber bedrohte unsere Beziehung nicht mehr. Ich war wirklich in Sorge um ihn gewesen! Eine solche Gefühlsverwirrung wie in den vergangenen Monaten mit Elisabeth passte doch gar nicht zu meinem Partner, der sich lieber hinter seiner Forschung versteckte. Der Unfall hatte ihm schwer zugesetzt und die überraschend nachfolgende psychische Krise hatte ihn zusätzlich aus der Bahn geworfen, so dass ich ihm die Schwärmerei für die Frau verziehen hatte. Er hatte die richtige Entscheidung getroffen, als er sie gehen ließ und sich mir wieder zuwandte. Zusammen waren wir doch das unschlagbare Team, bewährt über so viele Jahre, wie es auch Elisabeth richtig festgestellt hatte. Manchmal fragte ich mich, ob Elisabeth mit ihrer Fähigkeit, die Gefühle anderer zu beeinflussen, ihn regelrecht verhext hatte. Joseph war sogar fest überzeugt davon. Er sagte, er habe ihr als einziger von Anfang an misstraut und habe mit seiner Einschätzung nun recht behalten. Seit Elisabeth Schottland verlassen hatte, sei auch Vince wieder der alte geworden.

Das stimmte natürlich nicht ganz. Ich registrierte seine Veränderungen sehr wohl. Abgesehen von seiner Zeitungslektüre am Morgen interessierte er sich nun auch für das Kochen und bis auf einige Patzer war er wirklich gut geworden. Seine innere Unruhe, die so fremd auf mich wirkte, trat nur noch abends auf. Aber er konnte wohl aufgrund seiner Therapie zunehmend besser damit umgehen. Wenn ich nachts nach Hause kam, wirkte er wieder ausgeglichener, manchmal sogar regelrecht still. Wenn ich ihn dann fragte, ob er immer noch unter dem Unfall litt, sah er mich erstaunt an und schüttelte verständnislos den Kopf: »Nein, Max, das habe ich überwunden.«

Er fuhr ja auch wieder mit dem Wagen, arbeitete an seinem Lehrstuhl. Ab und zu fragte er mich, ob ich ihn nicht beim Laufen begleiten wollte, aber ich war etwas aus der Übung gekommen und blieb lieber zuhause. Auch den Fernseher mochte er zunehmend weniger und zog sich lieber in sein Arbeitszimmer zurück. Anfangs dachte ich, er würde dort vielleicht mit Elisabeth chatten und ging öfter mal bei ihm vorbei. Aber er sah dann nur fragend von seinen Notizen auf, die er immer noch in alter Manier handschriftlich anfertigte. Nein, meine latent vorhandene Eifersucht auf Elisabeth fand keine neue Nahrung. Und ich hatte ja auch genug andere Sorgen.

Warum nur verstanden die Besucher meiner Vorstellungen nicht, was ich mit meinem Spiel ausdrücken wollte? Hatten denn alle die Entwicklungen der letzten zwanzig Jahre im Bereich der Theaterwissenschaft verschlafen?

Ich war sicher, an einer anderen großen Bühne des Landes wäre ich mit Lob überschüttet worden. Den mangelnden Erfolg schrieb ich der Besonderheit des schottischen Publikums zu.

Dennoch wurde die Kritik der Intendanz immer unverhohlener und man signalisierte mir, dass das Stück abgesetzt werde, wenn ich es nicht fertigbrachte, den Saal zu füllen. Mit diesen Sorgen fühlte ich mich allein gelassen, weil auch Vince sich auf die Seite der Kritiker geschlagen hatte. Joseph kümmerte sich bereits um weitere Engagements, aber es sah nicht gerade gut für uns aus. Mitten in der Theatersaison waren kaum neue Rollen zu besetzen. Auch die Fernsehsender boten mir nur kleine Rollen an, die ich in meiner Karriere als Rückschritt empfand. Während mir früher tausende täglich auf meiner Webseite gefolgt waren, sank auch hier die Zahl der Fans kontinuierlich und besorgniserregend. Für eine Konzerttournee hätte ich zuerst eine neue CD aufnehmen müssen, aber mir fehlten die Ideen und ich wollte nicht wieder die alten Kamellen aufwärmen. Die beste Aussicht war noch die Möglichkeit, dass das alte Serienformat wieder aufgelegt werden sollte, mit dem mir damals der Durchbruch gelungen war. Auch wenn ich lieber Spielfilme drehen wollte, würde eine gut laufende Serie die finanzielle Seite aufbessern. Ich hatte bei dem Börsenkrach vor einigen Jahren viel Geld verloren, das als unsere Alterssicherung gedacht war. Meine Konten hatten nicht annähernd wieder den alten Stand erreicht. Joseph sprach sogar davon, mein Team zu verkleinern und hatte eine frei gewordene Stelle nicht wieder besetzt. Wegen seiner Erkrankung hatte ich Vince von dieser Entwicklung noch nichts erzählt. Aber er ging ja immer davon aus, dass wir auch gut wieder von seinem Gehalt leben könnten, wenn wir uns einschränkten. Er wusste nicht, dass ich bereits eine Hypothek auf unser früheres Haus in Sussex aufgenommen hatte. Joseph hatte mir geraten, ihn nicht unnötig damit zu belasten. Und ich war seinem Rat nur zu gern gefolgt.

Vince hätte die Entscheidung sicher nicht mitgetragen. Aber das Haus in Worthing gehörte mir, so wie er unser Haus in Schottland besaß. Die Wohnung in London gehörte uns gemeinsam. Und Joseph war ein guter Berater in diesen Dingen! Er hatte sich zudem in den langen Jahren als äußerst zuverlässiger Freund erwiesen, der mein Vertrauen wirklich verdiente. Ich wusste nicht, was ich in den vergangenen Monaten ohne ihn getan hätte. Er stärkte mir auch jetzt den Rücken, indem er mich unterstützte, wo er nur konnte.

»Max, ich muss dich dringend sprechen!«

Joseph sprach mich nach der Abendvorstellung an. Ich war erschöpft und enttäuscht. Ich hatte mein Bestes gegeben, doch wieder hatte ich das Publikum im halb leeren Saal nicht erreicht und litt unter dem Eindruck, dass selbst die Statistentruppe großzügiger mit Applaus bedacht wurde als ich. Vielleicht lag Vince doch mit seiner Einschätzung richtig? Ich sollte auf ihn hören, denn er war immer ein wohlwollender und ehrlicher Kritiker gewesen. Aber Joseph war auch vom Fach und mein ältester Freund konnte sich nicht so irren.

»War ich wirklich so schlecht, dass ich keinen Applaus verdiene?«, fragte ich ihn müde, als ich mich in seinem Büro auf einen Stuhl fallen ließ.

Er sah mich offen an. »Du hast gerade nicht deine beste Phase, Max, aber das ist auch nicht verwunderlich nach all dem Stress mit Vince in den letzten Monaten. Doch über Vince wollte ich mit dir sprechen.«

»Es geht ihm viel besser! Er arbeitet wieder und wirkt ausgeglichener, seit Elisabeth uns verlassen hat.«

Er sah mich nachdenklich an. »Es fällt mir schwer, das zu glauben! Ich ringe seit Tagen mit mir, das Thema anzusprechen, aber jetzt müssen wir reagieren!«

Ich wusste nicht, worauf er anspielte. »Was ist denn los?«

Er wand sich ein wenig und seufzte. »Irgendwann wirst du es ja doch erfahren, also dann jetzt besser von mir. Du weißt, dass ich deine Karriere beobachte und lenke. Nun ist vor einer Woche im Internet ein Video aufgetaucht, das du dir anschauen musst.«

Er drehte seinen Laptop zu mir und ich sah das Videoportal mit der Seite »Ungewöhnliches bei Llewellyns letzter Premiere«. Ich sah ihn fragend an, doch er schüttelte den Kopf: »Sieh es dir an!«

Ich startete das Video und fünf Minuten später war meine Welt nicht mehr die alte. Ich war vor Schock regelrecht starr. »Das kann nicht sein, ich war doch auch dort!«

Joseph warf mir nur einen mitfühlenden Blick zu. Noch einmal sah ich mir das Video an und ich konnte es nicht glauben. Diesmal wurden der schöne langsame Walzer und der mitreißende Filmhit zu einer hohnlachenden Hintergrundmusik, die mich und mein Leben nur noch verspottete.

Anfangs war ich noch erstaunt und fast eifersüchtig auf das Können der nur undeutlich zu erkennenden Tänzer. Bewundernd hatte ich ihrer Körperbeherrschung Respekt gezollt, dachte sogar, ich könne noch etwas lernen von ihrer erotischen Ausstrahlung. Erst nach einigen Minuten erkannte ich meinen Partner und Elisabeth in dem unglaublich tanzenden Paar.

Was hatten sie dort vor den Augen der Öffentlichkeit getrieben, wie konnte Vince mir so etwas antun? Die ganze Welt konnte nun es anschauen: Mein Partner liebte eine Frau! Nichts anderes war dort zu erkennen als eine Liebe, die alles, was ich je beobachtet hatte, in den Schatten stellte. Ich schloss die Augen und ließ den Kopf verzweifelt sinken.

»Max, es tut mir so leid«, flüsterte Joseph neben mir und strich mir tröstend über den Rücken.

Ich sah auf. »Wie kann es sein, dass ich diesen Auftritt verpasst habe? Wann soll das gewesen sein?«

»Erinnerst du dich: Du hattest dich entschuldigt, um noch Autogramme zu geben und wir waren wohl beide nicht im Saal. Nachdem wir zurück waren, wollte Elisabeth nach Hause. Ihr Flug am nächsten Morgen würde ja schon früh starten und wir sind gegangen. Thomas hat das Geschehen hautnah miterlebt und machte einige nebulöse Andeutungen. Aber ich habe damals nicht verstanden, was er sagen wollte und er erwähnte es nicht mehr. Hat Franca denn nichts gesagt? Sie war doch auch dabei?«

Ich schüttelte den Kopf. »Nein, sie hat nichts erzählt.« Ich war immer noch fassungslos, fühlte mich von allen verraten. »Was tun wir jetzt, Jo? Wir müssen das sofort löschen lassen!«

Er nickte. »Genau das ist ja das Problem! Wir können es nicht! Nur Vincent oder Elisabeth können dagegen vorgehen. Ich glaube nicht, dass Vince von dem Video weiß, aber wir haben im Moment nicht das beste Verhältnis zueinander. Deshalb musst du Elisabeth oder Vince dazu bewegen, einer Löschung zuzustimmen.«

»Ich habe mit Elisabeth seit Wochen nicht gesprochen«, lehnte ich ab. »Ich hatte sie nur anfangs einmal kurz am Telefon, als sie nach ihm gefragt hat.«

»Aber Vince hat doch noch Kontakt zu ihr?«

»Ich denke schon. Aber er redet nicht darüber, vielleicht um mir nicht wehzutun.«

Er sah mich skeptisch an, antwortete dann nur: »Nun, wie gesagt: Einer von beiden muss dagegen vorgehen. Ich überlasse dir die Entscheidung.«

»Ich kann ihm das Video doch nicht auch noch vorführen!«

»Du musst, Max. Ich beobachte seit Tagen, wie die Zugriffe auf das Video fast stündlich steigen! Irgendwann wird jemand die Verbindung zwischen Vince und dir herstellen. Noch sind es zwei unbekannte Tänzer, aber du hältst dein Privatleben ja nicht gerade unter Verschluss. Deiner Fangemeinde ist auch Vince bekannt. Ich wundere mich, dass es noch niemand gepostet hat.«

»Ich verstehe immer noch nicht, was dort geschehen ist, Jo! Fast vor meinen Augen macht mich mein Partner zum Hahnrei!«, stöhnte ich.

Er versuchte, mich zu trösten. »Vince trifft vielleicht keine Schuld, Max. Er verhält sich schon länger wie unter dem Einfluss einer fremden Macht. Fast so, als hätte Elisabeth die Kontrolle über ihn übernommen. Wenn du ihm das Video zeigst, wacht er sicher endlich auf. Überleg´ es dir bis morgen.«

Mein ältester Freund versuchte sogar in dieser Situation noch, Vince in Schutz zu nehmen. Doch Vince war ihm für all seine Hilfe in den letzten Monaten keinesfalls dankbar, sondern hatte den Kontakt zu Joseph eingefroren.

Ich sah Jo liebevoll an und bemerkte, wie er die Augen niederschlug. »Es tut mir leid, dass ich dir das zeigen musste, aber es ist nur zu deinem Schutz, Max.«

Ich nickte. »Danke, lieber Freund! Natürlich musstest du mich informieren und ich werde darüber nachdenken, was zu tun ist.« Ich strich ihm über den Arm und sah die zarte Hoffnung in seinem Blick.

Ich fuhr stundenlang ziellos durch die Nacht. Phasen der Traurigkeit und grenzenloser Enttäuschung wechselten sich ab mit Wut und Fassungslosigkeit. Ich wusste, dass ich einen Fehler gemacht hatte, als ich Vince damals im Krankenhaus allein gelassen hatte. Aber ich hatte doch alles daran gesetzt, es wiedergutzumachen und er war doch auch zu mir zurückgekehrt. Nie hätte ich zulassen dürfen, dass er mit dieser Hexe allein blieb! Die seine Gefühle derart manipulierte, dass er sich öffentlich derart produzierte und damit auch mich blamierte.

Wir hatten über Jahre hinweg für die Gleichstellung unserer Liebe mit konventionellen Ehen gekämpft und der Tag, an dem wir unseren Partnerschaftsvertrag endlich unterschreiben durften, war einer der schönsten in meinem Leben gewesen. Vince war die offizielle Anerkennung fast noch wichtiger als mir. Um unser Ziel zu erreichen, hatte er sich darauf eingelassen, auch Teile unseres Privatlebens zu veröffentlichen. Wir wollten dem anderen Teil der Gesellschaft die Normalität unserer Lebensweise zeigen, zu der auch die langjährige Treue gehörte. Nun hatte er das, wofür wir gekämpft hatten, auf grausame Weise konterkariert und entwürdigt. Ich hörte schon die hämischen Kommentare unserer Kritiker, die sich über mich lustig machten, sah vor meinem geistigen Auge die Schlagzeilen.

Das war die eine Seite, aber die Verletzung meiner Gefühle wog viel schwerer. Ich wusste von dem Moment an, als ich Vince in der Bibliothek sah, dass der Mann dort vorne derjenige war, mit dem ich mein Leben verbringen könnte. Tagelang hatte ich in der fremden, stillen Umgebung darauf gelauert, ihn wiederzusehen. Nur um einen Blick auf ihn werfen zu können und um seinen Namen zu erfahren, hatte ich mich unauffällig neben ihn an die Ausleihtheke gestellt, wenn er seine Bücher anforderte oder abholte. Ich erinnerte mich an meine unsägliche Freude, als meine große Liebe endlich auch einen Namen bekam: Vincent Jeremiah, Student der Geschichtswissenschaften! Ich ließ mir seinen klangvollen altmodischen Namen, der so gut zu ihm passte, vor dem Einschlafen noch durch den Kopf gehen.

Die unerfüllte Liebe zu dem Mann befähigte mich auch zu besonderen Leistungen in meinem Fach: Die klassischen Rollen, die sich um dieses Thema drehten, konnte ich nun selbst nachvollziehen.

Joseph bemerkte meine Veränderung und konnte nur traurig den Kopf schütteln: »Du verliebst dich in einen Mann, von dem du noch nicht einmal weißt, ob er schwul ist? Max, die Hälfte deiner Kommilitonen würde dir sofort ihr Herz schenken und alles tun, um dich glücklich zu machen! Warum gibst du ihnen keine Chance?«

Aber ich war in einer anderen Welt, in der mich Vincent endlich registrierte und ansprach. In der Realität jedoch war er nur an seinen Büchern interessiert und so auf seine Abschlussarbeit konzentriert, so dass er nichts um sich herum wahrnahm. Ich bemerkte, dass er nur selten mit anderen sprach und erfuhr, dass er nie ausging. Er war ein echter Bücherwurm, der sich seiner Attraktivität gar nicht bewusst zu sein schien.

Vergeblich besuchte ich die Studentenfeste seiner Fakultät, doch eines Abends hörte ich drei Frauen über ihn sprechen, die ähnliche Pläne wie ich verfolgten: Wie erobern wir Vincent? Ich lauschte ihrer Unterhaltung und lächelte wohl wissend, denn eine von ihnen sprach mich an. »Kennst du Vincent? Kannst du uns einen Tipp geben?«

Ich verneinte, aber erfuhr im Gespräch mit ihnen neue Details über ihn. Immer der Beste seines Jahrgangs, aber zurückgezogen und fast schüchtern seinen Kommilitonen gegenüber, hatte er es dennoch geschafft, eine kleine Fangemeinde um sich zu scharen, von der er noch nicht einmal wusste. »Man kann ihn immer ansprechen, er ist äußerst hilfsbereit und kollegial. Als ich ihn einmal nach seiner Einschätzung des Themas meiner Hausarbeit gefragt habe, hat er mir so viele Hinweise gegeben, dass ich später eine Eins bekam.«

Als ich fragte, ob er eine Freundin habe, hörte ich nur ein enttäuschtes Seufzen. »Ab und zu ist er mit einer von uns ausgegangen. Aber bisher konnte keine von uns ihn erobern.«

Das ließ mich weiter hoffen. Kurz darauf bekam ich noch an der Uni den Vertrag für eine Zweitbesetzung eines einmonatigen Gastspiels im Ausland. Zweimal durfte ich die Rolle auch spielen und hatte meine ersten Erfolge gefeiert. Mit neuem Selbstbewusstsein war ich zurückgekehrt und hörte in der Mensa, dass Vincents Jahrgang seine Abschlussfete ausrichtete. Ich lud mich selbst dazu ein in der Hoffnung, ihn zu sehen.

Ich war so erleichtert, als seine Kollegen ihn regelrecht in den Saal zerrten. Während der Alkohol in Strömen floss, sah er dem Schauspiel eher distanziert zu. Ab und zu lächelte er die Kommilitonen an, die ihm bewundernd die Schulter klopften und ihm eine glänzende Karriere prophezeihen. In den nächsten Tagen würde er die Uni verlassen und ich sah meine letzte Chance, wenigstens ein paar Worte mit meiner großen Liebe zu wechseln. Ich stellte mich neben ihn an die Bar, legte all meine Liebe in meine Körpersprache.

Als habe er es gespürt, drehte er sich zu mir um und fragte: »Hast du auch deinen Abschluss gemacht? Ich kenne dich doch irgendwoher?«

Ich flunkerte. »Nein, ein paar Kommilitoninnen haben mich eingeladen, ich studiere Theaterwissenschaft und Schauspiel.«

Er lächelte mich an. »Nett, dass du gekommen bist, um mit uns zu feiern. Erzähl mir von deinem Fach, das ist so fremd für mich.«

Wir verließen die laute Umgebung, um uns besser unterhalten zu können. Zogen durch einige Pubs und nach der Sperrstunde fanden wir uns im Park wieder, wo wir die laue Nacht doch tatsächlich mit Diskussionen verbrachten. Gegen Morgen lagen wir erschöpft im Gras und ich konnte mich nicht mehr zurückhalten, drehte mich zu ihm herum und küsste ihn. Es schien mir so selbstverständlich und ich war im siebten Himmel.

Bis er mich angewidert zurückstieß: »Was soll das, Max, glaubst du etwa, ich bin schwul?« Ich sah seinen entsetzten Blick, dann stand er wortlos auf, kletterte über die Mauer des Parks und ließ mich verletzt zurück.

Die Traurigkeit in mir war unendlich. Ich litt unter der Zurückweisung wie ein Hund. Selbst Joseph, der mein Leid sah, konnte mich nicht trösten. Ein Jahr später schlossen auch wir unser Studium ab. Während ich sofort eine Stelle an einem Provinztheater fand, musste Joseph sich als Servierkraft durchschlagen. Wir sahen uns nur noch selten, hielten aber Kontakt und trafen uns regelmäßig, wenn ich in London Station machte. Doch ich verliebte mich nicht mehr, obwohl es an Bewerbern nicht mangelte. Der stille Vincent ging mir nicht mehr aus dem Kopf und kein anderer weckte solch eine Sehnsucht in mir.

Im Jahr darauf erhielt ich meine erste Hauptrolle als ›Ernest‹. Ich war in meinem Element, spielte voller Freude, denn Wilde war nicht nur aufgrund seines persönlichen Schicksals mein Favorit.

Joseph besuchte mich in der Woche, als wir in Oxford auftraten und klatschte mich nach der Premiere begeistert ab: »Ich habe nie einen besseren Ernest gesehen!«

Wir feierten mit der ganzen Truppe in einem Pub und die Blicke, die Jo mir zuwarf, interpretierte ich wohl richtig. Doch es war ein feuchtfröhlicher Abend, ich schaute zu tief ins Glas und Jo schleppte mich zurück ins Hotel. Ich spürte seine Erregung, als er sich neben mich legte. Aber ich konnte berauscht vom Erfolg und Alkohol nicht mehr reagieren.

Als wir am nächsten Nachmittag aufwachten, dröhnte mein Kopf. Ich brauchte dringend eine Tablette und etwas zu essen, um für die Abendvorstellung wieder fit zu werden. Ich lächelte ihn entschuldigend an und sagte: »Du fährst doch erst morgen wieder zurück, heute Abend bleibt uns noch.« Ich sah, wie er glücklich nickte.

Gegen Ende der Pause brachte die Garderobiere mir einen Umschlag und die steile, akkurate Handschrift war mir unbekannt. Ich öffnete ihn und auf der weißen Karte stand nur ein Satz: Max, triffst du mich nach der Vorstellung am Carfax Tower? Vincent.

Ich weiß nicht mehr, wie ich die letzten Szenen hinter mich brachte. Immer wieder warf ich Blicke ins Publikum, um ihn vielleicht irgendwo zu entdecken. Nach dem Schlussapplaus stürzte ich in die Garderobe, schminkte mich ab und ging sofort los.

Er lehnte neben dem Tor des Turms an der Wand, hatte die Hände in den Taschen der abgewetzten Lederjacke verborgen und sah unbeteiligt dem Treiben auf der Straße zu. Als er mich sah, stieß er sich von der Wand ab und nickte mir ruhig zu: »Ich hatte kaum damit gerechnet, dass du kommst. Lass uns zum Fluss hinuntergehen.«

Wir sprachen kein Wort, als wir nebeneinander die St. Aldate´s entlanggingen. Mich erfüllte eine Erregung wie nie zuvor, als ich ihn neben mir spürte. Kurz vor der Brücke bog er links ab und wenig später saßen wir wieder nachts in einem Park.

Er sprach leise und unsicher und sah dabei auf den Fluss. »Max, ich weiß nicht, wie ich beginnen soll. Du hast mich damals in London überrascht. Ich war einfach nur verwirrt. Ich war fast völlig unerfahren in diesen Dingen und hatte bis dahin nur mein Studium im Kopf. Bisher hatte ich nur einmal ein Mädchen am College geküsst und habe nur einmal an der Uni mit einer Frau geschlafen. Als ich dann hierher kam, habe ich mich kurz hintereinander in zwei Affären mit Frauen gestürzt. Aber bald stellte ich fest, dass ich beim Sex mit ihnen nicht annähernd das fühlte, was der eine Kuss von dir in mir ausgelöst hatte. Ich habe viel an dich gedacht, Max, und von dir geträumt. Erst später erinnerte ich mich, dass ich dich in der Bibliothek gesehen hatte. Ich wusste nicht, was ich davon halten sollte und wie ich damit umgehen konnte. Ich habe mir Filme zu dem Thema in schmierigen Kinos angesehen und die Typen, die ich dort traf, haben mich nur angewidert. Dann sah ich die Ankündigung deines Stückes hier in der Stadt. Noch am gleichen Tag habe ich mir eine Karte gekauft. Gestern Abend habe ich dich gesehen und mir so sehr gewünscht, dir wieder nahe zu sein. Ich verstehe mich selbst nicht! Kannst du mir das erklären?«

Er sah mich so verzweifelt an, dass ich ihn am liebsten sofort wieder geküsst hätte. Aber ich wusste, ich musste vorsichtig sein, wenn ich ihn nicht noch einmal verlieren wollte. Ich erzählte ihm von meinen Erfahrungen: Dass ich mit Frauen geschlafen hatte, obwohl mir klar war, dass ich Männer liebte. Und wie viel es mir bedeutet hatte, ihn in der Bibliothek nur still anzuschauen.

Er lächelte mich an und ich nahm vorsichtig seine Hand. Wieder lagen wir nebeneinander im Gras, doch nun sprachen wir über seine Bedenken und Ängste. Ich erzählte ihm von meinen Begegnungen mit Männern, die ich nicht lieben konnte, als ich spürte, wie er mit seinem Daumen über meine Hand strich. Ich küsste ihn zart und vorsichtig, aus Angst vor einer erneuten Zurückweisung. Aber an diesem Abend erwiderte er meinen Kuss. Trotz meiner Erregung liebte ich ihn langsam und einfühlsam und als er später in meinen Armen lag, hörte ich sein leises Lachen: »Das würde ich gerne noch einmal erleben, aber ein Bett hat doch eindeutig Vorzüge.«

Wir gingen in seine Wohnung und ich dachte nicht einmal an Joseph, der auf mich gewartet hatte.

3

Vincent

Als ich am Morgen erwachte, lag Max nicht neben mir.

Besorgt stand ich auf, fand seine Jacke nicht in der Garderobe und als ich in die Garage sah, stand sein Wagen nicht am Platz. Ich seufzte und versuchte, ihn anzurufen, doch erreichte nur die Mailbox. Der nächste Schritt wäre nun, Joseph anzurufen und zu fragen, ob er wisse, wo Max sei. Aber ich wollte nicht mit ihm sprechen. Seinen aggressiven Ausbruch bei seinem letzten Besuch hatte ich ihm noch nicht verziehen. Ich würde mir zuerst einen Kaffee machen, um richtig wach zu werden. Als ich wie immer die Zeitungen, die wir mittlerweile abonniert hatten, aus dem Briefkasten holte, sah ich Max' Wagen quer vor der Garage parken. Er musste also hier irgendwo sein.

Ich fand ihn im oberen Gästezimmer. Noch angezogen lag er auf dem Bett und eine halb geleerte Whiskyflasche stand neben ihm auf dem Boden. Anscheinend hatte er direkt aus der Flasche getrunken, ich sah kein Glas. Ich rief und rüttelte ihn, doch ich bekam ihn nicht wach. Ein strenger Alkoholgeruch lag in seinem Atem. Als er nicht reagierte, deckte ich ihn zu, schloss die Jalousien und ließ ihn weiterschlafen.

Er hatte erwähnt, dass der Druck auf ihn zugenommen hatte und träumte davon, wieder eine Fernsehrolle anzunehmen. Doch anscheinend standen die Chancen nicht so gut wie er hoffte. Ich ging in die Küche, trank einen Kaffee. Die Zeitungen ließ ich liegen und dachte über unsere Probleme nach. Warum sprach er nicht mit mir darüber? Glaubte er immer noch, ich sei nicht belastbar? Um mehr zu erfahren, wäre jetzt der Zeitpunkt gewesen, mit Jo zu sprechen, aber ich zögerte weiterhin. Max vertraute Joseph blind. Hätte ich seine Neigung zur Eifersucht, fielen mir genug Begebenheiten ein, um einen Streit anzufangen, denn Jo gewann immer mehr Einfluss auf ihn. Aber Alkohol? Max hatte ihm noch nie übermäßig zugesprochen und wenn er trank, dann um seine Erfolge zu feiern oder in Gesellschaft anderer. Es musste etwas Schwerwiegendes vorgefallen sein und ich wollte Max selbst danach fragen, wenn er wieder ansprechbar war. Ich legte ihm eine Notiz auf den Tisch, dass ich zur Uni gefahren und am frühen Nachmittag wieder zurück sei.

Ich hörte ihn in der Küche hantieren, als ich die Haustür hinter mir schloss und ging zu ihm hinüber. »Hallo, Max, was war denn letzte Nacht mit dir los?«

Er trug noch die Kleidung vom Vortag, sein Gesicht war verquollen und grau. Doch am meisten erschreckte mich die Wut in seinen Augen. »Wie konntest du mir das antun, Vince? Willst du mich ruinieren? Hast du auch nur eine Minute daran gedacht, wie diese blamable Vorstellung auf andere wirkt?«

Ich war völlig überfahren. »Was meinst du denn?«

Er kam auf mich zu, griff mich fest am Arm und zog mich grob in Richtung seines Arbeitszimmers. Ich machte mich los und blieb stehen. »Bist du noch betrunken? Dann nüchtere dich erst einmal aus, bevor du mit mir sprichst!«

Er ließ mich stehen, kam mit einem Laptop zurück, den er auf den Wohnzimmertisch knallte. Dann gab er einige Buchstaben ein und zog mich zum Tisch, drückte mich gewaltsam aufs Sofa. Ich war so überrascht, dass ich keinen Widerstand leistete. Eifersuchtsanfälle kannte ich ja, aber eine körperliche Aggression hatte ich noch nie erlebt.

Er bebte fast: »Du schaust dir das jetzt an! Dann kannst du versuchen, mir das Ganze glaubhaft zu erklären!«

So sah ich das Video zum ersten Mal. Rick, ich kann dir meine Gefühle kaum beschreiben. Er hatte recht, niemals hätte das Video aufgezeichnet oder gar im Internet erscheinen dürfen. Die Liebeserklärung an Elisabeth war zu privat, zu intim. Ich fühlte mich gedemütigt, dass andere Menschen uns in diesen wunderbaren Momenten zuschauen durften. Doch gleichzeitig hätte ich am liebsten den Computer umarmt, weil er mir das Gefühl der Seligkeit wieder zurückgegeben hatte.

Max sah meine erschrockene Reaktion und beruhigte sich ein wenig. »Was ist dort vorgefallen, Vince? Das bist nicht du! Das war Elisabeth, die dich so vorgeführt hat!«

Ich sah hilflos auf. »Ich habe keine Ahnung, Max. Wir haben nur getanzt.«

Er schnaubte. »Seit zwanzig Jahren verweigerst du mir einen Tanz mit dem Hinweis, dass du nicht tanzen kannst! Doch das dort ist eine Meisterleistung! Hast du in der Zeit hier an den Krücken einen Intensivkurs im Tanzen mit Elisabeth absolviert? Sonst gibt es für mich keine andere Erklärung, als dass sie dich verhext hat. Bist du der Frau hörig, Vince? Was hat sie nur aus dir gemacht!« Er fuhr sich verzweifelt mit den Händen übers Gesicht, ließ sich auf das andere Sofa fallen.

Ich versuchte erst gar nicht, es ihm zu erklären. Was wir erlebt hatten, konnte ich nicht beschreiben: Diesen intensiven Kontakt zweier Menschen, die sich auf einer geistigen Ebene verbunden hatten, die über Glück weit hinaus ging. Aber nie hätte ich gedacht, dass auch andere es bemerkten und war überrascht, als der ganze Saal uns applaudierte. Nun verstand ich die Reaktion der Anwesenden: den ungläubigen Blick von Thomas, das sanfte Lächeln von Franca, als wir an den Tisch zurückkehrten und sie mir ins Ohr flüsterte: »Das war unglaublich schön, Vince!« Ich wusste nicht, was sie meinte und als sie meinen fragenden Blick sah, lächelte sie nachdenklich, aber sprach nicht weiter.

Max riss mich aus meinen Gedanken. »Sagst du vielleicht noch etwas mehr dazu?«

Ich schüttelte den Kopf. »Das ist zu persönlich. Ich werde nicht darüber sprechen.«

Er sprang vom Sofa auf und brüllte mich an: »Zu persönlich? Das dort sieht aus, als würdest du mit ihr vor Hunderten von Leuten schlafen! Und glaub´ mir, ich weiß, wovon ich spreche, du erinnerst dich? Nur dass du dich bei mir nicht so verausgabst! Ich nehme an, dass du das nicht wolltest, denn es passt einfach nicht zu dir! Nur Elisabeth kann dich dazu getrieben haben. Sie zerstört dich, Vince, und sie zerstört uns! Wenn du nicht jeglichen Kontakt zu ihr einstellst, werde ich versuchen, zumindest mich selbst zu retten. Hast du verstanden? Ich will nie wieder ein Wort über sie hören; sie existiert nicht mehr in unserem Leben! Sonst ist unser gemeinsames Leben beendet! Und nun wirst du Jo anrufen und ihn bitten, das Video restlos zu löschen. Er hat sich schon erkundigt, wie man das macht!« Er warf mir das Telefon in den Schoss und zischte mich wütend an: »Nun los!«

Ich warf ihm das Ding vor die Füße, dass es in alle Einzelteile zersprang und stand auf. Als ich vor ihm stand, sprach ich leise, aber deutlich in sein Ohr: »Du vergisst dich, Max. Glaubst du wirklich, dass ich so mit mir reden lasse? Wir haben nur miteinander getanzt! Und uns nichts zu Schulden kommen lassen. Sie hat mich verlassen, weil sie uns beide nicht auseinander bringen wollte. Und ich bin hier bei dir geblieben, weil ich dich liebe. Aber ich liebe auch Elisabeth und werde mir von niemandem den Kontakt zu ihr verbieten lassen. Ich werde deinen Freund sicher nicht um Hilfe bitten, ich kann durchaus selbst denken. Wer hat dich auf das Video aufmerksam gemacht? Dein fürsorglicher, bester Freund nehme ich an, der nun endlich eine neue Chance für sich sieht? Wenn du befürchtest, dass dich jemand zerstören will, schau dich mit klarem Kopf um!« Ich ließ ihn stehen und ging in mein Arbeitszimmer.

Ich war so aufgebracht, dass ich versuchte, Elisabeth sofort anzurufen. Aber ich erreichte nur den Anrufbeantworter. Ich hinterließ ihr die Nachricht, mich auf dem Handy anzurufen.

Dann sprach ich mit Franca.

4

Franca

»Vince, wenn du zu dieser Tageszeit anrufst, gibt es sicher einen besonderen Anlass«, sagte ich erfreut.

Vince telefonierte nur selten mit mir. Ich mochte ihn sehr. Schon seit unserer ersten Begegnung, als Max ihn zu einem Familienfest mitbrachte und ihn als seinen Partner vorstellte. Es war offensichtlich, wie schwer ihm das erste Treffen fiel, fast als hätte er Angst vor uns. Max erzählte mir erst später, dass Vince auch eine Zurückweisung durch uns befürchtete, nachdem seine Eltern ihn wegen seiner Beziehung zu Max nicht mehr sehen wollten. Nun kannte ich ihn schon so lange, aber erst der Aufenthalt in Schottland nach seinem Unfall vor einigen Monaten hatte ihn mir gegenüber etwas auftauen lassen.

Doch schon bei seinem zweiten Satz fiel die Freude in mir zusammen, als ich den Ernst in seiner Stimme hörte. Er kam ohne weitere Einleitung zur Sache: »Franca, was hast du an dem Premierenabend gesehen, als ich mit Elisabeth getanzt habe?«

Verlegen wollte ich Zeit gewinnen. Ich musste erst überlegen, was ich antworten sollte. »Warum fragst du denn jetzt danach?«

Aber er ließ sich nicht ablenken. »Ich erzähle es dir gleich; also, Franca?«

Ich versuchte, die unglaubliche Spannung im Ballsaal wieder in mir aufleben zu lassen, um die richtigen Worte zu finden und sprach dann zögernd. »Vince, ich kann dir das kaum beschreiben. Zuerst war es ein ungewohntes Gefühl, das mich zu euch blicken ließ. Da war eine enorme emotionale Welle der Spannung, die durch den Raum schwappte. Dann die Überraschung, als ihr euch losließt und ohne Berührung einfach weitertanzen konntet. So perfekt im Takt und so synchron! Ich weiß noch, dass ich mich darüber wunderte, weil ich dich noch nie tanzen sah und dachte, dass du immer noch voller Überraschungen steckst. Ich habe euch so gerne zugesehen!« Ich machte eine kurze Pause, konnte das Weitere kaum schildern. »Danach bin ich mir nicht sicher, was genau geschah; die Musik wurde moderner, schneller und fuhr mir so in die Beine, dass ich am liebsten mitgetanzt hätte. Aber die Menschen im Saal wichen zurück und die Menge sah nur noch euch fasziniert zu. Als du dich einmal umgedreht hast, konnte ich sehen, dass du die Augen geschlossen hattest! Als würdest du dich nur noch auf die Musik konzentrieren. Dann beobachtete ich das Gleiche bei Elisabeth. Wenn ihr euch angeschaut hättet, wäre das eine Erklärung gewesen. Die Besucher hatten wohl angenommen, dass ihr engagiert worden seid. Man kennt ja die pseudospontanen Aktionen. Aber das war kein Flashmob zu zweit und ich glaube, deshalb für alle ebenso begeisternd wie rätselhaft. Ich selbst konnte nicht mehr den Blick von euch wenden, wollte keine Sekunde dieses unerwarteten Wunders verpassen. Ihr wirktet beide völlig losgelöst von eurer Umgebung, wie in einem Traum aus Liebe. Ich kann es nicht anders ausdrücken«, stotterte ich hilflos. »Aber es war einfach nur wunderschön, wie ich es dir damals schon sagte.« Ich schwieg und hing der Erinnerung noch ein wenig sehnsüchtig nach.

Als er auch nichts sagte, fragte ich nach einigen Sekunden:»Bist du noch da?«

Ich hörte, wie er langsam ausatmete, als hätte ich ihn aufgeweckt und ich hörte nur ein leises »Ach, Franca.«

Ich war von der Traurigkeit in seinen Worten so alarmiert, dass ich besorgt nachhörte. »Warum willst du das jetzt von mir wissen? Erinnerst du dich denn nicht daran?«

Ich hörte, wie er sich zusammennahm. »Nein, meine Erinnerung ist eine andere. Ich wollte nur erfahren, ob ich mich so blamiert habe, wie Max es sagte.«

»Max war doch gar nicht dabei, wie will er das wissen?«, fragte ich überrascht, aber mir schwante schon Übles.

»Es gibt ein Video von dem Tanz und Max befürchtet, dass man mich darin erkennt. Die Folgen kannst du dir ausmalen.«

Ich schnappte entsetzt nach Luft. »Ich kann mir das kaum vorstellen! Alle Leute im Saal waren wie gebannt. Wer kramt denn in so einer Situation sein Handy hervor?«

»Ich weiß es nicht.« Er schien zu überlegen, fragte dann leise: »Warum hast du mich nicht vorgewarnt, Franca?«

Ich wand mich. »Vince, es war so schön! Und doch hatte ich das Gefühl, dass ich etwas miterlebt hatte, das nicht für meine Augen bestimmt war. Ihr habt euch nicht blamiert! Es war ein Geschenk an uns alle und ich war dankbar darüber! Aber ich ahnte schon, dass es dir nicht recht sein würde. Vielleicht hat es auch deshalb niemand Max gegenüber erwähnt?«

»Zumindest hat Thomas auch nichts gesagt. Aber es gibt noch einen zweiten Grund, warum ich dich anrufe. Ich suche die Telefonnummer von Jonathan. Er kennt sich in Internetangelegenheiten besser aus als ich. Ich muss das Video sofort löschen lassen und brauche seine Hilfe.«

Ich zog bereits die Schublade mit dem Telefonbuch auf. »Er kann dir sicher helfen, aber warum fragst du nicht einfach Joseph oder Thomas? Sie sind doch die Fachleute für solche Angelegenheiten?«

»Ich will mit Joseph nicht sprechen.«

Schon bei meinem letzten Besuch war mir die eisige Stimmung zwischen Vince und Jo aufgefallen, doch ich widerstand der Versuchung, nochmals nachzufragen. Ich gab ihm Jons Nummer durch, dann wollte ich wissen, wie Max reagiert hatte.

Vince stöhnte. »Er war so wütend wie noch nie! Vielleicht rufst du ihn gleich mal an? Ich mache mir ernsthaft Sorgen um ihn; er hat wohl Probleme, über die er mit mir nicht spricht.«

Ich versprach es und dann stellte ich die Frage, die in mir brannte. »Vince, darf ich mir das Video nur einmal anschauen?«

»Warum, Franca?«

Als ich nicht antwortete, seufzte er nur und nannte mir die Seite und den Titel. »Auf einen Zuschauer mehr kommt es jetzt wohl auch nicht mehr an!«

Ich dankte ihm und legte auf.

5

Max

Vince hatte sich entschieden und ich konnte es einfach nicht glauben.

Wie betäubt saß ich auf unserem Sofa und hörte ihn leise telefonieren. Sicher sprach er dort mit Elisabeth und teilte ihr die freudige Neuigkeit mit. Verabredete sich mit ihr für den nächsten Tag! Warum noch warten?

Nun hatte sie es geschafft, intrigant ihre Pläne umgesetzt, indem sie ihn vordergründig verlassen hatte, sicher heimlich darauf bauend, dass er ihr letztendlich folgen würde. Und ich musste es zugeben, sie hatte ihr Ziel glorios erreicht. Wieder war ich in eine Situation geraten, in der ich ihn vor die Alternative stellen musste, sich zwischen uns zu entscheiden. Aber nun hatte ich verloren.

Ich hätte sie in diesem Moment in der Luft zerreißen mögen, meine Wut auf sie wuchs von Minute zu Minute. Ich beschloss, beiden zuvorzukommen und Vince zu verlassen, bevor er mir die Demütigung zufügen konnte. Immer noch ein wenig schwankend vom Restalkohol stand ich auf. Im Schlafzimmer warf ich ein paar Kleidungsstücke in den Koffer, nahm die wichtigsten Dinge aus dem Bad, holte meinen Pass aus dem Tresor und brachte alles in meinen Wagen.

Dann kehrte ich noch einmal zurück, um ein Zeichen zu setzen. Ich fuhr meinen PC hoch und löschte sorgsam alle Fotos und Daten in unserem Heimnetzwerk, die mit Elisabeth zu tun hatten, nahm dann das andere Telefon und löschte auch hier ihre Telefonnummern aus dem Speicher – sie war für mich gestorben. Als ich den Laptop aus dem Wohnzimmer holte, fiel mein Blick auf unsere Partnerschaftsurkunde. Voller Wut fegte ich sie von der Wand und genoss das Klirren, als das Glas zersprang. Dann verließ ich unser Traumhaus und schlug die Tür hinter mir zu.

»Was ist denn, Max, du siehst ja furchtbar aus!« Josephs Partner Thomas hatte die Tür geöffnet und sah mich erschrocken an. Sein Blick fiel auf meinen Koffer und er bat mich ins Haus.

Ich erzählte ihm von meinem Streit mit Vince. Dann fiel mir ein, dass ja auch Thomas damals im Saal geblieben war und fuhr ihn an, warum er mich nicht gewarnt hätte.

Er schien genau zu überlegen, was er sagen wollte. »Zuerst einmal, Max, haben wir uns seitdem nicht mehr gesehen und ich bin davon ausgegangen, dass Vince schon weiß, was er tut und ihr auch darüber sprecht. Ich habe das Video nicht gesehen, aber für mich war es ein Tanzerlebnis und nichts weiter. Auch wenn ich es Elisabeth und Vince nicht zugetraut hätte. Du dagegen tust eher so, als hättest du sie in flagranti erwischt, statt dass du dich glücklich schätzt, solch einen Partner zu haben. Du scheinst dir seiner sehr unsicher zu sein! Aber ich habe Vince immer nur loyal und liebevoll dir gegenüber erlebt und ich denke, du tust ihm unrecht.«

Schon wieder eine Kritik und ich fuhr mir durchs Gesicht, spürte die Stoppeln und die Falten. Er sah mich tröstend an. »Jo sagte mir, dass man das Video wieder löschen kann und das ist sicher auch in Vincents Interesse. Ihr habt euch gestritten, aber man kann sich auch wieder vertragen! Und ich bin sicher, das werdet ihr auch tun.« Er nickte zu seinem Koffer, der im Flur stand. »Ich muss gleich los. Ich habe in London zu tun und du siehst aus, als würde dir noch etwas Schlaf guttun. Leg dich hin; ich gebe Jo Bescheid, dass du hier bist.«

Er half mir, meine Sachen ins Gästezimmer zu bringen und ich bemerkte seinen besorgten Blick, als er zufällig meinen Pass sah, der oben aus dem Koffer lugte. »Du willst dich doch nicht ernsthaft von Vince trennen, Max?«

Am Abend spielte ich so schlecht, dass ich die vereinzelten Pfiffe aus dem Publikum verdient hatte. Jo nahm mich nach der Vorstellung mit und in seinem Haus drückte er mir einen Whisky in die Hand. »Nun Max, was war denn los mit Vince? Anscheinend ist das Gespräch mit ihm nicht gut verlaufen?«

Ich seufzte. »Nein, ist es wohl nicht. Als ich ihn zur Rede stellte und von ihm verlangte, den Kontakt zu Elisabeth abzubrechen, hat er sich geweigert. Ich gebe zu, ich habe nicht gerade Ruhe bewahrt, aber ich bin auch so entsetzlich enttäuscht von ihm.«

Jo sah mich erstaunt an. »Max, es ging nur darum, seine Zustimmung zur Löschung des Videos einzuholen! Und dann abzuwarten, ob er zur Besinnung kommt. Wenn du dich mit ihm streitest, verhärtest du die Fronten und wir erreichen gar nichts! Ich habe den ganzen Tag darauf gewartet, dass er sich bei mir meldet.«

»Er will nicht mit dir sprechen und hat dir, Jo, sogar unterstellt, dass du Streit zwischen uns säst. Er ist einfach nicht mehr klar im Kopf, nicht mehr der alte Vince, der seine Entscheidungen durchdacht und rational fällt. Du hast wohl recht, Elisabeth kontrolliert ihn immer noch.«

Er lehnte sich nachdenklich zurück. »Wir müssen überlegen, was jetzt zu tun ist, Max. Das Theater will dir kündigen, wie ich heute hinter den Kulissen erfahren habe und ein zusätzlicher Skandal vermindert deine Chancen auf eine neue Filmrolle. Ich habe mich überall umgehört, hier oben im Norden gibt es im Moment keine interessanten Projekte. Am ehesten haben wir noch Möglichkeiten, wenn ich in London für dich die Klinken putze. Vielleicht kann ich dort auch meine Beziehungen in die USA wiederbeleben und etwas erreichen. Die Entscheidungen fällst du, ich kann dir nur die Alternativen nennen. Im Moment sieht es nicht gerade gut aus. Aber das Wichtigste zuerst: Um einen Skandal zu verhindern, brauchen wir eine Unterschrift. Geh´ morgen noch einmal zu Vince und sprich in Ruhe mit ihm! Ich bin sicher, wenn er nachgedacht hat, wird er vernünftig.«

Ich widersprach heftig. »Auf keinen Fall werde ich zu ihm fahren! Zuerst muss er sich für diese Demütigung entschuldigen.«

Jo sah mich warnend an. »Max, so wie du es berichtet hast, sieht er keinen Fehler bei sich. Du kennst ihn doch viel besser! Er wird sich nicht für einen Fehler entschuldigen, den er von seiner Warte her gar nicht begangen hat!«

Das war wohl richtig. »Und wenn du ihn anrufst?«

Er schüttelte den Kopf. »Das würde es nur noch schlimmer machen. Du sagst doch, er unterstellt mir bereits Intrigen gegen eure Partnerschaft. Wir brauchen eine andere Lösung.«

Ich sah fragend zur Decke, doch dort fand ich auch keine Lösung. »Vielleicht kann Franca ihn überzeugen?«

Er nickte. »Wenn du meinst? Aber ich denke, am besten sprichst du selbst mit ihm. Sag mir morgen früh, wie du dich entschieden hast und vergiss nicht: Die Zeit arbeitet gegen uns.«

Als ich im Bett lag, kontrollierte ich, ob Vince sich gemeldet hatte, aber es gab nur fünf Nachrichten von Franca. Meine Wut war etwas abgeklungen und ich überlegte, wann Vince sich wohl entschuldigen würde.

Niemand hatte mir von ihrer Tanzeinlage erzählt. Ich konnte nicht entscheiden, ob andere sie nicht ebenso skandalös empfunden hatten wie ich oder ob ich jeglichen Rückhalt verloren hatte, so dass niemand mehr ehrlich mit mir sprach.

Wenn ich früher derartige Selbstzweifel hegte, konnte ich immer Vince fragen, wie er die Situation beurteilte, aber genau das war jetzt nicht möglich.

Ich vermisste ihn, als ich bedrückt einschlief.

6

Vincent

Ich zuckte zusammen, als ich das Klirren von Glas hörte, dann das Zuschlagen der Haustür und trotzdem konnte ich mich nicht rühren, konnte Max nicht nachgehen, um ihn zur Vernunft zu bringen. Heute Abend war sicher ein ruhigeres Gespräch möglich und dann wollte ich darauf dringen, dass er mir von seinen Sorgen berichtete.

Ich sprach mit Jonathan, der mir zunächst erklärte, was ich zu tun hatte, um das Video zu löschen, doch bei meinen Nachfragen lachte er irgendwann. »Onkel Vince, ich glaube, ich kümmere mich selbst darum. Die Internetwelt ist dir doch zu fremd. Ich brauche nur deine Zustimmung und sicher hast du einen internetfähigen Pass? Es kann allerdings ein paar Tage dauern, bis die reagieren, aber ich gebe dir dann Bescheid.«

Ich versuchte noch einmal, Elisabeth zu erreichen, hatte aber keinen Erfolg und beschloss, etwas zu essen.

Die ersten Scherben zertrat ich im Wohnzimmer und war zunächst verwirrt. Die Gläser, die Max wohl in seiner Wut vom Tisch gefegt hatte, verteilten doch ihre Splitter nicht bis hierher. Dann erst sah ich den zersplitterten Rahmen auf dem Boden liegen und konnte es einfach nicht fassen. Ich nahm ihn auf und las das offizielle Schreiben noch einmal, das uns das höchste Gut bedeutet hatte. Ich drückte es an mich und sank verzweifelt aufs Sofa – wollte er wirklich unsere Beziehung einfach wegwerfen? Das war nicht unser erster Streit und wenn sich die Gemüter wieder beruhigt hatten, war uns doch beiden immer an einer Lösung gelegen. Ich stand auf, hielt den Rahmen vor meinem Körper, als könnte ich mich damit schützen und ging langsam auf unser Schlafzimmer zu. Ich sah die geöffneten Schränke, aus denen Kleider gezerrt waren und bemerkte, dass sein Koffer verschwunden war. Nie zuvor hatte er so reagiert und ich konnte einfach nur entsetzt aufs Bett fallen.

Wie hypnotisiert sah ich unseren Kleiderschrank an und versuchte, die Verletzung durch Max zu verarbeiten. Um seine Karriere zu retten, stellte er mich vor diese Alternative. Obwohl er wusste, dass ich mich bereits für ihn entschieden hatte! Doch statt zu verstehen, wie schwer mir die Trennung von Elisabeth gefallen war, lebte seine Eifersucht wieder auf.

Seine neuartige Arroganz ließ ihn vergessen, die Ursache seiner beruflichen Probleme bei sich selbst zu suchen. Er hatte unsere Partnerschaft in dem Moment, als er die Urkunde von der Wand riss, buchstäblich zerbrochen. Woher kam nur die Veränderung in ihm? Verbale Ausbrüche waren sonst das Mittel, um seinen Ärger auszudrücken. Aber körperlich aggressives Verhalten gehörte nicht zu dem Partner, den ich liebte. Vielleicht hatte ich seiner Dominanz und seiner Eifersucht zu viel Raum gelassen, indem ich bei einem Streit immer wartete, bis er sich wieder beruhigt hatte und man mit ihm reden konnte. Das hatte ihn nur bestärkt, sich wie ein Berserker aufzuführen: Es wäre wohl besser gewesen, auch einmal ein Glas an die Wand zu werfen. Wie entsetzt er mich angestarrt hatte, als ich ihm das Telefon vor die Füße geworfen hatte. Mit dieser Reaktion hatte er nicht gerechnet! Und die Schrecksekunde konnte ich nutzen, um ihn zu erreichen.

Doch dann hatte er seinen Koffer gepackt, als könne er damit unsere Probleme lösen. Wir gehörten zusammen und für unsere Partnerschaft hatten wir vieles geopfert, aber unendlich viel gewonnen. Ich schüttelte den Kopf; nein, er würde mich nicht ernsthaft verlassen. Er würde wieder zurückkommen und sich entschuldigen.

Ich versuchte, mich zusammenzureißen, stellte unsere Urkunde sorgsam auf den Tisch und ging wieder in mein Arbeitszimmer. Ich brauchte jetzt die Erinnerung an glückliche Momente unserer Beziehung, um mich von der Enttäuschung nicht überrollen zu lassen. Ich überlegte und wollte mir dann die Fotos von unserem Motorradausflug zu dritt anschauen. Während der PC lud, sah ich aus dem Fenster und dachte daran, dass ich nur zwei schöne Bilder von Elisabeth besaß.

Sie hatte sich jedes Mal, wenn Max uns fotografierte, zufällig zur Seite gedreht, die Augen geschlossen oder eine Grimasse gezogen, die sie nur entstellte. Mein Lieblingsfoto war dasjenige, das uns zu dritt vor dem Schauer mit dem Regenbogen zeigte. Es gab keine Fotos von unseren anderen Ausflügen, weil ich mit den Krücken in den Händen so eingeschränkt war, dass ich gar nicht daran gedacht hatte.

Ich drehte mich zum Computer um, klickte auf unseren externen Speicher und vermutete zunächst einen Fehler, als ich keine Dateien sah. Ich versuchte es noch einmal und wieder kam die Meldung, dass keine Bilddateien vorhanden seien. Ich wollte nicht glauben, dass Max zu so etwas fähig war, aber ich kontrollierte den Papierkorb und stellte fest, dass auch der geleert worden war. Hastig wechselte ich zu meinen Dokumenten, danach zu meinem Mailprogramm und auch hier das gleiche Bild: Alle Dateien des Ordners `Elisabeth´ waren gelöscht worden. Er hatte es tatsächlich wieder getan, hatte in meine Angelegenheiten eingegriffen!

Meine Wut auf ihn übertraf in diesem Augenblick alles, was ich je gefühlt hatte. Ich krallte mich an meinen Schreibtischstuhl und wollte etwas zerstören; ich war so zornig, dass ich dachte, mir schwinden die Sinne. Er hatte ja angekündigt, dass Elisabeth für uns nicht mehr existieren würde und hatte sie nun zumindest aus der elektronischen Welt gelöscht.

Wie ich die nächsten Stunden verbracht habe, weiß ich nicht mehr. Anscheinend hatte ich zumindest unser Video gerettet, denn ich fand es einige Tage später wieder. Ich ging aus dem Haus, konnte unser gemeinsames Heim nicht mehr ertragen und streifte ziellos durch die Gegend. Als ich am Park vorbeikam, überfiel mich die Erinnerung, wie oft ich dort mit Elisabeth gesessen hatte und spürte, wie Tränen der Wut und der Verzweiflung in mir aufstiegen. Jetzt hatte ich auch noch unsere Telefonzeit verpasst; es war fast Mitternacht, als ich auf meine Uhr sah. Ich rannte fast zurück und sah auf dem Display des Telefons, dass eine Nummer aus Deutschland angezeigt war. Ich kontrollierte das interne Telefonbuch: Auch hier war Elisabeths Namen gelöscht. Jetzt war es zu spät, um zurückzurufen und dann nahm ich die erste der Tabletten, die mir nach dem Unfall verschrieben worden waren – ich wollte nur noch abschalten.

Das Läuten des Telefons riss mich aus einem bleiernen Schlaf. Als ich mich orientiert hatte, hatte sich der Anrufbeantworter eingeschaltet. Ich vermutete, dass Max sich meldete, um nachzuhören, wie meine Stimmung war. Aber ich wollte auf keinen Fall jetzt mit ihm sprechen. Zum zweiten Mal hatte er meine persönliche Grenze überschritten und nun würde ich ihm diesen Fehler nicht so einfach verzeihen können. Eine ruhige, träge Gleichgültigkeit hatte sich in mir ausgebreitet, als würde mich eine Luftschleuse vor den Problemen dort draußen schützen. Alles war heute weniger schmerzhaft, nichts konnte mein Inneres erreichen.

Ich sank zurück in die Kissen und gab mich dem Zustand hin, der mich halb schlafend, halb wach dahin dämmern ließ. Mein Magen knurrte. Seit fast 24 Stunden hatte ich nichts gegessen, aber auch das war mir gleichgültig. Ich versuchte, über unsere Situation nachzudenken, doch ich verlor immer wieder den roten Faden. Die Gedanken drifteten durch den Raum und bei dem Versuch, mich Punkt für Punkt darauf zu konzentrieren, schlief ich wieder ein.

Es war weit nach Mittag, als ich endlich die Energie aufbrachte, aufzustehen. Ich fühlte mich schwer an, als hätte ich zwanzig Kilo mehr zu bewegen, die mich zu Boden drückten. Ich sah das Licht am Anrufbeantworter blinken und beschloss, erst einmal etwas zu essen, bevor ich mir anhören würde, was Max zu sagen hatte. Während ich mir ein paar Eier briet, überlegte ich, ob wir uns vielleicht heute Abend nach der Vorstellung an einem neutralen Ort treffen sollten, wo wir über das Video und unsere Gefühle sprechen konnten. Hier zuhause würden unsere Nerven sicher eher mit uns durchgehen. Warum nur hatte der Tanz Max so aus der Fassung gebracht?

Ich versuchte, mich in seine Position zu versetzen. Auch eine gehörige Portion Eifersucht vorausgesetzt, konnte ich seine Reaktion nur schwer verstehen. Es war unser letzter Abend mit Elisabeth gewesen und sie sollte uns am nächsten Morgen verlassen, obwohl ich sie gebeten hatte, noch länger zu bleiben. Ich hatte Max nicht nur versichert, dass ich ihn liebe, sondern ihn auch am Wochenende zuvor mit großer Zärtlichkeit spüren lassen, dass es so ist. An unserem letzten Abend war ich traurig über den bevorstehenden Abschied gewesen, aber ich wusste auch, dass ich mich entscheiden musste. Und Elisabeth hatte mir klar gemacht, dass ich zu Max gehörte. Er hatte natürlich recht, ich musste seiner und auch meiner Rolle in der Öffentlichkeit gerecht werden und selbst die unvoreingenommenen Zuschauer hatten sich gefragt, was zwischen Elisabeth und mir vorging. Seitdem jedoch hatte ich ihm keinen Anlass zur Eifersucht mehr gegeben! Ich war sogar der Meinung, dass wir uns wieder stabilisiert hatten. Unser Liebesleben in den vergangenen zwei Monaten war wieder intensiv und zärtlich geworden, wenn er auch etwas abgelenkt schien. Ich hatte mir gewünscht, er würde mich ein wenig verwöhnen und umsorgen.

Stattdessen hatte er nach Elisabeths Abreise sein altes Leben wieder aufgenommen. Ich stärkte ihm den Rücken und er sah meine Beziehung zu ihr nur als eine unangenehme Eskapade, die man durch Schweigen am besten wieder vergessen oder ungeschehen mache. Vielleicht war das Video deshalb so ein Schock für ihn gewesen, weil er noch einmal die Qualität der Verbindung zwischen Elisabeth und mir wahrnahm, die er als überwunden ansah. Und durch die er sich nun erneut bedroht fühlte! Durch seine Erschöpfung aufgrund seiner anderen Probleme, über die er nicht mit mir sprach, konnte er nur aggressiv reagieren.

Ich würde heute Abend mit Elisabeth über die neue Krise sprechen, bevor ich ihn wiedertreffen wollte und ging hinüber zum Anrufbeantworter. Ich drückte den Abspielknopf, doch es war nicht Max, es war Elisabeth gewesen, die angerufen hatte und sie klang, als sei sie in Eile. »Vince, ich muss jetzt weg, das weißt du ja. Falls nicht, habe ich dir noch eine Mail geschrieben – bis Montag dann!«

Eine dunkle Erinnerung regte sich in mir und ihre Mail bestätigte sie: »Vince, mein Lieber, leider habe ich dich gestern Abend nicht erreicht. Ich fahre jetzt zu dem Geburtstag auf dem Land und komme erst morgen Nacht zurück. Ich werde versuchen, zwischendurch einmal anzurufen, denn einen Internetzugang hat meine Tante nicht. Hattest du einen schönen Abend? Ich war so unruhig, als ich an dich dachte, dass ich mir fast Sorgen gemacht habe. Aber sicher steckte mir schon unsere Trennung für die nächsten zwei Tage in den Knochen. Sprechen wir uns am Montag zur üblichen Zeit? Du fehlst mir jetzt schon, Elisabeth.«

Ich stöhnte, noch zwei Tage ohne sie! Wie sollte ich das aushalten?

Ich überschlug es im Kopf: Es waren noch 55 Stunden, bis ich sie wieder erreichen konnte und mir fielen doch die vierundzwanzig Stunden an einem Tag schon schwer. Ich fühlte mich verlassen, gerade jetzt, wo ich sie so sehr brauchte. Bei unserem nächsten Treffen würde ich ihr ein Smartphone zwangsweise implantieren, damit diese Probleme endgültig gelöst wären. Wieder fragte ich mich, warum sie die wichtigen Hilfsmittel unserer Zeit so strikt ablehnte.

Ich stand noch vor dem Telefon, als es wieder klingelte und die Nummer von Jos Festnetzanschluss anzeigte. Ich wandte mich ab. Jo hatte mir jetzt gerade noch gefehlt.

Ich war schon wieder in der Küche, als ich Max' wütende Stimme hörte. »Vince, ich warte immer noch auf eine Entschuldigung und Jo braucht eine Unterschrift von dir. Ich gebe dir einen Tag Zeit, um zu reagieren, danach werde ich meine Konsequenzen ziehen. Und glaube mir, ich kann sehr konsequent sein, das hast du ja sicher bereits festgestellt! Du erreichst mich hier bei Jo.«

Klick.

7

Max

Jo sah mich überrascht an. »Das war nicht gerade eine diplomatische Offensive, Max! Das hörte sich eher wie ein Ultimatum an. Das war Vince, mit dem du da gesprochen hast, nicht dein Schneider, der zu spät liefert!«

Jo hatte mich beim Frühstück nach meiner Entscheidung gefragt und ich war keinen Schritt weitergekommen. Ich konnte mit beruflichen Problemen nicht gut umgehen, was vielleicht daran lag, dass ich sie schon lange nicht mehr kannte. Die Schmach, dass man mir das Engagement vorzeitig kündigen würde, belastete mich. Ich dachte nicht gerne an die ersten Jahre am Theater, in denen ich mit ständig wechselndem Glück um jede kleine Rolle kämpfen musste, immer abhängig vom Wohlwollen der Intendanten. Mir graute bei der Vorstellung, auf diese Stufe zurückzufallen. Jo hatte recht, wir mussten es wieder beim Fernsehen versuchen und ich würde nun doch kleine Rollen annehmen. Hauptsache, die Kasse würde stimmen und ich bliebe im Gespräch. Ob ich wohl das Haus in Sussex verkaufen sollte? Ich war schon lange nicht mehr dort gewesen und wir hatten es eher aufgrund romantischer Erinnerungen an unser erstes Heim als aus wirtschaftlichen Gründen behalten. Dort hatten wir so frei leben können, wie wir es uns gewünscht hatten und waren glücklich. Vince sprach noch heute oft von dieser Zeit.

Vince, da war er wieder, so fest mit meinem Leben verbunden, dass ich kaum drei Gedanken hatte, ohne auf ihn zu stoßen. Er war mir gestohlen worden und nun wurde er benutzt, mein Leben auf allen Ebenen zu zerstören. Wie wütend er gestern Nachmittag gewesen war! Dass er mir das Telefon vor die Füße geworfen hatte, zeigte nur umso deutlicher, wie sehr er sich verändert hatte. Ich musste ihn wieder auf den richtigen Weg bringen. Zu viel Rücksichtnahme hatte erst Elisabeth den Raum gegeben, in seinem Leben Fuß zu fassen. Ich überlegte noch einmal, ob Franca wohl bereit wäre, mit ihm zu sprechen, aber ich hatte Bedenken. Unsere Krise hatte auch sie belastet und sie war der Meinung, dass Elisabeth uns eher geholfen hatte, zueinander zurückzufinden. Sicher würde sie wieder Vince verteidigen! Auch sie gehörte zu seinen stillen Fans und noch mehr Kritik ertrug ich nicht. Nein, ich würde ihm klar die Bedingungen nennen, unter denen ich zu ihm zurückkehren würde und auch mögliche Konsequenzen ertragen, bis er wieder zur Vernunft kommen würde.

Aber er fehlte mir jetzt schon so sehr.

Jo sah mich immer noch fragend an, als könne er meine Reaktion nicht verstehen.

»Ich kann es kaum entscheiden, jede Alternative fällt mir schwer. Die Unterschrift wird Vince dir jetzt sicher geben. Er will mir ja keinen zusätzlichen Ärger bereiten. Er war selbst zu entsetzt, als er das Video gesehen hat. Er wird sich melden.«

Jo sah mich skeptisch an. »Das war eben nicht gerade eine Einladung zu einem Versöhnungsgespräch. Und wir brauchen einen Plan B für den Fall, dass Vince nicht einlenkt. Willst du wirklich solche Konsequenzen ziehen, wie du es eben angedeutet hast? Du müsstest Vince schon verlassen, wenn du mit dem Video nicht in Verbindung gebracht werden willst.«

»Natürlich werde ich Vince nicht verlassen!«

»Womit wir wieder bei Plan A sind«, seufzte er entnervt. »Plan B, Max?«

»Sollte Vince sich wirklich nicht melden, fahren wir nach London. Ich kann Edinburgh nicht mehr ertragen. Die Nachrichten aus meinem Privatleben werden etwas spärlicher ausfallen, bis er wieder bei mir ist und eine Krise ist ja keine Schande. Es wird Vince aufrütteln, wenn ich ohne ihn nach London gehe und ein paar Wochen Tapetenwechsel werden uns dann guttun.«

Jo nickte widerstrebend. »Gut, verbleiben wir so. Sobald Vince sich bei mir meldet, werden wir aktiv. Ich setze schon mal eine Erklärung auf, warum du das Theater verlässt.«

Das Nicken fiel mir schwer. Ich dachte daran, wie sehr ich um das Engagement gekämpft hatte und nun erschien es mir, als würde ich die Flucht ergreifen.

8

Vincent

Was war das gewesen? Ich hörte die Nachricht noch dreimal an und schüttelte den Kopf. Max erwartete eine Entschuldigung von mir, eine Unterschrift zur Löschung des Videos. Als hätte ich nicht bereits selbst alles daran gesetzt, es zu löschen! Jonathan hatte Bescheid gegeben, dass es geprüft und möglichst schnell gelöscht würde und spätestens am Montag sei alles erledigt. Aber die Androhung von `Konsequenzen´ ließ meine Wut auf Max wieder aufflackern. Verließ er sich darauf, dass ich nachgeben würde? Die Aktion, alle Telefonnummern von Elisabeth zu löschen, schien mir doch sehr kindisch, denn natürlich hatte ich ihre Nummern auch auf dem Handy. Aber die gelöschten Fotos ärgerten mich sehr, das hatte mir wehgetan. Max war eindeutig verletzt und er suchte die Schuld bei mir, aber nun würde ich es ihm nicht so einfach machen. Ich war sicher, wenn er in aller Ruhe nachdenken würde, wüsste er, wer sich zu entschuldigen hatte.

Ich sah auf die Uhr. Es waren immer noch über fünfzig Stunden, bis ich wieder mit Elisabeth sprechen konnte. Allein in dem Haus, in dem mich alles pausenlos an unsere Probleme erinnerte. Jetzt kam mir die Weitläufigkeit und der Luxus wie ein Hohn vor und ließ mich auch an meiner Beziehung zu Max zweifeln. War die Entscheidung, bei ihm zu bleiben, die richtige gewesen? Ich hatte mich in den letzten Wochen auch nach Elisabeth gesehnt und damit hatte ich Max eher betrogen als mit dem spontanen Geschehen auf dem Ball. Aber ich hatte ihm doch gesagt, wie wichtig sie mir war und er hatte es nicht wahrhaben wollen. Und dennoch versuchte ich den undenkbaren Gedanken zu verfolgen: Wollte er mich etwa verlassen? Ich konnte es mir nicht vorstellen, denn er brauchte mich doch ebenso wie ich ihn. Oder dachte er etwa, Jo könne ein Partner für ihn sein? Joseph war seit vielen Jahren mit Thomas zusammen. Aber ich war mir sicher, wenn er eine Chance sähe, Max für sich zu gewinnen, wäre Tom nur die zweite Wahl und er würde ihn ohne Skrupel sofort verlassen.

Was waren das für erschreckende Gedankenspiele! Ich beschloss, Max anzurufen und es noch einmal im Guten zu versuchen, doch ich erreichte nur Joseph.

»Na endlich, Vince, ich habe auf deinen Anruf gewartet. Wirst du uns den Wisch unterschreiben, den wir zur Löschung des Videos brauchen?«

»Das habe ich längst erledigt und nun will ich mit Max sprechen.«

Jo reichte das Telefon wortlos an ihn weiter, aber Max, mein Max, weigerte sich, mit mir zu sprechen: »Sag ihm, dann gibt es nichts zu besprechen!«

Jo versuchte, ihn zu entschuldigen, aber ich hatte seine Antwort ja gehört und legte wortlos auf.

9

Max

Vince hatte angerufen und ich war zuerst erleichtert.

Doch als Jo mir kopfschüttelnd signalisierte, dass er uns die Unterschrift nicht geben würde, waren die Wut und die Verzweiflung wieder da. Nein, diesmal würde ich hart bleiben und meine Angelegenheiten auch ohne ihn klären. Während ich noch darüber nachdachte, kontrollierte Jo wieder die Kommentare zu dem Video und seufzte schmerzgeplagt auf. »Max, jetzt ist es soweit, sieh´ dir das an!« Er drehte den Laptop zu mir.

Frage: »Wer sind denn die Leute, die da tanzen? Das sollte die Community doch herausfinden können?«

Antwort: »Jeder Fan von Max Llewellyn weiß doch, wer da tanzt: Das ist sein Partner Vincent mit einer Unbekannten!«

Und dann folgte sie, die Diskussion unter meinen Fans, die wir vermeiden wollten. Während es nur wenige schadenfrohe Kommentare gab, sahen mich die meisten als bedauernswertes Opfer und zogen über Vince her, der mich verraten hätte. Ich konnte das alles kaum lesen, mir wurde flauer und flauer zumute. Hilflos sah ich Jo an, der ganz blass geworden war.

»Noch halten deine Fans zu dir, Max, noch können wir das steuern!«, warnte Jo mich eindringlich. »Aber wir wissen ja, wie schnell die Stimmung kippen kann. Wenn du jetzt nicht die richtigen Zeichen gibst, setzt du das Image aufs Spiel, das wir über Jahre hinweg aufgebaut haben. Wir brauchen eine eindeutige Stellungnahme auf deiner Fanseite: Pro oder Contra Vince. Wenn du dich zu ihm bekennst, sollten wir möglichst schnell neue Fotos von euch beiden einstellen, in denen ihr die Stärke eurer Beziehung betont. Das Übliche eben.«

Ich schüttelte verzweifelt den Kopf. »Vince wird diesem Zirkus nie zustimmen, wenn er mir sogar eine Unterschrift verweigert«, flüsterte ich.

Jo nickte. »Nein, das wird er wohl nicht. Dann bleibt noch die zweite Option, nämlich die offizielle Trennung von deinem Partner, die wir auch glaubhaft darstellen müssen. Zumindest würde es von der Kündigung durch das Theater ablenken und deinen Wechsel nach London nachvollziehbar machen. Vielleicht können wir die Publicity nutzen, um wieder mehr Angebote zu bekommen.« Er sah mich mitfühlend an. »Ich weiß, wie schwer dir das fällt, aber wir brauchen jetzt schnell eine Lösung. Die erste Presseerklärung zum Theater liegt noch hier. Ich habe sie noch nicht losgeschickt.« Und damit baute er noch mehr Druck auf.

Ich versuchte wie rasend, eine Lösung zu finden. »Das kommt so plötzlich! Ich kann doch nicht mal eben die Trennung von Vince bekannt geben, ohne noch einmal mit ihm gesprochen zu haben!«

Jo reichte mir das Telefon. »Die Nummer ist eingespeichert«, sagte er lakonisch, als er das Zimmer verließ.

Weißt du, Rick, ich habe mir die Situation später noch tausendmal durch den Kopf gehen lassen: Wenn ich in jenem Moment den Mumm besessen hätte, zu Vince zu fahren und ruhig mit ihm zu sprechen, wäre das alles vielleicht nie geschehen. Aber als ich ihn endlich anrief, ging er nicht mehr ans Telefon.

Jo arbeitete schnell und effektiv: Bereits eine Stunde später legte er mir die perfekte Presseerklärung vor. Außerdem hatte er vorteilhafte Bilder aus alten Filmen besorgt, auf denen ich so traurig aussah, dass es mich selbst fast rührte. Ich sah ihn dankbar an und er sagte, wenn ich es wirklich ernst meinte, würde er auch die offiziell anstehenden Angelegenheiten einer Trennung für mich regeln. Als ich nur erschöpft nickte, begann er zu telefonieren.

Doch ich hörte nicht mehr zu, ich war zu verzweifelt. Ich unterschrieb, was er mir vorlegte und erfuhr erst viel später, dass er Nägel mit Köpfen machte: Antrag auf Auflösung der zivilen Partnerschaft, Beauftragung eines Anwalts, Trennung unserer gemeinsamen Konten, Ummeldung meiner Postadresse, sogar die Kündigung von Strom und Telefon unseres Hauses in Edinburgh. Warum mir in dem Papierberg ausgerechnet das Schreiben an den Stromversorger auffiel, weiß ich nicht mehr.

Als ich Jo fragend ansah, beruhigte er mich: »Die werden Vince anrufen und fragen, ob er die Rechnungen weiterzahlt. Dann läuft alles weiter. Aber wenn du besorgt bist, schicke ich ihm auch noch eine Mail, damit er Bescheid weiß.«

Du fragst dich sicher sofort, Rick, warum er alle diese Schreiben sofort bei der Hand hatte? Aber ich war nicht so clever, der Schmerz hielt mich noch gefangen.

Gegen Abend ließ sich Jo neben mir auf das Sofa fallen, auch er wirkte mitgenommen. »Nun Max, wir fliegen morgen früh nach London. Um den Aufruhr besser für uns nutzen zu können, sollten wir in der richtigen Stadt präsent sein. Es wird dir guttun, ein wenig räumlichen Abstand zu gewinnen und wie ich hörte, scheint da unten sogar die Sonne. Dennoch bleibt eine wichtige Baustelle: Wir müssen immer noch versuchen, das Video zu löschen. Jetzt gibt es nur noch eine Option: Du musst mit Elisabeth sprechen und von ihr die nötige Unterschrift holen!«

Und ich dachte, es könne nicht mehr schlimmer kommen. »Nein, auf gar keinen Fall werde ich noch einmal mit der Frau sprechen, die mein Leben zerstört hat!«

Jo sah mich unerbittlich an: »Du wolltest nicht mit Vince sprechen, als er angerufen hat und nun wird er nicht mehr mit dir reden. Ich kann fast alles für dich erledigen, Max, aber an Elisabeth wage ich mich nicht heran! Und es wäre auch sicher kontraproduktiv bei dem Verhältnis, das wir miteinander pflegen. Wenn jemand eine Chance bei ihr hat, dann nur du selbst. Wir können am Montag den Frühflug nach Frankfurt nehmen und fahren zu ihrer Klinik, wo wir sie hoffentlich antreffen. Nachmittags sind wir wieder zurück und planen deinen Neustart!«

10

Franca

Ich weiß nicht mehr, wie oft ich versucht hatte, mit Max zu sprechen, um zu hören, was denn mit ihm los sei. Auf meine SMS und Anrufe hatte er nicht reagiert, was äußerst ungewöhnlich war und meine Nervosität nur noch steigerte. Nachdem ich die beiden das letzte Mal gesehen hatte, war ich so guten Mutes gewesen! Nach Vincents Krise hatten sie sich wieder zusammengerauft und ich wusste, dass Elisabeth auch Max geholfen hatte, obwohl er das nie bewusst wahrgenommen hatte. Aber wenn er in seiner Eifersuchtsspirale festsaß, sah ich ab und zu, dass sie einen abwesenden Blick hatte. Und kurz danach atmete er wieder leichter, wirkte zuversichtlicher und manchmal sah ich Elisabeth heimlich lächeln. Als ich sie einmal darauf ansprach, zögerte sie zunächst. Aber sie erklärte sie mir, dass sie sich auch selbst damit half, weil die starken Gefühle der anderen sie mehr belasteten, als sie zugeben wollte. Und wenn wieder etwas Ruhe eingekehrt war, ging es auch ihr besser.

Ich versuchte es noch einmal bei Vince und ich war erschrocken über den hoffnungslosen Ton in seiner Stimme. »Franca, Max ist bei Jo und er spricht nicht mit mir, aber er hat mir ernsthafte Konsequenzen angedroht.«

Ich schnaubte überrascht. »Nein, Vince, das kann nicht sein! Ich weiß doch, wie sehr er dich liebt.«

Er seufzte. »Seine Karriere liebt er wohl mehr und er ist der Meinung, dass Elisabeth mich so beeinflusst, dass nun auch ich ihm schaden will.«

»Wer redet ihm das denn ein?«, überlegte ich und stieß sofort auf die Lösung. »Glaubst du wirklich, dass Jo soweit gehen würde?«

»Du denkst auch als erstes an Jo! Doch als ich Max das andeutete, hat er es weit von sich gewiesen.«

Ich schüttelte ungläubig den Kopf. »Was sagt denn Elisabeth dazu?«

»Sie weiß sie noch nichts von unserer Krise, weil sie an diesem Wochenende verreist ist«, stöhnte er.

»Auch das noch, Vince! Wenn sie da wäre, könnte sie vielleicht seine grenzenlose Eifersucht wieder ausgleichen und euch helfen.«

Er lachte fast bei der Idee. »Für Max ist Elisabeth der Teufel, der Inbegriff seiner persönlichen Hölle. Er hat mir jeglichen Kontakt zu ihr untersagt, als sei ich ein ungezogenes Schulkind! Und in diesem Zustand könnte auch Elisabeth ihn nicht mehr erreichen. Im Gegenteil, wenn sie jetzt aufeinander träfen, würde ich eher um ihr Leben fürchten!«

Ich verstand es einfach nicht. »Wie konnte es soweit kommen, Vince? Sie hat sich doch auch Max gegenüber immer fair verhalten. Warum hasst er sie denn so?«

Er antwortete mutlos: »Da fragst du ihn am besten selbst.«

Ich nickte. »Ich werde es noch einmal versuchen und wenn du nichts dagegen hast, werde ich auch mit Elisabeth sprechen. Du weißt doch, dass du mich jederzeit anrufen kannst, wenn du mich brauchst, Vince?«, versicherte ich ihm.

Ich hörte ihn fast ein wenig lächeln. »Es ist schön, dass du für mich da bist. Und ich bin froh, wenn noch jemand außer mir Vertrauen zu Elisabeth hat, aber ich fürchte, du wirst sie vor Montagabend nicht erreichen. Ich will eigentlich nur noch schlafen und alles vergessen.«

»Vince, Kopf hoch, alles wird sich sicher wieder klären. Ich melde mich später wieder bei dir, ja?«, verabschiedete ich mich besorgt.

Er brummte noch etwas und legte auf. Doch auch mein nächster Versuch, unseren dickköpfigen Bruder zu erreichen, schlug fehl.

11

Vincent

Nach dem Gespräch mit Franca nahm ich die zweite Tablette und schlief bis drei Uhr nachts. Die Zeit war so schnell vergangen, dass ich erleichtert war und nahm gleich die nächste Tablette. Als ich wieder wach war und mich einigermaßen bewegen konnte, schien mir die Sonne direkt ins Gesicht. Ich konnte die Helligkeit nicht ertragen und schloss alle Jalousien. Ab und zu läutete das Telefon, aber ich erwartete ja keinen Anruf und alles andere wurde mir zunehmend angenehm gleichgültig. Ich überlegte, ob ich Elisabeth eine Mail schicken sollte. Aber ich entschied mich dagegen: Ich konnte unsere Situation nicht in kurze Sätze fassen.

Während ich da im Bett lag und an sie dachte, fiel es mir sogar schwer, ihr Bild vor meinen Augen erstehen zu lassen und ich vermisste die Fotodateien, die Max gelöscht hatte. Und schon wieder fehlte mir das Gefühl der Distanz, das mich schützte. Ich konnte der Versuchung nicht widerstehen, gleich die nächste Pille einzuwerfen.

Als ich später in der Nacht aufstehen wollte, stürzte ich und der Schmerz lüftete den Egalschleier ein wenig. Ich sah mir die Platzwunde an der Stirn eher interessiert als betroffen an und brauchte dann fast zwei Stunden, um wenigstens notdürftig ein Pflaster aufzukleben. Jede zielgerichtete Bewegung verlangte mir eine schier unendliche Willensanstrengung ab. Das Badezimmer sah danach auch nicht gerade gut aus! Ich bedauerte Claire, der ich nun zusätzliche Arbeit bereitet hatte, aber ich brachte es einfach nicht fertig, selbst für Ordnung zu sorgen. Als ich endlich an der Küchentheke saß, war es längst hell geworden und ich plante das äußerst komplexe Projekt, an die Zeitung im Briefkasten zu kommen.

Claire rettete mich aus der misslichen Lage. Mit beneidenswerter Leichtigkeit schloss sie nach dem kurzen Klingeln die Tür auf, nahm die Zeitungen aus dem Briefkasten und wollte sie wie gewohnt auf den Küchentisch legen. Ich sah, wie sie bei meinem Anblick erschrak und ich konnte mit Mühe abwinken, als sie den Arzt rufen wollte. Sie bereitete mir unter ständigen Seitenblicken ein Frühstück zu, dann hielt sie es nicht mehr aus. »Dr. Jeremiah, ich mache mir Sorgen um Sie! Wo ist denn Mr. Llewellyn?«

Ich schaffte es kaum, eine Antwort zu formulieren, meine Zunge wollte nicht reagieren. Sie gab mir weiterhin Kaffee zu trinken. Nach der ersten Kanne war ich in der Lage, in die Zeitung zu schauen und sie beruhigte sich etwas. Ich überflog den Hauptteil nur, weil das Lesen zu anstrengend war. Dann las ich auf der Rückseite eine kurze Notiz, dass Max´ Stück ab heute Abend mit neuer Besetzung in der Hauptrolle gespielt würde. Ich ließ die Tasse sinken und war fast erleichtert: Das also war es gewesen, was ihm solche Sorge bereitete?

Es klingelte und Claire führte einen Boten zu mir, der mir einen großen, offiziell aussehenden Umschlag übergab, dessen Erhalt ich selbst quittieren musste. Ich krakelte einige Buchstaben und nach weiteren zehn Minuten war es mir gelungen, auch den Umschlag zu öffnen. Doch was ich da las, wollte ich nicht verstehen: Eilantrag zur Auflösung des zivilen Partnerschaftsvertrages zwischen Maximilian Llewellyn und Dr. Vincent Jeremiah.

Ich ließ das Schreiben fallen und mein Kopf knallte auf den Tisch.

Deutschland

12

Max

Seit über einer Stunde fuhren wir durch das fremde Land. Nach dem anfänglichen Gewirr von Autobahnen ging es nun schnurgerade durch die hügelige, grüne Landschaft. Wieder überfiel mich der Eindruck, wie aufgeräumt Deutschland doch war: Selbst die Felder wirkten wie glatt gekämmt!

Wir waren auf dem Weg zu Elisabeth und wieder sollte ich sie um etwas bitten. Noch jetzt erschien es mir, als sei ich im falschen Film; die letzten Tage waren wie im Nebel an mir vorbeigezogen. Wir hatten uns nicht angekündigt, um sie nicht vorzuwarnen. Außerdem hatte ich ihre Telefonnummern ja voreilig gelöscht, so dass wir hier nun auf gut Glück unterwegs waren und hofften, sie in ihrem Krankenhaus anzutreffen. Die Wut auf sie saß wie ein Granitblock in mir. Ich dachte daran, wie sie mir meinen Partner gestohlen, meine Karriere bedroht und mein Leben zerstört hatte. Nun gab es keine falsche Rücksicht mehr! Ich würde gnadenlos mit ihr abrechnen.

Wir fanden das Krankenhaus am Rande der Stadt und fuhren in das Parkhaus. Jo war schon während unserer Fahrt recht still und nun ließ er sein Smartphone sinken. »Max, ich kann es nicht verstehen«, schüttelte er den Kopf. »Aber angenommen, das Internet funktioniert in Deutschland wie sonst überall, hätten wir uns den Ausflug sparen können.«

»Was sagst du da? Was meinst du damit?«, fragte ich perplex.

»Das Video ist nicht mehr zu finden, weder unter den Stichworten noch unter dem direkten Link und ich weiß nicht, was geschehen ist!«

Er reichte mir das Gerät und auch ich fand es nicht mehr. Wir sahen uns irritiert und ratlos an. Selbst in diesem Moment hätte ich noch in mein altes Leben zurückfinden können, Rick! Wenn ich nur nicht so verbohrt gewesen wäre. Wer hatte das Video löschen lassen,

Vince oder Elisabeth? Jo vermied den Blick und schien angestrengt zu überlegen.

»Eigentlich kann es nur Elisabeth gewesen sein, denn Vince wollte uns ja nicht einmal die Einwilligung geben«, vermutete ich.

Jo nickte erleichtert. »Egal wer, Hauptsache, es ist erledigt und es wird dich nicht mehr belasten. Wollen wir wieder zurückfahren? Ich kann unseren Flug noch umbuchen!«

Ich besah mir das moderne Gebäude und schüttelte den Kopf. »Nein, jetzt bin ich schon einmal hier! Und nun werde ich ihr auch sagen, was ich von ihr halte. Ich werde ihr ganz unabhängig von der Videoangelegenheit den Krieg erklären, den sie verdient hat.«

Er fragte, ob er mich begleiten solle, aber ich lehnte ab. »Das schaffe ich jetzt auch allein.«

Am Empfang verstand man mich nicht. Erst, als ich Elisabeths Namen auf einen Notizblock geschrieben hatte, nickte die Dame und versuchte, mir den Weg zu ihr auf Deutsch zu erklären. Als ich sie verständnislos ansah, rief sie einen anderen Mitarbeiter, der mich quer durch das Gebäude bis zu einer Glastür führte und sich verabschiedete. Ich trat durch die Glastür und hatte den Eindruck, ich beträte eine andere Welt. Alle Geräusche schienen gedämpft, kein Mensch war zu sehen. Auf einem Tisch in der Nähe des Stationszimmers brannte eine Kerze. Ich musste wohl warten, bis ich einen Ansprechpartner fand. Mein Blick fiel auf einen großen Bilderrahmen, der die Mitarbeiter der Station zeigte. Richtig, nicht zu übersehen, Elisabeths Foto war auch darunter. Ich besah mir die Fotos und stellte überrascht fest, dass es nur Ärztinnen gab und dachte ätzend, dass ein Chefarzt Elisabeth sicher nicht eingestellt hätte.

Jemand sprach mich von hinten an. Ich drehte mich um und erstarrte fast. Vor mir stand ein junger Pfleger und ich konnte nicht anders, ich musste ihn so anstarren: Er sah aus wie Vince vor zwanzig Jahren. Ich las den Namen Patrick auf seinem Namensschild und musste ihn einfach anlächeln. Er stellte mir erneut eine Frage, dann sah er mich ebenso freundlich wie auch wissend an. Ich nahm mich zusammen und fragte nach Elisabeth.

Er nickte und wechselte ins Englische: »Elisabeth ist in einem Gespräch. Wenn Sie solange warten wollen, können Sie im Wohnzimmer Platz nehmen.«

Während er mir den Weg zum Wohnzimmer zeigte, konnte ich einige Blicke in die hellen großen Krankenzimmer werfen, in denen meist nur ein Patient lag. Im Wohnzimmer bot er mir einen Kaffee an und sagte, er wolle Elisabeth Bescheid geben, dass ich auf sie warte. Er ging den langen Flur hinunter und ich konnte meinen Blick kaum von ihm wenden.

Dann saß ich auf einem Sofa und sah mich um: Ein Wohnzimmer für Patienten? Auch wenn ich kein Deutsch verstand, war mir die Bedeutung der Abteilung nun klar geworden. Ich konnte mir keinen schlimmeren Ort zum Arbeiten vorstellen; nein, hier konnte ich es noch nicht einmal als Besucher aushalten. Welche Menschen taten es sich freiwillig an, diesen Geruch von Verderben und Verfall auszuhalten? Um meine Wut auf Elisabeth aufrecht zu erhalten, dachte ich, dass sie hier zumindest nicht mehr viel Schaden anrichten konnte! Ich war empört, dass sie mich so lange warten ließ.

Dann hielt ich es einfach nicht mehr aus, stand wieder auf und sah das Ziel meines Zornes im Gespräch mit zwei Ärztinnen auf dem Flur stehen. Sie wandte mir den Rücken zu und der junge Pfleger sprach gerade mit ihr, ich sah sie nicken und ihn freundlich anlächeln. Sie hatte sich verändert seit dem Besuch bei uns. Ihr Haar war deutlich heller geworden und in ihrem Hosenanzug sah sie fast wie ein menschliches Wesen aus.

Ich sprach sie von hinten an, spürte ihr kurzes ungläubiges Zögern, dann drehte sie sich um und ich sah, wie sich ein Strahlen auf ihrem Gesicht ausbreitete: »Max, was machst du denn hier?«, fragte sie freudig überrascht.

Und ich legte all meine Wut in den einen Satz: »Nun tu´ doch nicht so!«

Ich sah, wie sie einen Schritt zurückwich und gegen die Heizung im Flur stieß. Schützend hielt sie sich die Arme um den Körper und keuchte.

Eine der Ärztinnen kümmerte sich um sie. Die andere fragte unterkühlt, ob sie helfen könne. Als ich sie ignorierte und direkt zu Elisabeth gehen wollte, trat sie mir in den Weg. Und auch Patrick war plötzlich wieder da. Sie unterhielten sich angespannt und warfen fragende Blicke zu Elisabeth und mir.

Elisabeth hatte sich gefangen, richtete sich gerade auf und sah mich kopfschüttelnd an.

Sie sprach kurz mit ihren Kollegen, dann wandte sie sich wieder mir zu. »Ich weiß nicht, was dein Auftritt bedeuten soll, Max! Aber ich denke, wir sollten uns von der Bühne entfernen. Komm mit!« Ohne mich eines weiteren Blickes zu würdigen, ging sie an mir vorbei und ich hörte noch das aufgebrachte Getuschel ihrer Kollegen, als ich ihr folgte. Sie führte mich zu einem Büro, nickte zu einem Stuhl: »Ich bin gleich wieder da.«

Und sie ließ mich dort warten. Eine andere Frau betrat das Büro und sah mich fragend an. Ich stand auf, stellte mich vor und sah, wie ein überraschter Ausdruck über ihr Gesicht flog. Sie gab mir zur Begrüßung die Hand und ging zu ihrem Schreibtisch. Nach fünf Minuten kam Elisabeth zurück und nun trug sie wieder ihre schwere schwarze Kleidung: die unsägliche Lederhose und eine schwarze Jacke. Selbst das Zifferblatt ihrer Uhr zeigte die Nachtseite. Den Hosenanzug hängte sie sorgsam in den Schrank und sprach kurz mit ihrer Kollegin. Elisabeth winkte bei ihrem fragenden Blick nur ab und drehte sie sich zu mir um: »Ich muss mich drüben noch entschuldigen, dann können wir gehen.«

Als sie nochmals mit den Ärztinnen im Dienstzimmer sprach, ließ mich der junge Patrick nicht aus den Augen, fast als wolle er verhindern, dass ich mich daneben benahm. Elisabeth verabschiedete sich und gab mir mit dem Kopf ein Zeichen, ihr zu folgen. Wir sprachen noch immer kein Wort, aber an ihrer Haltung bemerkte ich, dass sie nun stark abgeblockt war.

Sie ging mit mir zum Parkhaus und als ich ihr meinen Wagen zeigen wollte, verdrehte sie nur die Augen, als sie Jo aussteigen sah. »Du wirst mit mir fahren, er kann ja folgen.« Sie führte mich zu einer alten Schrottkarre, in die ich auf keinen Fall einsteigen wollte. Als ich mich weigerte, sah sie mich warnend an: »Ich nehme an, du hast den weiten Weg gemacht, weil du mit mir sprechen willst, aber ich werde nur unter meinen Bedingungen zuhören. Wir sind in zwanzig Minuten da.«

Sie kurvte aus dem Parkhaus, fuhr direkt auf die Autobahn. In halsbrecherischem Tempo überholte sie die anderen Wagen. Sie hielt genau auf eine Hügelkette zu, atmete ab und zu tief ein und schloss die Augen, was mir den Höllenritt nicht gerade erleichterte. Ich sah mich um, ob Jo uns noch folgen konnte. Hatte Vince nicht erwähnt, dass sie nicht Autofahren könne? Es wirkte nicht so, als sie mit quietschenden Reifen die Serpentinen hoch raste und schließlich in einen kleinen Feldweg einbog. Nun standen wir auf der Hügelkette und sahen auf das Land hinunter, das sich in malerischer Schönheit vor uns ausbreitete und mir entfernt bekannt schien. Sie stieg wortlos aus, schlug die Tür zu und machte mir ein Zeichen, ihr zu einer Bank zu folgen.

Sie atmete tief ein und drehte sie sich vorsichtig zu mir um. »Nun, Max?«

Nur zwei Worte und ein Blick, bei dem ich spürte, wie alles in mir zu verschwimmen begann. Ich sah von ihr weg und versuchte, mich auf die Wut zu konzentrieren, die mich wie rasend an diesen Ort geführt hatte. »Du hast es geschafft, Elisabeth, und ich wollte dir persönlich gratulieren«, begann ich in ätzendem Ton. »Du hast ihn dir in einem glänzenden Intrigenspiel erobert und mich erfolgreich ausgebootet. Ich wundere mich, dass du noch hier bist; ich dachte, du feierst deinen Erfolg längst in meinem Bett!«

»Max, kannst du mir bitte erst einmal sagen, worum es hier geht?«

Meine Wut schäumte bei der Vorstellung von Unbedarftheit regelrecht über. Ich sah, wie sie zusammenzuckte, aber sie hielt meinem Blick stand und fragte eindringlich: »Wo ist Vince, Max?«

»Da, wo du ihn dir wünschst!«, und dann schüttete ich alles an Anschuldigungen, Unterstellungen, Frust und Ärger über ihr aus, was sich in mir angestaut hatte. »Du hast dich bei uns unter dem Deckmantel, deine Hilfe anzubieten, eingeschlichen. Und hattest von Anfang an nichts anderes im Sinn, als mir meinen Partner zu nehmen! Es war dir völlig gleichgültig, dabei auch eine wunderbare Liebe zu zerstören«, warf ich ihr vor. »Du hast Vince manipuliert, seine angeschlagene Gesundheit genutzt und ihn der Lächerlichkeit preisgegeben, nachdem du ihn seines freien Willens beraubt hast! In deinem Rachefeldzug gegen mich war es dir egal, dass du auch meine Karriere torpedierst und mich dazu treibst, Vince vor die Alternative zu stellen, sich zwischen uns zu entscheiden. Herzlichen Glückwunsch nochmals, er hat sich für dich entschieden! Nun bekommst du deine willenlose Marionette, zu der du ihn degradiert hast. An die richtigen Gegner traust du dich natürlich nicht heran! Jo und ich haben dich von Anfang an durchschaut! Wenn ich in diesem Land etwas zu sagen hätte, würde ich alles daran setzen, dass man dich ein Leben lang wegsperrt. Bevor du deine Fähigkeiten weiterhin aufs Übelste missbrauchst und noch mehr Menschen ins Unglück stürzt!«

Sie hörte mir anscheinend ohne Regung zu, nur bei dem letzten Satz sah ich, wie sie die Hände vor die Augen schlug. Als mir die Worte ausgingen, lehnte ich mich erschöpft zurück; ich war nur noch ausgelaugt.

Sie sah nach einiger Zeit wieder auf, rieb sich über die Augen und schien zu überlegen, während sie über das Land hinwegsah. Ich wollte sie fast schütteln, um eine Reaktion zu erhalten, als sie mich direkt ansah. »Ich habe es noch nicht verstanden, aber deine Wut auf mich hat wohl einen Grund, den du mir noch nicht verraten hast?«

Ich würde ihr nichts von dem Video sagen, um ihren Triumph nicht noch zu verstärken.

Als ich schwieg, nickte sie langsam und wiederholte nur ihre Frage: »Wo ist Vince?«

Ich konnte es kaum glauben, natürlich war er ihr einziges Interesse. »Da, wo du ihn haben willst! Nachdem du mich gezwungen hast, ihn zu verlassen!«

Sie sah mich fassungslos an: »Du hast ihn verlassen? Du hast den Partner deines Lebens wirklich verlassen, weil du wütend auf mich bist? Ich habe den Grund deiner Vorwürfe nicht verstanden, Max, aber was tust du ihm da an? Ich bin hier in Deutschland, tausend Kilometer von euch entfernt! Ich habe ihn in deiner Obhut zurückgelassen, weil du mir versprochen hast, dass du der Partner bist, den er braucht! Und ich dachte wirklich, du meinst es ernst!«

Sie tat ja geradezu so, als sei das alles eine Neuigkeit für sie.

Als ich nicht antwortete, wurde sie immer besorgter. »Wo ist er, Max? Ich war seit Freitag verreist und habe seit Tagen nichts von ihm gehört! Er hat auch auf keine meiner Mails geantwortet. Warum nur hast du ihn verlassen, Max? Es kann nicht nur die abstruse paranoide Gedankenwelt in Bezug auf mich sein, es muss noch etwas anderes vorgefallen sein! Was war da bei euch los?«

Aber ich schwieg weiter und sie nickte. »Gut Max, du willst nicht mit mir sprechen und hast ja auch genug Übles über mir ausgekippt, dass ich an einer Intensivierung unseres Kontaktes wahrlich nicht interessiert bin. Ich werde dir sicher nicht die Genugtuung bereiten, mich auch nur zu einem deiner unhaltbaren Vorwürfe zu äußern!« Dann fand sie sofort den wunden Punkt. »Aber ich will dir meine Einschätzung nicht vorenthalten: All das hättest du mir am Telefon sagen können, du hättest mir sogar ein Schmähvideo schicken können, doch aus irgendeinem Grund bist du persönlich den weiten Weg gekommen, was mich darauf schließen lässt, dass du etwas von mir brauchst.«

Sie seufzte, als ich weiterhin verstockt in die Landschaft sah. »Auch ohne meine Fähigkeiten einzusetzen, für die du mich gerne einsperren würdest, sehe ich ganz klar, dass du einen Fehler machst, Max. Du verlässt den Menschen, der dich vorbehaltlos liebt, weil du auf die falschen Ratgeber hörst. Was sagt Franca denn dazu, hast du mit ihr gesprochen? Warum sprichst du nicht mit Vince über deine Sorgen, was befürchtest du? Wenn du ihn um Hilfe bittest, wird er dir zuhören und für dich dasein. Er wird dich ehrlich beraten, auch bei Problemen an deiner Seite stehen und dich schützen.«

Ich schüttelte den Kopf, ich konnte nicht mehr zurück. Er hatte mich zu sehr verletzt.

Sie wandte sich ab, schien ratlos und besorgt. »Was wirst du jetzt tun, Max? Ich sehe deine Zerrissenheit, deine Unsicherheit, ich spüre deine Verzweiflung. Du hast dich verrannt, hängst Bildern und Vorstellungen nach, die nicht mehr zu dir passen und dieses Gefühl kenne ich sehr gut aus eigener Erfahrung. Du brauchst jetzt Ruhe zum Nachdenken. Und vielleicht denkst du auch einmal über dich selbst nach! Niemand bleibt ewig der jugendliche Held und die Reife steht dir gut. Deine Attraktivität ist ungebrochen, wenn du nicht so unter Strom stehst.«

Ich sah sie verwundert an, denn ein Kompliment hätte ich nun am wenigsten erwartet, nachdem ich sie so angegriffen hatte.

Sie sah mir gerade in die Augen. »Ich halte mich lediglich an die Fakten. Auch wenn mich Äußerlichkeiten nicht interessieren, registriere ich sie wohl. Es geht hier nicht um unser gestörtes Verhältnis und meine Einschätzung hast du nun gehört. Ich werde dir auch Eines klar sagen: Wenn du Vince wirklich verlässt, werde ich um ihn kämpfen! Mit aller Kraft und mit allen akzeptablen Mitteln werde ich versuchen, ihn trotz aller Einschränkungen für mich zu gewinnen, denn ich liebe ihn ebenso wie du. Ich zerstöre keine Beziehungen, Max, aber ich nehme nun auch keine Rücksicht mehr. Jetzt musst du mit mir rechnen!«

Sie stand auf und ließ mich auf der Bank zurück.

Zweiter Teil: England

13

Joseph

Ja, Rick, ich bin der Böse in dem Spiel! Und wenn ich jetzt sagen würde, ich hätte das alles nicht gewollt, würde ich lügen. Ich kann zu meiner Entschuldigung nur vorbringen, dass ich keine bösen Absichten hatte, sondern nur aus Liebe zu Max gehandelt habe. Wer hätte damals ahnen können, dass es so endet?

Ich habe Max schon in unserer ersten Woche an der Uni kennengelernt; in einer der Freshergruppen, in denen die Neulinge ins Studium eingeführt werden. Wir hatten den Auftrag erhalten, unseren unbekannten Sitznachbarn zu interviewen und den Kommilitonen vorzustellen. Max stellte mich und mein bisher so langweiliges Leben in der Gruppe so interessant, so witzig vor, als sei es fast ein Krimi gewesen. Alle Anwesenden folgten seiner improvisierten Vorstellung so gebannt, dass ich schon in diesem Moment wusste, ich würde sein größter Fan werden.

Wir hatten viele Kurse gemeinsam. Ab dem zweiten Trimester belegte ich einfach alle Fächer seines Stundenplans und so war es gar nicht verwunderlich, dass sich auch unsere Freundschaft intensivierte. Er verhielt sich immer freundlich und nahm mich zu allen Feten mit, zu denen er häufig eingeladen wurde. Wir wurden zunehmend als Einheit wahrgenommen, was auch mir eine Aufmerksamkeit bescherte, die mir gar nicht zustand. Vielleicht hatte ich mich damals schon so daran gewöhnt, dass ich später nicht mehr davon lassen konnte. Er schien kaum zu bemerken, dass er nicht nur mein bester Freund war und ich mir mehr wünschte, obwohl er ansonsten den Avancen anderer durchaus nicht abgeneigt war. Doch er ging keine feste Beziehung ein und als wir zu einer Wohngemeinschaft wurden, war ich glücklich. Schon damals machte ich ihn auf Gastspiele und andere Verdienstmöglichkeiten aufmerksam, die ich zwar selbst gerne angenommen hätte, aber nicht erhielt. Wir waren ein gutes Team. Aber meine Hoffnungen auf mehr konnte ich nicht aufgeben.

Ausgerechnet ich bat ihn, in der Bibliothek der Historiker die Bücher abzuholen, die wir für eine Seminararbeit brauchten. Die Bücher landeten achtlos in der Ecke, als er sich zu mir an den Küchentisch setzte und sagte: »Ich habe den Mann meines Lebens gesehen!«

Wochenlang hörte ich nur `er´! Als ich Max irgendwann entnervt aufforderte, `ihn´ doch einmal anzusprechen, um zu erfahren, ob er überhaupt eine Chance habe, war dein unbekümmerter, fast draufgängerischer Bruder doch tatsächlich schüchtern: »Was ist, wenn er Frauen liebt? Ich werde meinen Traum doch nicht selbst töten!«

Aus `ihm´ wurde irgendwann Vincent und er trauerte schon monatelang vor Vince´ Abschluss um ihn. »Wie soll ich es nur ertragen, wenn ich ihn nicht mehr sehen kann?«

Dennoch blieb Max bei mir. Ich hoffte, ein Gastspiel im Ausland würde ihn auf andere Gedanken bringen und er könne dabei Vince vergessen. Doch kaum war er wieder zurück, begann die Vincent-hier-Vincent-da-Tour von Neuem. Nach der desaströsen Nacht mit Vince im Park dachte ich, es sei endlich überstanden. Er sprach nicht mehr von ihm, aber er veränderte sich, wurde ruhiger, fast melancholisch, während sein Spiel immer mehr Zuschauer in Bann zog und er verdient die ersten Rollen erhielt.

Ich hatte damals in Oxford die ganze Nacht auf ihn gewartet und als er am frühen Nachmittag wieder auftauchte, sah ich es in seinem Blick: Er würde nie zu mir gehören. Er zögerte, mir zu erzählen, wo er gewesen war, doch als er gestand, er habe Vincent wieder getroffen, war ich so verzweifelt, dass ich meinen Koffer packte und fast wortlos verschwand. Er versuchte, mich aufzuhalten, bat darum, ihn zu verstehen. Aber ich konnte die Tränen kaum zurückhalten und wollte nicht, dass er sie sah.

Jahre später habe ich ihn bei einem Casting für die Fernsehserie wiedergetroffen, in der er die Hauptrolle spielte. Er freute sich, mich zu sehen und nahm mich vor den Augen der Produzenten in den

Arm. Den ganzen Morgen blieb er bei mir und tröstete mich, als man mich ablehnte.

Am nächsten Tag rief er mich wieder an: »Jo, ich brauche einen vertrauenswürdigen Manager, willst du das nicht übernehmen?«

Meine Berufsaussichten hatten sich in den letzten Jahren nicht verbessert und natürlich nahm ich sein Angebot dankbar an. So lernte ich auch Vincent kennen und fragte mich, was Max in dem immer zurückhaltenden Intellektuellen sah, der auf mich sogar manchmal arrogant wirkte. Aber das Glück in ihren Augen, wenn sie sich anlachten, diese selbstverständliche Liebe, die sie lebten, überzeugten auch mich davon, dass sie zusammen gehörten. Und in Thomas hatte ja auch ich den Partner, den ich brauchte.

Ich habe mit Max viel mehr Zeit verbracht als Vincent, ich war immer für ihn da. Ich habe sogar die Bedingungen für ihren Partnerschaftsvertrag ausgehandelt, in dem meiner Meinung nach Vince zu großzügig mit dem Haus in Schottland bedacht wurde. Max konnte mich Tag und Nacht anrufen und selbst bei seinen ausgefallensten Ideen unterstützte ich ihn, plante für ihn, nahm ihm alle Sorgen ab. Ich weiß auch viel mehr von ihm, denn seine berufliche Welt interessierte Vince ja nicht. Max dankte es mir mit seiner Freundschaft und Loyalität über die Jahre hinweg.

Nach Vincents Unfall war auch ich erschüttert. Und wenn ich heute daran denke, dass ich derjenige war, der Elisabeth wiederfand und Max davon überzeugte, persönlich mit ihr zu sprechen, könnte ich mir fast selbst an den Kopf schlagen. Ja, sie hat Vince geholfen in der Nacht im Krankenhaus. Aber ich war in Sorge um Max, als ich ihn bat, sie nochmals aufzusuchen, um die Schweigepflichterklärung zu unterschreiben. Es war Vincents Idee, ihr das Smartphone zu schenken, weil er sich bei ihr bedanken wollte. Vielleicht hatte er auch damals schon Hintergedanken? Dann fiel Vince in seine Krise und ich sah, wie Max sich um ihn sorgte. Doch als Elisabeth sich bei ihnen breit machte und Vince sie anhimmelte, litt er so sehr, dass ich mich wütend fragte, wie Vincent seinem Partner das antun konnte. Weißt du, dass Max nächtelang nicht schlief? Und ich saß bei ihm, hörte ihm zu und versuchte wieder, ihn zu trösten, ihm Mut zu machen, dass Vince bei ihm bleiben würde. Aber es zerschnitt mir fast das Herz: Nie würde ich ihm solche Sorgen bereiten.

Von dem Zeitpunkt an waren es nur noch kleine Schritte, Versehen, nachsehbare Unterlassungen und effektive Hilfe, die zu ihrer Trennung führten.

Ich weiß, dass ich an unserem `Männerabend´, wie Max ihn nannte, falsch reagiert hatte. Dabei wollte ich Vince nur auf den Zahn fühlen, wie er zu Elisabeth stand. Aber ich wollte ihn sicher nicht in eine neue Krise stürzen!

Ich hatte ihn später auch angerufen, um mich bei ihm zu entschuldigen, aber er sprach nicht mehr mit mir und allein dieses Verhalten belastete Max wiederum, der Streit nicht gut erträgt. Als das Video auftauchte, war ich wirklich um seine Karriere besorgt. Max´ Leistung am Theater war nicht berauschend und nur ich wusste ja, was dahinter steckte und als Freund und Manager wollte ich ihn stützen. Nie hatte ich erwartet, dass Max und Vince sich derart streiten könnten, nie zuvor hatte ich das bei den beiden erlebt!

Wieder litt Max unter seinem Partner, doch ich konnte es jetzt nicht mehr mit ansehen. Ja, ich habe den Kopf geschüttelt, als Vince anrief, um mit Max zu sprechen. Aber ich war in Gedanken bei der Löschung des Videos und traute Vince einfach nicht zu, dass er es ohne meine Hilfe löschen konnte. Max hatte in dem Moment gefragt, ob er uns die Zustimmung geben würde und deutete mein Kopfschütteln falsch. Als er das Gespräch mit Vincent ablehnte, habe ich nicht insistiert, um das Missverständnis aufzulösen. Auch danach habe ich Max nicht gesagt, dass sich Vince um die Lösung des Problems selbst kümmern wollte. Ich war überzeugt, dass Vince es nicht in den Griff bekäme und ich wollte doch der Retter in der Not sein. Ein Kopfschütteln, eine fehlende Erklärung und ihre Krise spitzte sich so zu, dass ich wirklich um unsere Zukunft fürchtete: In diesem Zustand würde Max gar nicht mehr spielen können.

Ja, ich habe ihn unter Druck gesetzt, eine Entscheidung zu fällen. Als er sagte, er wolle sich von Vincent trennen, habe ich ihn nur dabei unterstützt, Fakten zu schaffen. Erst in Deutschland stellte ich fest, dass Vincent tatsächlich das Video löschen konnte und hatte auch Max darüber informiert. Aber er vermutete, dass Elisabeth sich darum gekümmert habe, und ich habe lediglich nicht widersprochen.

Das alles geschah nur aus einem Grund, Rick: Ich wollte nicht, dass Max noch weiteres Leid durch Vince und Elisabeth zugefügt würde – und ich wünschte mir, er würde nun endlich erkennen, wie sehr ich ihn immer noch liebte.

14

Franca

Wir waren schon auf dem Weg ins Bett, als das Telefon läutete. James sah mich fragend an, dann hörte ich ihn distanziert mit jemandem sprechen. Er kam zu mir herüber und deutete mir lautlos `Elisabeth´ an.

»Elisabeth«, sagte ich erfreut, »ich hatte schon versucht, dich zu erreichen. Vince sagte mir, dass du heute wieder zuhause bist.«

Schon bei den ersten Worten fiel mir ihr Vince-Akzent auf. »Du hast also mit ihm gesprochen! Jetzt bin ich echt erleichtert! Ich versuche seit Stunden, ihn zu erreichen, aber er geht nicht ans Telefon und beantwortet auch keine Mails. Kannst du mir vielleicht sagen, was die Jungs dort oben umtreibt?«

»Ich habe nur mit Vince gesprochen und er sagte, Max habe sich mit ihm gestritten. Max hat wohl von eurem Tanz an dem Premierenabend erfahren und war wieder eifersüchtig«, versuchte ich die Situation vorsichtig zu umschreiben.

Sie schwieg betroffen und seufzte dann. »Er war nicht nur eifersüchtig, Franca! Er war so voller Wut und Verzweiflung, dass ich es kaum ertragen konnte! Aber ich konnte ihm nicht helfen, weil er mich für die Situation verantwortlich macht. Er wollte es mir nicht erklären, aber warf mir vor, ich habe sein Leben zerstört.«

Ich hörte erstaunt zu. »Soll das heißen, dass du mit ihm gesprochen hast? Ich versuche seit Tagen erfolglos, ihn zu erreichen!«

»Ja, er war hier bei mir in Deutschland! Ich konnte es ebenso wenig glauben wie du, als er plötzlich im Krankenhaus hinter mir stand. Im ersten Moment hatte ich mich so gefreut, ihn zu sehen! Aber er sah schlecht aus und die Emotionen, die er mit sich herumtrug, haben ihn regelrecht entstellt. Es war kein Freundschaftsbesuch! Ohne allzu sehr ins Detail zu gehen, kann ich nur sagen, dass er mir feindselig begegnet ist. Franca, er sagte mir, er habe Vince verlassen!«

Ich sog erschreckt die Luft ein. »Vince hatte schon Befürchtungen in diese Richtung! Aber ich kann es einfach nicht glauben, nachdem er doch so um ihn gekämpft hat. Was genau hat Max zu dir gesagt?«

»Nichts weiter, als dass er Vince verlassen hat. Aber ich fühlte seinen Zwiespalt und als ich ihm geraten habe, zu ihm zurückzukehren, lehnte er es nur zögerlich ab. Als sei er sich seiner Entscheidung nicht sicher. Aber ich bin in Sorge um Vince! Wie hat er reagiert?«

»Er verstand nicht, was Max so in Aufruhr versetzt hatte und deutete eine Intrige von Jo an. Aber was nutzen uns jetzt die Spekulationen? Er hörte sich so betroffen an, als ich das letzte Mal mit ihm sprach. Und er hat gesagt, er wolle nur noch vergessen.«

»Gerät Vince in eine neue Krise, Franca?«, fürchtete sie. »Konzentriere dich noch einmal darauf, was er sagte und wie er sich angehört hat«, bat sie.

Ich versuchte mir seine Stimmung wieder in Erinnerung zu rufen und sagte: »Er hörte sich sehr verzweifelt an. Aber spürst du ihn denn nicht mehr?« Elisabeth besaß doch einen viel besseren Draht zu ihm als ich.

Sie antwortete traurig. »Nein, ich bin zu weit entfernt. Seit ich wieder in Deutschland bin, habe ich den emotionalen Kontakt zu ihm verloren. Und nun will er nicht mehr mit mir sprechen. Macht auch er mir Vorwürfe?«

»Nein, wie kommst du denn darauf? Ich dachte, dass zumindest du ihm eine Stütze sein kannst! Ich habe heute auch schon ein paar Mal bei dir angerufen, um dich über die Situation zu informieren. Könntest du ihn nicht besuchen und nach ihm sehen?«, bat ich.

Sie schien zu überlegen. »Franca, wenn ich gekonnt hätte, wäre ich schon nach Max´ Besuch heute Nachmittag losgefahren. Aber ich darf hier nicht einfach verschwinden. Glaub´ mir, ich werde alles daran setzen, um eine Lösung zu finden. Es wird allerdings einige Tage dauern. Kannst du mir vielleicht die Telefonnummer von Claire geben?«

Aber hier musste ich passen. Claire war einfach immer da gewesen, noch nie hatte ich sie erreichen müssen. »Sie wird sich sicher auch um Vince kümmern«, beruhigte ich, »und ich werde weiterhin versuchen, ihn zu erreichen. Meldest du dich noch einmal, wenn du bei ihm bist?«

»Natürlich, Franca! Bitte schicke mir noch deine Handynummer für alle Fälle. Und sprich auch mit Max, wenn er es zulässt. Ich sorge mich um ihn, auch wenn er sich das sicher verbitten würde.«

Erst nach unserem Gespräch fiel mir ihre ungewöhnliche Formulierung auf: Warum durfte sie nicht nach Schottland?

15

Vincent

An die nächsten Tage habe ich nur bruchstückhafte Erinnerungen.

Nach dem Lesen des Scheidungsantrags brachte Claire mich ins Schlafzimmer und versorgte noch einmal die Wunde an meiner Stirn, die wieder zu bluten begonnen hatte. Als ich ihr danken wollte, nickte sie nur traurig. »Ich lasse Sie nur ungern allein, aber Dr. White wartet auch auf mich. Ich komme morgen früh wieder, um nach Ihnen zu schauen. Könnten nicht Ihre Schwägerin oder Elisabeth wieder hier bei Ihnen bleiben?«, fragte sie besorgt.

Ich schüttelte nur den schmerzenden Kopf. »Ich komme schon zurecht.«

Ich vermisste Max so sehr, dass ich irgendwann seinen Bademantel aus dem Bad holte und mit ins Bett nahm, nur um seinen Duft zu spüren, bevor ich dem Wunsch nach Vergessen nicht mehr widerstehen konnte und die unseligen Pillen nahm. Es wurde dunkel und wieder hell. Ich konnte mich erinnern, dass das Telefon oft geläutet hatte, aber ich hatte mir einfach die Ohren zugehalten. Ich wartete auf Claire am nächsten Morgen, träumte davon, dass sie mir wieder ein Frühstück zubereitete. Doch die Traumbilder, in denen ich Elisabeth in der Küche stehen sah und sie für uns kochte, waren noch viel intensiver. Der Hunger trieb mich aus dem Bett. Ich schaffte auch den Weg ins Bad und bis zum Kühlschrank, doch die Ausbeute war denkbar gering. Als ich dann wieder im Bett lag, bemerkte ich noch, dass ich das Handy im Wohnzimmer vergessen hatte und vor lauter Ärger über mich selbst kam die nächste Pille an die Reihe.

Einmal ging ich auch an die Haustür, weil das penetrante Klingeln einfach nicht aufhörte. Während ich über Post und Zeitungen stolperte, fragte ich mich in meinem benebelten Zustand wieder, warum Claire nicht mehr gekommen war. Ein Blitzlicht blendete mich nach dem Öffnen der Haustür. Ich warf die Tür sofort zu und stellte die Klingel ab. Auf diesem langen Weg hatte mich Franca erreicht und ich freute mich, ihre Stimme zu hören, doch ich konnte kaum antworten.

Was sie mir sagte, erfasste ich nur langsam. Sie mache sich große Sorgen und Elisabeth wisse von meiner Situation. »Vince, ich kann hier nicht weg, meine Mutter braucht noch meine Hilfe, aber Elisabeth hat mir versichert, sie werde dich so bald wie möglich besuchen. Sprich doch einmal mit ihr! Sie war sich nach Max´ Auftritt so unsicher, ob du sie überhaupt sehen willst.« Welchen Auftritt hatte sie gemeint?

Allmählich wurde es ruhiger, das Läuten des Telefons erstarb ebenso wie das grässliche Licht, dass mich im Schlafzimmer blendete. Ich hörte nur noch ein entferntes Piepsen, das ich nicht zuordnen konnte.

Als ich das nächste Mal wach wurde, war es wieder Nacht. Ich entschloss mich zu einer neuen Expedition, weil ich mich plötzlich an einen besonderen Schatz im Untergeschoss erinnerte. Dort hing noch immer Elisabeths Abendkleid am Schrank; Handschuhe, Stiefel und Tasche lagen griffbereit daneben, als wolle sie es gleich wieder tragen. Wie oft war ich dort wie zufällig vorbeigegangen! Ich fühlte mich ihr näher, wenn ich es nur ansah. Ich zog Max´ Bademantel über, weil ich fror und versicherte mich meiner Helfer, indem ich sie in die Tasche schob. Irgendwie kam ich tatsächlich nach unten, zog das Kleid vom Bügel und es war mir völlig gleichgültig, dass ich wieder stolperte.

Der Tag danach fehlt mir in Gänze.

Ich erwachte von einem plötzlich aufflackernden Licht. Claire saß strickend neben meinem Bett, als ich langsam wieder ansprechbar war. Sie ließ das Strickzeug sinken, lächelte mich an und brachte mir endlich das ersehnte Frühstück. Zum ersten Mal nach so vielen Jahren sprachen wir länger miteinander. Weil du sie hier nicht interviewen kannst, Rick, werde ich versuchen, dir mit meinen Worten zu berichten, was sie mir erzählte.

16

»Claire«

Ich war im Wohnzimmer beschäftigt, als ich das Stöhnen von Dr. Vince hörte, gefolgt von einem dumpfen Knall, als sein Kopf auf die Tischplatte schlug. Ich konnte ihn gerade noch stützen, bevor er von den unpraktisch hohen Küchenstühlen fiel. Er ließ sich von mir ins Schlafzimmer führen, wo ich endlich ein ordentliches Pflaster auf die Platzwunde an seiner Stirn kleben konnte. Ich sah, wie er zwei Tabletten mit einem Schluck Wasser herunter spülte, als ich mich später von ihm verabschiedete. In der Küche lag vor dem Geschirrspüler das Schreiben, das der Bote gebracht hatte und nun verstand ich seine Reaktion.

Seit über fünf Jahren sorgte ich nun für die beiden und freute mich über jeden Tag, an dem ich Dr. Vince im Haus antraf. An meinem ersten Tag waren beide da gewesen, um ein Vorstellungsgespräch mit mir zu führen. Mr. Max übernahm das Reden. Er stellte ein paar oberflächliche Fragen zu meinen Referenzen und akzeptierte meine Gehaltsvorstellungen ohne Einwände. Und trotzdem zögerte ich, die lukrative Anstellung anzunehmen.

Dr. Vince bemerkte es, stand wortlos auf und kam mit einem Brief zurück. »Mrs. Baker, vielleicht hilft Ihnen das hier, sich für uns zu entscheiden.«

Ich öffnete den Brief und verstand zunächst nicht, warum er mir zwei ihrer Arztberichte zeigte. Bis er mich auf die letzten Zeilen hinwies: HIV-Test negativ.

Mr. Max verdrehte die Augen. »Natürlich, wie konnte ich das vergessen!«, und sah mich erwartungsvoll an.

Ich ließ das Schreiben sinken und lächelte. »Ich werde gerne hier für Sie sorgen. Sie können sich meiner Zuverlässigkeit und Diskretion sicher sein.«

Meist war ich mit Dr. Vince allein. Na ja, abgesehen von der Meinungsverschiedenheit in den ersten Monaten, als ich endlich mal sein

Arbeitszimmer auf einen menschenwürdigen Stand bringen wollte und er meine Mühe nicht zu schätzen wusste, verstanden wir uns gut, obwohl wir nicht oft direkt miteinander sprachen. Er begrüßte mich morgens an der Küchentheke. Wir hatten vereinbart, dass ich mein Kommen immer mit einem kurzen Klingeln ankündigte. Sollte mir jedoch niemand öffnen, konnte ich auch mit meinem Schlüssel das Haus betreten.

Ich begann meine Arbeit im Schlafzimmer und wenn er mich danach im Flur hörte, verließ er ohne ein Wort das Wohnzimmer, das als nächstes an die Reihe kam. Er kehrte dorthin zurück, wenn ich mich seinem Arbeitszimmer näherte und ließ sich wieder in der Küche nieder, als ich die letzte Station im Wirtschaftsraum ansteuerte. Wie in einem Ballett bewegten wir uns im Kreis durch die Räume und kamen uns nie in die Quere.

Na ja, ich will ja nicht sagen, dass er wirklich unordentlich ist. Aber ich hatte den Eindruck, dass er ständig eine Papierspur in Form von Büchern, Handzetteln und Notizen hinter sich herzog, so dass ich mich auf einer ewig andauernden Schnitzeljagd fühlte. Ich weiß, dass ich dann manchmal schnaubte. Dann sah er fragend auf, schob zwei Bücher zu einem dritten und hatte damit seinen Anspruch an Ordnung wohl schon übererfüllt, wenn er mich entschuldigend ansah. Wenn ich auch den Kopf schüttelte, konnte ich es ihm nicht übel nehmen. Er verbreitete dieses Chaos ja nicht böswillig.

Das erklärte ich auch Mr. Max, als er mich eines Morgens vorwurfsvoll auf den Zustand des Wohnzimmers ansprach. »Es ist alles sauber, aber ihr Partner ist einfach unordentlich und das Aufräumen hat er mir untersagt.« Er hatte genickt und ich hörte, wie er Dr. Vince bat, ein wenig Platz zu schaffen.

Mr. Max war viel ordentlicher, aber er war ja nur selten an Wochentagen da. Ich hörte von ihm nur am Telefon, wenn er mich bat, die eine oder andere Überraschung für das Wochenende zu besorgen. Ich hatte mich so an die Männer gewöhnt, dass sie nicht nur wegen des üppigen Weihnachtsgeldes meine Lieblingsarbeitgeber waren.

Als Dr. Vince vor einigen Monaten krank wurde, kam das für mich völlig überraschend. Er schien mir immer psychisch stabil zu sein. Und nie hatte ich Tabletten oder versteckte Alkoholflaschen wie bei einigen meiner früheren Arbeitgeber gefunden! Als er nur noch am Fenster saß, wirkte er so traurig. Ich versuchte, ihn ein wenig aufzuheitern, indem ich zwei seiner Lieblingsbücher neben ihm auf dem Tisch ablegte. Er sah auch kurz auf, nahm eines davon, als könnte es ihm helfen, doch dann legte er es wieder achtlos beiseite. Mrs. Franca erklärte mir, er sei in einer Depression, in die jeder einmal geraten könne und ich dachte an meine Mutter, die nach der Geburt meines jüngsten Bruders jahrelang in einem ähnlichen Zustand war.

Ich hatte schon viele seltsame Menschen in dem Haus angetroffen und an dem Morgen, an dem mir Elisabeth zum ersten Mal die Tür öffnete, fragte ich mich, wo denn nun dieser schwarz-graue Paradiesvogel herkam. Sie stellte sich vor und sagte, sie werde in den nächsten Wochen als Freundin bei Dr. Vince bleiben. Ich war erleichtert, als ich ihn wieder in der Küche sitzen sah. In den Tagen zuvor hatte ich ihn gar nicht angetroffen und das Schlafzimmer durfte ich damals auch nicht mehr betreten. Ich begann mit meiner Arbeit und kurz darauf hörte ich einen Laut, den ich gar nicht kannte. Ich drehte mich um und sah, wie Dr. Vince doch tatsächlich laut lachte! Erst damals fiel mir auf, dass ich noch nie sein Lachen gehört hatte. Er erholte sich nun schnell und ertrug es sogar, als Elisabeth einmal entnervt alle seine Bücher auf seinem Lieblingsplatz stapelte und ihn nur angrinste, als er sie später fragend ansah. Er nahm die Bücher wortlos und legte sie zumindest auf das Sideboard. Ich beschloss, mir ihren Trick auch zu eigen zu machen.

In den ersten Tagen stand sie einmal hinter mir und lud mich zu einer Tasse Kaffee ein. Als ich zögerte, lachte sie nur. »Vince ist mit seiner Physiotherapie beschäftigt. Er hätte sicher auch nichts dagegen, wenn Sie einmal eine Pause machen.«

Sie hatte für mich den Tisch im Wohnzimmer gedeckt und zum ersten Mal setzte ich mich auf die schönen Stühle, die ich so sorgfältig pflegte. Sie fragte mich, wie lange ich denn nun schon hinter Dr.

Vince her räume und schien amüsiert, als ich ihn verteidigte. Ich erklärte ihr unser Morgenballett und sah, wie sie den Kopf in den Nacken warf und lachte. Auch in der Zeit später tranken wir morgens einen Kaffee zusammen und dabei erzählte ich ihr auch einmal von den Sorgen um meine Tochter, die ein Kind von einem jungen Mann erwartete, der nicht zuverlässig war. Keinem meiner anderen Arbeitgeber hätte ich davon erzählt, aber es schien mir ganz selbstverständlich, mit ihr darüber zu sprechen.

Kurz danach sprach mich Dr. White an, ob ich auch ihm helfen könne und den zusätzlichen Betrag konnte ich gut gebrauchen.

Vor drei Wochen nahm Dr. Vince ein Päckchen aus Deutschland entgegen, das an mich adressiert war. Als ich es verwundert öffnete, lag eine wunderschöne Babyausstattung für meinen Enkel darin. Ich lache heute noch über seinen Gesichtsausdruck, mit dem er fragend an mir herabsah und erzählte ihm, dass ich seit einer Woche stolze Großmutter sei. Er gratulierte mir und als er kopfschüttelnd ins Wohnzimmer zurückging, hörte ich sein Murmeln: »Natürlich hat sie das gewusst!«

Am Monatsende kontrollierte ich erstaunt meine Gehaltsabrechnung und fand einen großzügigen Sonderbetrag, den Mr. Max Großmutterbonus genannt hatte.

Deshalb war ich grenzenlos enttäuscht, als ich an einem Montagabend das lapidare Schreiben von Mr. Max zuhause vorfand, in dem er mir mit sofortiger Wirkung kündigte.

Ich versuchte am Dienstag mehrmals, Dr. Vince telefonisch zu erreichen und als er sich nicht meldete, fuhr ich zu seinem Haus. Ich wollte mich persönlich davon überzeugen, dass es ihm gut ging. Aber er öffnete die Haustür nicht und ich traute mich nicht, die Tür einfach wie früher mit meinem Schlüssel zu öffnen. Schließlich hatte man mir gekündigt! Alle Jalousien waren geschlossen und das Haus sah verlassen aus. Deshalb dachte ich, dass Dr. Vince verreist war. Trotzdem ging ich in den folgenden Tagen vor meiner Arbeit bei Dr. White nochmals zum Haus. Aber niemand reagierte auf mein Klingeln.

Als Dr. White mir am Freitag die Tür öffnete, sah ich, wie er erleichtert aufatmete und jemandem im Wohnzimmer zurief: »Sie ist da!«

Elisabeth saß dort auf dem Sofa und wirkte zugleich besorgt und erschöpft. Ich sah, wie sie sich mit Mühe vom Sofa erhob, um mich zu begrüßen. »Claire, ich bin so dankbar, Sie zu sehen. Ich muss unbedingt zu Vince, aber er hat mir die Tür nicht geöffnet.« Sie schien gegen eine starke Müdigkeit anzukämpfen und auf meinen fragenden Blick hin, antwortete sie: »Eine lähmende Müdigkeit hat mich schon in gleichen Moment überfallen, als ich heute ankam. Nur mit Mühe konnte ich den langen Weg zum Taxi bewältigen. Können Sie mir bitte die Haustür aufschließen?«

Sie war ja schon immer ein wenig seltsam. Aber ich hatte auch beobachtet, dass ihre Freundschaft zu Dr. Vince während ihres Aufenthaltes so innig wurde, dass ich manchmal dachte, sie verstehen sich auch ohne Worte. Und ich gebe zu, ich war ein wenig eifersüchtig.

Ich zögerte und berichtete ihr von Dr. Vince´ schlechtem Zustand am Montag und der überraschenden Kündigung.

Sie schüttelte aufgebracht den Kopf. Wenn Mr. Max in diesem Moment anwesend gewesen wäre, hätte es sicher Streit gegeben.

Als ich ihr von der Vermutung berichtete, dass Dr. Vince wohl weggefahren sei, weil das Haus seit Tagen verlassen wirke, unterbrach mich Dr. White. »Nein, ich habe vorletzte Nacht Licht gesehen, als ich noch spät mit meinem Hund draußen war.«

Elisabeth sah mich nur bittend an und Dr. White fällte die Entscheidung, indem er nach seiner alten Arzttasche griff: »Wir gehen jetzt da hinüber. Ich übernehme die Verantwortung!«

Ein durchdringender Piepton empfing uns, als wir die Tür öffneten. Und ein ganz übler Geruch hing im Haus.

Elisabeth stürzte sofort ins Schlafzimmer und kam ratlos zurück: »Dort ist er nicht! Aber er muss hier irgendwo sein!«

Sie sah mit Dr. White in den anderen Zimmern nach. Ich verfolgte das seltsame Piepsen zur Tiefkühltruhe im Wirtschaftsraum zurück und bemerkte erst in dem Moment, dass der Strom im Haus abgestellt war. Dann hörte ich Elisabeth rufen. Sie hatten Dr. Vince in der Suite gefunden und ehrlich, ich fürchtete mich vor dem Anblick, der mich nun erwartete.

Er lag vor dem Bett und hatte sich wohl mit letzter Kraft die Überdecke heruntergezogen. Wieder war sein Gesicht beschmutzt, seit Tagen hatte er sich nicht rasiert und sah wirklich erbärmlich aus.

Elisabeth hatte seinen Kopf in ihren Schoss gelegt, strich ihm das verklebte Haar aus der Stirn und hatte die Augen geschlossen, während Dr. White ihn bereits untersuchte.

Sie atmeten fast gleichzeitig auf und Elisabeth lächelte mich erleichtert an: »Er schläft nur!«

Da fielen mir die Tabletten wieder ein, die er eingenommen hatte. Elisabeth fand sie in der Tasche des Morgenmantels, der Mr. Max gehörte. Sie warf das Zeug wütend in den nächsten Mülleimer und zog ganz vorsichtig das Ballkleid aus seinen Armen, das ich immer bewundert hatte.

Gemeinsam gelang es uns, ihn zumindest auf das Bett zu legen. Er drehte sich schnarchend um und wir mussten trotz all der Anspannung lachen.

Während Elisabeth ihm das geschundene Gesicht säuberte, ging ich mit Dr. White nach oben. Die Fenster ließen sich noch öffnen, aber die Jalousien wurden elektrisch bedient. Dr. White zog sein Handy aus der Tasche. Er sagte, er kümmere sich darum.

Die Kühlschranktür stand offen. Ich entsorgte zunächst alle verdorbenen Lebensmittel und Elisabeth half mir danach beim Ausräumen der Tiefkühltruhe.

Dr. White kam zu uns herüber und war immer noch erregt. »Es ist doch nicht zu fassen! Die Bürokraten haben erst nach dreihundert Pfund Vorkasse den Strom wieder eingeschaltet! Trotzdem wird es bis morgen dauern, weil die Techniker nun schon zuhause sind. Wir können Dr. Jeremiah doch nicht im Dunkeln sitzen lassen!«

Elisabeth beruhigte ihn. »Das ist doch das geringste Problem. Ich werde unten bei Vince bleiben und darauf achten, dass er nicht wieder das Teufelszeug nimmt. Und ein paar Kerzen werden wir schon finden.«

Da erinnerte ich mich an die Wanderausrüstung, bei der auch die Stirnlampen lagen und sie nickte. »Das wird schon gehen, ich bin so müde, dass ich einfach unten im Sessel schlafen werde.«

Gegen Abend war das Haus wieder bewohnbar. Dr. White bestellte für uns ein Abendessen und Elisabeth bedankte sich noch einmal bei mir. »Claire, ich bin sicher, dass Vince Sie morgen wieder engagiert. Kommen Sie wie üblich?«

Ich versprach es ihr.

Dr. White untersuchte noch einmal Dr. Vince, dann verabschiedeten wir uns.

17

Vincent

Weißt du Rick, jahrelang habe ich noch nicht einmal registriert, welch ein Schatz da so unauffällig für uns sorgte. Claire hatte sogar die vielen Aufmerksamkeiten besorgt, mit denen Max mir eine Freude bereitet hatte. Nie hatte ich mich gefragt, wo die Dinge überhaupt herkamen. Sie wusste auch genau, welcher Morgenmantel Max gehörte. Und sie hatte über meine Unordentlichkeit, die ihr so viel Mühe bereitet hatte, einfach hinweg gesehen.

Ich sah sie an, wie sie dort ein Jäckchen für ihren Enkel in einer grauenhaft schreienden Farbe strickte und beneidete den Kleinen um seine Großmutter. »Claire, Danke für Ihre nachsichtige Sorge um uns! Werden Sie denn zurückkommen? Max hat die Kündigung nicht mit mir besprochen. Ich hätte nie zugestimmt!«

Als sie nickte, war ich erleichtert und wagte mich noch etwas weiter vor: »Wollen Sie mich nicht Vincent nennen?«

Sie sah mich erstaunt an. »Natürlich nicht, Dr. Jeremiah, das passt nicht zu uns!« Doch dann lächelte sie und setzte hinzu: »Aber Dr. Vince würde ich Sie gerne nicht nur im Geheimen nennen.«

»Ich würde mich sehr darüber freuen!« Ich fragte nach Elisabeth und sie sagte, dass Elisabeth die Zutaten für ein Mittagessen besorge und in diesem Moment hörte ich auch schon die Tür oben zuschlagen.

Claire stand auf und nickte mir zu. »Ich bin froh, dass es Ihnen wieder besser geht. Wir sehen uns am Montag, Dr. Vince.«

Sie verließ das Zimmer und nahm gleich die Kerzen mit, die noch auf dem Tisch standen.

Dann stand sie auch schon vor mir, meine Lady in Black, und lachte: »Hey, Vince, da bist du ja wieder! Ich muss schon sagen, Ihr Jungs haltet mich ordentlich auf Trab!«.

Sofort standen die Bilder der Nacht wieder vor mir.

Ich war aufgewacht, musste mich erst orientieren. Ich lag auf dem Bett in der Suite und hielt Max´ Bademantel im Arm. Ich fühlte mich erholter, fast als hätte ich mein Leid ausgeschlafen. Und schon wieder quälte mich der Hunger. Ich tastete nach dem Schalter der Nachttischlampe, doch es blieb dunkel. Meine Augen mussten sich erst an das Zwielicht gewöhnen, bevor ich wieder nach oben gehen wollte. Mein Blick fiel auf Elisabeths Ballkleid, das immer noch am Schrank hing. Dabei war ich sicher, ich hätte es ebenfalls in den Armen gehalten. Der schwere Sessel stand neben dem Bett und darauf lag in sich zusammengesunken, Elisabeth! Eine riesige Beule entstellte ihre Stirn und ich war nun überzeugt, dass ich noch träumte, als ich die Beule als Stirnlampe identifizierte. So skurril war selbst sie nicht.

Noch schlaftrunken stand ich auf und ertastete mir den Weg ins Bad, doch auch hier funktionierte das Licht nicht. Die Helligkeit der Mondnacht ermöglichte mir zumindest eine vage Orientierung. Als ich mir die Hände wusch und das Wasser ins Gesicht schlug, fühlte ich mein verklebtes Haar und den Bartwuchs. Nun war ich so wach, dass ich endlich glauben konnte, dass Elisabeth wirklich da war. Wann war sie zurückgekehrt, wie war sie ins Haus gekommen? In meinem Kopf fand ich nur einen zähflüssigen Bilderreigen von Hell und Dunkel, Telefonklingeln, der Suche nach Essbarem und Sehnsucht. Doch alle Fragen traten zurück hinter dem Glück, das ich empfand, als ich neben ihr in die Knie ging und sanft über ihren Arm strich.

Sofort überfielen mich die Töne, die nun an Farben gekoppelt waren und mich blitzlichtartig blendeten: Grau, Grün, Blau, Weiß. Meine Hand zuckte zurück. Natürlich, sie schlief und war in ihrem unbewussten Zustand auch nicht abgeblockt. Sie war nicht aufgewacht und ich stand wieder auf, blickte auf sie herab. Ich wollte sie nicht in der unbequemen Haltung liegen lassen, aber durfte ich sie überhaupt berühren? Die Stirnlampe war ihr halb vors Auge gerutscht und ich zog sie ihr vorsichtig ab. Nun war mir auch klar, warum sie sie trug: Der Strom im Haus war abgestellt. Dann konzentrierte ich mich auf einen sicheren Stand, bevor ich sie hochhob und aufs Bett legte. Sofort erschienen die Farben wieder, blendeten jetzt jedoch nicht mehr so stark. Ich sah, wie sie sich wohlig auf dem Bett ausstreckte, deckte sie zu und legte mich zu ihr. Noch immer konnte ich kaum fassen, dass sie tatsächlich gekommen war. Hier lag sie nun nur wenige Zentimeter von mir entfernt und doch wusste ich, dass ich sie nicht berühren durfte. Seufzend rollte ich die Überdecke zusammen, legte sie wie einen Wall zwischen uns und bevor ich wieder einschlief, glaubte ich ein leise geflüstertes »Vince?« zu hören.

Da stand sie also und lachte mich an. Wenn du jetzt meinst, Rick, wir hätten nichts anderes im Sinn gehabt, als sofort miteinander ins Bett zu fallen – so war es nicht. Sie war wieder da und ich war überglücklich. Aber unsere Situation hatte sich geändert und wir waren beide unsicher, wie wir damit umgehen sollten.

Unsere Beziehung war durch eine seltsam freundschaftlich-platonische Liebe geprägt, ganz abgesehen von der Einschränkung, dass wir uns kaum berühren konnten. Die Situation, dass Max nicht mehr zwischen uns stand, bescherte uns nun ganz neue Freiheitsgrade, die uns beide verunsicherten. Wenn ich ein spontaner Mensch wäre, hätte ich sie umarmt. Aber ich fühlte mich verunsichert und zudem, noch freundlich ausgedrückt, ungepflegt.

Sie folgte wohl meinen Gedanken und nickte dann lächelnd: »Das ist eine gute Idee und sicher kein Luxus. Ich warte in der Küche auf dich.«

Nach einer ausgiebigen Dusche fühlte ich mich wie ein anderer Mensch. Der blaue Fleck an meiner Stirn war noch deutlich sichtbar und ich lachte beim Rasieren über mein groteskes Aussehen. Als sie früher einmal erwähnt hatte, dass ich im Punkt Attraktivität Max in Nichts nachstünde und wir auch deshalb so gut zueinander passten, hatte ich sie skeptisch angesehen. Aber die Frage stellte sich jetzt kaum und ich konnte froh sein, dass sie bei meinem Anblick nicht schreiend das Haus verlassen hatte. Ich zog mich an, ging hinüber ins Wohnzimmer und beobachtete, wie sie ganz selbstverständlich die Einkäufe im Kühlschrank verstaute und nebenbei den Kaffee wieder mit dem altmodischen Filter aufgoss. Zum ersten Mal, seit Max gegangen war, fühlte ich mich in unserem Haus wieder geborgen. Natürlich blieb ich nicht lange unbemerkt, sie sah auf und lächelte mich an. »Ich bin froh, dich einfach dort stehen zu sehen, mein lieber Freund.«

Wir setzten uns an die Küchentheke und ich beichtete ihr, dass ich die Wartezeit bis zu unserem nächsten Telefonat nicht ertragen konnte und gedacht hatte, mit Schlafen verginge die Zeit am schnellsten.

Sie schüttelte den Kopf. »Nein, Vince, das greift mir zu kurz! Als du schwer krank warst, hast du die Medikamente abgelehnt. Ich spüre die Trauer um Max in dir und in ihm sah es doch auch nicht besser aus.« Sie berichtete mir von Max´ Besuch und überlegte: »Vince, ich glaube einfach nicht, dass er das alles ernst meint. Ja, er war wütend auf mich. Aber er war auch voller Verzweiflung und Ratlosigkeit, er litt regelrecht. Willst du nicht noch einmal mit ihm sprechen?«

Ich schüttelte energisch den Kopf. »Er hatte alles ja wohl schon länger vorbereitet und nur den Anlass gesucht. Er hat mir innerhalb von zwei Tagen nicht nur die Partnerschaft aufgekündigt, sondern auch den Strom abstellen lassen und meine einzige Kontaktperson entlassen.«

Sie widersprach: »Und genau das passt doch nicht zu ihm. Er ist Künstler und die generalstabsmäßige Planung seines Lebens übernimmt Joseph.«

Aber ich fiel ihr ins Wort: »Nein, so weit würde selbst Joseph nicht gehen! Er sichert sich immer ab und Max hat alle Schreiben eigenhändig unterzeichnet. Er steckt in einer beruflichen Krise, ist sich seiner selbst nicht sicher. Vielleicht liebt er mich einfach nicht mehr und wollte es nicht sagen.«

»Nein, das ist es nicht.« Sie seufzte. »Alles wieder nur Spekulation! Es kann doch nicht sein, dass eure Partnerschaft an einem nicht geführten Telefonat zerbricht!«

Ich sah sie nachdenklich an. »Ich denke, es war eher unser Video, das ihn so geschockt hat.«

Sie zog die Augenbrauen zusammen. »Was für ein Video?«

Ich sah, wie alarmiert sie war. »Hat er es nicht erwähnt? Es war ihm so wichtig, dass Jo es mit meiner Zustimmung löschen konnte! Als hätte ich nicht selbst sofort reagiert. Wofür hält er uns, dass er meint, es könne uns recht sein, wenn alle Welt uns anstarrt?«

Sie griff fest nach meinem Arm und was ich in ihr spürte, war die reine Panik. »Ein Video von uns beiden, Vince? Zeig es mir sofort!«

Ich versuchte, sie zu beruhigen: »Es ist längst gelöscht, my Lady.«

»Zeig es mir jetzt sofort!«

Ich wusste nicht, was ich von ihrer Reaktion halten sollte, doch wir standen auf und gingen in mein Arbeitszimmer. Das Internet ließ sich nicht starten und es war nur meinen von Max deutlich reduzierten Dateien zu verdanken, dass ich es unter meinen Dokumenten fand.

Sie sah es sich dreimal an, zuerst überrascht, dann fasziniert, doch beim dritten Mal achtete sie genau darauf, wie oft und wie lange unsere Gesichter zu erkennen waren. Sie schlug die Hände vors Gesicht. »Oh nein, oh nein, es darf nicht wahr sein, Geliebter! Ich habe schon wieder einen Fehler gemacht!«

Ich sah sie fassungslos an.

Doch sie achtete nicht mehr auf mich, sah sich panisch um, lief auf und ab, als suche sie verzweifelt einen Ausweg, dann sah sie mich an. »Ich muss dringend telefonieren!« Sie nahm das Telefon und legte es kurz darauf entnervt wieder hin. »Es ist auch abgestellt, Max hat wirklich reinen Tisch gemacht. Vince, ich kann es dir nicht erklären, aber ich muss sofort reagieren! Ich bin in ein paar Stunden wieder da!«

Sie rannte zur Tür, griff nach ihrem Rucksack und meinen Autoschlüsseln, setzte routiniert aus der Garage und ließ mich verwirrt zurück.

Wieder war ich allein im Haus und dachte zuerst daran, eine Tablette zu nehmen, die mir die Wartezeit etwas verkürzen würde. Doch ich riss mich zusammen und versuchte, mich abzulenken. Ich öffnete die Post, die sich angesammelt hatte. Darunter fand ich einige Schreiben, die mich auf meinen veränderten Familienstand hinwiesen. Seufzend beschloss ich, diese Angelegenheit zuerst zu erledigen.

Unsere Bank hatte ein förmliches Schreiben geschickt, in dem ich auf die Konsequenzen aus der Löschung unserer gemeinsamen Konten durch Max hingewiesen wurde. Alle Daueraufträge waren eingestellt worden und ich solle während der Öffnungszeiten einmal vorbeikommen. Unser Bankberater hatte meist mit mir gesprochen und ich vermute, unserem persönlichen Kontakt hatte ich es zu verdanken, dass dem unpersönlichen Schreiben eine handschriftliche Notiz mit der Bitte um Rückruf sowie einer Handynummer beigefügt war. Aber mein Handy funktionierte ebenso wenig wie das Internet. Ich musste doch tatsächlich zu einer Telefonzelle, um ihn zu erreichen.

Er erklärte mir, die Umschreibung aller Aufträge sei eine reine Formsache. Ich müsse dafür nur ein eigenes Konto eröffnen und bot mir an, sich sofort mit mir in der Bank zu treffen. Am Samstag! Ich war ihm dankbar, dass er die Angelegenheit mit mir ohne weiteren Kommentar regelte. Danach suchte ich eine Filiale meiner Telefongesellschaft auf, wo man nicht so hilfsbereit war. Der Verkäufer sagte mir, man brauche die neuen Kontodaten und erst in der kommenden Woche würden Internet und mein Handy wieder freigeschaltet. Wütend verließ ich das Geschäft und kaufte in einem nahegelegenen Elektronikladen ein Prepaidhandy, weil ich mich ohne einen Kontakt nach außen so isoliert fühlte. Als ich mir zuhause das einfache Gerät ansah, fiel mir nur Franca ein, mit der ich sprechen wollte.

Sie freute sich, von mir zu hören. »Vince, ich habe so oft versucht, dich zu erreichen, aber du hast mich wohl nicht gehört und später war dein Telefonanschluss nicht mehr zu erreichen.«

»Ja, Max hat wirklich nichts vergessen!«, lobte ich ihn ironisch.

»Wie meinst du das?«, fragte sie alarmiert.

Ich erzählte ihr vom Scheidungsantrag, der Kündigung von Claire, der Auflösung unserer Konten und auch, dass er mir den Strom und das Telefon abstellen ließ.

Sie reagierte mit wachsender Empörung. »Das ist doch nicht zu fassen, der spinnt wohl! Vince, wenn ich ihn das nächste Mal erreiche, bekommt er etwas von mir zu hören! Ich habe ihm erzählt, dass du mit Jonathan das Video gelöscht hast. Er schwieg auch tatsächlich einen Moment betroffen, dann war er wieder völlig verstockt. Wusstest du, dass er in London ist?«

Ich schüttelte den Kopf. »Nein, ich habe keinerlei Kontakt zu ihm. Im Moment ist das wohl das Beste.«

Sie fragte nach Elisabeth und ich berichtete ihr, dass sie gestern angekommen sei.

Ich hörte ihre nachdenkliche Antwort. »Gut, dass sie bei dir ist. Auch wenn ich eure Trennung sehr bedauere, hat Max dir Unrecht getan und ich kann dich verstehen, wenn du nicht allein sein möchtest. Grüße Elisabeth von mir und bitte, Vince, meldest du dich mal? Jetzt werde ich erst einmal Max den Kopf waschen!«

Ich musste fast lachen, denn Francas Strafpredigten fürchtete sogar Max. »Lass seinen Kopf aber dran, ja? Bis bald, Franca!«

Ich hatte bereits den Tisch auf der Veranda gedeckt, als Elisabeth erst gegen Abend wieder zurückkehrte. Beim Abendessen fragte ich sie, wo sie gewesen sei.

Zunächst schüttelte sie ablehnend den Kopf, doch als sie meinen besorgten Blick sah, gab sie nach. »Okay Vince, ich gebe zu, dass ich in Panik geraten bin. Aus Gründen, die ich dir nicht nennen kann, versuche ich, meine Privatsphäre zu wahren. Ich muss mein Leben verstecken und unauffällig sein. Dazu gehört auch, dass es keine Fotos von mir im Internet gibt. Du glaubst ja nicht, welche Datenmengen allein aus einem Foto zu analysieren sind, das dort veröffentlicht ist. Fast niemand wusste, dass ich in den Wochen, als du krank warst, hier bei euch war. Offiziell hatte ich meine Schottlandreise ausgeweitet. Das alles ist kompliziert und ich werde dir sicher irgendwann einmal davon erzählen, aber im Moment bitte ich dich um dein Vertrauen. Glaube mir, ich will euch nur schützen! Ich will vermeiden, dass ihr in meine Angelegenheiten hineingezogen werdet und auch darunter zu leiden habt.«

Ihre nebulösen Andeutungen beunruhigten mich eher als sie mir halfen. Ich sah ihr erstaunt an, wie sehr sie bei den wenigen Sätzen an Offenheit rang. Deshalb fragte ich nur: »Ist denn alles in Ordnung?«

Sie lächelte mich mit einem traurigen Blick an. »Ja, ich hoffe es. Zumindest im Augenblick. Meine Kontaktpersonen haben keine Auffälligkeiten festgestellt. Das bedeutet, dass das Video noch nicht mit mir in Verbindung gebracht wurde und ihr beide weiterhin sicher seid.«

Das hörte sich immer noch besorgt an. »My Lady, das Video ist gelöscht. Mach dir doch keine Sorgen!«

Ihr Blick wurde ernst. »Nein, es wird nie gelöscht sein. Es liegt irgendwo in den riesigen Datenspeichern, die das Internet so gefährlich machen! Aber ich hoffe, dass niemand sich dafür interessiert. Solange ihr wie bisher weiterlebt und niemand gezielt danach sucht, stehen die Chancen ganz gut, dass es einfach vergessen wird. Dank deiner schnellen Reaktion ist es zumindest für die Öffentlichkeit nicht mehr sichtbar. Hast du das allein hinbekommen?«

Ich erzählte ihr von Jonathans Hilfe und als sie fragte, ob ich Francas Jonathan meinte, nickte ich. »Er kennt sich mit dem Internet aus und hat mir schon öfter geholfen. Er ist absolut vertrauenswürdig, Elisabeth!«

Sie war erleichtert, schien zu überlegen. »Was meinst du: Wie viele Menschen wissen, dass du mit mir getanzt hast? Wer kennt meinen Namen?«

Wir überlegten gemeinsam und kamen nur auf einen kleinen Personenkreis. Außer Max und mir konnten nur Jo, Tom und Francas Familie ihren vollen Namen nennen. Alle anderen Besucher kannten sie bestenfalls oberflächlich. In diesem Fall hatten ihr ungewöhnlicher Familienname, den sich niemand merken konnte sowie die Tatsache, dass sie sich meist nur mit ʹElisabethʹ vorstellte, sie geschützt.

Sie nickte: »Es wird schon alles gut gehen und vielleicht bittest du alle, nicht darüber zu sprechen?«

Bei Francas Familie war das keine Frage, aber Jo und Max würde ich nicht anrufen. Sie würden wohl aus eigenem Interesse nicht darüber sprechen. »Ich rufe Tom an. Aber er hat ja noch nicht einmal Max oder mir erzählt, was er auf dem Ball gesehen hat. Er ist auch verschwiegen.«

Sie hatte sich bei unserer Analyse zunehmend entspannt und sah mir in die Augen: »Das Tanzen war wunderschön, nicht wahr?«

Ich nickte: »Ich würde es zu gerne wiederholen!«, und sie flüsterte verträumt: »Nach Sonnenuntergang, im Garten?«

Fünf Stunden nach Elisabeths verlockendem Angebot lag ich im Bett und wollte mir wieder die Decke über den Kopf ziehen.

Noch während des Abendessens war Dr. White vorbeigekommen, um sich davon zu überzeugen, dass ich mich erholt hatte. Ich entschuldigte mich, dass ich mich noch nicht für seine Hilfe bedankt hatte, gab ihm das Geld, das er vorgelegt hatte und lud ihn ein, sich zu uns zu setzen, was er gerne annahm. So saßen wir noch zu dritt auf der Veranda. Während wir uns unterhielten, hätte ich am liebsten an der Sonne gezogen, die heute anscheinend quälend langsam unterging Ich freute mich auf die Nacht! Dr. White verabschiedete sich, als er meine Unruhe bemerkte und wir verabredeten uns für eine Schachpartie im Laufe der Woche. Elisabeth hatte recht, er war ein hilfsbereiter und gebildeter alter Herr. Und ich hatte ihn bis vor kurzem noch nicht einmal gegrüßt!

Elisabeth erinnerte mich an das Gespräch mit Thomas und ich gebe zu, dass ich ihn widerwillig anrief. Vielleicht war Jo bei ihm? Er meldete sich erst nach dem zehnten Klingeln und klang so erschöpft, dass ich ihn fragte, ob ich ihn gestört habe.

»Nein Vince, ich habe überlegt, ob ich überhaupt antworte. Ich mag im Moment mit niemandem sprechen. Du wolltest sicher mit Jo reden? Aber ich habe seit neuneinhalb Tagen nichts von ihm gehört.«

Ich hakte nach: »Franca sagte mir, dass er in London ist. Weißt du das nicht?«

»Er ist in London? Nein, er hat sich nicht blicken lassen, seit Max nach eurem Streit bei uns aufgetaucht ist! Zuerst dachte ich, dass er sich zu sehr um Max kümmert. Aber er hat auf meine Anrufe nicht reagiert und sich im Büro verleugnen lassen.

Hast du nichts von Max oder ihm gehört?«

Ich erzählte ihm, was vorgefallen war und er stöhnte: »Ich hatte schon gleich ein schlechtes Gefühl, als Max in diesem Zustand mit seinem Pass vor der Tür stand. Aber dass sie so austicken, damit habe ich nicht gerechnet. Wer sind wir, Vince, dass man so mit uns umspringt? Und ich werde noch nicht einmal einen Scheidungsantrag bekommen, der mir zeigt, wo ich stehe!«

Er begann leise zu weinen und ich hatte Wut im Bauch. Jo sah in Tom nur den Zeitvertreib und hatte auf eine neue Chance bei Max gewartet. Ich hatte mich schon oft gefragt, warum Jo einem Partnerschaftsvertrag immer ausgewichen war und im Rückblick war es so einfach: Abwarten bis zur nächsten Krise und dann alle Register ziehen, die uns eine Rückkehr zu unserem Partner unmöglich machten. Ich versuchte, Tom zu trösten, aber es blieb uns beiden nur die sprachlose Traurigkeit. Ich erwähnte Elisabeths Wunsch nur kurz gegen Ende unseres Gespräches und Tom sagte müde: »Natürlich werde ich kein Wort über sie verlieren und ich beneide dich um eine

Freundin. Ich wünschte, ich hätte auch jemandem, dem ich vertrauen könnte.«

Ich berichtete Elisabeth das Telefonat und dabei fiel mir auf, dass ich nicht einmal bemerkt hatte, dass Max seinen Pass mitgenommen hatte. »Ich hatte bei unserem Streit von Anfang an keine Chance auf Versöhnung! Und er wurde auch nicht von Jo bedrängt, als er mich verließ. Ich kann es immer noch nicht glauben!«, setzte ich verletzt hinzu und rieb mir mit der Hand über die Augen.

Elisabeth strich mir tröstend über den Arm und versuchte, meine Stimmung zu erleichtern, aber ich wollte wütend sein!

Als sie meinen Widerstand spürte, nickte sie: »Trauere um Max, auch wenn ich glaube, dass es anders abgelaufen ist.«

Jetzt war ich sogar mit ihr ungnädig: »Verteidigst du ihn immer noch?«

Aber sie sah mich nur traurig an. »Nein, Vince.« Sie stand auf und ging zur Garderobe, in der immer noch ihr Rucksack stand. »Ich gehe jetzt ins Bett. Wir brauchen wohl beide noch Zeit und ich bin auch erschöpft. Verschieben wir unsere Pläne und lassen es langsam angehen? Nach Tanzen ist uns beiden jetzt wohl nicht zumute.« Dann ging sie wie selbstverständlich zur Treppe nach unten und schloss die Tür hinter sich.

Das kam so plötzlich! Und schon wieder fühlte ich mich sitzengelassen; konnte sie denn meine Reaktion nicht verstehen? Ich war so aufgedreht, so wütend, so enttäuscht, dass ich noch eine Flasche Wein öffnete. In großen Schlucken trank ich aus der Flasche und wusste einfach nicht, wohin mit den Emotionen, die sich in mir angestaut hatten. Ich ging ins Schlafzimmer hinüber und fand sie nicht, dann sah ich im Bad nach und fand sie nicht: Wo waren meine Pillen? Ich wurde immer unruhiger, riss die Schränke auf, warf alle Mittel aus dem Arzneischrank, suchte sogar in der Küche und im Arbeitszimmer.

Wahrscheinlich hatte Elisabeth den Lärm gehört. Sie kam noch einmal nach oben, um nach mir zu schauen: »Was ist denn los, suchst du etwas?«

Aber ich antwortete ihr nicht, strafte sie mit Missachtung. Ich warf die Bücher vom Sideboard – sie mussten hier irgendwo sein! Dann fiel es mir ein: Max´ Bademantel. Doch auch der war unauffindbar und nun ging die Suche von vorne los. Ich lief durch alle Zimmer, schimpfte auf Claire, die immer aufräumen musste. Sicher hatte sie den Bademantel gewaschen. Ich stürzte zum Wirtschaftsraum und dort lag er im Wäschekorb. Erleichtert zog ich ihn hervor und tastete in den leeren Taschen verzweifelt nach den Tabletten. Wie rasend begann ich, die übrige Wäsche aus dem Korb zu werfen und bemerkte Elisabeth erst, als sie mich ansprach: »Du musst nicht auf Claire schimpfen, Vince! Ich habe deine Tabletten weggeworfen, du wirst sie nicht mehr finden.«

Ich drehte mich zu ihr um, fassungslos. »Du hast sie weggeworfen? Du vergreifst dich tatsächlich an meinem Eigentum?« Nun brannte die Wut in mir lichterloh.

Sie wich einen Schritt zurück und ich bemerkte ihre Angst, als sie sich streckte und sagte: »Ja, das habe ich getan. Sie machen dich krank, Vince! Du darfst sie nicht nehmen, du bist ja jetzt schon auf Entzug!«

Ich brüllte sie an: »Auf Entzug, ja wieso wohl? Die Pillen wurden mir verschrieben! Ich hätte sie schon vor Monaten nehmen sollen, sie stehen mir zu! Ist doch echt zum Kotzen! Schon wieder bin ich von einem Menschen umgeben, der sich an meinen Dingen vergreift, mir Vorschriften macht!«

Voller Wut trat ich gegen den Wäschekorb, der gegen die Wand schleuderte und ging auf sie zu. Ich bemerkte die Träne, die ihr über das Gesicht lief. Sie schloss die Augen, als erwarte sie eine Bestrafung, aber trotzdem blieb sie stehen, ergriff nicht die Flucht. Ich schob sie achtlos zur Seite, ging den Flur entlang und knalle die Tür hinter mir zu.

Ich wälzte ich mich im Bett hin und her, fand einfach nicht die richtige Lage und hatte den Eindruck, alle Nervenenden stünden unter Strom. Es juckte, biss, drückte überall. Erst nach Stunden spürte ich, wie ich etwas ruhiger wurde, meine Ungeduld nachließ, meine Wut abklang. Ich fiel in einen unruhigen Schlaf, der mir keine Erholung brachte. Die lebhaften Träume, in denen Max, Elisabeth, Thomas und Jo immer wieder auftauchten, ließen mich verschwitzt auffahren. Als die Morgendämmerung einsetzte, stand ich auf, stellte mich unter die Dusche. Auf dem Weg zum Schrank wirkte das Bett so verlockend, dass ich mich noch einmal kurz ausstrecken wollte und schlief augenblicklich ein.

Das Gefühl der Scham überfiel mich in dem Moment, in dem mein klares Denken wieder einsetzte: Wie hatte ich sie nur so behandeln können? Ausgerechnet den Menschen, der mir so viel bedeutete, hatte ich angeschrien, beschimpft, beiseite gestoßen!
Ich musste all meinen Mut zusammennehmen und dachte über mögliche Entschuldigungen nach. Keine schien mir angemessen, als ich mich auf den schweren Weg in die Küche machte. Doch sie saß nicht an der Küchentheke. Ich nahm mir eine Tasse Kaffee und fand sie auf der Terrasse im Garten.
Sie wirkte übernächtigt, hatte ein aufgeschlagenes Buch vor sich. Nachdenklich und besorgt sah sie zu den Klippen und wandte ihren Blick auch nicht zu mir, als ich mich zu ihr setzte. So saßen wir zunächst wortlos nebeneinander, bis ich zu meiner Entschuldigung ansetzte. Ich spürte, dass sie meinen Gefühlen bereits in Gedanken gefolgt war. Wie an dem Morgen nach dem Männerabend.
Aber dieses Mal wartete sie auf die Worte, die ich wählte und hörte mir ohne Regung zu, nickte dann. »Ich weiß, dass du es heute bedauerst. Ich hatte den Grad deiner Gewöhnung an die Dinger unterschätzt. Schon gestern beim Abendessen ist mir deine körperliche Unruhe aufgefallen und das Gespräch mit Thomas hat dich zusätzlich aufgewühlt. Das waren eindeutig Entzugserscheinungen und ich dachte, ich könne sie ableiten. Aber deine flammende Wut hat mich ausgeschlossen!«, erklärte sie hilflos. »Ich habe es auch nicht gewagt, dich zu berühren, um sie abzuleiten. Und ich habe gespürt, was du in der vergangenen Nacht durchgemacht hast. Weil ich mich nicht abblocken konnte, habe ich es ungewollt mit dir geteilt. Es hat quälend lang gedauert, bis ich dich erreichen konnte. Dabei hatte ich genug Zeit, über meinen Fehler nachzudenken. Ich hätte vorher mit dir darüber sprechen, dir die Gefahren des Entzuges aufzeigen sollen und deine Entscheidung abwarten müssen. Aber als ich die Tabletten fand und sah, was sie aus dir gemacht hatten, habe ich sie einfach

weggeworfen. Deshalb konnte ich sie dir gestern nicht mehr zurückgeben. Die schlimmste Phase des körperlichen Entzuges hast du jetzt überstanden, aber die psychische Abhängigkeit, dieser Wunsch nach Vergessen, wird weiter bestehen. Wie willst du damit umgehen, Vince?«

Ich seufzte unter ihrem durchdringenden Blick. »Sie war so einfach, diese Lösung meiner Probleme! Natürlich weiß ich, dass es so nicht weitergeht. Nein, ich werde keine Tabletten mehr nehmen, ich hätte nie damit anfangen dürfen.« Ich machte eine Pause. Es fiel mir so schwer, weiterzusprechen und meine Gedanken zu formulieren. »Nun bist du hier und ich bin glücklich darüber! Und trotzdem bin ich so traurig, weil Max mir fehlt.«

Sie schüttelte den Kopf. »Deine Traurigkeit kann ich ertragen, Vince, sogar teilen und vielleicht auch erleichtern. Ich weiß sehr wohl, dass man so eine Liebe wie die eurige nicht so eben abhakt. Ich kann dir Max nicht ersetzen und will es auch gar nicht.« Sie sah zum Meer und ich spürte ihre Erinnerung an einen Mann wie einen Hauch in meinen Gedanken. In wen war sie damals verliebt? Dann war es sofort wieder vorbei und sie sprach ernst weiter. »Ich kenne die Achterbahn der Gefühle, die man dabei erlebt. Aber bei Alkoholmissbrauch oder Medikamentenabhängigkeit brauchst du Hilfe, die Freunde dir nicht geben können. Ich bin für dich da, aber nur wenn ich dir nicht schade, indem ich meine Fähigkeiten überschätze. Wenn du mir versprichst, dich den Problemen zu stellen statt sie auszublenden, kannst du auf mich zählen. Dann werde ich bei dir bleiben und wir leben hier wieder freundschaftlich zusammen. Wollen wir es so versuchen, lieber Freund?«

Natürlich wollte ich, dass sie bleibt. Doch das hörte sich nicht so an, als wolle sie mit mir die Nähe teilen, nach der ich mich sehnte. »Wirst du mit mir tanzen, my Lady?«

»Lass es uns abwarten, ja?« Sie trank ihren Kaffee aus und setzte die Tasse ab. »Wollen wir jetzt aufräumen? Sonst wird Claire ihre Rückkehr morgen doch noch überdenken.«

Aber das wollte ich ihr nicht zumuten. Mein gestriger Ausbruch war mir schon unangenehm genug. »Das mache ich selbst. Kochen wir später vielleicht zusammen?«

So nahmen wir unsere rein freundschaftliche Beziehung wieder auf. Ich stellte fest, dass ich mich ohne jeden Erwartungsdruck besser fühlte. Wir wanderten nach dem Essen über die Klippen, spielten Schach, verbrachten den Abend mit Lesen. Immer wenn mir Gedanken über Max durch den Kopf gingen und die Traurigkeit mich übermannte, sah sie fragend auf und überließ mir die Entscheidung, ob ich darüber sprechen wollte. Sie hörte zu, wenn ich darüber sprach und akzeptierte es ebenso selbstverständlich, wenn ich den Kopf schüttelte. Als sie sich zur Nacht verabschiedete, war ich ruhiger und schlief traumlos.

Claire begrüßte mich am Montagmorgen mit einem fröhlichen »Guten Morgen, Dr. Vince«, und Elisabeth grinste: »Hat sie dir endlich erzählt, wie sie euch nennt?«

Auf das Morgenballett und die Schnitzeljagd mussten wir an diesem Tag jedoch verzichten. Ich musste meine Studenten auf die Abschlussprüfungen vorbereiten. Wir fuhren gemeinsam in die Stadt und trafen uns am späten Nachmittag.

Sie hatte einen Berg von Klatschblättern neben sich liegen und ich lachte: »Dein Hang zur Trivialität ist mir ja ganz neu!«

Sie verteidigte sich verschmitzt: »Recherche ist alles!« Sie gab mir einen kurzen Überblick: »Eure Trennung wird häufig erwähnt, aber nicht übermäßig ausgewalzt. Als Grund dafür wird einfach Entfremdung genannt und ich habe zum Glück keinen Hinweis auf das Video gefunden. In den Interviews spricht Max über seine neuen Pläne. Und die übrigen Statements klingen nach Josephs Pressemitteilungen.«

Als ich nach den Heften griff, warnte sie mich: »Tu dir das doch nicht an!« und nach den ersten Seiten wusste ich, was sie meinte: Auf vielen Fotos von Max war auch Joseph zu sehen. Auf einem hatte Max ihm sogar in einer freundschaftlichen Geste den Arm um die Schultern gelegt. Doch mir fiel der Unterschied sofort auf: Wenn er sonst mit Kollegen oder Fans für Fotos posierte, war seine Hand immer ausgestreckt, lag locker und distanziert auf deren Schulter oder Rücken. Nur bei mir legte er die Hand zärtlich um den Arm, zog mich an sich und strich mir oft unauffällig mit dem Daumen über den Arm. Nun teilte er genau die gleiche Berührung mit Jo.

Der Schmerz überfiel mich mit solch einer Macht, dass Elisabeth zusammenzuckte und mir zögernd kurz die Hand drückte.

In der dritten Ausgabe fand ich ein verschwommenes Foto von mir in Max´ Bademantel und ich erinnerte mich dunkel an ein Blitzlicht an der Tür. Auch bei der schlechten Qualität des Fotos sah ich ruinös aus und ich warf das Blatt angewidert auf die Bank. »Gut, dass du die Pillen weggeworfen hast!«

18

Max

Rick, ich sehe die vorwurfsvolle Frage in deinem Blick: »Warum hat Max das getan?«

Wenn ich jetzt antworte: »Ich bin da einfach rein gerutscht und konnte nicht mehr zurück«, wird es sich wie eine lahme Ausrede anhören, die es vielleicht auch ist. Ich sah es damals nicht so, aber bilde dir dein Urteil selbst.

Nach unserem Abstecher nach Deutschland waren wir nach London zurückgekehrt. Jo folgte mir selbstverständlich in meine Stadtwohnung.

Wir sprachen über meine Begegnung mit Elisabeth und er regte sich über ihre Kampfansage auf: »Ich habe es dir immer gesagt, Max, sie ist gefährlich! Ich bin froh, dass zumindest du nicht in ihren Fängen gelandet bist, aber du warst schon immer der Schlauere.« Ich sah ihn etwas zweifelnd an und er erklärte mir, was er meinte: »In den Bereichen des Lebens, auf die es ankommt, kennst du dich doch viel besser aus als Vince. Er lebt doch halb in seiner mittelalterlichen Traumwelt! Du bist gewandt, weltoffen, deine Fans lieben dich. Wo sind Vincents Fans? Du verdienst das Geld, von dem ihr lebt und von deinen Erfolgen hat auch er profitiert. Du warst ihm immer treu und wie hat er es dir gedankt? Lässt sich von einer Frau mit trivialen Psychospielchen einwickeln, die du sofort durchschaut hast. Also wer ist hier der Schlauere?«

Ich teilte seine Einschätzung zwar nicht, doch seine Worte waren wie ein sanfter Verband für mein angeschlagenes Selbstwertgefühl. Wir besprachen den Terminplan für die Woche und als ich gähnen musste und sagte, ich wolle ins Bett gehen, nickte er. »Ich mache das hier noch schnell fertig.«

Ich ging ins Bad und auf dem Weg ins Bett sah ich, dass Jo am Schreibtisch eingeschlafen war. Er hatte in den letzten Tagen auch nicht viel Schlaf bekommen, war pausenlos für mich im Einsatz. Nicht einmal hatte er sich beschwert, wenn ich ihm nachts noch mit meiner Enttäuschung über Vince in den Ohren lag, weil ich nicht schlafen konnte.

Ich trat von hinten an ihn heran und strich ihm über die Schultern. »Jo, lass es gut sein, du bist doch völlig erschöpft. Willst du nicht im Gästezimmer schlafen?«

Er nickte schlaftrunken und ich stützte ihn, als er schwankend hinüber ging. Er ließ sich aufs Bett fallen und schlief sofort wieder ein. Ich zog ihm die Schuhe aus, hob seine Beine ins Bett und deckte ihn zu. Allein in meinem Bett stellte ich fest, wie sehr mir doch der Partner fehlte, der mich zudeckte.

Am nächsten Morgen war er natürlich schon vor mir wach und gab mir ein warmes Gefühl von Heimat, als er da in der Küche stand und auf den gedeckten Tisch wies: »Ich habe unser früheres WG-Frühstück gemacht. Magst du das noch?«

Um nicht nachdenken zu müssen, nahmen wir in dieser Woche fast alle Termine gemeinsam wahr. Ich gab unzählige Interviews. Als mir bei einem der ersten Interviews fast die Tränen gekommen waren, ließ er mich nicht mehr aus den Augen: »Du musst dich zusammenreißen, Max! Du warst der treibende Part bei der Trennung und diese Botschaft musst du glaubhaft rüberbringen! Zeige, dass du die Entscheidungen fällst und dazu stehst, wie du es immer getan hast. Die Menschen wollen Helden sehen!«

Wir hatten ein Erfolg versprechendes Gespräch mit den Produzenten meiner favorisierten Fernsehrolle geführt. Beim anschließenden Fototermin war ich so erleichtert, dass ich Jo fest in den Arm nahm. Ich spürte, wie ihn ein glückliches Zittern durchlief, als er mir zögernd den Arm um den Rücken legte. An dem Tag fühlte ich mich sogar stark genug für ein Gespräch mit Franca und rief sie am Abend an.

Sie war ebenso aufgebracht wie besorgt: »Max, warum reagierst du nicht, wenn ich dich anrufe oder dir SMS schicke? Ich möchte deine Version der Ereignisse hören, denn ich kann nicht glauben, was Vince mir berichtet hat!«

Sie hatte bereits mit Vince gesprochen? »Was hat er gesagt, Franca?«

»Das kommt später, ich will jetzt etwas von dir hören!« Sie konnte wirklich unerbittlich sein.

Ich berichtete ihr von Vincents Weigerung, einer Löschung des Videos zuzustimmen und der Bedrohung meiner Karriere.

Sie schnaubte: »Das weiß ich doch längst und er hat das Video sofort löschen lassen. Was redest du da eigentlich?«

In dem Moment dachte ich, ich könne das Telefon nicht mehr halten. »Was sagst du da?«

Sie sprach ganz langsam, als befände ich mich am Rande der Debilität: »Vince hat mich am Freitag angerufen und zusammen mit Jonathan alles erledigt. Max, ich mache mir Sorgen um euch, das kann ja wohl nicht alles sein? Warum nur hast du nicht mit mir gesprochen? Selbst Elisabeth war besorgt, aber du meldest dich ja nicht!«

Und sofort war sie wieder da, die Wut auf die Frau: »Lässt du dich jetzt auch von diesem Höllenweib beeinflussen, das mein Leben zerstört hat? Streckt sie jetzt ihre Krakenarme in meine Familie aus? Wenn du mit mir sprechen willst, erwähnst du sie am besten nie wieder!« Ich schaltete das Handy ab und ging zu Jo ins Wohnzimmer. »Ich muss hier raus, Jo, wo können wir heute Abend Spaß haben?«

Er zog sofort seine Jacke über und grinste: »Für Spaß müssten wir nicht weit gehen!«, deutete er an. »Aber du siehst aus, als könntest du mal wieder eine ordentliche Party gebrauchen!«

Wir feierten fast die ganze Nacht. Zurück in der Wohnung legte er mich in meinem angetrunkenen Zustand ins Bett.

Als er mir noch über den Kopf strich, hielt ich seine Hand fest.

Morgens saß er in der Küche und betrachtete nachdenklich den gedeckten Tisch. Als ich mich noch etwas verkatert neben ihn setzte, sah er mich mit hoffendem Blick an. »Max, ich fand es schön, in deinem Bett zu schlafen und deine Nähe zu spüren. Aber ich konnte mich kaum zurückhalten, ich wollte mit dir schlafen. Ich muss dir das so ehrlich sagen! Wir müssen überlegen, wie wir weiterleben wollen. Ich habe seit Tagen nicht mit Thomas gesprochen und habe alle seine Anrufe ignoriert, weil ich gespürt habe, dass ich lieber mit dir zusammen bin als mit ihm. Aber er hat diese schlechte Behandlung durch mich nicht verdient. Ich liebe dich, Max, und das weißt du schon lange«, bekannte er leise. »Nun habe ich zum ersten Mal seit langer Zeit wieder Hoffnung, dass du meine Liebe erwiderst. Ich weiß, dass deine Trennung von Vince noch zu frisch ist und dir noch wehtut. Aber ich muss wissen, ob ich irgendwann in der Zukunft vielleicht eine Chance habe? Ich will dich nicht unter Druck setzen, ich kann auch weiter auf dich warten, aber die Ungewissheit macht mir zu schaffen. Ich werde immer dein Freund sein und dein Manager bleiben, solange du das willst.« Er seufzte und seine Stimme zitterte. »Dein Partner zu sein, ist jedoch noch ein anderer Schritt für mich. Ich bin Realist, Max, und weiß daher, dass du mich vielleicht nie so anschauen wirst, wie du es bei Vince getan hast. Damit kann ich leben, solange ich nur bei dir sein kann. Wirst du es dir überlegen? Ich werde deine Antwort akzeptieren, egal, wie sie ausfällt.«

Die Offenheit seiner Worte beeindruckte mich, die Hoffnung in seinen Augen rührte mich, doch ich konnte ihm noch nicht die Antwort geben, die er erwartete. »Jo, mein bester Freund, du hast recht, ich brauche noch mehr Abstand. Vince ist für mich noch nicht so abgeschlossen, wie ich es mir vormachen will. Franca sagte mir gestern, dass er die Videoangelegenheit selbst bereinigt hat. Auch wenn ich nicht verstehe, warum er mir das nicht gleich gesagt hat! War es, um seine Liebe zu Elisabeth zu schützen? Oder will er nicht mehr mit mir zusammen sein? Das muss ich klären, bevor ich dir eine ehrliche Antwort geben kann. Ich werde später mit Franca sprechen, ob Vince noch mit mir reden wird.«

Er nickte: »Gut, Max, das verstehe ich. Nun los, wir müssen uns beeilen, wir sind schon spät an. Zwei Fototermine für dich, dann ein Interview mit einer Wochenzeitung. Und ich werde die Presseberichte und Fotos zu deiner Trennung durchgehen und bei dir bleiben! Heute Nachmittag habe ich noch eine Telefonkonferenz zu einer Fernsehserie, die im Herbst in New York gedreht wird. Du hast ja nur so ungern in den USA gearbeitet, weil du die Wochenenden mit Vince verbringen wolltest.« Er lächelte erleichtert. »Aber das Problem ist ja wohl keines mehr.«

Nach dem anstrengenden Tagesprogramm ließ ich mich abends erschöpft in den Sessel fallen. Beiläufig betrachtete ich die Pressefotos, die Jo sortierte. Eines ließ mich sofort wieder hellwach werden: Eine verschwommene Aufnahme zeigte Vince barfuß in meinem Bademantel an unserer Haustür. Ich war entsetzt über seinen Zustand.

Noch im gleichen Moment zog ich mein Handy aus der Tasche: »Ich muss sofort mit ihm sprechen, Jo. Sieh ihn dir nur an!« Ich rief zuhause an, aber der Anschluss war nicht erreichbar und auf seinem Handy lief nur die Mailbox.

»Vielleicht will er einfach seine Ruhe haben«, sagte Jo, als ich wieder und wieder versuchte, Vince zu erreichen. »Es ist Freitagabend, er kann jetzt auf seiner Laufrunde sein oder sich in der Bibliothek vergraben haben. Morgen klappt es bestimmt.«

Doch auch am Samstag hatte ich keinen Erfolg und so kam ich am Samstagabend Franca mit einem Anruf zuvor, als ich von ihr erfahren wollte, ob sie noch einmal mit Vince gesprochen habe.

Sie war so erbost, wie ich es selten erlebt hatte und überfiel mich gleich mit Vorwürfen. »Max, ich habe gar keine Lust, mit dir zu sprechen! Ich kann dich echt nicht verstehen! Wie kannst du es wagen, Vince den Strom abzuschalten und sogar Claire zu kündigen? Der einzigen Person, die nach ihm geschaut hätte? Mit so einem Typen will ich gar nichts zu tun haben! Das war dermaßen heimtückisch! Ich kann immer noch nicht fassen, dass mein Bruder so etwas tut. Weißt du, wie schlecht es Vince ging? Warum das alles, Max? Und komm mir bloß nicht mit der lächerlichen Videogeschichte!«

Ich fühlte mich wie erschlagen von ihren Vorwürfen. »Franca, was redest du da? Ich habe versucht, ihn anzurufen, aber er ist nicht ans Telefon gegangen.«

Nun brauste sie richtig auf. »Ja, wer hat denn den Telefonvertrag und die Konten aufgelöst, so dass nichts mehr gezahlt wurde? Du hättest ihn wenigstens vorwarnen können!«

Ich sah hilflos zu Jo. »Ich wollte das nicht, Franca! Ich werde hier klären, was geschehen ist. Wie geht es ihm, anscheinend hast du ja mit ihm geredet?«

Sie wurde etwas ruhiger. »Du hörst dich ehrlich an und ich konnte es kaum glauben, als Vince mir sagte, Elisabeth habe ihn in einem Haus ohne Strom und Telefon angetroffen. Er hatte es gar nicht bemerkt, weil er Tabletten genommen hatte.« Nun hörte sie sich eher traurig als vorwurfsvoll an. »Max, da hätte Schlimmes geschehen können! Zum Glück ist Elisabeth gekommen und hat darauf bestanden, dass Claire ihr das Haus aufschließt. Ich verstehe dich einfach nicht, du hast ihn doch immer geliebt! Woher kommt die unsägliche Wut auf ihn? Du verbaust dir jeden Weg zurück! Ich gebe dir jetzt seine neue Handynummer, die er benutzt. Bitte, Max, sprich mit Vince!«

Ich ließ das Telefon sinken.

Wieder hatte ich eine Chance verpasst, Rick, um zu retten, was noch möglich war. Ich erzählte Jo von den Ereignissen und er beteuerte, er habe Vince eine Mail geschrieben und ihn gebeten, sich um diese Angelegenheiten zu kümmern. Ja, er zeigte sie mir sogar in seinem Mailprogramm.

Er dachte nach. »Ich kann dir nicht sagen, was geschehen ist. Die Konten wurden sofort aufgelöst und alle Zahlungen gestoppt. Aber warum hat Vince nicht reagiert? Er hatte mindestens zwei Tage Zeit für die Anrufe! Der Monatswechsel, zu dem die Zahlungen fällig waren, war doch erst letzten Mittwoch. Uns trifft keine Schuld!«

Ich spielte mit dem Gedanken, bei Vince anzurufen und mich zu entschuldigen, doch ich fürchtete seine Reaktion. Er war zu recht enttäuscht von mir und das Telefon schien mir auch nicht der richtige Weg. Die Vorstellung, wie er jetzt dort oben wieder mit Elisabeth in unserem Haus lebte, ließ meine Chancen weiter sinken. Und letztendlich war es die Scham bei der Erinnerung daran, wie ich mich verhalten und was ich ihm unterstellt hatte, die mich glauben ließ, er würde nicht mehr mit mir sprechen. Nein, ein Anruf war von vorneherein zwecklos. Franca hatte recht, es gab kein Zurück mehr.

Wie soll ich dir meine Beziehung zu Jo beschreiben?

Es ist eine Art Liebe, ganz sicher. Er ist mein ältester Freund, er kennt mich wie niemand sonst. Auch vor Vince hatte ich meine Geheimnisse und ich hatte dir schon von den Diskussionen erzählt, die ich nicht mit ihm führen wollte. Ich halte das für vertretbar, denn ein Bereich, den man ganz für sich hat, in dem Phantasien, Träume oder auch Misserfolge liegen, über die man nicht sprechen will, hat doch jeder. Jo kannte viele der Fehler, die ich gemacht hatte und hat immer darüber geschwiegen. Und sie mir auch nie vorgehalten! Ich war ihm gegenüber viel kritischer. Wir hatten so lange in einer Wohngemeinschaft gelebt, dass wir die Vorlieben und Schwächen des anderen so gut kannten wie unsere eigenen. Wir diskutierten nicht darüber, sondern akzeptierten sie einfach. In seiner Gegenwart fühlte ich mich wohl und er war mir vertrauter als du, Rick.

Ich wusste, dass ich ihn damals in Oxford verletzt hatte. Vielleicht wären wir ohne Vincent schon damals ein Paar geworden. Nun hatte ich Vince verloren, ich fühlte mich so einsam und ich brauchte die Nähe eines anderen Menschen. All das würde ich bei Jo finden und er würde mich nie enttäuschen. Ich denke, in vielen langjährigen Lebensgemeinschaften, in denen am Anfang die große Liebe die Unterschiede überdeckt, gibt es später mehr Probleme. Trotzdem bleiben die Menschen als Paar zusammen. Es gab keine Probleme dieser Art bei Jo und mir, ich fühlte mich sicher und geborgen und wir waren ein gutes Team. Meine große Liebe war Vince, doch er war jetzt mit Elisabeth zusammen.

So wurde Jo zu meinem eher geschätzten als geliebten Partner. In den ersten Wochen schlief er im Gästezimmer, wartete auf meine Antwort, doch als die niederschmetternde Nachricht kam, waren wir beide so traurig und enttäuscht, dass wir uns trösten mussten und von da an schliefen wir in einem Bett.

19

Vincent

Die Nachricht fiel mir sofort ins Auge, obwohl sie sich als kleine Meldung auf der vorletzten Seite des Kulturteils in der Zeitung versteckte: Die Fernsehserie, die Max zum Durchbruch verholfen hatte, sollte weiter geführt werden. Als neuer Star sei ein noch unbekannter, aber vielversprechender Schauspieler verpflichtet worden, der schon jetzt als ein würdiger Nachfolger für Max betrachtet wurde.

Ich ließ die Zeitung sinken und sah Elisabeth bestürzt an. »Das ist ein harter Schlag für Max, er wird sehr enttäuscht sein!«

Als sie mich fragend ansah, las ich ihr die Meldung vor und sie nickte mitfühlend. »Er hatte doch schon im April davon gesprochen, wie wichtig ihm die Rolle ist! Und war so sicher, dass er sie wieder spielen würde. Was meinst du, warum sie ihn nicht genommen haben? Die Serie hat doch durch ihn gelebt!«

In der anderen Zeitung fanden wir einen längeren Artikel, in dem stand, man wolle die Serie der Zeit anpassen und ein jüngerer Star könne frischen Wind bringen. Elisabeth schüttelte den Kopf. »Sie haben ihn wegen seines Alters abgelehnt? Er ist doch erst Mitte vierzig! Was ist das nur für ein grausames Metier, in dem er arbeitet! Statt auf Erfahrung und Können zu setzen, zählen dort nur die Äußerlichkeiten.«

Ich vermutete noch einen anderen Grund: »Vielleicht hat Jo den Bogen überspannt und zu viel Gage gefordert. Er hatte in den letzten beiden Jahren schon öfter mal einlenken müssen, damit Max letztendlich engagiert wurde. Diesmal ist seine Rechnung wohl nicht aufgegangen.«

Sie blieb bei ihrer Meinung. »Das macht es auch nicht besser. Geld und Jugend, das sind die Werte in unserer Gesellschaft. Da kann man ja nur graue Haare bekommen!«

Ich musste lachen und strich ihr übers Haar: »Darüber hast du schon zu oft nachgedacht, nicht wahr?«

Sie lächelte mich an. »So wird es wohl sein!«, aber ich sah plötzlich wieder den Schatten in ihren Augen, der mich so beunruhigte.

Seit zwei Wochen waren wir nun wieder zusammen und ich genoss jede Stunde ihrer Gesellschaft. Wir hatten einen ruhigen Rhythmus gefunden, der mich zunehmend stabilisierte und mein Bedürfnis nach den Medikamenten ließ von Tag zu Tag nach. Trotz meiner Arbeit und ihrem Wunsch nach Unabhängigkeit verbrachten wir so viele Stunden wie möglich gemeinsam und ich spürte, wie wir uns immer näher kamen. Sie schlief weiterhin in der Suite und schützte ihren Bereich. Doch wenn sie sich abends verabschiedete, geschah das immer zögerlicher, als befände sie sich in einem inneren Zwiespalt.

Zweimal hatte ich sie in der Nacht tanzen sehen. Obwohl ich bei ihr sein wollte, hielt mich die Traurigkeit über die Erfahrung, dass ich Max so unvermittelt hatte verlieren können, zurück. Ich wusste nicht, wie ich reagieren würde, wenn ich auch Elisabeth nicht halten könnte.

Natürlich hatte ich sie gefragt, wie lange sie denn bei mir bliebe, aber sie war ausgewichen: »Ich habe erst einmal Zeit und wir sehen später weiter.«

Aber ich machte mir Sorgen. Die beiden Monate Urlaub im März und April hatte sie sich aus dem letzten Jahr aufgespart und die Menschen in Deutschland haben viel mehr Urlaubstage als hier in Großbritannien. Doch was wäre, wenn sie bald wieder zurück musste? Meine Semesterferien begannen bald und die geplante Wanderung mit Max in Wales hatte ich nun storniert. Ich wäre ihr sofort nach Deutschland gefolgt, falls sie wieder arbeiten musste, aber sie hatte keine Andeutungen über ihre Pläne gemacht und mich auch nicht eingeladen. Weiterhin war sie verschlossen, sprach nicht über ihr Leben. Selbst über ihre Arbeit berichtete sie kaum: »Max war so entsetzt, als er sah, wo ich arbeite. Ich will dir keine Einzelheiten zumuten, es sind keine schönen Geschichten.«

»Aber ich bin nicht Max und auch kein kleines Kind, das schöne Geschichten braucht!«

Sofort versteckte sie sich wieder. »Ich will dich damit nicht belasten.«

Ihre Verschlossenheit hätte ich viel einfacher akzeptieren können, wenn ich nicht die Momente miterlebt hätte, in denen sie unvermittelt zusammenzuckte und die Angst in ihre Augen trat. Als ich sie in einer dieser Situationen tröstend berühren wollte, war sie mir ausgewichen, sie nahm meine Hilfe nicht an. Wenn sie sich freute, wenn wir gemeinsam unterwegs waren oder auch nur beim Kochen nahm sie manchmal meine Hand und ich spürte eine warme Welle der Liebe durch mich fließen. Diese kurzen Berührungen wirkten so lange als Melodie in mir nach, dass ich fast dachte, ich könne ihre Abblockung endlich durchdringen und entdecken, was sie belastete. Ich wünschte mir ihr Vertrauen und fragte mich, wann sie sich mir öffnen würde.

Für den Abend hatten wir Dr. White eingeladen, der mir immer vertrauter wurde und dessen ebenso gelassene wie scharfsinnige Sicht der Welt ich schätzte. Wir spielten nach dem Essen noch eine Partie Schach, bevor er sich recht früh verabschiedete. Wie immer hatte ich den Eindruck, er wolle uns nicht stören oder gar zur Last fallen.

Wir blieben auf der Terrasse sitzen, hatten nur einige Kerzen angezündet und plötzlich spürte ich ihre Welle des Erstaunens: »Vince, sieh nur, da ist doch tatsächlich ein Glühwürmchen!«

Da war sie wieder, ihre unbändige Freude über Kleinigkeiten, die mich faszinierte und ich fragte leise: »Würdest du mit mir tanzen, my Lady?«

Sie drehte sich zu mir um und bei ihrem liebevollen Blick, und besonders bei ihrer Antwort, wurde mir ganz warm: »Ich kann mir nichts Schöneres vorstellen!«

Wir hätten die Musik gar nicht benötigt, doch es fiel mir leichter, einen Anfang zu finden. Ich legte einen der Walzer auf, die sie so sehr liebte und leise klangen die Töne in die Nacht zu uns hinaus. Ich verbeugte mich einladend und sie deutete lachend einen Knicks an, dann nahm ich sie in den Arm.

Die ersten Kreise zogen wir gemeinsam und sie lachte: »Du hast Max wirklich etwas vorenthalten, indem du nie mit ihm getanzt hast!«

Zum ersten Mal war der Gedanke an ihn nicht so schmerzhaft, sondern er schien ein wenig in meiner Erinnerung zu verschwimmen.

Sie nickte und flüsterte in meinem Kopf: »Schenkst du mir diesen Tanz, Geliebter?«, und ich ließ sie los. Unsere Melodie wurde noch intensiver als beim ersten Mal und so freudig, dass ich alles um mich herum vergaß. Jeder Ton schien mit einer Farbe verbunden zu sein, die sich zu Bildern zusammensetzten. Ich folgte ihrer Reise durch die Liebe und wünschte, sie würde nie enden.

Sie fiel mir in die Arme und lachte mich so glücklich an, dass ich sie küsste.

Endlich konnte ich sie spüren, fühlen, schmecken und spürte sofort die Erregung, die mich in Brand setzte. Doch ich ertrug die Hitze. Ich wollte sie einfach nicht loslassen und dann explodierte mein Gehirn. Es war wie ein Stromschlag, der mir gnadenlos und blendend weiß meinen Geist zerteilte. Der Schmerz war unerträglich. Ich schlug die Hände vor die Augen und fiel auf die Knie.

Ich hörte Elisabeth nach mir rufen. Als ich die Augen wieder öffnen konnte, hielt sie mich in ihren Armen. Tränen liefen über ihr Gesicht und sie flüsterte verzweifelt. »Es tut mir so leid, Vince, gleich wird es wieder aufhören. Hörst du? Es wird gleich wieder besser!«

Ebenso plötzlich wie der Schmerz kam, war er auch wieder verschwunden. Sie half mir auf und stützte mich, als wir den Weg zurück zur Terrasse gingen und ich ließ mich auf den Sessel fallen.

Mein Kopf war wieder klar, als ich sie in den Arm nahm und zu trösten versuchte. »Was war denn das, my Lady, ich dachte tatsächlich, mein Gehirn zerplatzt?«

Sie hatte die Hände vors Gesicht geschlagen und schüttelte verzweifelt den Kopf. »Es tut mir so leid, Geliebter, ich wollte dich nicht verletzen. Ich hatte meine Abblockung vergessen!«

Ich strich ihr tröstend über den Arm. »Mir ist nichts passiert, mein Kopf ist noch da. Hast du es auch gespürt?«

Sie nickte. »Ja, aber ich kenne das schon und habe Erfahrung damit. Ich kann es ableiten und es trifft mich nicht so hart.«

Und sie hatte noch versucht, mich zu halten? »Ich mache dir keinen Vorwurf, my Lady.«

So saßen wir aufgewühlt in der Sommernacht und ich konnte das emotionale Riesenrad nicht nachvollziehen: Vom höchsten Glück zu tiefster Verzweiflung innerhalb von Minuten.

»Es muss eine Erklärung dafür geben, lass uns gemeinsam überlegen. In der Nacht, als Max dich in mein Bett legte, konnte ich dich umarmen!«, versuchte ich einen wissenschaftlichen Ansatz zu finden. »Was war damals anders als heute?«

Die Erinnerung ließ sie schauern. »Was hätte damals alles geschehen können, wenn du nicht so genau zu mir passen würdest! Ich habe schon oft nach Erklärungen gesucht und meine einzig plausible Theorie ist folgende: Du warst am Rande deiner Kräfte, dein Lebenswille fast erloschen. Ich hatte seit zwei Tagen kaum geschlafen, war vollkommen erschöpft und konnte nicht einmal meine Abwehr aufrechterhalten. Und meine Schwäche hat uns geschützt. Deshalb habe ich dich damals nicht verletzt!«

»Aber warum reagierst du so abwehrend, warum lässt du niemanden an dich heran? Du strafst dich so sehr damit!«

Sie schien hilflos. »Vince, ich will das auch nicht. Ich denke, es ist ein Schutzreflex emotionaler Art. Wenn ich die Nähe zulassen könnte, wäre ich ein offenes Buch für dich. Du erführest mehr über mein Seelenleben als ich selbst. Es gibt bei jedem Menschen einen Bereich, der verschlossen bleibt! Den man vergessen will und dann auch vergessen hat, ähnlich einem Geheimnis, das man in einen Tresor gesteckt hat und vergaß, dass ein Schlüssel für den Tresor jemals existierte. Ich weiß noch, wie es dazu kam, aber ich erinnere mich nicht an das, was ich unbedingt wegschließen musste. Es gab einen lebenswichtigen Grund dafür, meine Psyche wäre sonst noch vor meinem Körper gestorben. Niemand darf daran rühren, noch nicht einmal ich selbst. Ich bin in dieser Hinsicht verletzlicher als andere Menschen, denn durch einen empathischen Kontakt übertrage ich auch in geringem Maße eigene Emotionen, die du spüren kannst. Was wäre, wenn nicht nur du einen Weg zu mir gefunden hättest, sondern auch andere, die mir nicht so wohl gesonnen sind? Ich würde mich völlig ausliefern, jeder hätte Macht über mich. Deshalb reagiert meine Abwehr fast automatisch, willentlich auch von mir nicht beeinflussbar, wie ein Reflex eben. Du nimmst meine Abwehr wie ein flammendes

Schwert wahr, der Schmerz überdeckt alle anderen Gefühle und der Kontakt wird getrennt. Ebenso effektiv wie verletzend. Und ich will dir nie wieder weh tun!«

Ihre Erklärung wirkte auf fast absurde Art einleuchtend, aber ich konnte sie nicht akzeptieren und suchte nach einer Lösung. »Es muss eine Möglichkeit geben, auch ohne dass wir zu Tode erschöpft sind. Und dabei unsere Berührung noch nicht einmal wahrnehmen können!«

Sie sah mich hoffnungslos an: »Vielleicht, wenn wir neunzig sind?«

Nein, das war es nicht. »My Lady, ich will mit dir zusammen sein, auch wenn wir mit diesen Einschränkungen leben müssen. Warum schläfst du nicht in meinem Bett? Vielleicht kann uns Gewöhnung helfen! Zur Not stelle ich auch einen Stacheldrahtzaun zwischen uns auf, der mich hoffentlich zurückhält!«

Sie lachte. »Welch eine romantische Vorstellung! Ich will dir nahe sein, Vince, und die Idee des Walls zwischen uns hat ja auch in der ersten Nacht gut funktioniert. Aber da ist noch etwas anderes. Schon jetzt habe ich das Gefühl, dass Max uns ständig vorwurfsvoll über die Schulter schaut. Manchmal fühle ich ihn regelrecht im Raum. In deinem Bett schlafen? Es ist auch sein Bett und er hatte es mir ja schon wortwörtlich vorgeworfen, als er sagte: »Ich dachte, du feierst deinen Erfolg schon in meinem Bett.«

Das Gefühl, Max komme jeden Moment um die Ecke oder zur Tür herein, kannte ich auch. »Dann müssen wir hier verschwinden. Nächste Woche beginnen meine Ferien. Lass uns Urlaub machen, irgendwo hinfahren, wo Max uns nicht verfolgt!«

Wir planten eine Rundreise durch Mittelengland als Ausgleich für die Reise, die Elisabeth abgesagt hatte, um mir zu helfen. Wandern im Lake District und in den Yorkshire Dales war ihr Wunsch, ein Besuch in Oxford und in East Anglia war mir wichtig. Eine sehr begrenzte Auswahl der vielen großartigen Ziele im Land und ich zählte auf, was wir alles verpassen würden, wenn wir den Süden nicht besuchten: Stonehenge und Tintagel, Cornwall und die Seebäder waren auch äußerst reizvoll.

Doch sie fürchtete die Menschenmengen, auch wenn ich sie schützen konnte. »Im Frühjahr konnte ich überall hin, da waren nur wenige Touristen unterwegs. Lass es uns erst üben. Vielleicht werde ich ja mutiger, wenn du bei mir bist!«

Die nächsten Tage verbrachten wir mit der Suche nach Hotels, was aufgrund der Hochsaison und der Einschränkung getrennter Betten eine Herausforderung darstellte. Und doch fanden wir immer kleine, abgelegene Hotels mit nur wenigen Zimmern, die sie begeisterten.

Als ich ihr vorschlug, die Tour mit den Motorrädern zu machen, glänzten ihre Augen und ich nutzte die Gelegenheit für ein weiteres Anliegen. »Diese lange Fahrt machen wir nur mit der richtigen Ausrüstung. Soweit ich dein Gepäck beurteilen kann, ist keine Motorradjacke darunter und die Stoffturnschuhe sind auch nicht geeignet!«

Alle ihre Einwände schmetterte ich ab und so standen wir kurz darauf in einem großen Fachgeschäft. Ich ahnte ja schon, dass es schwierig werden würde, doch mit solchen Hürden hatte ich nicht gerechnet.

Der Verkäufer zeigte ihr die erste Jacke, aber die Ablehnung kam sofort: »Da sind Protektoren eingenäht, die will ich nicht!«

»Aber my Lady, sie heißen Protektoren, weil sie dich schützen sollen!«

»Nein, ich will Motorrad fahren und nicht mit einer Rüstung in den Krieg ziehen.«

Also eine Jacke ohne Protektoren. Das nächste Problem stellte die Farbe dar, denn natürlich waren die meisten Jacken farbig und wurden mit der Aussage abgelehnt: »Die sehen aus wie Motorradjacken.«

Die wenigen schwarzen Jacken kamen wegen der Firmenlogos nicht in Frage: »Ich bin doch keine Litfaßsäule! Die sollen sich andere Dumme suchen, die für sie Werbung machen.«

Du musst dir das bildlich vorstellen, es gab sicher fünfzig verschiedene Jacken, doch keine war nur schwarz, ohne Protektoren und ´Werbung´. Der sichtlich gestresste Verkäufer meinte, er habe noch etwas im Lager. Er kam mit einer klassischen, schwarzbraunen Jacke zurück, die vielleicht schon fünfzig Jahre dort hinten gelegen hatte.

Aber sie erfüllte die wichtigsten Kriterien und über den unauffälligen Schriftzug am Ärmel konnte sie tatsächlich hinwegsehen. »Aber findest du sie nicht zu auffällig in dieser Farbe?«

Ich verdrehte die Augen und erlöste den Verkäufer, indem ich ihr die Entscheidung abnahm. »Die nehmen wir.«

Die Auswahl der Schuhe übernahm ich gleich selbst, als sie sich interessiert in der technischen Abteilung umsah. Ich hatte sie schon aus der Ferne erblickt und brachte die schwarzen Stiefel mit den roten Streifen direkt zur Kasse. Ich konnte ihre Einwände schon hören!

Ich zahlte und zog sie von den Zündkerzen weg, deren Herstellerangaben sie in aller Ruhe verglich. »Iridiumzündkerzen sind nie ein Fehler, die sollte man immer vorrätig haben!«

Ich versicherte ihr, dass unsere Zündkerzen sicher noch zehntausend Meilen ihren Dienst tun würden.

Als wir wieder auf der Straße standen, lachte sie über meine Erschöpfung: »Ich habe dich gewarnt, Vince, Einkaufen ist nichts für mich. Dabei wäre es doch so einfach, wenn die Leute alle schwarze Kleidung trügen.« Sie nahm tröstend meine Hand und ich spürte, die Energie, die mir zufloss. »Jetzt hast du mindestens ein Jahr Ruhe!«, flüsterte sie mir aufmunternd zu.

Hieß das, sie würde bei mir bleiben?

Zuhause wollten wir gleich eine Probefahrt machen und die schwarzroten Stiefel nahm sie auch zögernd an. Doch als sie zufällig das Preisschild der Jacke sah, erstarrte sie: »Die bringen wir sofort zurück.«

Ich stöhnte. »Oh nein, auf keinen Fall. Vor nicht mal einer Stunde hast du mir die verlockende Aussicht auf ein Jahr ohne Einkaufen gegönnt. Was stimmt denn nun wieder nicht?«

»Vince, die Jacke deckt ja mein Dreijahresbudget an Kleidung ab. Das ist absolut nicht zu vertreten!«

Das war alles? Ich grinste erleichtert: »Ich hatte sie mir als meine Ersatzjacke vorgestellt, ich leihe sie dir nur. Kannst du damit leben?«

Sie sah fragend von der Jacke zu mir und lachte: »Was für eine Vorstellung! Aber ich werde dich auch als Zwerg lieben!«

20

Vincent

Der Himmel zeigte das gewohnte Grau und der Wind, der von der See herüber wehte, ließ mich in der frühen Morgenstunde frösteln. Wir befestigten die Koffer, setzten die Helme auf und nach Elisabeths bestätigendem Nicken starteten wir die Maschinen. Mit jeder Meile in Richtung Süden fühlte ich mich freier, als würde die wachsende Entfernung zu unserem Haus auch mein Gefühlsleben erleichtern.

Ich hatte noch kurz mit Franca telefoniert und ihr von unseren Urlaubsabsichten berichtet. Sie klang traurig, als sie fragte, ob Max sich bei mir gemeldet habe.

»Nein, ich erfahre nur aus der Zeitung, was er treibt. Ich habe die Meldung gelesen, dass er seine Wunschrolle nicht bekommen hat. Jetzt ist er sicher enttäuscht.«

Sie sagte, sie habe vor Wochen das letzte Mal von ihm gehört und seitdem habe er sich nicht mehr gemeldet: »Er zieht sich vollkommen aus der Familie zurück, gerade so, als hätte er sich auch von uns getrennt. Dabei hat er mir versprochen, dich anzurufen! Er war ehrlich betroffen, als ich ihm berichtete, was er angerichtet hatte. Glaub mir, er stand fast neben sich, war völlig unkonzentriert. Und er wollte dir nicht schaden! Wahrscheinlich flüchtet er sich in Arbeit, um alles zu vergessen. Ich hoffe, er macht keine Dummheiten«, zweifelte sie. »Ich wünsche euch einen schönen Urlaub! Bist du unterwegs erreichbar?«

»Sicher, Franca, und grüße die Familie.«

Claire erklärte sich wie immer bereit, nach dem Haus zu sehen; Dr. White winkte uns zu, als wir losfuhren. Wieder nahmen wir nur die kleinen Straßen, genossen die Landschaft, machten einen Abstecher zum Kielder Water und näherten uns langsam dem Hadrianswall. Während der Fahrt sprachen wir nicht miteinander, weil Elisabeth die Headsets nicht benutzen wollte.

In der nächsten Pause schlenderten wir den Wall entlang und sie nahm ganz selbstverständlich meine Hand. Die Sonne schien den

Kampf gegen die Wolken doch noch zu gewinnen und ermöglichte uns den Ausblick über dieses wunderbare Land. Am Steinkreis von Castlerigg wartete ich auf sie. Ich war die kurvige Strecke ein wenig rasanter gefahren und wusste, sie würde vorsichtiger folgen. Sie erreichte den Parkplatz kurz nach mir, klappte den Seitenständer aus und blieb noch auf der Maschine sitzen. So eine Situation hatte ich schon einmal erlebt und ging ihr besorgt entgegen, als sie auch schon lachend den Helm absetzte: »Ich wollte dich nicht beunruhigen! Ich brauchte nur einen Moment, um das Bild von dir in mir zu bewahren, mein Geliebter!«

Da war es wieder, dieses seltsame deutsche Wort, das sie in besonderen Situationen schon zwei Mal benutzt hatte. Wir liefen über das Feld zu den Steinen hinüber und ich fragte ich sie, was das Wort denn bedeute.

Sie nickte. »Ich benutze es nur selten, aber du sollst wissen was es mir bedeutet. Aber ich kann es dich nur spüren lassen, versuche es zu erfassen.«

Sie nahm meine Hand und ich konzentrierte mich auf die fremden Gefühle in mir. Das Wort war alt, klassisch, nein, eher archaisch wie die Steine um uns herum. Es wurde über die Jahrhunderte durch die Liebe zweier Menschen füreinander getragen. Ich schloss die Augen, hörte leise unsere Melodie und dann waren die Bilder da.

Sie empfand ein Meer aus Glück und Freude, allein über die Tatsache, dass es mich gab. Aus dem Meer erhob sich eine grüne Insel und ein Gefühl des Vertrauens trug sie zum Gipfel. Sie genoss die wohltuende Wärme, fühlte sich bei mir sicher und geborgen und genoss gleichzeitig das Brodeln der Leidenschaft. Ihre Liebe zu mir fühlte sie wie ein Wunder. Sie wollte in mir zerfließen, um sich mit mir zu vereinen und mich nie wieder zu verlieren.

Die Bilder verschwammen und ich stand wieder in dem Steinkreis. Ich öffnete die Augen und sah sie sprachlos an, als sie die Hand sinken ließ. Langsam fand ich meine Sprache wieder und fragte sie immer noch erstaunt: »Was waren das für Bilder?«

Sie lächelte fast entschuldigend: »Das alles verbinde ich mit diesem einfachen, alten Wort. Das bist du für mich!«

Ich nahm sie in den Arm, sie ließ den Kopf an meine Schulter sinken. Nie wieder wollte ich mich bewegen, wollte den Zauber des Augenblicks auf immer erhalten.

Sie drückte mich sanft: »Ich hoffe, es war nicht zu direkt.«

Sie war entzückt von der versteckten Lage des kleinen Hotels oberhalb des Bassenthwaite Lake. Nach dem Abendessen gingen wir zu einer kleinen Terrasse hinauf, die mit luxuriösen Clubliegen ausgestattet war und einen herrlichen Ausblick über den See bot. Wir hatten eine Flasche Wein mitgenommen und warteten auf den Sonnenuntergang über dem See. Zum Höhepunkt meines Glücks fehlte mir nur das Eine!

Als sie bedauernd den Kopf schüttelte und demonstrativ ein Buch aufschlug, genoss ich die Abendsonne und rief meine Phantasien wach. Mehr blieb mir ja nicht.

Ich würde meine Hand zu ihr hinüber wandern lassen und ihr sanft über die Wange streicheln. Sie ließe das Buch sinken, nähme meine Hand und würde sie küssen. Langsam mit der Zunge meinen Ringfinger entlang fahren und mich auffordernd anlächeln. Ich schlösse die Augen bei der sanften Hitze in meiner Hand, beugte mich zu ihr hinüber und würde sie zärtlich küssen. Ich spürte ihre Erregung wachsen, als sie die Arme um mich schlang und ließe meine Zunge langsam an ihrem Hals herabgleiten, während meine Hand weich über die Innenseite ihrer Oberschenkel streichelte, immer näher und ihr damit ein zartes Stöhnen entlockte. Ganz langsam öffnete ich die Knöpfe ihrer Bluse, jeden einzelnen mit einem Kuss, der in einem sanften Ton in mir nachklang und freute mich auf den Anblick ihrer zarten roten Dessous, die so betörend auf mich wirkten. Ich küsste ihr Dekolleté und ließe meine Zunge ihren Körper erforschen, der sich mir entgegen böge, öffnete den Bund ihrer schweren Hose, befreite sie von der unnötigen Last und endlich läge sie vor mir. Sanft streichelten meine Hände ihre Brust, während ich immer tiefer wandern würde und meine Lippen ihren Körper liebkosten. Sie würde mir durchs Haar streichen und unsere Erregung stiege, während ich mir unaufhaltsam meinen Weg bahnte. Dann fände ich sie, umkreise sie und während ich sie zum Höhepunkt führte, fanden die einzelnen Töne zu einer Melodie zusammen, die ich noch nicht kannte.

Ich entlockte ihr ein klingendes Stöhnen, als sie kam und hörte nur einen Satz: »Was tust du da mit mir, Geliebter?«

Ich öffnete die Augen und sah, wie sie heftig atmete, sah ihr ungläubiges Gesicht mit einem zugleich verträumt genießerischen Blick in den Augen. »Dieses Mal entkommst du mir nicht, my Lady!«

Sie nickte zögernd und schloss wieder die Augen.

Wir sanken zurück in meinen Traum und ich spürte fast, wie sie geübt meinen Gürtel öffnete. Als sie dann ebenso sanft wie fordernd über mich strich, konnte ich mich nicht mehr zurückhalten und drehte sie auf mich. Sie nähme meine Hand, die einzelnen Melodien vereinigten sich zu einer Symphonie und das Gefühl, sie langsam, ganz langsam Zentimeter für Zentimeter zu erobern, katapultierte mich direkt in den Himmel der Liebe.

Die Musik wandelte sich langsam in die vertraute Melodie. Und nun kamen die Bilder zurück, die ich schon einmal vor Wochen gesehen hatte! Doch das Grau, Grün, Blau und Weiß wurde nun klarer und ich fühlte mich, als würde ich durch Wolken fliegen, die mir ab und zu den Blick auf eine grüne Landschaft, durchsetzt mit blauen Seen ermöglichten. Doch plötzlich schleuderten mich die Fallwinde eines bizarr geformten, blendend weißen Gletschers zurück und ich spürte, wie meine Hand jäh zu Boden fiel. Als ich meine schmerzenden Finger rieb, sah ich noch den Abdruck ihrer schlanken Hand, die mir diesen ungewöhnlichen Kontakt ermöglicht hatte. Und wusste in diesem Moment, dass ich einen Einblick in ihre verborgene Seelenlandschaft erhalten hatte.

Sie öffnete langsam die Augen, sah mir erstaunt in die Augen und an sich herab, als könne sie nicht glauben, dass sie immer noch bekleidet war. Verstohlen blickte sie sich um und lachte mich ebenso ungläubig wie liebevoll an: »Das war so realistisch, Geliebter, da kann ich ja froh sein, dass du dich um etwas Privatsphäre bemüht hast! Man stelle sich vor, du hättest diesen Traum gestern im Park vor Publikum mit mir geteilt!«

Ich schien sie nun leichter berühren zu können und auf dem Weg zurück zum Hotel bestätigte sie meinen Eindruck: »Vince, ich bin kaum abgeblockt; es ist, als hättest du die Energie in meinem Schutzwall abgeleitet. Ich weiß nicht, ob es klappt und wir müssten sehr vorsichtig sein, aber ich hätte eine große Bitte an dich: Darf ich heute Nacht in deinem Bett schlafen?«

Ich spürte, wie mein Herz schneller schlug und verneigte mich voller Freude: »My Lady, wären Sie bereit, mir einen großen Herzenswunsch zu erfüllen, indem Sie mir heute Nacht die Ehre erweisen, meine Gastfreundschaft anzunehmen?« Und ich wünschte mir eine rote Rose für sie.

Sie lachte. »Solch einer galanten Einladung kann ich wohl nicht widerstehen!«

Als sie aus dem Bad kam, schien sie mir so schön, als sie etwas verlegen an ihrem einfachen roten Nachthemd herumzupfte. »Vince, wenn ich gewusst hätte, dass dir meine Unterwäsche so gefällt, hätte ich auch der Auswahl meiner Nachtwäsche vielleicht ein wenig mehr Aufmerksamkeit geschenkt.«

Ich schlug die Decke auf und lachte. »Nun komm schon her! Das einfache Hemd passt perfekt zu dem mittelalterlichen Himmelbett.«

Sie legte sich zu mir und ganz vorsichtig rückte sie näher, nickte, als ich nur das leise Klingen wahrnahm. »Schlimmer wird es nicht werden, kannst du das ertragen?«

Ich flüsterte in ihr Ohr: »Ich liebe es, dich nicht nur zu hören, sondern auch zu spüren!«

Sie kuschelte sich in meinen Arm und ich dachte, sie sei schon eingeschlafen, als ich ihr unterdrücktes Kichern hörte. »Was amüsiert dich denn so?«

Sie sah zu mir auf und fragte allen Ernstes: »Sag mal, Vince, hast du ein Bildbearbeitungsprogramm in deinem Kopf? So gut, wie du es dir vorstellst, sehe ich nicht aus!«

Ich nahm sie fest in den Arm: »Für mich schon!«

Sie lachte: »Wie schmeichelhaft!«, und trotzdem schien sie noch etwas zu beschäftigen.

»Ja, my Lady?«

Sie zögerte ein wenig und fragte doch tatsächlich: »Darf ich annehmen, dass du dich selbst anatomisch korrekt wahrnimmst?«

Nun war ich verlegen. »Hmm, ich denke schon.«

»Wie wunderbar, mein Geliebter!« Sie küsste meine Handfläche und rückte ein wenig von mir ab. »Sonst kann ich nicht für mich garantieren!«

Ich erwachte von der sanften Hitze an meinem Ohrläppchen, öffnete die Augen und sah das Morgenlicht durch die Holzjalousien der hohen Fenster fallen. Ich drehte mich um und sie sah mir in die Augen. »Guten Morgen! Habe ich dir in der Nacht wehgetan?«

Als ich den Kopf schüttelte, lächelte sie. »Vince, darf ich auch einmal?«

Ich sah sie fragend an, doch der Blick in ihren Augen war eindeutig. Ich nickte erwartungsvoll und drehte mich auf den Rücken.

Sie flüsterte: »Zuerst muss ich sicher sein, dass du siehst, was ich denke und fühle!«

Ich schloss die Augen und konzentrierte mich auf die Bilder. »Wie kommst du jetzt ausgerechnet auf Rebecca, in dem grünen Kostüm?« fragte ich erstaunt, als das Bild meiner Therapeutin in mir aufstieg.

Ich hörte, wie sie kicherte. »Sehr gut! Und nun?«

Das war schwieriger und ich zögerte. »Ein fremdes Gebäude, ein Parkhaus; Jo, der aus dem Auto steigt?«

»Welche Farbe hat das Gebäude?«

»Ein leichtes Ocker?«

Ich spürte, wie ihre Hand sanft meinen Arm entlang glitt und dann locker auf meiner Hand liegen blieb. »Wunderbar! Entspann´ dich, Geliebter, lass es uns genießen!«

Wir standen vor zwei geschlossenen Aufzugtüren und ich stöhnte innerlich. Sex im Fahrstuhl gehörte nun nicht zu meinen Leidenschaften: Den Reiz am Erwischtwerden konnte ich nicht nachvollziehen.

Ich hörte ihr Lachen: »Lass dich einfach überraschen!«

Die Aufzugtüren öffneten sich und wir betraten den weichen, fast durchsichtig scheinenden Boden. Ich spürte, wie wir rasend schnell nach oben schossen; die Bewegung brachte uns beide auf die Knie. Die Wände des Aufzugs wurden gläsern, er bewegte sich leicht schaukelnd seitwärts und unter uns lag London im Morgenlicht. Ich spürte ihren leidenschaftlichen Kuss und damit begann die außergewöhnlichste Liebesstunde meines Lebens.

Rick, ich kann dir das alles kaum beschreiben, es war ebenso unvorstellbar wie faszinierend. Unserer Phantasie war keine Grenze gesetzt und wir wussten die Freiheit zu nutzen. Atmen in der Tiefsee, Rollen in der Brandung eines Süßwassermeeres, weiche Palmwedel, die uns in luftiger Höhe sanft umschlossen waren ja noch eher harmlose Ideen, wenn auch äußerst reizvoll. Bei der Geschichte in dem Wolkenirrgarten überraschte mich wieder ihre Erfahrung in Liebesdingen; ganz sicher hatte sie früher einmal nicht so enthaltsam gelebt. Die Schwerelosigkeit im Weltall fanden wir beide überbewertet, wogegen die geringe Schwerkraft am Olympus Mons genau das richtige war.

An diesem Tag frühstückten wir tatsächlich ohne Zeitung im Zimmer, für das Abendessen standen wir nur auf, weil Elisabeth warnend auf einer Pause bestand: »Vince, wenn wir so weitermachen, löst sich nicht nur mein Schutzwall auf!«

Ich verstand, was sie meinte. Auch der potenteste Liebhaber braucht einmal Ruhe, doch körperliche Grenzen erlebten wir bei dieser Art der Liebe nicht, so dass wir uns wie in einem endlosen Liebestraum, süchtig nach der Nähe des anderen, völlig verausgabten. Heute weiß ich, dass ich sie in diesem erschöpften Zustand sogar hätte küssen können, aber auf den Gedanken kamen wir nicht mehr: Sie wollte mich nicht verletzen und ehrlich, ich wollte die Erfahrung des brennenden Schwertes in meinem Kopf nicht wiederholen. Und ich fürchtete zudem, den Kontakt zu ihr zu verlieren, der auch mich veränderte.

Während ich früher in der Lage war, lediglich ihre heftigen Gefühle in mir zu spüren, wurde ich nun zunehmend sensibler, was zwei gravierende Änderungen hervorrief. Ich nenne sie den `Tresor´ und die `Wolke´.

Ich hatte dir schon von meiner Überraschung erzählt, dass ich ihre Gefühle spüren konnte. Damals, als sie in unserem Garten tanzte. Doch durch unsere neue Nähe lernte ich ihre Gefühlswelt noch viel besser kennen. Wenn sie schlief, war ihre Abblockung nicht mehr vorhanden. Der Schutzwall um ihren geheimen, verborgenen Bereich, den sie Tresor genannt hatte, wurde durchlässig und so fand ich den Zugang zu ihrer Seelenlandschaft.

Ich hatte dir von meinem ersten Flug über ein unbekanntes Land erzählt, der so jäh unterbrochen wurde. Mit jedem Kontakt zu ihr fiel es mir nun leichter, die blitzartigen Bilder, die ich anfangs kaum zu unterscheiden vermochte, zu einem Ganzen zusammenzusetzen und neue Details zu erkennen. Gegen Abend dieses Tages war es mir zum ersten Mal vergönnt, ihr Land zu betreten. Ein schönes, friedliches Land, fast ein Paradies. Ich konnte durch Wiesen und Felder wandern, sprang über kleine Bäche und bewunderte das klare Wasser der Seen. Es gab reizvolle Wälder, in denen Palmen neben Buchen standen, meterhohe Farne mit Eichen konkurrierten. Alle Blüten reckten ihre weißen Knospen der wärmenden, strahlenden Sonne entgegen und die Monochromie in Grün-Weiß entfaltete einen ganz eigenen Reiz. In dieser paradiesischen Umgebung fühlte ich mich sicher, wohl und geborgen. Ich spürte ein riesiges Kraftfeld, das mich umgab, durchdrang und mir neue Energie schenkte. Wenn du einmal an so einem Ort gewesen bist, wünschst du dich immer wieder dorthin zurück: Hier gab es keine Sorgen, keine Not, keinen Schmerz.

Ich traf auf die ersten Tiere. Nein, es waren eher Fabelwesen, friedlich grasend; manche in Herden lebend, manche als Einzelgänger. Es schien keine Jäger unter ihnen zu geben, die Beute machen wollten. Als ich an eine Küste gelangte, konnte ich Urwale beobachten, die in Gruppen durchs Wasser pflügten.

Lediglich ein Bereich des Landes verursachte in mir ein unangenehmes Gefühl: Der Gletscher, der die Landschaft überragte, jagte mir schon durch seine ungewöhnliche Form Unbehagen ein. Ständig schienen dort oben Schneestürme zu toben, die das Eis weiter anwachsen ließen. Ich hatte das Gebirge gemieden, wandte mich fast angstvoll ab, denn die übrige Landschaft lockte mich zu sehr. Ich saß lieber an dem reißenden Gletscherbach, der dort entsprang, über die Felsen hinabstürzte und in der Ebene zu einem ruhigen Fluss wurde.

Obwohl sie mich in ihr Land eingelassen hatte, entsann ich mich ihrer Theorie der verschlossenen Bereiche. Ich konnte nicht verstehen, warum sie ihren Traum so hartnäckig zu schützen versuchte, dass sie selbst sich nicht an ihn zu erinnern schien.

Als ich sie beim Abendessen darauf ansprach, ihr die Erfahrungen und Bilder schilderte, schüttelte sie den Kopf: »Nein, Vince, bei dem, was du beschreibst, regt sich keine Erinnerung in mir. Vielleicht verwechselt du etwas oder bist doch in deinem eigenen Traumland unterwegs?«

Ich war sicher, dass es ihr Inneres war. »Darf ich mich dort weiter umsehen?«

Sie zuckte mit den Schultern. »Klar, wenn es dir so gut gefällt, warum nicht?«

Ich hatte mich bereits in diesen Ort verliebt, als ich bei einem späteren Besuch auf einer Wiese über die ersten Risse in der Idylle buchstäblich stolperte. Ich konnte mich gerade noch abstützen, fiel auf die Knie und beim Abklopfen der Hände bemerkte ich es: Das war nicht der saftige, dunkle Ackerboden, den ich erwartet hatte, die Konsistenz dieses Bodens war anders. Ich zerrieb ihn nachdenklich zwischen den Fingern und erkannte es fast augenblicklich. Das war eindeutig Asche und bei näherem Hinsehen bemerkte ich die kleinen Stücke verbrannter Äste. Ich ging zurück, um meinen Stolperstein zu entdecken und stieß auf den großen Schädel eines der Fabeltiere, halb im Boden versunken, ebenfalls verbrannt. Hier hatte eindeutig ein riesiges Feuer gelodert und den ganzen Landstrich verwüstet; erst in der Ferne konnte ich wieder Wälder entdecken.

Ich achtete nun auf weitere Spuren und fand bei genauem Hinsehen deutliche Hinweise auf Zerstörung: Zerborstene Bäume, als seien Blitzschläge in sie hineingefahren, gewaltsam gekappte Baumkronen, halb überwuchert von schnell wachsenden Pflanzen, unvermittelte Wellen im Boden, scharf abgegrenzt wie Krater. Um einen besseren Überblick zu erhalten, ließ ich mich von einer leichten Luftströmung zum Gipfel eines kreisrunden Hügels hinauftragen, von dem ich mir eine bessere Aussicht versprach. Auf dem Plateau konnte ich fast bis zum Gletscher hinüberschauen und die geraden Schneisen einer kaum noch sichtbaren Zerstörung schienen sich von dort aus durch die Landschaft zu ziehen. Ich ließ mich nachdenklich auf einen Stein sinken, spürte das Moos unter meinen Fingerspitzen und schnitt mich fast an der scharfen Kante des Steins. Ich kratzte das Moos vorsichtig ab und betrachtete die feinen Kerbspuren, die ich von anderen Steinen her kannte. Ich befreite ihn vollends von den Pflanzen, die sich angesiedelt hatten und erstarrte: Der Stein lag nun als perfekter Quader vor mir und war eindeutig von Menschen bearbeitet worden. Ich riss weitere Pflanzen aus dem Boden und jeder Kollege hätte mich zu Recht ob der groben Herangehensweise getadelt, doch dies war keine archäologische Ausgrabung. Ich befand mich lediglich in einem Traumland! Es lagen Steine unter der dünnen Erdschicht, fein ineinander gefügt, wie auf einem gepflasterten Platz. Ich sah über das Plateau hinweg, bemerkte willkürlich angeordnete Erhöhungen und es gab nur einen logischen Schluss: Der Hügel war abgetragen worden! Hier hatten Menschen in die Natur eingegriffen. Ein Gefühl der Angst überfiel mich und eine eisige Frage brach sich gewaltsam Bahn: Was war aus den Bewohnern des Landes geworden? Welche Katastrophe hatte hier gewütet?

Diese neue und erschreckende Erfahrung in ihrem Tresor wollte ich erst genauer erforschen, bevor ich mit Elisabeth darüber sprechen konnte. Ich befürchtete, sie damit zu beunruhigen.

Die Wolke, die zweite Veränderung, beobachteten wir gemeinsam beim Frühstück am nächsten Morgen. Wir hatten beschlossen, körperlich neue Kraft zu tanken und unseren Geist etwas ruhen zu lassen. Stattdessen planten wir einen Ausflug zum Scafell Pike.

»Ob ich es da hoch schaffe, kann ich dir nicht versprechen, Vince, ich habe doch tatsächlich Muskelkater vom Träumen!«, ächzte sie, als wir uns schon zu früher Stunde im Speisesaal auf unser Frühstück freuten. Ich grinste sie an, dachte an den letzten Traum und sie ermahnte mich lachend: »Lass das jetzt, sonst schaffe ich noch nicht einmal die Besteigung des Motorrades!«

So nahm ich die Bilder zurück und während unserer Zeitungslektüre sah ich irritiert auf. Die Bedienung hatte uns freundlich begrüßt, saß nun weitere Gäste erwartend, anscheinend ruhig am Empfang und ich fragte Elisabeth flüsternd: »Warum ist sie nur so wütend, sie wirkt doch ganz gelassen?«

Elisabeth sah erstaunt auf: »Was sagst du da?«

Ich wies unauffällig zu unserer Hausdame, die die Rechnungen vom Vortag durchsah und abheftete.

Elisabeth warf ihr einen kurzen Blick zu, fragte mich mit wachsender Spannung »Warum glaubst du, dass sie wütend ist?« und sah sich dabei schon suchend um, aber wir befanden uns noch allein im Raum.

»Ich kann es dir nicht erklären, aber die Wut stand plötzlich wie eine Wolke im Raum«, antwortete ich etwas hilflos.

Elisabeth schloss kurz die Augen, dann sah sie mich wieder an. »Was spürst du jetzt?«

»Nur meine Sehnsucht nach dir!«, und sie streichelte kurz meine Hand. »Vince, das ist jetzt ganz wichtig: Ist die Wut verschwunden, kannst du sie noch spüren?«

Ich hörte in mich hinein, aber ich fand sie nicht mehr. »Nein, jetzt ist sie fort.«

Doch es zeigte sich keine Erleichterung auf ihrem Gesicht, die Sorge hatte noch zugenommen. »Oh, nein, das darf nicht geschehen!« sagte sie kopfschüttelnd, als wolle sie etwas abwehren.

»Was beunruhigt dich denn so, my Lady?« fragte ich erstaunt.

Sie sah mich eindringlich an. »Ja, Vince, sie ist wütend, auch wenn sie es gut versteckt. Aber du hättest es nicht bemerken dürfen! Ich habe es sofort gespürt und ich befürchte, ihre Emotionen aufgefangen, aber nicht genug abgeblockt zu haben. Ich reflektiere manchmal die Gefühle anderer, um mich selbst nicht damit beschäftigen zu müssen. Du hast ihre Wut wahrgenommen, weil du sie durch mich gespürt hast. Unbewusst habe ich sie wohl auf dich abgestrahlt, als würde mich eine Wolke umgeben. Als ich mich eben stärker abgeblockt hatte, konntest du ihre Wut nicht mehr spüren, die weiterhin unverändert ist. Wir sind so stark verbunden, dass du sie tatsächlich durch mich gespürt hast!«

Ich verstand ihre Aufregung nicht. »Was ist so schlimm daran, my Lady? Lass mich doch einfach an deinen Erfahrungen teilhaben!«

Sie sah mich abwehrend an. »Nein, Vince, du weißt nicht, wovon du sprichst. Was du jetzt vielleicht als reizvoll wahrnimmst, kann dich zerstören und in den Wahnsinn treiben. Hier ist nur ein Mensch im Raum, was ist, wenn es zehn, zwanzig, hundert sind? Was ist, wenn du weder mich noch dich selbst schützen kannst? Nein, Geliebter, das darf ich dir nicht antun. Bitte sag es mir sofort, wenn du fremde Gefühle wahrnimmst. Ich selbst bemerke es nicht, wenn ich diese Wolke ausstrahle. Wir müssen gemeinsam lernen, sie zu beherrschen, verstehst du? Das ist eminent wichtig!«

So ganz konnte ich ihrer Erklärung nicht folgen, aber sie schien zu wissen, wovon sie sprach und war ernsthaft um mich besorgt. Also versprach ich es ihr etwas widerwillig und wieder fühlte ich mich von ihrer Verschlossenheit zurückgestoßen. Warum nur vertraute sie mir nicht?

Die kleine Verstimmung war sofort verflogen, als wir durch die frische Morgenluft tourten und bei unserer ersten gemeinsamen Bergwanderung war ich einfach nur glücklich. Unsere Nächte verliefen in der folgenden Woche etwas ruhiger, nachdem wir uns darauf einigten, dass jeder von uns `es nur einmal versuchen durfte´, wie sie es genannt hatte. Wir wollten von dem Land ja mehr sehen als die Hotelzimmer.

21

Vincent

So genossen wir unsere Wanderungen, setzten unsere Reise nach Yorkshire fort. Wenn ich sie manchmal vor sich hin lächeln sah, konzentrierte ich mich auf ihre Gefühlswelt und freute mich schon auf die Nacht. Manchmal konnte ich einen winzigen Zipfel des erotischen Traumes erspüren, mit dem sie mich überraschen wollte.

Der Umgang mit der Wolke wurde zunehmend einfacher und spannender für mich. Elisabeth hatte ihre harte Haltung aufgegeben, als sie bemerkte, wie ausgeschlossen ich mich fühlte. Statt die Emotionen anderer vor mir zu verstecken, lehrte sie mich den Umgang damit. Bei der nächsten Gelegenheit befanden wir uns in einem Pub, ich nahm fragend Blickkontakt zu ihr auf und sie nickte. »Versuchen wir es. Da ist eine starke Emotion in Raum, jetzt konzentriere dich auf mich.«

Ich nickte, das Gefühl wurde stärker, ich konnte die Wolke, die sie umgab, fast sehen.

»Nun achte darauf, ob es irgendwo eine Ausbuchtung in dem Feld gibt, eine stärkere Ausdehnung in eine bestimmte Richtung besteht.«

Ja, links hinter ihr glaubte ich eine stärkere Energie zu fühlen.

»Sieh in die Richtung und versuche, den Sender zu identifizieren.«

Sie schloss unauffällig die Augen, während ich die Pubbesucher beobachtete. »Zwei Tische hinter dir sitzen drei Personen, ein Mann und zwei Frauen.«

»Wer von ihnen sendet das Gefühl aus?«

Doch ich zuckte ratlos mit den Schultern.

Sie nickte. »Versuchen wir es anders. Kannst du erkennen, um welches Gefühl es sich handelt?«

Das war einfacher. »Es fühlt sich wie Eifersucht an.«

Sie bestätigte meinen Eindruck. »Richtig, nun beobachte die drei, vielleicht findest du einen Hinweis.«

Der Mann und eine der Frauen waren in ein Gespräch vertieft, während die zweite Frau ihnen interessiert zuhörte. Doch da lag noch etwas anderes in ihrer Haltung, fast abweisend hatte sie die Schulter zu ihrer Freundin gedreht und wandte damit die andere Körperseite dem Mann zu. Statt ihren Gesprächspartnern ins Gesicht zu sehen, wanderte ihr Blick immer wieder kurz auf die Tischplatte, als sei sie abgelenkt, mit etwas anderem beschäftigt. »Die Frau in dem roten Pullover?«

Elisabeth drehte sich unauffällig kurz um, blickte über die Anwesenden, als erwarte sie noch jemanden, wandte sich mir wieder zu. »Sehr gut, Vince! Sie ist eifersüchtig, vielleicht auf ihre Freundin und versucht es zu verstecken.«

»Was ist das für eine Geschichte?«

Aber sie schüttelte abwehrend den Kopf. »Das ist ihre Sache, wir dürfen nicht zu tief gehen. Es wäre ihr sicher jetzt schon sehr unangenehm, wenn sie wüsste, was wir über sie erfahren haben. Deshalb ist es wichtig, dass du bei deinen Beobachtungen unauffällig bleibst! Behalte dein Wissen für dich. Zeige niemandem, was du über ihn weißt, das ist dein wichtigster Schutz!«

»Warum sollte ich mich schützen wollen?«, fragte ich erstaunt.

»Aber Vince, das liegt doch auf der Hand. Stell dir vor, noch ein Empath mit diesen Fähigkeiten sei hier anwesend und könnte deine Emotionen mitfühlen. Was würde er über dich erfahren, dieser wildfremde Mensch?«

Zuerst dachte ich, ich habe nichts zu verbergen, doch in anderen Situationen, etwa bei einem Streit mit Max, würde ich natürlich nicht wollen, dass jemand davon wüsste.

Sie nickte. »Stell´ dir vor, dass jemand den Traum für die kommende Nacht in dir spüren würde!«

Mir wurde ganz heiß. »Nein, auf keinen Fall!«

»Wie würden die Menschen reagieren, wenn sie bemerkten, was wir hier mitbekommen?«

»Ich jedenfalls wäre beschämt und wütend! Und ich würde es mir ernsthaft verbitten!«

Sie lächelte so liebevoll. »Ja, du würdest selbstverständlich höflich bleiben! Aber selbst wenn du den Empathen ansprächest, würde es schon Aufmerksamkeit erregen. Andere Menschen sind nicht so gut erzogen! Ein aggressiver Rowdy würde dich vielleicht auch körperlich angreifen. Sicher aber würdest du ausgegrenzt, niemand wollte mit dir zu tun haben. Selbst Max sagte bei unserer letzten Begegnung, man solle mich wegsperren.« Ich sah sie entsetzt an, sie zuckte mit den Schultern, aber ich spürte die Traurigkeit in ihr, als sie fortfuhr. »Wir würden unter der Ausgrenzung leiden, kaum jemand hält die vollkommene Einsamkeit aus. Die Menschen brauchen jedoch einen inneren Raum, in dem sie ihre Emotionen verstecken können! Sonst wäre ein gesellschaftliches Zusammenleben nicht möglich. Es gibt noch viele weitere Gefahren, denen man am besten aus dem Weg geht, indem man besser nicht über diese Fähigkeit spricht.«

»Hast du deshalb so gezögert, es Franca, Max und mir zu erzählen?«

Sie schien an die Situation zurückzudenken. »Ja, ich erzähle es niemandem! Aber ich hatte in der Sorge um dich einen Fehler gemacht und die sensible Franca hat meine Fähigkeit bemerkt. Ich wollte nicht lügen und ich konnte der Situation auch nicht entfliehen, was meine bevorzugte Defensive ist. Deshalb habe ich euch davon erzählt und hoffte einfach auf eure Diskretion.«

Ich nahm ihre Hand, spürte noch ihre damalige Verunsicherung, die in der Erinnerung nachklang. »Jetzt weiß ich, wie schwer dir das gefallen sein muss! Danke für deine Offenheit. Ich verstehe jetzt, warum wir so vorsichtig sein müssen und natürlich werde ich versuchen, dich zu schützen.«

Sie lächelte mich so vertrauensvoll an, dass ich hoffte, sie würde nun bald mehr von sich erzählen.

Wir hatten unsere Reise auf einen Zeitraum von etwa drei Wochen angelegt und nach dem Literaturtag, an dem wir es sogar wagten, den Wohnort der Brontë-Schwestern in Haworth zu besuchen, war Elisabeth erleichtert. Trotz der Menschenmassen konnten wir das alte Pfarrhaus besichtigen und durch den Ort schlendern. Ich hatte vorgeschlagen, es zumindest zu versuchen, weil mir die Idee, vielleicht doch noch einen Abstecher in den Süden zu machen, nicht aus dem Kopf ging. Deswegen drängelte ich ein wenig, denn nach den ruhigen Wanderungen wollte ich ihr Oxford zeigen, wo ich sehr glückliche Jahre verbracht hatte. Max war häufig mit dem Theater unterwegs gewesen, doch schon damals begannen wir unseren Rhythmus: Während der Woche in Ruhe arbeiten, mit dem Wissen und der Vorfreude auf ein gemeinsames Wochenende. Wenn Max Vorstellungen gab, war ich zu ihm gefahren, was von Oxfords aus fast immer möglich war. Erst später, in unserem Heim in Sussex, war er zu mir gekommen.

Um die Zeit für die Fahrt nach Oxford bei dem Regenwetter etwas abzukürzen, beschlossen wir, nun auch die Autobahn zu nutzen und kurz vor Nottingham fällte ich eine spontane Entscheidung. Ich bog ab und spürte fast Elisabeth Erstaunen, aber sie blieb dicht hinter mir, als ich in die unscheinbare Vorstadtsiedlung fuhr und mich langsam der genauen Adresse entsann. Ich hielt vor dem Haus, baugleich mit Millionen anderer Häuser im Land, setzte den Helm ab und lehnte mich beobachtend gegen die Maschine. Elisabeth hielt hinter mir, doch als ich mich, bewegt von meinen Gefühlen nicht rührte, stieg sie ab und kam zu mir herüber. »Was ist los, Vince, was tun wir hier?«, dann verstand sie und wartete neben mir auf meine Entscheidung.

Fast zwanzig Jahre hatte ich sie nun nicht mehr gesehen, dachte, das Kapitel sei für mich abgeschlossen und doch hatte ich eben nicht widerstehen können. Ich kannte das Haus in der Allerweltssiedlung nicht, in das meine Eltern gezogen waren, nachdem mein Vater berentet wurde. Ihm wollte ich auf gar keinen Fall begegnen, weil seine Beleidigungen unverzeihlich für mich waren. Doch meine Mutter hatte sich nur seinem Urteil gebeugt, so wie es damals noch in vielen Ehen üblich gewesen war.

Ohne den Blick vom Haus zu wenden, fragte ich Elisabeth: »Ist sie da?«, und sie nickte: »Ja, Vince, sie beobachtet uns.« Dann teilte mit mir die Wolke des Gefühls, so stark, dass es mir fast den Atem nahm.

Die Konzentration auf fremde Gefühle fiel mir immer leichter und ich fragte zögernd. »Oben, hinter dem rechten Fenster? Angst, Sehnsucht?«

»Ja, Vince, richtig! Sie hat dich sofort erkannt und traut sich nicht, herunterzukommen.« Und dann tat sie etwas, was sie noch nie in der Öffentlichkeit getan hatte: Sie küsste mich zärtlich auf den Mund, nur kurz und ich fühlte ihre Abblockung. Ich sah sie erstaunt an und sie nickte ernsthaft. »Diese Demonstration hattest du dir gewünscht, nicht wahr?«

Ich legte den Arm um sie und zog sie zärtlich an mich. Ja, ich wollte meiner Mutter zeigen, dass die Liebe nicht an das Geschlecht des Partners gebunden war. Dass alles möglich ist!

Elisabeth nickte und fragte: »Wollen wir ihr die Entscheidung erleichtern? Wir könnten auch einfach klingeln«, doch ich zögerte noch.

»Vince, ich spüre nur sie im Haus, was jedoch keine Garantie ist! Er könnte auch im Garten sein oder dich einfach nicht bemerkt haben und deshalb keine starken Gefühle aussenden.« Kurz schloss sie die Augen. »Sie kommt jetzt herunter, steht nun hinter der Tür.«

Ich hatte die Veränderung auch bemerkt und war immer noch unschlüssig, als Elisabeth meine Hand nahm und mir Mut machte: »Ich komme mit dir, vielleicht ist es dann leichter. Wenn es zu belastend für dich wird oder dein Vater doch da ist, werde ich eingreifen. Sicher will sie dich richtig ansehen. Jede Mutter wollte das nach so einer langen Trennung.«

Langsam gingen wir auf das Haus zu und die Tür öffnete sich. Meine Mutter sah mich nur kurz an, dann schlang sie einfach ihre Arme um mich und weinte leise. Als ich sie im Arm hielt, kam sie mir so klein, so gebrechlich vor. Das Alter hatte sie sichtlich gebeugt.

Sie sah auf, umfasste mein Gesicht und schien es zu studieren, dann zog sie mich zu ihr herab und gab mir einen Kuss auf die Stirn, so wie sie es jeden Tag gemacht hatte, wenn ich aus der Schule nach Hause kam. »Er kommt gleich zurück, wollte nur kurz in die Werkstatt, sonst hätte ich euch hereingebeten. Aber er ist zu krank und kann keinerlei Aufregung mehr ertragen«, sagte sie entschuldigend und sah mich liebevoll an. »Mein Sohn, mein kleiner Vincent! Dein Vater hat es später und bis zum heutigen Tag bereut, dich verloren zu haben, doch er kann einfach nicht aus seiner Haut. Vergiss nie, wie sehr ich dich liebe; ich denke jeden Tag an dich! Und seit meine junge Nachbarin dein Bild aus dem Netz geholt hat, kann ich dich auch immer ansehen.« Sie nickte Elisabeth kurz zu.

Dann nahm ich sie noch einmal in den Arm, bevor sie sich mit ängstlichem Blick losmachte, als wolle sie sich versichern, dass mein

Vater noch nicht zurückkäme und auch keiner der Nachbarn unsere Begegnung beobachtete. Sie drehte sich abrupt um und ging ins Haus zurück. Sie stand am Fenster des Wohnzimmers, winkte uns zu, als wir losfuhren und die Wolke des Glücks sprengte fast die engen Mauern.

Wir fuhren zur Autobahn zurück, die Gedanken und Gefühle tobten in mir. Ich bemerkte kaum, dass Elisabeth sich etwas weiter zurückfallen ließ, als wolle sie durch einen größeren Abstand zwischen uns meine Überlegungen nicht stören. Sie hatte schon vor zwei Tagen die Andeutung gemacht, dass eine zu große Nähe auch eine Belastung sein könne und es sie jetzt mehr Kraft koste, ihre Abblockung aufrecht zu erhalten. Wir waren schon fast in der Nähe von Leicester, als ich ihr Leben ernsthaft in Gefahr brachte. Ich hatte mich beruhigt und sann über den Traum für den kommenden Abend nach, als sie zu mir aufschloss, um mir wohl ein Zeichen zu geben, dass sie eine Pause brauche. Ich nickte nur kurz, wollte jetzt nicht gestört werden, als sie mich überholte und ich hilflos mit ansehen musste, wie sie fast vor meinen Augen starb. Der leichte Regen hatte zugenommen und auf der nassen Fahrbahn zuckte sie unvermittelt zusammen und geriet ins Schlingern. Die Straße war nach der langen Trockenheit tückisch glatt und ich sah sie fast schon mit dem Wagen neben sich kollidieren, als sie in letzter Sekunde die Maschine wieder in den Griff bekam und dann davonjagte, als sei der Teufel hinter ihr her. Das alles war eine Sache von Sekunden! Doch ich fühlte den Schrecken in mir und war vor Angst fast gelähmt. Nur mit Mühe konnte ich mich auf dem Motorrad festhalten und fuhr nun übervorsichtig langsam. So eng lagen das Glück des Morgens und das Entsetzen des Ereignisses vor wenigen Minuten beieinander. Ich fand sie auf einem Rastplatz etwa fünf Meilen weiter. Sie saß noch auf der Maschine, hatte nur den Helm abgesetzt und sich die Hände vors Gesicht geschlagen. Sie war kalkweiß im Gesicht, ihre Augen waren vor Entsetzen geweitet und als ich sie erleichtert in die Arme schloss, spürte ich ihr Zittern. »Was war das, my Lady? Ich dachte, dein letzter Augenblick sei gekommen!«

Sie konnte kaum sprechen und ich musste sie auf dem Weg in die Raststätte stützen. Sie beruhigte sich allmählich und aß schweigend, bevor sie wieder mit mir sprach. »Vince, das war wirklich knapp! Ich dachte auch schon, dass es mich zerlegt. Wir müssen nun unbedingt üben!«

Ich verstand ihre Reaktion nicht: »Was ist denn genau geschehen? Es ging alles so schnell!«

Leise antwortete sie. »Ich wollte dir ein Zeichen geben, dass ich eine Pause brauche und dann habe ich deinen Traum voll mitbekommen. Ein Orgasmus auf dem Motorrad bei voller Fahrt auf regennasser Fahrbahn ist wohl eine geeignete Selbstmordart, wie ich jetzt festgestellt habe. Aber ich verspüre keinerlei Todessehnsucht!«

Ich sah sie betroffen an. »Ich habe dir das angetan?«

Sie nahm beruhigend meine Hand. »Nein, natürlich nicht. Ich habe mich gefragt, wie es dir nach dem Besuch bei deiner Mutter ginge und war nicht voll abgeblockt. Du warst noch aufgewühlt und hast deine Gefühle stärker ausgesendet als sonst. Es war ein Unfall, der böse hätte ausgehen können. Wir müssen gemeinsam noch viel lernen, um mit unserer Verbindung umgehen zu können. Doch Schritt eins üben wir heute Abend!«

»Das hört sich fast drohend an, my Lady!«

Sie lachte. »Es wird sicher spannend!«

22

Vincent

Sie wollte kein weiteres Risiko eingehen und erst am kommenden Morgen die wenigen Meilen nach Oxford zurücklegen. Ich schlug vor, in Stratford zu übernachten. Aber sie sagte, wir bräuchten eine möglichst ruhige Umgebung und ich fand im Internet noch ein freies Zimmer in der Nähe von Rugby.

Die erste Lektion erhielt ich noch vor dem Abendessen. Wir saßen auf einer Bank im Park des Hotels und sie erklärte mir meine Aufgabe. »Vince, du musst lernen, dich abzublocken. Meine Kraft reicht nicht mehr aus und die Gefahren einer zu engen Verbindung haben wir heute erlebt.«

Ich nickte. »Was muss ich tun?«

»Entspann dich, und versuche zunächst, deine Gedanken auszuschalten, deine Gefühle zu beruhigen. Ich helfe dir am Anfang, alle weiteren Anweisungen schaffst du allein.« Sie legte mir die Hand leicht auf den Arm. »Eine meiner liebsten Übungen, den Geist zu beruhigen, ist die folgende.«

Ich sah mich plötzlich in einem langen, nur vage von flackerndem Leuchten erhellten Tunnel stehen, der von Säulen an den Seiten getragen wurde. Langsam ging ich auf die erste Säule zu und betrachtete den Monitor, der daran hing: Er zeigte ein Bild von meiner Mutter hinter dem Fenster. Ich betrachtete es ausgiebig, dann hob ich die Hand und schaltete den Monitor aus. Langsam schlenderte ich weiter, sah auf den Bildschirmen an den Säulen die Eindrücke des Tages, die mir willkürlich erschienen: Ein Straßenschild auf der Autobahn, die Speisekarte der Raststätte, Elisabeth in die Zeitung vertieft, ein Autokennzeichen, das Badezimmer des Hotels der vergangenen Nacht. Ein Bild nach dem anderen schaltete ich aus, obwohl es mir bei Elisabeths Bild schwer fiel. Das Flackern der Monitore wurde schwächer und danach schien das Licht in dem Tunnel zuzunehmen. Der nächste Bildschirm zeigte nur sich bewegende abstrakte Figuren und ich ahnte, dass nun die Gefühlsebene an die Reihe kam. In den dunklen, umeinander kreisenden und sich immer wieder abstoßenden Dreiecken entdeckte ich meine Liebe zu Max. Mal heller, mal dunkler waren die Bilder, doch nach dem Benennen des Gefühls schaltete ich es bewusst aus. Ein Licht zeigte das Ende des Tunnels an und ich freute mich, in die Helligkeit zu treten und hörte Elisabeths Stimme: »Sehr gut, mein Geliebter, nun wirst du gleich deinen Schutzschild sehen. Präge dir dort alle Einzelheiten genau ein, werde eins mit dem Bild! Fühle, wie es in dir wächst, bis du sicher bist, dass es dein Schutzschild ist, den niemand zu durchdringen vermag. Lass dir Zeit, alles zu erforschen! Mach es dir zu eigen und komm erst zurück, wenn du dich dort sicher auskennst.«

Fast erwartungsvoll trat ich aus dem Tunnel und mein erster Blick fiel auf einen wuchtigen Rundturm, der über starke Mauern mit anderen Türmen verbunden war und trutzig über dem Burggraben aufragte. Vage erinnerte er mich an Bodiam Castle. Ich fand mich sofort auf der Mauer wieder, wanderte sie langsam entlang, sah in den Hof, ließ einen Stein in den Graben fallen und blickte über das flache Land hinweg.

Ich öffnete die Augen und fragte überrascht, wie viel Zeit denn vergangen sei. Die Sonne stand deutlich tiefer und sie lächelte. »Dein Schutzbild hat dir gut gefallen! Du warst fast zwei Stunden dort, aber das Abendessen bleibt uns wohl doch nicht erspart.«

Nach einem weiteren Beweis für das Renommee der englischen Allerweltsküche zogen wir uns früh zurück, um unsere Übungen fortzusetzen. Ich hatte Elisabeth von meiner Erfahrung erzählen wollen, aber sie hob die Hand. »Behalte dein Schutzbild für dich, ich werde es ja heute noch sehen. Werde dort erst heimisch, bevor ich versuche, dich zu erobern.«

»Was für eine reizvolle Vorstellung!«, erwiderte ich und sie lachte.

Wir lagen nebeneinander auf dem Bett und wieder führte sie mich in den Tunnel, dann ließ sie mich dort allein zurück. »Finde den Weg, Vince! Wenn du angekommen bist, werde ich dich dort treffen.«

Ohne ihre Hilfe war es viel schwerer, die Monitore auszuschalten! Ständig erschienen neue Bilder in meinem Kopf, die den Weg verlängerten. Meine Konzentration war deutlich geschwächt, als ich endlich auf dem Rundturm stand, doch ich spürte, wie die gewaltigen Mauern mir eine ruhige Sicherheit vermittelten und mir neue Kraft schenkten.

Ich hörte die Bewunderung in ihrer Stimme. »Welch ein prachtvoller Schutzwall, Vince, er passt so genau zu dir! Nun werde ich versuchen, ihn zu durchbrechen, indem ich starke Gefühle aussende. Deine Aufgabe besteht darin, sie an den Mauern abprallen zu lassen. Du wirst sie erkennen, aber du willst dein Inneres schützen! Du willst dich nicht mit den fremden Angreifern beschäftigen müssen.«

Ich versuchte, im Geiste zu nicken, als bereits die erste Welle anbrandete, die ich als rasende Eifersucht identifizierte. Natürlich hatte sie dieses Gefühl als erstes ausgesucht! Im Umgang mit Eifersucht hatte ich in der Realität Erfahrungen für mehr als ein Leben gesammelt. Ich verstärkte meine Mauern fast spielerisch, sah auf die Eifersucht hinab, die sich dort unten im Burggraben abmühte und war sicher, sie würde mich nie verletzen können. Doch es wurde mit jeder Emotionswelle schwieriger und ich war erstaunt, welch starke Gefühle sie simulieren konnte. Ihre heftige Wut setzte mir zu! Die Angst schien mir so real, dass ich mich sogar umdrehte, um mich zu überzeugen, dass der Feind nicht hinter meinem Rücken einen Weg gefunden hatte, in den Burghof einzudringen. Die Traurigkeit erlebte ich als brennenden Pfeilregen, doch die kleinen Feuer vermochte ich zu löschen. Letztendlich war es die zarte Sehnsucht, die den Mörtel zwischen den Steinen einfach zersetzte, eine Mauer zusammenstürzen ließ und ihr Einlass gewährte. »Halte mich ganz fest, mein Geliebter!«, und ich spürte ihre liebevolle Umarmung, war so glücklich, sie in mir zu fühlen.

Sie führte mich zurück und ich nahm ihre Verlegenheit wahr, als sie mich anlächelte. »Entschuldige, Vince, das war unfair! Aber ich konnte es plötzlich nicht mehr ertragen, ausgeschlossen zu sein. Du bist ein echtes Naturtalent!«, lobte sie. »Nicht viele Empathen hätten diesem Gefühlssturm standhalten können und für dich war es lediglich die erste Übung. In einigen Tagen werde ich dein Bollwerk nicht mehr durchbrechen können, wenn du mir den Zugang verwehrst.«

»Warum sollte ich dich jemals ausschließen wollen, my Lady?«

Sie kuschelte sich in meinen Arm. »Ich hoffe, dass es nie dazu kommt!«

In dieser Nacht waren wir zu erschöpft für einen unserer erotischen Träume. Doch das Gefühl der Nähe, körperlich wie geistig, ließ uns in einen erholsamen und ruhigen Schlaf der Sicherheit sinken. Und gegen Morgen fand ich die ersten Hinweise auf die Menschen in ihrem Tresor.

Bei diesem Versuch wollte ich den Gletscher genauer erforschen, mich dem Gefühl der Bedrohung stellen.

Auf dem Weg dorthin fand ich das Tal versteckt in einem Waldgebiet. Eine kreisrunde Lichtung tat sich vor mir auf, doch der Boden der Lichtung war stark abgesenkt und am Grund des Tales konnte ich seltsame Gebilde erkennen. Ich fand einen schmalen Weg hinunter und betrachtete die Steine, die wie grob behauene Stelen aus dem felsigen Boden ragten. In lockerer Abfolge angeordnet, standen manche in Gruppen beieinander, andere einzeln, als bräuchten sie mehr Raum um sich herum. Langsam umrundete ich die Lichtung und schätzte, dass es sich um etwa fünfzig Skulpturen handelte. Die Figuren am Rand waren kleiner, sie reichten mir kaum bis zur Hüfte. Doch zur Mitte des Kreises wuchsen sie stetig an und im Zentrum des Kreises überragten mich die seltsamen Steingebilde um mindestens einen Meter.

Ich wanderte zwischen den gesichtslosen Stelen umher und fragte mich nach ihrer Bedeutung. Die Anordnung innerhalb des Talkessels schien darauf hinzudeuten, dass es sich entweder um einen geschützten Bereich handelte oder auch um eine Grenzziehung, als sollte den Figuren der Freiraum genommen werden. Sie waren nur grob behauen, keine glich der anderen und erst als ich mehrere von ihnen genau in Augenschein nahm, fielen mir die kleinen Details auf. Jede einzelne Figur war unverwechselbar, hatte fast eine Persönlichkeit, die ich jedoch nicht zu erkennen vermochte. Ich wanderte noch eine Weile umher und ließ den Eindruck des rätselhaften Ortes auf mich wirken. Die Sonne wanderte langsam über den Rand des Tales und ich sah ein kurzes Aufblinken an einem der äußeren Steine auf der anderen Seite. Ich versuchte mir die Position möglichst genau einzuprägen und ging darauf zu. Eine kleine Randfigur hatte das Blinken ausgesendet, doch um die Sonne überhaupt reflektieren zu können, musste es sich um eine glatte Fläche handeln und ich hoffte, die Stele daran zu erkennen. In diesem Bereich standen mehrere Steinsäulen beieinander. Ich ging langsam um sie herum, sah nach dem Sonnenstand und identifizierte die einzig in Frage kommende Skulptur. Sie hatte am oberen Ende eine geschliffene, fast rechteckige Fläche, die wie ein Spiegel wirkte. Ich betrachtete sie eingehend und ein angedeutetes Detail etwas tiefer ließ eine Erinnerung in mir aufwallen: Den verschlungenen Knoten kannte ich doch von Rebecca, meiner Therapeutin, die ihren Gürtel immer auf diese außergewöhnliche Art getragen hatte.

Doch was machte ein Hinweis auf Rebecca in Elisabeths Seelenschaft? Nein, das konnte nicht sein! Und noch während ich ratlos den Kopf schüttelte, wurde ich auch schon aus dem Tal getragen: Elisabeth wachte auf.

Während Elisabeth im Bad war, kontrollierte ich wie jeden Morgen die eingegangenen Nachrichten und Anrufe auf meinem Handy. Ich sah, dass Thomas zweimal angerufen und drei SMS mit der Bitte um Rückruf geschickt hatte, doch ich schaltete das Gerät wieder aus. Nein, ich wollte nicht erreichbar sein! Doch ich hatte ein schlechtes Gewissen, denn Thomas fühlte sich sicher mit seinen Sorgen allein gelassen. Aber ich war außer Stande, mit ihm zu sprechen. Ich erlebte glückliche Tage und wollte den Gedanken an die Probleme anderer ausschließen.

23

Vincent

In Oxford verbrachten wir einen regenfeuchten Tag. Ich führte Elisabeth durch die Hallen meines alten Colleges, zeigte ihr, wo ich gewohnt hatte, ruderte mit ihr auf der Themse und schlenderte mit ihr durch den Park am Flussufer.

Sie spürte meine Wehmut. »Das ist ein wichtiger Ort für dich, Vince. Er fehlt dir, nicht wahr?«

Seit Tagen hatte ich jeden Gedanken an Max aus dem Kopf verbannt, doch die Erinnerung an unsere erste Nacht hatte ihn mit aller Macht zurückgebracht. Ich nahm ihre Hand. »Er hat sich entschieden, Elisabeth, doch die Erinnerungen leben weiter. Er war so lange Zeit der wichtigste Mensch in meinem Leben.«

Sie hauchte einen Kuss auf meine Hand, folgte meinen Gedanken. Ihre Nähe ermöglichte mir, die Traurigkeit wieder in den Burggraben zu versenken. Ich legte den Arm um ihre Schultern und auf dem Weg in die Innenstadt spürte ich, wie eine weitere Tür zwischen Max und mir zufiel.

Wir hatten über unsere Übungen gesprochen und ich hatte Zweifel, ob sie tatsächlich so hilfreich seien, wie sie betonte. »Ich brauche so lange, um überhaupt durch den Tunnel zu gelangen! Um alles andere in mir loszulassen, bis ich endlich auf meiner Burgmauer stehe. Die Gefühle anderer treten aber so plötzlich auf, dass ich sie ohne die lange Vorbereitung nicht ausschließen kann. Wo liegt da der Sinn?«, fragte ich erschöpft nach einer Übung in der ruhigen Umgebung der Bibliothek.

Sie sandte eine aufmunternde Welle aus: »Vince, nach einiger Zeit des Übens gelangst du in Sekunden auf deinen Turm. Geradezu dadurch, dass du an ihn denkst. Je öfter du den Weg durch den Tunnel zurückgelegt hast, desto leichter wird es!« Sie überlegte, wie sie es mir erklären konnte. »Ich nehme den Tunnel nur noch als kurzen Schatten wahr. Nur bei einer bewussten und starken Abblockung vor einer ungewollten Berührung sehe ich noch Einzelheiten. Ich kann es mit dem Gehen vergleichen: Wie lange hat ein Kleinkind geübt, bis es zum ersten Mal auf den wackeligen Beinen steht? Wie oft ist der Versuch des ersten Schrittes fehlgeschlagen? Zwei Monate später läuft es schon recht sicher und denkt nie wieder darüber nach, wie schwer es war, das Gleichgewicht zu halten. Nur auf einem besonders schwierigen Weg achtest du heute noch auf deine Schritte und so wird es auch mit der Abblockung sein. Sie ist jederzeit verfügbar, kostet keine Anstrengungen, wenn sie nicht benötigt wird. Aber sie schützt dich verlässlich, wenn du sie brauchst. Sollten die Übungen zu anstrengend für dich sein, sag´ es mir, denn ich kann mich durchaus auch alleine beschäftigen. Wenn wir nicht zusammen sind und einen größeren Abstand halten, wirst du auch nicht mit den Gefühlen anderer belästigt. Nur durch die Nähe zu mir kannst du sie spüren.«

Ich nahm ihre Hand. »Das, my Lady, wäre die schlechteste Alternative, das Leiden erspare ich mir!«

Wir übten noch einmal am späten Nachmittag und sprachen beim Abendessen über meinen Wunsch, Bodiam Castle in Südengland doch noch zu besuchen. Nach zwei Abendträumen schlief sie in meinen Armen ein und ermöglichte mir einen weiteren Besuch im Tal der Steine, aus dem ich am Morgen fortgerissen wurde.

Ich fand das Tal sofort wieder, indem ich mich auf seine Lage konzentrierte. Augenblicklich stand ich an der Stelle, die ich am Morgen verlassen hatte und sah mich irritiert um. Die Figur, die mich an Rebecca erinnert hatte, war nicht mehr am Platz. Erst nach einiger Zeit des Suchens fand ich sie im äußersten Steinkreis. Dieses System war wohl viel dynamischer, als ich anfangs vermutet hatte; es schien, als rückten die Figuren je nach Wichtigkeit umher.

Nun achtete ich auf die winzigen Details, die mir vielleicht eine Identifizierung ermöglichen und die nächste Stele, die mir bekannt vorkam, hielt einen Pfeil hinter dem Rücken versteckt in der Hand. Ihr Blick war starr auf das Zentrum gerichtet und nur die gewaltsame Bruchstelle an ihrer Seite ließ mich plötzlich an Joseph denken. Ich lief zwischen den Figuren hindurch ins Zentrum, deutete die rundliche Figur mit der streichelnd ausgestreckten Hand als Claire und selbst Franca entdeckte ich, die ihre Familie schützend umarmte.

Eine Gruppe von drei Personen dominierte die Mitte des Tals. Riesig groß und beeindruckend standen sie nur einen Zentimeter voneinander entfernt. Ich ließ mich auf dem Sims eines unförmigen Felsens nieder und betrachtete sie genau, versuchte, die Details zu deuten. Die Stelen fielen von der Größe her zueinander ab. Sie sahen in die Ferne, schienen jedoch durch die Nähe der anderen eine geschützte Einheit zu bilden. Die linke Skulptur war die größte und trug ein angedeutetes Mikroskop in der einen Hand, ein Fernglas in der anderen. Die Mittelfigur trug eine Art Hammer und hatte eine ungewöhnliche Kette um den Hals, die rechte Figur schien außer einer Wölbung auf dem Brustkorb kein Zeichen zu tragen. Ich sah sie mir noch genauer an und erst jetzt entdeckte ich den winzigen Bassschlüssel unter dem linken Ohr. Wer waren die drei?

Zuerst dachte ich an Elisabeth, Max und mich, doch etwas störte meinen Eindruck. Die wissenschaftlichen Utensilien konnten zu mir passen, der Bassschlüssel eventuell zu Max: Doch was hatte diese riesenhafte Elisabeth mit dem Hammer zu bedeuten? Trug sie überhaupt ein Abbild von sich selbst herum?

Ich saß wieder auf dem Stein, konnte es mir nicht erklären, und ich muss zugeben, ich war enttäuscht. War ich ihr nicht wichtig?

Wenn sich sogar Rebecca und Jo in dem Tal befanden, musste ich doch auch mich selbst erkennen. Ich stand kopfschüttelnd auf und stieß mit der Schulter an eine harte Kante. Ärgerlich rieb ich mir schmerzende Stelle und sah mich um. Wie eine riesige unförmige Einheit stand der Fels der Dreiergruppe gegenüber. Im oberen Drittel war ein großes Stück herausgebrochen. Bei näherem Hinsehen weckte die scharfe Kante den Eindruck eines Bucheinbandes in mir und nun war mein Interesse geweckt. Ich lief um den Block herum. Und bei der ersten Umrundung fiel mir eine Ausbuchtung weit oben auf, die sofort eine schmerzliche Erinnerung in mir weckte: Das war die Haarsträhne von Max, die immer widerspenstig abstand. Als ich mich hinauf reckte, sah ich die winzige Maske auf seiner Stirn. Die andere Seite der Figur streckte ein klumpenförmiges Gebilde zum Himmel hinauf, als wolle sie es vor den anderen schützen. Der kleine Notizzettel am unteren Bein war nun unübersehbar: Das waren Max und ich, zu einem Block vereint, unverkennbar. Was hatte das zu bedeuten, sah sie uns immer noch so verbunden?

Elisabeth umfing mich im Schlaf, wurde wacher und schleuderte mich damit aus ihrem Land.

Meine morgendliche Kontrolle des Handys schreckte mich auf. Es waren keine neuen Nachrichten von Tom gekommen. Nur Franca hatte sich gemeldet und die SMS von ihr beunruhigte mich: »Vince, ich möchte euch nicht stören! Aber bitte melde dich, sobald du das hier liest. Ich bin in großer Sorge!«

Ich rief sie sofort zurück und was sie mir berichtete, ließ mich fast zu einer der Steinsäulen in Elisabeth Land erstarren.

24

Joseph

Ich habe dir offen von meinen Fehlern berichtet, Rick, und ich stehe dazu! Aber bitte glaube mir, an der Reise in den Osten trug ich keine Schuld. Nein, ich versuchte Max mit allen Mitteln davon abzuhalten, informierte sogar Franca in der Hoffnung, sie könne ihm diese gefährliche Idee ausreden.

Du kennst ja seine Unruhe. Oft wirkt er regelrecht getrieben und die vielen Interviews und Fototermine nach der Trennung von Vince hatten ihn ein wenig gelassener werden lassen. Die Nachricht, dass seine Lieblingsserie ohne ihn fortgesetzt wurde, hatte ihn und auch mich schockiert. Tagelang hatten wir Mutmaßungen angestellt, was zu der Entscheidung der Produzenten geführt habe. Doch letztendlich verletzte ihn die Erklärung, er sei zu alt, um den jungen Helden weiter zu verkörpern. Wir hatten auch früher schon Misserfolge zu verkraften und nun zog ich innerlich fast den Hut vor Vince, der Max nach dieser Art von Kränkung viel besser gestützt hatte, als ich es vermochte.

Wenn Max nach einem Wochenende mit Vince zur Arbeit zurückgekehrt war, hatte er viel Kraft getankt, sein Selbstvertrauen schien unauffällig gestärkt, so dass er die Aufgaben der Woche so unbeschwert angehen konnte, wie alle es von ihm gewohnt waren. Ich versuchte, ihm ebenso zu helfen, aber die zweifelnden Blicke, die er mir oft zuwarf, verrieten mir, dass ich ihn nicht erreicht hatte. Dann saß er wieder in seinem Sessel, sah an die Wand und alles was ich sagte, schien an ihm abzuperlen. Ich wusste mir nicht mehr zu helfen.

So hatten wir die erste Woche nach der Absage verbracht, das Wochenende eher überlebt als gelebt, aber die Aussicht auf eine weitere ruhige Woche machte ihn schier wahnsinnig. Ende Juli befand sich das halbe Land in Ferien, alle Dreharbeiten ruhten weitgehend. Die Einladungen zu den Festivals und sonstigen Promotionsveranstaltungen hatte ich abgesagt, weil ich davon ausging, dass sein Theaterengagement es nicht zugelassen hätte.

Wir hatten die Chance auf die amerikanische Serienrolle gewahrt, es sah sogar vielversprechend für uns aus.

Der geplante Drehbeginn Anfang Oktober schien ihm dennoch keine Hoffnung zu machen. »Im Oktober, Jo? Das sind ja noch neun Wochen, bis dahin bin ich an mir selbst erstickt. Es muss doch etwas zu tun geben!«

»Alle Menschen, die es sich leisten können, sind zu dieser Zeit in Urlaub, Max. Wollen wir nicht auch wegfahren, die Sonne genießen und ein wenig Spaß haben?«, schlug ich vor, aber er winkte eher beiläufig ab.

»Ich wollte mit Vince in Wales wandern und das hätte mir gefallen. Ohne ihn kann ich mir das nicht vorstellen.«

Bemerkte er denn nicht, wie sehr er mich damit verletzte? Es schien ihm noch nicht einmal in den Sinn zu kommen, die Reise mit mir zu unternehmen und ich schrieb mein Ansinnen sprachlos vor Enttäuschung ab.

Er war wieder aufgesprungen, lief ziellos durch die Zimmer und blieb vor meinem improvisierten Arbeitsplatz an Vincents Schreibtisch stehen. Ich hörte, wie er die Papiere durchwühlte und fürchtete sein verzweifeltes Murmeln: »Irgendetwas muss es geben, es gibt immer etwas zu tun!« Dieser Satz ging ihm pausenlos im Kopf herum, als sei er sein persönliches Mantra. Plötzlich hielt er inne, pfiff leise und kam zu mir zurück. »Warum hast du mir davon nichts erzählt?«

Ich sah das Schreiben, das er in den Händen hielt, und wusste, ich hätte es sofort vernichten sollen. »Nein, Max, auf keinen Fall fahren wir dort hin!«, lehnte ich kategorisch ab. »Es ist viel zu gefährlich und sie können dir noch nicht einmal eine Gage zahlen. Selbst die Tickets überschreiten ihre Mittel und ich müsste dich auf eigene Kosten begleiten. Die Stimmung im Land ist völlig aufgeheizt und nicht zu vergleichen mit der Konzerttournee, die du dort absolviert hast. Damals gab es eine offizielle Einladung, die dich und deinen Lebensstil geschützt hat. Die Einladung ist bestenfalls ein Angebot, dich dort als Staatsfeind zu etablieren!«,

Er las die Mail noch einmal, wirkte nachdenklich, wischte dann meine Einwände beiseite. »Jo, hier geht es nicht ums Geld, sondern um die Sache. Ich weiß, dass die Situation sich geändert hat, aber ich denke, die Medien bauschen das Thema sicher auf. Gerade du sagst doch immer, die Menschen wollen Helden sehen und wir wären sicher im Gespräch. Wenn ich dort auftrete, wird sicher jeder Sender hier darüber berichten!«, wünschte er sich. »Und die Publicity wird den Kollegen im Land helfen und mich zudem schützen. Bitte, Jo, ich halte das Stillsitzen und die Untätigkeit hier nicht aus. Wolltest du nicht etwas mit mir unternehmen? Sieh es doch als unseren ersten gemeinsamen Urlaub, so wie du ihn dir eben gewünscht hast. Wir machen es uns dort schön, es ist ein zauberhaftes Land!«

Er sah mich so bittend an und ich war froh, dass ich ihn zuvor missverstanden hatte. Die Reise nach Wales hätte ihn zu sehr an Vince erinnert und er wollte tatsächlich mit mir zusammen sein. Aber der Osten? Das musste er noch einmal überdenken und vielleicht gab es schon morgen eine Alternative. »Max, die Veranstaltung ist schon am nächsten Wochenende und wir müssten erst Visa beantragen. Und ich muss prüfen, ob wir so kurzfristig einen Flug bekommen. Lass uns heute Abend ausgehen und durch die Clubs ziehen!«, versuchte ich ihn abzulenken, erleichtert darüber, dass mein Zweifel an ihm nicht gerechtfertigt war.

Wir verbrachten einen gemeinsamen Abend, versuchten, unsere Sorgen zu vergessen. Doch schon am nächsten Morgen sah ich ihn im Internet recherchieren und die ersten Mails schreiben. Er wollte tatsächlich an einer Solidaritätsdemo für die Gleichberechtigung der Homosexuellen teilnehmen, was ich als ebenso mutig wie hoffnungslos leichtsinnig ansah! Alle meine Einwände schmetterte er ab. Als ich ihm als letztes Mittel meine Unterstützung verweigerte, sah er mich ruhig an. »Ich kann nicht erwarten, dass du immer für mich da bist, Jo! Aber ich werde dort teilnehmen.«

Ich war so verzweifelt über seinen Starrsinn, dass mir nur noch eine Lösung einfiel. Mir graute vor der Umsetzung. Nur ein einziger Mensch konnte ihn zur Vernunft bringen, nur einer hatte solchen Einfluss auf ihn! Und genau diesen Menschen hatte ich konsequent aus Max´ Leben vertrieben. Ich nahm das Telefon, hatte die Nummer schon auf dem Display, dann verließ mich der Mut. Ich fragte Tom nur per SMS nach Vincents Telefonnummer.

25

Franca

Thomas' Stimme klang hektisch.

Er hatte mir auf die Mailbox gesprochen, im Hintergrund hörte ich Stimmengewirr. »Franca, hier ist Thomas. Ich hab´s eilig, ich muss den Zug nach York erreichen. Hier ist eine Frage von Joseph nach Vincents neuer Telefonnummer. Weil Jo seit unserer Trennung nicht einmal mit mir gesprochen hat, werde ich auch nicht antworten. Aber seine SMS klang dringend und ich denke, es geht um Max. Warum sonst sollte Jo versuchen, Vince zu erreichen? Sprich du doch bitte mit ihm, und höre da mal nach! Vince hat sicher nicht ohne Grund ein neues Handy mitgenommen und will vielleicht nicht gestört werden. Auf meine SMS in dieser Woche hat er nicht geantwortet und ich versuche, all das abzuschließen.« Ich hörte sein Seufzen. »Ich sollte es wie Vince machen und mir eine neue Nummer zulegen. Na, wie auch immer, ich überlasse dir die Entscheidung. Ich habe dich lediglich informiert. Bis bald mal.«

Ich hörte die Nachricht erneut ab und fragte mich, warum Jo nicht gleich mich angerufen hatte. Aber er vermutete sicher ganz richtig, dass ich nicht mit ihm sprechen wollte. Vince hatte darum gebeten, die neue Nummer nicht weiterzugeben und nur Thomas, Claire und Dr. White kannten sie außer mir. An der Universität hatte er sich in den Urlaub verabschiedet.

Ich zögerte, ihn anzurufen. Die Gründe für seinen Rückzug konnte ich gut nachvollziehen und hoffte für ihn, dass er mit Elisabeth schöne Tage verbrachte. Nun blieb also wieder an mir die Entscheidung hängen, ob ich die Nummer weitergeben sollte und so rief ich Jo an, weil ich wissen wollte, ob es tatsächlich um Max ginge.

Er meldete sich sofort und ließ mich nicht zu Wort kommen. »Franca, ich will nicht mit dir streiten und du sicher auch nicht mit mir. Lass uns bitte ganz gesittet miteinander sprechen, ich habe schon genug Sorgen. Ich muss unbedingt mit Vince sprechen! Aber ich habe ihn nicht erreicht.«

So leicht entkam er mir nicht. »Auch Vince weiß durchaus, wie man Grenzen zieht! Und er will nicht gestört werden, von dir wohl am allerwenigsten. Was habt ihr euch nur dabei gedacht? Ich bin so enttäuscht von dir, wie du es dir kaum vorstellen kannst. Nun, ich werde erst entscheiden, ob ich Vincents Vertrauen nicht missbrauche, wenn ich seine Nummer an dich weitergebe. Er hat mich ausdrücklich gebeten, es nicht zu tun!«

Er sprach drängend. »Bitte Franca, es ist wirklich wichtig! Und nur Vincent kann Max vielleicht noch umstimmen. Max will an der Homodemo im Osten teilnehmen. Ich bewundere seinen Mut, aber das ist ein gefährliches Unterfangen und er hört nicht auf meine Warnung! Notfalls will er auch alleine dorthin fliegen. Das müssen wir unbedingt verhindern!«

»Um Himmelswillen, Jo, das darf er nicht tun!«, stimmte ich entsetzt zu und dachte schnell nach. »Ich werde dir Vincents Nummer nicht geben, das soll er selbst entscheiden! Aber ich werde ihn sofort anrufen. Sein Handy ist meist ausgeschaltet. Er schaut nur einmal am Tag nach, ob es dringende Nachrichten gibt. Ich werde ihn bitten, sich bei mir zu melden. Dann ruf ich dich wieder an. Kann ich mit Max reden, ist er bei dir?«

»Ja, er ist im anderen Zimmer! Vielleicht kannst du etwas erreichen, wenn du mit ihm sprichst«, meinte er frustriert. »Danke, dass du versuchst, Vincent zu erreichen!«

Er rief nach Max, gab ihm das Telefon und so konnte ich endlich wieder mit unserem Bruder sprechen. Ich versuchte auf jede erdenkliche Art, Max von der Unsinnigkeit und der Gefahr seines Vorhabens zu überzeugen, doch er würgte meinen Wortschwall ab. »Ich habe deine Sorge durchaus verstanden, aber meine Entscheidung ist gefallen. Mein Flug startet übermorgen früh und ich schicke dir eine Ansichtskarte«, beendete er das Gespräch.

Nun gab es kein Zögern mehr und ich benachrichtigte Vincent, der mich erst am nächsten Morgen zurückrief.

26

Vincent

Franca hatte mir von der Situation berichtet und ich war ebenso besorgt wie hilflos. Max wusste doch genau über die wachsenden Probleme der Homosexuellen im Osten Bescheid und begab sich offenen Auges in eine Gefahr, die er nicht abschätzen konnte. Weder Franca noch Jo konnten ihn davon abbringen und sahen bei mir die letzte Chance, ihn zu überzeugen. Ich fühlte mich von der Eile überfahren und unter Druck gesetzt. Das Gespräch musste noch heute stattfinden! Ich müsste überstürzt und aus dem Stehgreif in einer Situation handeln, die nicht gerade von einem vertrauensvollen Verhältnis zwischen Max und mir geprägt war.

Elisabeth kam besorgt auf mich zu. »Vince, ich habe dich dort drüben gespürt. Was ist denn mit dir?«

Es war eine nur einfache Frage.

Und doch brachen meine Sorge und meine Zweifel hervor und ich weiß, dass ich laut wurde. »Franca hat angerufen und gesagt, dass Max im Osten an einer Homodemo teilnehmen will. Hast du eine Ahnung, was sie in diesem Land mit uns machen? Homosexuelle sind dort der unterste Abschaum! Sie verschärfen die Gesetze fast täglich und mittlerweile darf man den Begriff noch nicht einmal in der Nähe von Kindern erwähnen! Schon damit macht man sich strafbar. Wenn ich nur daran denke, wird mir schon übel vor Wut! Aber wir können hier nur hilflos zuschauen. Die geplante Demonstration ist vielleicht der letzte große Aufschrei der Geprügelten und verdient jede Unterstützung! Aber Max muss echt vorsichtig sein. Franca hat eine SMS geschickt und ich soll mit Max sprechen, einfach so!« Ich konnte nur aufgebracht den Kopf schütteln.

Elisabeth hatte meinem Ausbruch zu Beginn nur zugehört und versucht, mich zu beruhigen. Doch ich wollte mich nicht beruhigen lassen, stand zum ersten Mal innerhalb von Sekunden auf meinem Turm und schloss sie bewusst aus.

Sie setzte sich aufs Bett und fragte ruhig: »Was wirst du tun, Vince?«

»Was kann ich denn schon tun? Für die Hoffnung, die ihr in mich setzt, sehe ich keine Grundlage. Franca konnte ihn nicht von seiner Idee abhalten und sie ist mehr als nur eine Schwester für ihn! Sie hatten immer eine gute Beziehung und ihren Rat hat er häufig befolgt. Joseph ist sein Partner und ich nehme an, dass er seinen Partner liebt! Und auch er konnte ihn nicht überzeugen. Ich dagegen bin sein Expartner und dieses `Ex´ weist mir wohl einen Stellenwert in seinem Leben zu, der nicht gerade für einen großen Einfluss oder gar Wertschätzung spricht. Wenn du einen Exmann hättest, würdest du auf ihn hören?«, fragte ich aufgebracht. »Die Art, wie er mit mir umgegangen ist, hat mir meinen Platz genau gezeigt! Mal ganz abgesehen von der Tatsache, dass jeder erwartet, ich würde über meinen Schatten springen und all das vergessen, was er mir angetan hat! Ich will ihn nicht sehen, Elisabeth, ich will meine Ruhe haben und nicht wieder in sein Leben hineingezogen werden! Du sagst es doch immer so nett: Du musst dich schützen, Vince!« Ich schnaubte. »Der beste Schutz besteht im Moment darin, nicht an ihn zu denken, weil allein der Gedanke an ihn mir zusetzt. Ihn treffen und ihn bitten, auf mich zu hören? Das käme einer Selbstquälerei nahe, indem ich die Wunden, die gerade etwas zugeheilt sind, wieder öffnen würde. Erwartest du das wirklich von mir? Ich verstehe dein Bedürfnis, für Max einzutreten, einfach nicht!«, wurde ich persönlich. »Er hat dich abgelehnt, dich im besten Fall ertragen, dich bei eurer letzten Begegnung beschimpft und schlecht behandelt! Und trotzdem versuchst du immer wieder, ihn zu verteidigen und zu schützen. Was geht in dir vor, my Lady, handelt es sich um eine masochistische Ader oder einen Helferkomplex?«

Sie hatte meinem Ausbruch mit wachsendem Entsetzen gelauscht, nickte knapp, stand auf und zog Stiefel und Jacke an. An der Tür drehte sie sich noch einmal um und funkelte mich an. »Ich habe dich lediglich gefragt, was du tun wirst! Ich habe dir keinerlei Vorschriften gemacht oder Ratschläge gegeben. Das ist nun das zweite Mal, dass du mich persönlich angreifst und ich frage zurück: Wer gibt dir das Recht dazu? Glaube mir, den Helferkomplex oder die masochistische Ader, die du mir unterstellst, gibt es nicht!« Ihre Augen blitzten vor Wut. »Die Grenzen, wie ich mich behandeln lasse, existieren dagegen ganz sicher! Ich lasse mich nicht anschreien! Und ich gehöre nicht zu der Art Frauen, die alles schlucken, nur damit der Partner sich wieder beruhigt. Liebe bedeutet für mich auch Achtung und Respekt vor den Gefühlen meines Partners! Aber das Gleiche erwarte ich von ihm. Ich bin weder dein Blitzableiter noch eine Anhängerin der Erfahrung, dass immer die Falschen leiden. Wende deine Wut gegen die, die dafür verantwortlich sind, aber belästige nicht mich damit!« Sie griff nach ihrem Rucksack, ging hinaus und schlug die Tür hinter sich zu.

Das war unser zweiter Streit, Rick, und wieder ich hatte ihn provoziert. Doch ich verstand nicht, warum.

Sie saß im Speisesaal, hatte die Zeitung vor sich. Als ich mich zu ihr setzen wollte, schüttelte sie warnend den Kopf, eine Welle der Ablehnung traf mich. Nur ein Wort traf ihre Stimmungslage, als sie ihre Abblockung etwas senkte: Sie war ernsthaft erbost.

Ich nickte und suchte den Platz auf, der am weitesten von ihr entfernt lag. So frühstückten wir in verschiedenen Ecken, studierten die Zeitung auf das Genaueste und nicht nur einmal hob ich den Kopf, um sie auf einen Artikel aufmerksam zu machen, als säße sie direkt neben mir. Das Restaurant füllte und leerte sich wieder und noch immer fand ich einen Satz, den ich erst zweimal gelesen hatte. Die Bedienung hatte das Buffet längst abgeräumt, als sie die Lektüre endlich hinlegte und ich ein leises Lachen in meinem Kopf hörte. »Nun komm´ schon her! Die Zeitung ist wieder ein absoluter Aufreger und allein schimpfen ist so öde!«

Wir standen gleichzeitig auf und trafen uns wie zufällig an der Flügeltür. Sie nahm meine Hand und wir gingen weiter, immer weiter, durch die Halle, durch die Drehtür, die Straße ziellos entlang bis zum Fluss, am Fluss entlang. Wir hatten nicht miteinander gesprochen, mussten erst unsere Gefühlswelten in Einklang bringen, bevor uns die Sprache wieder zur Verfügung stand. Einer Entschuldigung bedurfte es nicht mehr. Wir hatten verstanden, was geschehen war und schwiegen nachdenklich, bis sie den Kopf schüttelte. »Nein, Vince, die Sorge um Max fühlt sich logisch an, wenn man denn voraussetzen will, dass es eine Gefühlslogik geben könnte. Aber du warst schon aufgebracht, als ich aufwachte und ich habe mich im Bad gefragt, ob ich dich wieder unwillentlich verletzt habe. Es ist etwas geschehen in der Nacht! Aber selbst wenn ich diese vereinzelten Bilder in deinem Kopf sehen kann, bringe ich sie nicht in Zusammenhang. Was sind das für hässliche Klötze im Tal? Die können einem ja richtig Angst einjagen!«

Wusste sie es wirklich nicht? »Das sind die Menschen in deinem inneren Land, in deinem Tresor. Willst du mir etwa sagen, dass du sie nicht kennst?«

Sie drehte sich fragend zu mir um. »Du hast doch gesagt, in meinem Land ist alles schön und friedlich?«

»Ich habe sie erst vor zwei Tagen entdeckt und wollte erst verstehen, bevor ich dir davon erzähle. Zuerst waren es auch für mich nur unförmige Gestalten, bis ich zufällig Rebecca entdeckte.«

»Rebecca? Deine Therapeutin?«, fragte sie ungläubig. »Das kann ich mir nicht vorstellen. Es ist doch dein Traumland, nicht meines! Du hattest viel mehr mit ihr zu tun als ich!«

»Ich habe mich auch gewundert, dann fand ich Claire und Franca, auf diese seltsame Art gestaltet und doch unverkennbar. Die meisten der anderen Figuren habe ich dagegen nicht erkannt.«

»Bitte, Vince, erzähl mir genau! Beschreibe es mir bis in die Einzelheiten, was du dort gefunden hast!«, bat sie mich, doch ich spürte ihr Unbehagen.

»So ist es einfacher, my Lady.« Ich schloss die Augen, nahm ihre Hand und konzentrierte mich auf die Bilder. Ich führte sie durch den Steingarten, musste sie manchmal fast weiterziehen, wenn ich ihre Abneigung verspürte. Im Zentrum zeigte ich ihr den unförmigen Felsen, den ich als Max und mich identifiziert hatte. Dann drehte ich mich zu der Dreierfigur um und ich hörte, wie sie entsetzt Luft holte und ihre Hand zurückzog, als hätte sie sich verbrannt.

Ihre Augen waren weit aufgerissen. »Du hast recht, das ist meine Innenwelt. Was gibt es dort noch? Bitte, Vince, zeig es mir!«

Aber ich war besorgt. »Es macht dir Angst! Und ich will dich nicht beunruhigen.«

Sie flüsterte fast. »Auch wenn du es nicht glauben kannst, ich kenne diese Welt nicht. Aber ich spüre, dass du mir nicht alles gezeigt hast. Was hast du außerhalb des Tals entdeckt, das dich so beunruhigt hat? Die Steine waren es nicht allein!«

Und so zeigte ich ihr noch zwei Bilder: den Platz auf dem Hügel, der friedlich in der Sonne lag und den Gletscher mit seinem seltsamen abgeplatteten Gipfel, der sich in einem Halbrund nach unten hin zunächst verjüngte, dann nach einer Auswölbung nach unten in einer breiten Basis auslief.

Sie schrie auf. Während sie nach dem Besuch im Steingarten verängstigt schien, war sie jetzt in Panik, sprang auf, schlug sich mit den Fäusten an die Schläfen. Nur mit Mühe konnte ich sie aufhalten, in die Arme nehmen und all meine Liebe zur Beruhigung einsetzen. »Es ist alles gut, my Lady! Ich bin da und schütze dich, es kann dir nichts geschehen.« Ich hob sie hoch, setzte mich mit ihr auf eine Bank und wiegte sie in den Armen wie ein kleines Kind nach einem Albtraum. Das Zittern wurde schwächer, ihr Atem ruhiger und sie klammerte sich an mich, bis ihre Kraft erlahmte.

»Was ist das für ein Ort, Elisabeth?«

Ihre Gedanken jagten so schnell, dass ich nicht folgen konnte. Sie löste sich aus meiner Umarmung, rückte von mir ab und kämpfte mit jedem Wort, als sie zögernd weitersprach. »Vince, ich weiß, ich kann dir vertrauen, ich will es auch! Aber es ist schmerzhaft für mich, darüber zu sprechen. Ich befürchte, dass du mich nicht verstehen wirst, mich ablehnst, wenn du meine Geschichte erfährst! Ich habe es nun verstanden: Das Land habe ich in mir verschlossen, damit ich weiterleben kann. Jeder Stein hat eine Bedeutung, ich habe fast alles erkannt. Ich werde es dir erklären und hoffe auf dein Verständnis. Aber ich muss überlegen, die richtigen Worte finden.« Fast flehend sah sie mich an. »Bitte gib mir ein wenig Zeit, ein paar Tage nur, um mich darauf vorzubereiten. Doch eines ist sehr wichtig: Geh nicht mehr dort hin, bleib meinem Albtraum fern, bis du ihn verstehen kannst. Versprichst du mir das?«

Ich war so verwirrt, erstaunt, verunsichert, dass ich es ihr versprach, statt darauf zu drängen, endlich die Wahrheit zu erfahren!

Sie lenkte mich ab. »Ich wiederhole meine Frage von heute Morgen: Was wirst du tun, wirst du mit Max sprechen?«

Ich rieb mir mit der Hand übers Gesicht; natürlich, Max. Franca sagte, sein Flug ginge morgen früh, die Uhrzeit wusste sie nicht. Deshalb blieb mir nur der heutige Tag, um noch einmal mit ihm zu sprechen. Ein Telefonat kam nicht in Frage und nun war es schon fast ein Uhr. Die Fahrt nach London würde uns weitere drei Stunden kosten. Doch wie wollte ich ihn überhaupt überzeugen? »Natürlich werde ich es versuchen, aber wird er auf mich hören? Ich kann doch nur wiederholen, was er von den anderen gehört hat!«

»Ach, Vince, hier geht es doch nicht um Argumente, hier geht es um eure Gefühle. Soweit du mir berichtet hast, ist das eine verzweifelte Aktion von Max und die Ursache für seine Unruhe ist eure ungeklärte Beziehung. Das ist der Punkt, an dem du ansetzen kannst. Versuche ihn aufzuhalten, indem du ihm deinen Kontakt anbietest. Finde einen Weg, der dir Zugang zu ihm verschafft!«

»Du sagtest, es geht um unsere Gefühle und das mag richtig sein. Aber ich will nicht mit ihm darüber sprechen! Ich weiß ja selbst kaum, wie ich auf ihn reagieren würde. Und ich kann ihm ja noch nicht einmal erklären, wo ich stehe. Soll ich ihm etwa sagen, dass ich dich liebe? Das wird sicher seine Gesprächsbereitschaft fördern!«

Sie nickte ein wenig traurig. »Das hast du jetzt treffend ausgedrückt und zugleich mit einem Fragezeichen versehen; und genau das trifft die Situation, nicht wahr? Du kannst es nicht entscheiden und musst es auch nicht. Dafür brauchst du Max und eben darüber kannst du mit ihm sprechen. Max geht es sicher ähnlich und er wird dir zuhören!«

Ich ließ es mir durch den Kopf gehen und nickte dann. »Gut, ich werde es so versuchen. Wirst du mich begleiten?«

»Hältst du das für eine gute Idee? Du hast doch heute Morgen erwähnt, er habe mich immer abgelehnt.«

Ich nickte. »Bitte, fahr mit mir dorthin! Wir werden ihn fragen, was ihm lieber ist und wenn er dich nicht dabei haben will, kannst du gleich Jo mitnehmen, den ich nicht sehen will.«

Sie seufzte. »Also dann! Im Hotel werden sie sich schon fragen, warum wir noch nicht abgereist sind.«

Auf dem Weg zurück ins Hotel rief ich Franca noch einmal an, die erleichtert aufatmete. »Danke, Vince! Wann werdet ihr in London sein? Ich rufe Jo an, dass er sich bereit halten soll!«

Ich schätzte, dass wir zwischen fünf und sechs Uhr dort sein würden.

Staus behinderten uns, wir kamen im Ferienverkehr nur langsam voran und kurz vor London war die Autobahn nach einem Unfall gesperrt. Ich hatte ausreichend Zeit zum Nachdenken, wie ich das Gespräch mit Max führen wollte, doch mir fehlte die Konzentration, mich mit den Problemen wirklich zu beschäftigen. Am liebsten hätte ich mich auf meine Burg zurückgezogen und die Tore verriegelt.

Ich führte Elisabeth durch das Gewirr der Straßen in der Innenstadt und es war fast halb sieben, als wir vor der Wohnung parkten. Ich sah zu unseren Fenstern hoch, dann nahm ich Elisabeths Hand, die mir neuen Mut zufließen ließ. Vor der Wohnungstür zog ich meinen Schlüssel aus der Jacke und hielt zögernd inne. »Wollen wir läuten, Vince?«, fragte Elisabeth, die meinen Zwiespalt spürte.

»Nein, es ist auch meine Wohnung, ich muss nicht um Einlass betteln!« Bevor sie Einspruch erheben konnte, hatte ich aufgeschlossen. Schon beim Betreten der Wohnung wusste ich, dass wir zu spät gekommen waren. Ich konnte keinen anderen Menschen spüren und Elisabeth nickte. »Wir sind allein.«

Ich sah in allen Räumen nach, stellte fest, wie weit Jo sich in meinem Bereich etabliert hatte. Mühsam kämpfte ich gegen die Wut und die Enttäuschung an. Meine Kleidung war in ein Schrankabteil gestopft, meine Unterlagen lagen achtlos in einer Ecke des Arbeitszimmers aufgestapelt, im Bad war ich komplett ausgelöscht worden. Ich war auf dem Weg ins Schlafzimmer, als ich Elisabeth im Wohnzimmer rufen hörte: »Hier ist eine Nachricht!« Sie las die Notiz vor. »Vince, unser Flug wurde umgebucht und wir mussten schon heute Abend starten. Ich konnte ihn nicht zurückhalten und wollte ihn nicht im Stich lassen. Hoffe für uns, dass alles gut geht! Joseph.«

Ich ließ mich aufs Sofa fallen und schon damals kam der Gedanke zum ersten Mal in mir auf: Hätte ich es verhindern können, wenn ich schneller reagiert hätte? Elisabeth legte mir die Hand auf die Schulter.

»Lass uns gehen«, sagte ich, als ich aus meiner Lethargie erwachte, »wir müssen noch ein Hotel suchen.«

»Du willst nicht hier bleiben?«, fragte sie mitfühlend und ich sah mich noch einmal um. »Nein, hier wurde ich ebenso ausgemerzt wie im Rest seines Lebens. Wie ich es schon erwartet hatte, gab es keine Chance auf eine Aussprache zwischen uns.«

Ich sicherte noch einige persönliche Dinge vor Josephs Zugriff, buchte das nächste annehmbare Hotel und wir verließen mein früheres Heim.

Den Abend verbrachten wir schweigsam, jeder mit seinen Gedanken beschäftigt. Wir schliefen in getrennten Betten, um zu verhindern, dass ich Elisabeths Land unabsichtlich wieder betrat.

27

Vincent

Heute wollte ich sie überraschen, den verdorbenen Tag gestern ein wenig wieder gut machen. Ich verließ mich darauf, Gerald wie immer an seinem Arbeitsplatz zu erreichen.

Er lud uns sofort ein: »In gut einer Stunde habe ich Zeit für euch und ich freue mich, dich endlich einmal wieder zu sehen!«

Ich setzte mich auf ihre Bettkante, blockte mich ab und schüttelte sie sanft an der Schulter. »Elisabeth, wach auf, ich habe eine Überraschung für dich!«

Sie drehte sich im Halbschlaf um, nickte verträumt und flüsterte: »Ich kann es kaum erwarten! Du hast mir in der Nacht gefehlt.«

Ich lächelte und strich ihr das Haar aus der Stirn. »Nein, es ist eine andere Überraschung, my Lady, aber wir müssen uns beeilen.«

Nun wurde sie richtig wach und sah mich erwartungsvoll an. »Eine schöne Überraschung?«

Als ich nickte, stand sie sofort auf, schlüpfte ins Bad und stand in Rekordzeit angezogen vor mir. Einer der Vorteile, wenn man nicht überlegen muss, was man anziehen möchte. Das Frühstück ließen wir ausfallen, es gab nur einen Kaffee im Gehen. Als sie das Ehrfurcht gebietende Gebäude vor sich sah, trat ein Strahlen auf ihr Gesicht. »Das Britische Museum, zusammen mit dir? Das hätte ich mir nie träumen lassen!«

Gerald erwartete uns bereits oben an der Treppe und schlug mir lachend auf die Schulter. »Ich glaube es kaum! Du hast tatsächlich den Weg aus deiner Bibliothek gefunden, um mich hier zu besuchen!«

Ich stellte die beiden einander vor: »Gerald ist mein alter Studienfreund und ist jetzt hier Abteilungsleiter. Er zeigt uns die Exponate, die die Öffentlichkeit nicht zu sehen bekommt.«

Ihre Augen glänzten vor Freude. Als sie mir kurz die Hand drückte, hörte ich die glückliche Melodie in ihr. Wir streiften durch die Nebenräume, Werkstätten und Archive, sahen den Restauratoren, die auch samstags arbeiteten, bei ihrer Arbeit zu. Gerald zeigte uns besondere Schätze, die noch darauf warteten, einen geeigneten Platz in den Ausstellungsräumen zu finden. Wir nutzten das Restaurant für eine kurze Mittagspause und Gerald fragte nach Max, vertiefte das Thema jedoch nicht weiter, als ich nur einsilbig antwortete.

Nach einem fragenden Blick zu Elisabeth und meinem Kopfschütteln nickte er verständnisvoll. »Meine Arbeit ruft. Aber ich habe noch eine besondere Überraschung für euch: Eine Ausstellung, die erst nächste Woche eröffnet wird! Und ihr werdet die ersten Besucher sein. Vielleicht kannst du uns noch die ein oder andere Anregung geben, Vince.«

Er führte uns durch das Labyrinth der Gänge abseits der offiziellen Besucherströme und wir betraten einen großen Saal durch eine Seitentür. »Wartet hier einen Moment, ich schalte noch die Beleuchtung ein.«

Der Saal war abgedunkelt, nur vereinzelte Spots strahlten die abgedeckten Vitrinen an. Elisabeth schauderte zusammen, eine Welle der Angst streifte mich. »Vince, ich fühle mich hier nicht wohl. Ich warte draußen. Entschuldigst du mich bei Gerald?«

Sie konnte den Saal jedoch nicht ohne Geralds Chipausweis verlassen und so rief ich nach ihm. Auch ich spürte ihre unbegreifliche Angst wachsen.

Er antwortete aus einer entfernten Ecke. »Ich komme, Vince! Aber ihr müsst zumindest einen Blick auf das Glanzstück der Ausstellung werfen!«

Endlich hatte er die Beleuchtung eingeschaltet und kehrte zu uns zurück. Freudig zog er das Tuch von einer kleinen Vitrine. Ich hörte ein entsetztes Stöhnen von Elisabeth an meiner Seite, das von einem gellenden Schrei in meinem Kopf übertönt wurde, als ich beruhigend ihre Hand ergriff. Ohne Vorwarnung brach sie fast lautlos zusammen und schlug hart mit dem Kopf auf. Sie zitterte am ganzen Körper, ihre Augen waren geschlossen, doch ich bemerkte, wie hektisch sich ihre Augäpfel unter den Lidern bewegten. Ihr rechter Arm hatte sich verkrampft und hämmerte unbewusst mit der Faust in harten Schlägen auf den Boden. Wir sahen einen Augenblick erschreckt und wie gelähmt auf sie herab, bevor ich mich neben sie kniete und sie hochheben wollte.

Durch die Berührung traf mich der Albtraum für einige Sekunden mit voller Wucht, bis ich vor Schmerz stöhnend die Arme zurückzog und sie nochmals fallen ließ. Das blendende Feuerschwert hatte mich erneut getroffen und aus ihrer Welt vertrieben, doch ich war fast dankbar, dass es mich aus dem Desaster gerettet hatte, das sich in ihr abspielte. Was war das für ein entsetzliches Geheul in ihr, eine hohnlachende Kakophonie in einer Ohren zerfetzenden Lautstärke, wie ich es kaum beschreiben kann, Rick! Es war der schrecklichste Lärm, den ich je gehört hatte. Ihr Arm schlug durch die Luft und Gerald versuchte, ihn festzuhalten.

Er sah mich überrascht an. »Ist sie Epileptikerin?«

Ich konnte kaum den Kopf schütteln. Das war kein epileptischer Anfall, wie ich ihn bei einer Kollegin miterlebt hatte.

Es war nur eine kurze Berührung gewesen und was ich dabei erlebt hatte, ließ mich daran zweifeln, die Frau vor mir jemals gekannt zu haben. Ihr Land befand sich in einer geradezu apokalyptischen Zerstörungsorgie. Ich konnte es nicht betreten, nur darüber hinweg fliegen. Ein Vulkan unter dem Gletscher war ausgebrochen, Lavakugeln regneten auf das Land hinab und verwandelten es in einen Feuersturm. Die friedlichen Tiere versuchten verzweifelt zu flüchten, zertrampelten sich in ihrer Panik gegenseitig und stürzten über die Felsen ab. Als hätte der Vulkan den Gletscher in Sekundenbruchteilen aufgetaut, breitete sich eine riesige, fast schwarze Wasserwand über das Land aus, alles mitreißend und verschlingend, das sich bisher vor Feuer und Lava hatte retten können. Das Tal mit den Steinstelen füllte sich rasend schnell mit dem brodelnden Strom. Ich konnte nur noch die Figuren im Zentrum schwach erkennen und der hoch gestreckte Arm meines Abbildes, der den Klumpen hielt, wurde als letztes verschlungen.

Doch das widerwärtigste an allem war Elisabeths schreckliches Hohnlachen! Es drückte eine Freude an dieser sinnlosen Zerstörung aus, als seien tausend Dämonen dem Krater entstiegen, endlich befreit. Mit grenzenloser Wut auf alles Schöne fegten sie gnadenlos über das Land hinweg und ergötzten sich an der Apokalypse. Ich sah zum Vulkangletscher hin und ein einzelner Sonnenstrahl zwischen den dunklen Wolken ließ dort ein Licht aufblitzen, das mir grell durch den Kopf fuhr und wieder mein Gehirn zu zerteilen schien. Der Schmerz war unerträglich und mit letzter Kraft rettete ich mich auf meinen Turm.

Es konnten nur wenige Sekunden vergangen sein, denn Gerald hielt immer noch ihren Arm und rief ihren Namen. Er schien Elisabeth ohne meine Wahrnehmungen berühren zu können und hatte die Verletzung nicht bemerkt. Ich verstärkte alle meine geistigen Mauern und nahm sie nur widerstrebend in meine Arme, unterdrückte den Wunsch, nur noch zu fliehen wie die Tiere in ihrem Land.

Plötzlich war es vorbei, sie erschlaffte in meinen Armen und Stille, eine gnädige Stille, breitete sich in mir aus.

»Soll ich einen Krankenwagen rufen, Vince?« Gerald sah besorgt aus, als sei sie nur plötzlich ohnmächtig geworden. Hatte er den grausamen Untergang ihrer Welt in keinster Weise wahrgenommen?

Ich schüttelte den Kopf. »Nein, keinen Krankenwagen, es ist eine Art Migräneanfall«, log ich. »Sie schläft nur und ich muss sie sofort ins Hotel zurückbringen. Da wird sie sich schnell erholen.«

Es sah mich etwas skeptisch an, fühlte nach ihrem Puls und nickte. »Ruhig und kräftig, als würde sie tatsächlich nur schlafen. Du kennst sie besser als ich, du weißt sicher, was zu tun ist.«

Ich kannte sie besser? Nein, dieses Monster mit der grausamen Lust an der Zerstörung kannte ich nicht. Es kostete mich die größte Überwindung und alle Kraft, die ich je in meine Abblockung investiert hatte, um sie erneut zu berühren. Trotz meines Schutzes löste die Berührung einen pulsierenden Kopfschmerz in mir aus, als habe sich mein Gehirn in einen Muskel verwandelt, der sich in Krämpfen wand. Ich vernahm jetzt nur noch vereinzelte, verzagte Töne in ihr und ich brachte es fertig, sie in ein Taxi und zurück in unser Hotel zu bringen. Ich legte sie auf dem Bett ab und war unendlich erleichtert, weil ich wusste, dass sie dort in sicherer Entfernung von mir lag.

Sie schlief fast zwölf Stunden. Ohne sich zu bewegen, lag sie dort, wie ich sie abgelegt hatte. Ich deckte sie zu, als ich ihr Zittern bemerkte, wohl darauf achtend, sie nicht zu berühren und blieb bei ihr, aber meine Welt war ins Wanken geraten. Wie konnten zwei so unterschiedliche Persönlichkeiten in ihr existieren? Ich hatte mich ja schon bei unseren ersten Übungen gefragt, wie sie es fertig brachte, solch heftige Gefühle zu simulieren.

Plötzlich fürchtete ich mich vor ihr. Sie lag da so zierlich und verletzlich und doch war ich mir sicher, bei ihrem nächsten Angriff würde ihr Flammenschwert meinen Geist explodieren lassen, mein Gehirn würde zerplatzen, wie sie es schon einmal ausgedrückt hatte. Die grausamen Bilder aus ihrem Land verfolgten mich wie die Dämonen, die es zerstört hatten. Ich fand keine Ruhe und mein Kopf schmerzte immer noch unerträglich. Am Abend ließ ich mir etwas zu essen bringen, sah die Sonne hinter dem dunstigen Schleier der Stadt untergehen und fragte mich, wie ich die Nacht gemeinsam mit ihr in einem Zimmer ertragen konnte. Ich hatte Angst vor dem Schlaf, wenn auch ich ohne meine Abblockung wehrlos wäre. Weit nach Mitternacht legte ich mich erschöpft auf mein Bett, immer noch bekleidet. Als könne ich einen Überfall auf meinen Geist verhindern, indem ich fluchtbereit bliebe.

Ich hörte ihr leises Rufen in der Nacht. »Vince, bist du da? Was ist geschehen?«

Ich konnte es nicht glauben, ihre Unwissenheit konnte nur gespielt sein. Angespannt lauschte ich in die Dunkelheit.

»Bitte, mein Geliebter, ich spüre, dass du wach bist. Wirst du mir zuhören und meine Geschichte zusammen mit mir ertragen?«

Nein, das konnte ich jetzt auf keinen Fall! Als mich ihre Sehnsucht umfing, verstärkte ich meine Mauern, ließ den Turm fast bis in die Wolken wachsen und intensivierte meinen Schutz, indem ich mich auf die Abscheu über die Zerstörung ihres Landes konzentrierte. Ich konnte die winzige Elisabeth vor dem Graben am Fuß meines Turmes gerade noch erkennen, sah, wie sie auf die Knie sank, sich verzweifelt die Hände vors Gesicht schlug und der Wind schien ihr leises Weinen bis zu mir herauf zu tragen.

28

Vincent

Die Ruhe in meinem Kopf weckte mich, keine Melodie klang in mir nach.

Verwirrt orientierte ich mich und dann fiel es mir ein: Elisabeth schlief in dem anderen Bett und ich konnte sie ohne den Körperkontakt nicht hören. Ich erinnerte mich an das kakophone Kreischen in ihr und war erleichtert, dass mir das Nerven zerfetzende Geheul noch ein wenig erspart blieb. In der Nacht hatte ich ihr Weinen gehört und war nicht in der Lage gewesen, zu ihr hinüber zu gehen, um sie zu trösten. Zu sehr hatte ich mich vor diesem unaussprechlichen Chaos in ihr gefürchtet.

Doch nun fragte ich mich, warum ich sie gestern für die entsetzlichen Bilder verantwortlich gemacht hatte. Sie hatte darunter gelitten, war dem unvermittelten Überfall auf ihr Land anscheinend wehrlos ausgeliefert. Was hatte die Reaktion ausgelöst? Gerald wollte uns ein Ausstellungsstück zeigen, an das ich mich heute nicht erinnerte. Ich hatte es noch nicht einmal angeschaut, weil Elisabeth neben mir zusammengebrochen war. Warum konnte ein Museumsexponat sie so erschrecken, ihre Abblockung durchdringen und ihr Innerstes zerstören, zu dem sie noch nicht einmal selbst einen bewussten Zugang fand?

Ich konnte das Geschehen in ihrem Land nicht mit der zarten, liebenden Elisabeth in Verbindung bringen, die ich kennengelernt hatte. Und die die Freude in mein Leben gebracht hatte! Ich dachte an ihr lachendes Gesicht, wenn sie mich aufzog, an unsere Träume, an ihre außergewöhnliche Liebeserklärung im Steinkreis von Castlerigg.

Meine Liebe zu ihr ließ mich die Kraft finden, leise nach ihr zu rufen. »My Lady, bist du wach? Ich werde dir jetzt zuhören.«

Sie schlief wohl immer noch und ich ließ den Blick träge durch unser Zimmer wandern, das von der Morgensonne erhellt war. Heute fand die Demonstration im Osten statt und ich sandte einen stillen Gruß an die höheren Mächte, wenn es sie denn gab. Ich bat sie, Gerechtigkeit walten zu lassen und Max zu unterstützen.

Ein Blick auf die Uhr verriet mir, dass es schon zehn war, und ich wunderte mich, dass ich so lange geschlafen hatte. Ich hatte erst spät in der Nacht in den Schlaf gefunden, erschöpft, verängstigt von den Dämonen der Nacht und zugleich aufgedreht von den Ereignissen des vergangenen Tages. Der Hunger in mir meldete sich und wenn wir nicht eine weitere Mahlzeit auslassen wollten, sollten wir nun aufstehen. Ich hob den Kopf und sah, dass Elisabeths Bett leer war. Erst in diesem Moment bemerkte ich erneut die Stille in mir, die sich von dem brodelnden Lärm der Stadt um uns herum so sehr unterschied.

Rick, ich wollte sie nicht wahrnehmen, diese unverkennbaren Zeichen: Das zugedeckte Bett, die Lücke zwischen den Motorradkoffern und die Leere in mir. Ich fand ihren Abschiedsbrief neben dem Telefon auf den Hotelblock geschrieben.

Vincent, mein Geliebter,
ich werde nach Deutschland zurückkehren.
Ich weiß nicht, was geschehen ist, aber es hat in dir Entsetzen, Abscheu und sogar Angst vor mir hervorgerufen und damit deine Liebe zu mir zerstört. Nie mehr wirst du mich unvoreingenommen anschauen oder berühren. Immer werden Vorsicht und Misstrauen im Vordergrund stehen, ob ich dich wieder verletzen werde. Deine Schutzburg hat dich vor mir gerettet, doch du sollst ohne Bedrohung glücklich leben und lieben.
Meine Angst vor der Zurückweisung ließ mich zögern, dir meine Geschichte zu erzählen und nun ist mein Albtraum Wirklichkeit geworden: Ich habe dich, meinen Partner, meine Insel des Glücks verloren.
Ich liebe dich und ich danke dir, dass es dich gibt. Sei versichert, ich werde dir nie wieder Leid antun.
Elisabeth

Hastig darunter gekritzelt fand ich noch eine Anmerkung:
P.S. Vince, ich stehle dein Motorrad, denn die Fähren sind geringer überwacht als die Flughäfen oder der Zug. Ich werde einen Weg finden, es dir zurückzuschicken.

Ungläubig starrte ich auf den Brief in meiner Hand. Sie hatte mich verlassen, war vor meiner Lieblosigkeit geflohen.

Während sie mir ohne Vorbehalte geholfen und mich bei meinen Problemen gestützt hatte, war ich bei der ersten Krise auf meinen Turm geflohen. Statt ihr beizustehen und sie zu beschützen, hatte ich mich vor Geistern und Dämonen gefürchtet, die mir durch den schmerzenden Kopf gezogen waren. Ich erinnerte mich an die unerklärlichen Urängste, die in mir hochgestiegen waren und mich wie ein kleines Kind verschreckt hatten. Aber statt sie zu bekämpfen, hatte ich ausgerechnet Elisabeth dafür verantwortlich gemacht und ihr die Schuld zugeschrieben. Bei dem letzten Bild von Elisabeth vor dem Turm, als sie allein dort unten stand, fühlte ich mich, als habe ich ihre Liebe grausam im Burggraben versenkt.

In ihrem Brief schwang kein Vorwurf mit, nur unendliche Traurigkeit und die Sorge um mich. Ich versuchte, mich in sie hineinzuversetzen, was sie gefühlt haben mochte, als sie ihn schrieb. Sie sah keine Chance, dass ich ihr Partner sein konnte, weil sie vermutete, ich könne ihre Geschichte nicht ertragen: Zu schwach war ich und würde sie ablehnen. Ich hatte ihr das Bild von mir vermittelt, nicht belastbar und nicht verlässlich zu sein und nun hatte ich es bestätigt.

Mir schauderte vor mir selbst, Rick. Seit Monaten fühlte ich mich von anderen verletzt, verlassen, betrogen und enttäuscht, als sei ich ihnen hilflos ausgeliefert. Warum war ich nie auf den Gedanken gekommen, aktiv zu werden, mein Leben in die Hand zu nehmen und um mein Glück zu kämpfen? Ich musste erst meine Partnerin, die mir so viel bedeutete, verlieren, damit ich endlich aufwachte.

Diesen hohen Preis für meine Schwäche wollte ich nicht zahlen und nun würde ich alles daran setzen, sie zurückzugewinnen.

Ich rief beim Portier an, der mir sagte, Elisabeth habe kurz nach Beginn seiner Schicht um sechs Uhr das Hotel verlassen. Schon mehr als vier Stunden war sie fort! Während ich geschlafen hatte! Ich konnte mich selbst weder verstehen noch ertragen. Doch statt schon wieder im Selbstmitleid zu versinken, versuchte ich darüber nachzudenken, was zu tun sei.

Etwa zwei Stunden benötigte man für den Weg nach Dover, am Sonntagmorgen war der Verkehr geringer und sicher war sie bereits auf dem Festland. Ich kontrollierte die Fährverbindungen und entdeckte ein weiteres Problem: War sie nach Calais oder Dünkirchen übergesetzt? Von der Stadt, in der sie wohnte, war beides etwa gleich weit entfernt. Ich hätte den Zug genommen, aber sie fürchtete eine ›Überwachung‹, was immer sie damit meinte. Als Bürgerin der EU gab es für sie doch keine scharfen Kontrollen! Schon wieder stand ich vor einem neuen Rätsel. Die Geheimnisse in ihrem Leben hatten mich belastet. Ich hatte erfahren wollen, was ihr geschehen war und sie unter Druck gesetzt. Nun war sie verschwunden und ich war keinen Schritt weiter gekommen, weil ich im entscheidenden Moment Schwäche gezeigt hatte. Sollte ich sie zurückgewinnen können, schwor ich mir, all ihre Rätsel zu akzeptieren, bis sie mir vertraute, nein, bis ich ihr Vertrauen verdiente.

Doch einen Punkt konnte ich klären: Was hatte sie gestern so erschreckt? Ich kam Gerald zuvor, der auch mich hatte anrufen wollen, um zu erfahren, wie es Elisabeth heute gehe. Ich antwortete ausweichend, sie habe sich erholt und fragte dann nach dem Ausstellungsstück, das sie so in Panik versetzt hatte.

»Vince, es ist eine kleine Statue, ein kunsthistorischer Schatz, die eine Gottheit der Maya darstellt: Ein großer Kopf mit Maske und einem grimmigen Blick, auf einem eher kleinen Körper. Sie ist vergoldet und wurde uns für die Ausstellung geliehen.«

Ich bat ihn, mir einige Fotos von der Statue zu schicken. Vielleicht erfuhr ich mehr, wenn ich selbst nachforsche. Gerald versprach, mir alle Unterlagen zu der Statue zu schicken und ich dankte ihm für seine Mühe und Fürsorge, dann wandte ich mich dem nächsten Schritt zu.

Wenn ich Elisabeth sofort folgen würde, konnte ich noch heute Abend bei ihr sein und beschloss, einfach loszufahren, unabhängig von der Route, die sie gewählt hatte.

Ich begann zu packen und um die Stille in meinem Kopf zu übertönen, um die Leere in mir zu vergessen, schaltete ich den Fernseher ein. Ich ließ mich berieseln, wollte mir damit einbilden, ich sei nicht allein und dann hörte ich den Namen der Stadt, in der die Demonstration stattfand. Ich drehte mich um und wollte nicht glauben, was berichtet wurde. Doch die Bilder waren eindeutig.

29

Joseph

Der Flug nach Osten war von der Fluggesellschaft kurzfristig vorverlegt worden. Wir hatten sofort den Koffer gepackt und saßen so schnell im nächsten Taxi zum Flughafen, dass ich es kaum geschafft hatte, Vincent noch eine Nachricht zu hinterlassen. Wir sahen den Sonnenuntergang in unserem freien Land und als wir landeten, ging die Sonne schon fast wieder auf. Max war immer noch überzeugt, dass sich die Lage seit seinem letzten Besuch dort nicht so verschärft haben konnte. Doch mir erschien es sicherer, zwei Hotelzimmer zu beziehen, statt offen zu unserer Beziehung zu stehen. Er freute sich darauf, mir die Stadt zu zeigen und schon bei unserer ersten Rundfahrt im Taxi bemerkte ich die hohe Polizeipräsenz und die bedrohliche Atmosphäre. In der Nähe des Platzes, an dem wir demonstrieren wollten, wurden Sicherheitsgitter aufgestellt, die mir wie Barrikaden erschienen. Sollten sie uns schützen oder einschränken?

Als ich Max auf die Vorbereitungen hinwies, schwieg er nachdenklich und antwortete ernst. »Ich sehe, was du meinst und vielleicht ist die Demo ein gefährliches Projekt. Ich habe heute schon viele verängstigte Gesichter gesehen, aber ich werde jetzt nicht aufgeben. Die Menschen hier, Leute wie du und ich, kämpfen um ihre Existenz! Und wir können den Gesetzgebern in diesem Land zeigen, dass eine friedliche Koexistenz verschiedener Lebensmodelle möglich ist, indem ich für die Erfahrungen in England stehe. Ich will niemanden anklagen oder maßregeln, ich möchte nur mit gutem Beispiel vorangehen und auch die Gegner um Verständnis bitten. Es ist nicht viel, was wir ausrichten, das weiß ich. Aber ich will zumindest vor mir selbst bestehen können, indem ich mir sagen kann, ich habe es versucht. Als wir in zuhause um Gleichberechtigung kämpften, war das ein Zuckerschlecken gegenüber den Verhältnissen hier. Doch unsere Kollegen hier verdienen die gleiche Chance auf ihr Glück! Ich kämpfe nicht nur bei schönem Wetter und Volksfestatmosphäre, sondern auch unter unwirtlichen Bedingungen für die Sache, an die ich glaube.«

Wir fuhren ins Hotel zurück, schliefen noch zwei Stunden, bevor das Treffen mit den Veranstaltern stattfand. Sie stellten uns unseren Dolmetscher Miro vor, einen jungen Mann von etwa zwanzig Jahren. Er hatte unsere Sprache durch die Fernsehserien im Internet gelernt und Max schon als Kind bewundert. Ich schämte mich für meine Angst, als ich den mutigen Jungen sah und auch bei Max sah ich Sorge um ihn. Wir würden bald wieder zurückkehren, doch er verbrachte hier sein Leben. Max beantwortete alle Fragen seines Fans und schrieb unzählige Autogramme für Miros Freunde und Kollegen.

Wir hörten von dem Meinungsumschwung in der Bevölkerung nach einer freieren Phase seit der Legitimierung vor zwanzig Jahren und der Abschaffung der `Geisteskrankheit Homosexualität´. Doch seit Jahren hebelten regionale Gesetze die Vorgaben der Regierung aus. Und nun verbot das neue Gesetz landesweit, über unsere Belange zu sprechen. Immer wieder kam es zu Angriffen von rechten Gruppen, unsere Bürgerrechte waren praktisch ausgesetzt; Repressalien waren an der Tagesordnung. Schon das Tragen eines Regenbogenzeichens war verboten; ein offenes Zusammenleben mit dem Partner undenkbar. Man befürchtete, dass unsere stille Demonstration, die eher als Mahnwache statt als ein lautstarkes Spektakel geplant war, doch noch verboten werden könnte und wir uns im rechtlosen Raum befänden. Die Gegner hatten gegen unsere Pläne protestiert und ebenfalls eine Demonstration angekündigt.

Ich schlief schlecht in dieser Nacht. Die Erzählungen der Kollegen spukten mir im Kopf herum und sorgten für Albträume. Die Demo war für elf Uhr angesetzt und sollte an dem Mahnmal für den unbekannten Soldaten enden.

Es war eine bedrohliche Kulisse, als wir schweigend durch die drückend heißen Straßen zogen, unter den Augen von hunderten Polizisten, die anfangs noch versuchten, uns vom lautstarken Protestzug der Gegendemonstranten in den Seitenstraßen zu trennen. Ich verstand ihre Sprechchöre nicht, aber die Tonlage in ihren Stimmen war nicht misszuverstehen. Vereinzelt gingen Flaschen und Eier auf uns nieder. Sie richteten keinen größeren Schaden an, aber ich spürte, wie die Aggressionsbereitschaft wuchs. Das war kein Christopher Street Day, keine friedliche Demonstration für die Rechte einer Minderheit; ich fühlte mich eher wie in einem Gefangenenzug auf dem Weg zum Scharfrichter. Die Veranstalter hatten mit mehreren tausend Teilnehmern gerechnet, gekommen waren vielleicht zweihundert Demonstranten, die sich von den Drohungen nicht hatten abschrecken lassen. Auf dem Platz angekommen, sah ich, dass die Polizei die Gegendemonstranten, die sicher die zehnfache Zahl an Menschen ausmachten, nicht mehr zurückhalten konnte. Wir wurden immer stärker von ihnen eingekreist. Als ich die ersten Handgreiflichkeiten zwischen den Gruppen am Rande des Platzes beobachtete, bat ich Max, sofort zu verschwinden. Er sah sich um, zog die Augenbrauen zusammen und nickte, doch es war zu spät. Die Polizei hatte einen Ring um den Platz gebildet und begann nun, mit Gummiknüppeln die Schlägereien zu beenden. Zwei Polizeigruppen drangen zu uns vor und zuerst dachte ich, sie seien gekommen, um uns zu schützen, doch die Handschellen sprachen eine andere Sprache. Ich wurde in dem Tumult zur Seite gedrängt, an die Mauer gedrückt und ein Schlag in den Rücken ließ mich unglücklich stolpern. Mit letzter Kraft konnte ich den trampelnden Beinen der Menschen ausweichen, in dem ich mich hinter einen großen Stein rollte. Ich sah nur noch, wie Max nach einem harten Schlag wankte und zu einem Polizeitransporter gestoßen wurde. Ich hatte mir bei dem Sturz den Arm gebrochen und der Schmerz ließ meinen Blick verschwimmen.

30

Vincent

Die Bilder aus den Nachrichten waren erschreckend: Eine einzige prügelnde Menschenmasse war bei der Demo in der Hauptstadt gefilmt worden. Jeder schien gegen jeden zu kämpfen. Die Uniformierten schlugen wahllos auf alles, was sich bewegte. Die Situation war vollkommen außer Kontrolle geraten.

Verzweifelt versuchte ich Max oder Joseph zu erkennen, doch die Bilder waren zu verwackelt. Ich konnte nur hoffen, dass beide dem Hexenkessel rechtzeitig entkommen waren. Dann wurden die Kameras abrupt abgeschaltet und die grauenvollen Bilder verschwanden. Eine Nachrichtensprecherin berichtete gelangweilt, dass die Berichterstattung von den Ordnungsbehörden unterbunden wurde, da die Demo durch den Bürgermeister kurzfristig verboten worden war. Hatte Max das nicht gewusst? Gegen wie viele Gesetze hatte er dort verstoßen, ohne sich dessen bewusst zu sein? Ich nahm mein Handy und versuchte, ihn zu erreichen, doch es wurde keine Verbindung hergestellt. Wieder und wieder versuchte ich es, doch es gab keine Antwort von ihm. Seufzend rief ich Jos Nummer an, aber auch hier war ich erfolglos und meine Sorge wuchs: Hatten sie die Handys verloren, ausgeschaltet oder steckten sie noch dem Tumult?

Ich überlegte nur kurz. Wenn Max und Jo in Schwierigkeiten geraten waren, würden sie Thomas oder Franca informieren und so fragte ich bei Franca nach. Sie war sofort am Apparat: »Vince, wie gut, dass du anrufst! Hast du die Bilder gesehen? Was ist mit Max?«

Sie weinte fast und ich versuchte, sie zu beruhigen. »Wir wissen noch nicht, ob sie wirklich dort waren. Sicher hat man sie gewarnt und sie sitzen vielleicht schon im Flugzeug zurück nach England und haben ihre Handys deshalb abgeschaltet.«

Sie wurde etwas ruhiger, doch die Angst in ihrer Stimme war nicht zu überhören. »Ich hoffe, du behältst recht, Vince. Doch was müssen wir tun, was können wir tun, falls es nicht so ist?«

Ich überlegte: »Wir müssten die Botschaft dort informieren und hier unser Außenministerium, dass wir die beiden vermissen. Auch

Thomas sollte Bescheid wissen, damit er uns sofort informiert, wenn er etwas hört. Wen sonst würde Max anrufen, wenn man ihn telefonieren lässt?«

»Sonst fällt mir niemand ein. Wir müssen jetzt eng zusammenhalten. Und du musst jederzeit für ihn erreichbar sein! Bist du noch in London?«

»Ja, ich bin noch hier. Ich werde im Ministerium anrufen und hoffe, dass ich dort jemand erreiche. Ruf´ du bei Thomas und der Botschaft an, ich lasse mein Handy auf Empfang.«

Ich beschloss, in unsere Wohnung zurückzukehren und dort zu recherchieren, welche Möglichkeiten es gab, um Max und Jo zu helfen. Sicher fand ich auf Max´ PC weitere Hinweise, mit wem er Kontakt hatte und wer seine Verbindungsleute im Osten waren.

Unsere Wohnung erschien mir so fremd. Ich fühlte mich fast wie ein Einbrecher, als ich die Motorradkoffer abstellte. Vorgestern war Elisabeth bei mir gewesen und hatte mich gestützt. Nun überfielen mich das Unbehagen, die Einsamkeit und die Traurigkeit so unvermittelt, dass ich sofort ins Arbeitszimmer ging, um mich zunächst dort wieder einzurichten. Ich verstaute Josephs Eigentum in einen Schrank und legte meine Bücher und Unterlagen wieder auf meinen Schreibtisch. Dann startete ich den PC und hoffte, dass Max´ Passwort noch galt, als ich `Oxford Park´ eingab. Es ertönte die bekannte Fanfare und ich atmete auf. Doch dann überfielen mich Zweifel, ob ich das Richtige tat und beschloss, erst einmal abzuwarten, bevor ich in seine Angelegenheiten eingriff.

Ich startete mein Profil und während die Daten luden, versuchte ich, Elisabeth in Deutschland zu erreichen. Es war schon Nachmittag. Nun war sie bestimmt fast zuhause und sollte schon bei ihrer Ankunft wissen, wie leid es mir tat und warum ihr nicht sofort gefolgt war. Sie musste von der Situation um Max wissen und würde uns sicher auch unterstützen. Ich konnte es kaum erwarten, ihre Stimme auf dem Anrufbeantworter zu hören, doch eine Computerstimme teilte mir eine unpersönliche Nachricht mit. Ich verstand den Wortlaut nicht und ärgerte mich, dass ich mit Elisabeth fast ausschließlich Englisch gesprochen hatte.

Ich legte auf, kontrollierte, ob ich wirklich die richtige Nummer angerufen hatte und versuchte es noch einmal. Wieder hörte ich die Ansage und schrieb zwei Wörter mit, die ich ins Übersetzungsprogramm eingab. Und die zweite kalte Welle des Tages traf mich: Warum war ihr Anschluss abgemeldet? Ich schrieb ihr eine Mail, versuchte, die richtigen Worte zu finden und als ich sie abschickte, erfolgte auch hier die Antwort sofort: Empfänger unbekannt.

Ich stöhnte. Gab sie mir denn keine Möglichkeit, mich zu entschuldigen? Im Moment konnte ich nichts weiter tun und hoffte, sie später noch zu erreichen.

Im Internet suchte ich nach der Nummer des Außenministeriums und fand nur politische Nachrichten, Reisewarnungen und allgemeine Informationen im Netz. Ich klickte mich durch die Seiten. Ich wollte nicht wissen, mit wem der Außenminister Gespräche führte, ich brauchte Hilfe! Als ich keine sinnvollen Hinweise fand, tippte ich verzweifelt das Wort `Hilfe´ in die Suchmaschine. Es öffnete sich eine neue Seite und bereits der zweite angegebene Link war der richtige: Hilfe, wenn man im Ausland verhaftet wurde. Ich atmete erleichtert auf, fand einen Ansprechpartner und rief dort an. Eine Angestellte im Notdienst notierte sich Max´ und Jos Namen und sagte, man werde sich morgen darum kümmern. Ich solle erst einmal abwarten, ob Max wirklich in den Tumult geraten sei. Vielleicht melde er sich später und ich könne am nächsten Tag, wenn die Behörde wieder besetzt sei, nochmals anrufen. Sie verwies auf weitere Informationen im Internet und legte wieder auf.

Franca hatte auch nicht mehr erreicht und weder sie noch Thomas hatten von den beiden gehört. Einen ganzen Tag untätig herumzusitzen, während Max vielleicht in Gefahr war, ertrugen wir beide nicht. Wir sprachen ab, dass Franca versuchen sollte, in den Krankenhäusern der Stadt mit Hilfe eines Freundes nachzufragen, der die Landessprache sprach. Ich wollte mich weiter informieren, was wir bei einer Verhaftung von Max tun könnten. Die Informationen des Ministeriums waren ebenso detailliert wie desillusionierend. Das Vorgehen der Justiz unterschied sich nicht allzu sehr von unserem System, aber an kleinen Stichworten konnte man herauslesen, wie es dort ablief: Keine oder geringe medizinische Hilfe in den Untersuchungsgefängnissen, keine Besuchserlaubnis für Botschaftsangehörige im Gefängnis, enge Zellen ohne Bett oder überfüllte Gemeinschaftszellen. Ich hoffte wieder, dass Max nicht dort hinein geraten sei und unsere Aktivitäten hier übertrieben waren. Wenn Max und Jo jetzt zur Tür hereingekommen wären, hätte ich sie beide umarmt.

Am Abend rief ich noch einmal bei Elisabeth an und erhielt wiederum keine Antwort. Seit wann war der Anschluss abgemeldet? Ich hatte keine Veranlassung, sie in Deutschland anzurufen oder ihr eine Email zu schicken, seit sie zu mir gekommen war. Sie selbst hatte nur einige Male mit Georg gesprochen, ansonsten aber, anders als früher, keinerlei Kontakte gepflegt. Sie schien mir noch zurückgezogener und hatte auch keine Freundschaften erwähnt. Ich konnte mir nicht vorstellen, dass sie so einsam war, denn hier in England hatte sie sich doch schnell mit Claire und Dr. White angefreundet und auch mit Franca regelmäßig telefoniert. Sie hatte einmal ihre Tante besucht, also gab es noch mehr Familie außer Georg. Aber noch nicht einmal über ihre Eltern hatte sie gesprochen und war meinen Versuchen, etwas über sie zu erfahren, ausgewichen. Wieder verunsicherten mich die vielen Fragen, doch ich schob sie beiseite. Ich wollte ihr vertrauen und nicht an ihr zweifeln.

Mit Franca hatte ich vereinbart, dass wir uns morgen früh im Ministerium erkundigen wollten. Um meine Unruhe zu bekämpfen, lief ich noch eine Runde durch den Park und zwang mich auf dem Rückweg auch am Ort meines Unfalls vorbeizugehen. Ich fand die Stelle genau anhand der Details an der Hauswand, die mir ebenso ins Gedächtnis eingebrannt waren wie das Bild der großen, schwarzen Elisabeth, bevor sie sich zu mir hinunter beugte. Ich schüttelte die Erinnerung an diese dunklen Stunden ab und versuchte dankbar zu sein, dass ich Elisabeth kennengelernt hatte.

Zuhause schritt ich ruhelos durch die Zimmer. Ich sprach noch einmal mit Thomas, der keine Nachricht erhalten hatte und mit Franca, die auch in den Krankenhäusern nichts gehört hatte. Nach dem anstrengenden Tag beschloss ich, früh zu schlafen. Meine Schritte führten mich in Gedanken versunken selbstverständlich ins Schlafzimmer, bevor mir das hastig geordnete Bett und Jos Unterlagen auf meinem Nachtisch einen Stich versetzten. In meiner Wohnung war nun das Gästezimmer der Ort, an den ich gehörte.

Zwei Stunden verfolgte ich das Schlagen von Big Ben. Aber die Stille in mir, die Sorge um Max und Elisabeth ließen mich nicht zur Ruhe kommen. Nicht ein Kleidungsstück hatte sie zurückgelassen, selbst im Bad hatte sie am Morgen alle Utensilien entsorgt. Ich hatte keine persönliche Erinnerung an sie bis auf ihren Brief, der mir das Herz so schwer machte. Dann fiel mir doch etwas ein und ich stand auf. Im Wohnzimmer legte ich mir Musik auf, dann nahm ich die kleine Kamera aus meiner Jackentasche.

Als ich das erste Foto von ihr mit meinem Handy aufgenommen hatte, war sie erschrocken und hatte mich gebeten, es sofort wieder zu löschen. Ich war erstaunt. »Warum darf ich keine Fotos von dir machen? Ich möchte die Erinnerung bewahren!«

Sie zögerte, nahm dann meine Hand. »Vince, ich möchte keine Fotos von mir im Netz sehen.«

»Aber ich stelle sie doch nicht ins Internet, sie sind nur für uns!«

Sie überlegte und nickte dann. »Wenn du mir versprichst, nur Fotos mir einer Kamera zu machen und sie nur auf dem Fernseher ohne Internetanschluss, nicht am PC anschauen wirst, geht es vielleicht. Achte darauf, dass sie auf keinen Fall auch nur zufällig mit einem internetfähigen Gerät in Berührung kommen.«

Ich hatte eine kleine Kamera gekauft, die sie erst akzeptiert hatte, als sie sich davon überzeugt hatte, dass keine Bilder über Funk übertragen werden konnten. Nun nahm ich die Speicherkarte aus der Kamera, steckte sie in den Fernseher und fürchtete fast, sie seien auch gelöscht, bis sie mir auf der ersten Aufnahme lächelnd auf dem Motorrad zuwinkte. Ich vergrößerte die Ansicht, sah mir jeden Ausschnitt des Bildes an. Von den Augen mit der unbestimmbaren Farbe, die sich immer wieder zu verändern schienen bis zu den rot besetzten Stiefeln, die sie fast schamhaft unter der schwarzen Lederhose versteckt hatte. Bild für Bild ließ ich unsere Reise an mir vorbeiziehen und mein letzter Gedanke an diesem Tag war voller Sorge, sie verloren zu haben.

Der Anruf von Joseph kam um halb sechs, die Verbindung war von Hintergrundgeräuschen überlagert. Er klang ängstlich. »Vince, ich bin noch im Krankenhaus, mein Arm ist gebrochen. Aber ich werde hier gleich verschwinden und versuchen, unsere Botschaft zu erreichen. Max wurde verhaftet! Ich habe keine Ahnung, wo er steckt. Ihr müsst alles tun, was euch möglich ist, um ihn zu finden. Ich werde mich schnellstmöglich wieder melden.«

Hatte ich gestern die Ungewissheit kaum ertragen, traf mich nun die Nachricht wie ein Schlag. Was würde Max dort ertragen müssen? Ich wagte kaum, es mir vorzustellen. In den Unterlagen der Botschaft stand, man würde sich kümmern, dass er in der Haft keinen Schaden erlitt. Aber wie weit reichte der Schutz, wenn man noch nicht einmal wusste, dass Max im Gefängnis war?

Wir konnten keine Minute mehr warten. Ich weckte Franca und sie versprach, sofort loszufahren. In einer Stunde konnte sie sich mit mir im Ministerium treffen. Dann rief ich nochmal im Ministerium an und kündigte unseren Besuch an. Ich ließ mich nicht abwimmeln und als wir eintrafen, führte uns ein Beamter direkt in sein Büro.

Er stellte sich als James Sympthon vor, nahm unsere Angaben auf und erklärte uns das weitere Vorgehen. Man würde sofort mit den Behörden in Kontakt treten, um zu erfahren, wo Max hingebracht wurde und was man ihm vorwerfe. Der Beamte versuchte, uns zu beruhigen. »Die Behörden dort sind verpflichtet, uns zu informieren, wenn einer unserer Staatsbürger inhaftiert wurde. Aber das kann bis zu einer Woche dauern. Es ist gut, dass Sie uns so schnell benachrichtigt haben! Beauftragen Sie als Erstes einen Anwalt. Das juristische System sieht zwei Tage Haft vor, bis entschieden wird, ob Anklage erhoben wird. Vielleicht kann ein Rechtsbeistand das schon im Vorfeld verhindern.« Er gab uns eine Liste mit englischsprachigen Anwälten, sprach aber keine Empfehlung aus.

Als Franca fragte, ob man den Fall öffentlich machen solle, denn Max sei ja kein Unbekannter, wiegte Sympthon abwägend den Kopf. »Ich kann Ihnen keine Vorschriften machen. Selbstverständlich können Sie den Fall an die große Glocke hängen, doch ob Sie Ihrem Bruder damit helfen, ist fraglich. Unsere diplomatischen Beziehungen sind im Moment nicht die besten und es besteht die Gefahr, dass die Regierung dort ein Exempel an Mr. Llewellyn statuieren könnte. Noch wissen wir nicht, was man ihm vorwirft. Aber eine politische Dimension verschärft die Fronten sicher.« Er versprach, mit uns Kontakt zu halten und wies uns auf englische Hilfsorganisationen für Gefangene im Ausland hin. »Die kennen viele Tricks, fragen Sie dort auf jeden Fall nach. Unsere offiziellen Einflussmöglichkeiten sind sehr beschränkt, wir sind an unseren Auftrag gebunden. Doch das Wichtigste ist jetzt, Mr. Llewellyn aufzuspüren. Ich werde mich sofort mit unserer Botschaft in Verbindung setzen und werde mich bei Ihnen melden, sobald ich etwas erfahren habe.«

Wir verließen das Gebäude. Ich hatte Elisabeths Fähigkeiten vermisst, um zu erfahren, was Sympthon gefühlt hatte; meine Beobachtung seiner Körpersprache ließ mich jedoch auf Ablehnung schließen. Ich sprach Franca darauf an.

Zum Glück sah sie es anders. »Nein, Vince. Ich denke, er wollte uns wirklich helfen! Er hat uns doch viele Tipps gegeben!« Zurück in der Wohnung sah sie sich suchend um: »Wo ist Elisabeth, Vince?«

Als ich sagte, sie sei gestern nach Deutschland zurückgekehrt, hörte sie das Zittern in meiner Stimme. Sie kam auf mich zu und zum ersten Mal, seit wir uns kannten, nahm sie mich tröstend in den Arm.

Die wortlose Geste war es, die alles aus mir herausbrechen ließ. Ich erzählte ihr von meiner Sorge um Max und zugleich meiner Wut auf ihn; meine Zweifel und meine Traurigkeit über Elisabeths Weggang und von meinem Versagen, das zu ihrer Flucht geführt hatte. »Sie war für mich da, Franca, für einen anfangs Fremden. Sie hat einem depressiven Freund geholfen und dem verlassenen Ehepartner beigestanden. Ich dagegen habe sie bei der ersten Bewährungsprobe im Stich gelassen! Und ihr auch noch die Schuld an ihrem Zusammenbruch gegeben. Was muss sie von mir denken!« Verzweifelt rieb ich mir mit den Händen übers Gesicht.

Franca hatte ruhig zugehört und strich mir nun beruhigend über den Rücken. »Es tut mir leid für euch! Es war von Anfang an eine schwierige Situation. Ich weiß bis heute nicht, ob ich Elisabeths Verschlossenheit abstoßend oder faszinierend finde, aber ich hoffe, dass du eine zweite Chance bekommst. Auch wenn ich keine Empathin bin, habe ich schon im April ihre außergewöhnliche Liebe für dich gespürt. Einmal habe ich sie beobachtet, als Max dich geküsst hat. Ihr Blick schien schon damals Freude über euer Glück und zugleich eine abgrundtiefe Verzweiflung auszudrücken, bis sie sich wieder hinter ihrer Maske versteckt hat. Ich frage mich immer wieder, was sie erlebt hat, das sie zu der Selbstbeherrschung zwingt, mit der sie alle Menschen ausschließt. Sie sagte, dass sie schon jahrelang so lebe und sie damit abgefunden habe, aber so ganz glaube ich ihr das nicht. Und du hast hinter ihre Abblockung geschaut! Ich bin sicher, das macht dich zum wichtigsten Menschen in ihrem einsamen Leben.«

Ihr letzter Satz ließ es mich endlich verstehen und ich sah meine Steinfigur im Tal der Stelen sofort vor mir. Ich hatte einen Klumpen hoch gehalten, schützend vor den Verletzungen durch andere. Nun verstand ich, dass das unförmige Ding ein Bild für ihr Herz war, das mit mir in den Fluten versunken war. Ich hoffte, dass ich es auch jetzt noch auf dem Grund des überfluteten Tales schützen konnte und es mir nicht aus der Hand gefallen war. »Was ist, wenn ich es verloren habe?«, fragte ich Franca entsetzt.

Sie sah mich verständnislos an. Natürlich konnte sie meine Gedanken nicht nachvollziehen. Und von Elisabeths Tresor hatte ich ihr nichts erzählt. »Vince, du sprichst manchmal schon in den gleichen Rätseln wie Elisabeth. Suche sie, sobald möglich, aber jetzt braucht Max unsere Hilfe.«

31

Franca

Ich konnte Vince kaum trösten, weil mich der Gedanke an Max so beschäftigt hielt. Alles in mir drängte darauf, sofort aktiv zu werden! Deshalb blieb ich in der Wohnung, um eine enge Abstimmung mit Vince zu erreichen. Er sprach mit der Gefangenenhilfsorganisation, während ich die Anwälte in der Stadt anrief. Ich war heilfroh, dass es dort drüben englischsprachige Anwälte gab. Der dritte Anwalt erklärte sich bereit, Max zu vertreten und sich mit der Botschaft in Verbindung zu setzen. Er äußerte sich sehr zurückhaltend, was die Möglichkeiten anging, Max noch am gleichen Tag sehen zu können. »Wenn wir ihn gefunden haben, ist das schon ein großer Schritt! Nach der Demonstration gestern sind alle Polizeiwachen und Gefängnisse mit den Aktivisten und auch mit deren Gegnern überfüllt. Die Staatsanwälte müssen bis morgen entscheiden, wer angeklagt wird. Ich hoffe auf die Chance, Ihren Bruder wegen der angespannten Lage auf Kaution freizubekommen und werde meine Verteidigung hierauf konzentrieren.« Dann warnte er mich schon mal vor: »Diese Kaution wird sehr hoch sein! Sie kümmern sich am besten schon heute darum! Erst wenn wir den Betrag hinterlegen können, werden die Behörden Mr. Llewellyn freilassen. Ganz sicher aber wird sein Pass einbehalten, um eine Fluchtgefahr zu unterbinden und Sie müssen für eine sichere Unterbringung hier sorgen.«

Als ich fragte, mit welcher Kautionshöhe wir zu rechnen hätten, antwortete er ausweichend. »Das entscheidet der zuständige Magistrat oder Richter. Je nachdem, vor welcher Institution das Verfahren abläuft.« Er nannte die ungefähre Spanne und der Betrag ließ mich stocken. Nie konnte ich so schnell so viel Geld auftreiben! Mir blieb keine andere Möglichkeit, als Vince um Hilfe zu bitten.

Er sah mich nachdenklich an. »Ich habe keinen Zugriff auf Max´ Konten mehr. Aber ich denke, Jo wird das Geld flüssig machen.«

Jo meldete sich erst am Abend aus der englischen Botschaft und berichtete, was geschehen war. Er hörte sich müde und verschreckt an, sein gebrochener Arm bereitete ihm Schmerzen. »Ich habe stundenlang hinter einem Stein gelegen und konnte erst gegen Abend mit der Unterstützung Fremder entkommen, die mich ins Krankenhaus brachten. Mein Arm wurde notdürftig geschient und man entließ mich heute Morgen. Der Anwalt, den ihr bestellt habt, war heute Nachmittag schon hier. Er sagte, man habe Max gefunden und der erste Termin vor Gericht sei morgen. Aber es gebe keine Chance, ihn vorher zu besuchen. Franca, er sagte, es sähe nicht gut aus. Man wolle Max wegen des Verstoßes gegen das neue Gesetz zur Homopropaganda und Rowdytums anklagen und die Haftstrafe könne Jahre betragen. Was können wir tun?«, fragte ausgerechnet er mich ratlos. »Die Zustände in den Gefängnissen sind hier katastrophal und Homophobie weit verbreitet. Eventuell droht ihm sogar Haft in einem Arbeitslager. Und das wird er nicht überleben!«

Er machte mir richtig Angst. »Jo, wir dürfen jetzt nicht daran denken, sondern müssen ihm helfen! Der Anwalt sagte, Max kann vielleicht gegen Kaution freikommen. Wir müssen ganz schnell an seine Konten!«

Er antwortete langsam und bedächtig. »Ich habe zwar eine Vollmacht für die Konten, aber selbst wenn Max entscheiden könnte, würde die Kautionshöhe seine Mittel überschreiten.« Er stöhnte. »Das Haus in Sussex ist noch nicht verkauft und seine Kasse war in den letzten Wochen äußerst klamm. Die anderen Anlagen lassen sich nicht von einem Tag auf den anderen auflösen. Das braucht nun mal Zeit! Ganz abgesehen von dem riesigen Verlust, den er bei einem Notverkauf machen würde. Du musst Vince fragen, ob er hilft.«

Als Vince fragte, was Jo gesagt habe, traute ich mich kaum, darüber zu sprechen.

Dann sah er mich ungläubig an. »Max verkauft unser Haus in Sussex? Wie kann er das tun? Er muss mich nicht fragen, sicher, aber er hätte es mir zumindest sagen und mir ein Vorkaufsrecht einräumen können. Ich hätte es übernommen, um die Erinnerung an unsere guten Jahre zu bewahren!« Wütend ging er im Wohnzimmer auf und ab und wieder dachte ich, dass Max keinen Schritt ausließ, um Vince auf immer zu vertreiben.

Ich wartete ein wenig ab, bevor ich ihn nochmals leise fragte. »Wenn das Haus verkauft ist, wird er dir das Geld zurückzahlen. Bitte, Vince, wir brauchen jetzt deine Hilfe! Auch wenn ich verstehen kann, wenn du es ablehnst. Weder ich noch meine Eltern haben so viel Geld, aber wir werden uns alle beteiligen.«

Er schien zu überlegen und ich sah, wie sich seine Augenbrauen zusammenzogen. »Ich werde mit der Bank sprechen«, rang er sich durch. »Würde Max sich für mich so einsetzen?«, fragte er, doch ich konnte nur mit den Schultern zucken.

Ich konnte auch nicht sagen, was Max an seiner Stelle getan hätte. Zu sehr hatte er sich in den letzten Monaten verändert. »Danke, Vince, wir alle werden dir das nie vergessen!«

Er nickte knapp. »Hoffen wir, dass es ihm hilft«, sagte er und telefonierte mit seiner Bank.

Ein Berater der Gefangenenorganisation gab uns einen weiteren Tipp. Er sagte, es gebe vielleicht eine hauchdünne Chance, wenn wir nachweisen konnten, dass Max in seinen frühen Jahren zur Homosexualität verführt worden sei!

Aber Vince sah mich skeptisch an. »Das nehmen die uns nie ab! Nicht nach unserem jahrelangen Kampf um Gleichberechtigung. Wer soll denn der große Verführer gewesen sein, der ihn jahrelang so unter Kontrolle hatte, dass er nie aufbegehrte?«

Ich seufzte. »Ich weiß, dass es nicht so war! Aber ich werde es versuchen. Der Berater sagte, wir bräuchten die glaubhafte Aussage einer Frau, die mit Max geschlafen habe. Am besten auch Fotos von beiden und ähnliches, das eine Beziehung glaubwürdig erscheinen lässt. Max hatte als junger Erwachsener doch auch Affären mit Frauen! Wie hießen die noch?«, grübelte ich. »Na ja, wir müssen trotzdem versuchen, sie aufzutreiben. Und seine Trennung von dir könnte seine Geschichte untermauern.«

Es gab unglaublich viel zu tun und wir waren am Abend des langen Tages völlig erschöpft. Ich hatte öfter beobachtet, wie Vince eine Nummer anrief und kurz danach enttäuscht wieder auflegte.

Das Bett im Schlafzimmer hatte ich für ihn bezogen und seinen Nachttisch freigeräumt. Als ich ihn bat, doch wieder dort zu schlafen, aber er winkte ab. »Ich bleibe im Gästezimmer. Wenn du nicht in Max´ Bett schlafen möchtest, kann ich auch im Wohnzimmer übernachten.« Er klang so resigniert, so ausgelaugt.

Ich hörte ihn später noch im Wohnzimmer leise Musik hören, er schien ohne Ton fernzusehen und eine traurige Melodie verfolgte mich in den Schlaf.

32

Max

Sie hatten uns in einen Transporter gestoßen und dicht gedrängt zu einer Polizeistation gebracht. Ich hörte das Stöhnen der Verletzten. Viele hatten Platzwunden erlitten und meine Rippen waren sicher unter dem harten Schlag gebrochen. Jeder Atemzug schmerzte. Ich hatte Miro noch stützen können, sonst wäre er wie die anderen einfach an den Haaren über den Boden gezerrt worden. In diesem Transporter befanden sich überwiegend unsere Leute und trotzdem sahen sie eingeschüchtert und verängstigt zu den drei Gegendemonstranten, die auch jetzt noch wütende Hasstiraden gegen uns ausstießen.

Auf der Wache wurden wir gewaltsam durch die Gänge gestoßen und mussten stundenlang im Stehen warten, bis die Personalien aufgenommen waren. Miro wollte mir weiter helfen, doch wir wurden getrennt und ich konnte meinen Namen nur aufschreiben. Niemand schien Englisch zu sprechen oder die lateinischen Buchstaben lesen zu können. Als ich nach Hilfe oder einem Anwalt fragte, lachten sie nur. Stattdessen wurde ich hochgezogen und in eine große Zelle zu den anderen gestoßen. Wir konnten uns nur auf den Boden setzten, Bänke oder gar Pritschen gab es nicht. Es hatte sich eine Trennlinie zwischen den Gruppen gebildet und anfangs waren wir noch in der Überzahl, doch immer mehr Menschen wurden zu uns herein gedrückt und das Kräfteverhältnis verschob sich zu unseren Ungunsten.

Ich rückte zu Miro in die Ecke und als ich ihm tröstend die Hand drücken wollte, schüttelte er sie entsetzt ab. »Max, wenn wir das hier einigermaßen heil überstehen wollen, dürfen wir keine Schwäche zeigen. Versuche, dich unauffällig zu verhalten!«

In der Nacht verstand ich, was er damit meinte. In den ersten Stunden hoffte ich noch, dass Jo, der nicht verhaftet wurde, uns Hilfe schicken würde. Doch die Zustände wurden immer unerträglicher, man brachte uns nichts zu essen und es gab auch keine Toilette. So wuchs der Gestank unvermeidlich.

Als unvermittelt die Lichter ausgeschaltet wurden, ging es los. Die gewaltbereiten Schläger hatten schon vorher getuschelt und mit Blicken zu uns herüber gesehen, die mir das Herz aussetzen ließen. Die Geräusche, die die Zelle jetzt erfüllten, die dumpfen Schläge, das unterdrückte Keuchen und die vereinzelten Schreie wurden zu einer grauenhaften Hintergrundmusik meiner wachsenden Angst. Ich spürte, wie sie sich auch an Miro vergreifen wollten und stellte mich vor ihn. Aber es waren zu viele und dann wurde er von mir weggerissen. Ich konnte ihn nicht festhalten! Keine Aufsichtsperson kam in dieser Nacht zu einem Kontrollgang, niemand schien die Schreie zu hören. Ich hielt mir die Ohren zu, bis auch ich grob gepackt und gegen die Wand geschleudert wurde. Das letzte Geräusch, an das ich mich erinnere, war das Krachen in meinem Kopf, als meine Zähne gegen ein Heizungsrohr stießen und abbrachen.

33

Joseph

Wir waren auf dem Weg zu dem Magistratsgebäude, in dem entschieden werden sollte, wie es mit Max weiterging.

Der Anwalt hatte mich gebeten, ihn zu begleiten und Max´ Zustand zu beurteilen, weil er ihn noch nie gesehen habe. Er versprach sich zusätzliche Informationen, mit denen er Max helfen könne. Ich stimmte zu, doch es ist mir schwergefallen. Ich war dem Schlachtfeld entronnen, gegen mich wurde nicht ermittelt und am liebsten hätte ich das nächste Flugzeug gekapert. Ich wollte einfach nur fort, fort, fort aus dem Land.

Stundenlang hatte ich hinter dem Stein auf dem Boden gelegen, der mich schützte, doch ich hörte das Schreien und die grässlichen Geräusche um mich herum, sah immer wieder trampelnde Beine, die mich jederzeit treffen und wie einen wehrlosen Käfer zertreten konnten. Zeitweise wünschte ich es mir sogar! Die schreckliche Angst um mein Leben schmerzte noch viel intensiver als der gebrochene Arm, der in grotesker Stellung an mir herunterhing. Ich schloss die Augen und unterdrückte den Wunsch, einfach hervor zu krabbeln und meine Qual zu beenden. Ich hatte Max begleitet, um ihn zu beschützen. Und hatte versagt! Ich hatte meine große Liebe im Stich gelassen, der nun sicherlich schreckliche Erfahrungen machte. Am vergangenen Abend hatte ich den flüsternd geführten Gesprächen der Botschaftsangehörigen gelauscht und erfahren, dass sie kaum eine Hoffnung für Max sahen. Als sie sich Gruselgeschichten über reale Fälle erzählten, wusste ich, dass sie ihn schon jetzt fast aufgegeben hatten. Man hatte mir sogar wohlmeinend geraten, das Land sofort zu verlassen, um mich selbst in Sicherheit zu bringen. Aber ich konnte Max doch nicht noch einmal im Stich lassen!

Bereits als ich mit dem Anwalt das Botschaftsgebäude verließ, setzte die Angst, begleitet von Übelkeit, ein. Die stickige Hitze in den Straßen, untermalt von der Sprache der Menschen, ließen mich vor Panik schwitzen. Ein lautes Rufen zweier Straßenhändler ließ mir die

Magensäure in die Speiseröhre emporsteigen. Der Anwalt musste mich fast zum Taxi führen und reichte mir wortlos ein Taschentuch. Ich fuhr mir damit übers Gesicht und schloss die Augen, um die Bilder um mich herum auszuschließen. Der Anblick der Uniformierten vor dem Gerichtsgebäude traf mich umso härter. Ich konnte nur den Kopf schütteln und wie gelähmt sitzen bleiben, als wir anhielten. Nie wieder würde ich mich freiwillig diesen Menschen nähern! Der Anwalt schloss noch einmal die Tür des Wagens und legte beruhigend die Hand auf meinen Arm.

Ich versuchte, meinen hektischen Atem unter Kontrolle zu bringen und langsam hörte ich, was er zu mir sagte. »Mr. Gordon, Sie sind völlig sicher! In meiner Begleitung kann Ihnen nichts geschehen.«

Ich nickte mühsam und nach einigen Minuten konnte ich doch aussteigen. Wir liefen in das Gebäude und er führte mich zu einem kleinen Gerichtsraum, in dem wir Max kurz vor dem Prüfungstermin treffen konnten. Als sie Max im Rollstuhl hereinbrachten, erkannte ich ihn kaum wieder. Fast hätte ich gesagt, wir sind im falschen Saal. Er saß zusammengesunken dort, konnte sich vor Schmerzen oder Schwäche nicht aufrichten und reagierte nicht auf das Geschehen um ihn herum. Der Anwalt stellte sich vor, doch Max sah noch nicht einmal auf. Erst als ich ihn vorsichtig berührte, zuckte er zusammen und machte eine ungerichtete Abwehrbewegung. Der anwesende Polizeibeamte fuhr mich an und der Anwalt übersetzte, dass keinerlei körperliche Berührung erlaubt sei. Ich kniete mich vor den Stuhl, um von unten in Max´ Gesicht zu schauen und sah die geschwollenen Lippen und die Platzwunde auf seiner Wange. Ich war entsetzt über den Gestank, der von ihm ausging! Noch einmal versuchte ich, eine Reaktion von ihm zu erhalten und sah, wie er den Kopf etwas anhob, doch er öffnete nur sein blutunterlaufenes Auge ein wenig. Der Anwalt fragte, ob ich Max identifizieren könne und ich nickte ohne Worte. Man führte mich zu einem Stuhl und der Magistrat trat ein. Es war eine kurze Angelegenheit, wegen der fremden Sprache bekam ich nicht viel mit. Mein Blick war nur auf Max gerichtet, als könne ich ihn damit doch noch erreichen.

Der Anwalt nickte, als er den Richterspruch hörte und kam auf mich zu. Schon sein Blick sprach Bände. »Ich konnte nur wenig ausrichten, weil ich nicht beweisen konnte, wo Mr. Llewellyn so verletzt wurde: bereits auf dem Platz oder erst in der Haft, was die Beamten heftig bestritten. Das Verfahren wird in aller Eile durchgeführt, die Anklageerhebung ist in ein paar Tagen. Bis dahin wird Ihr Partner in ein Krankenhaus gebracht, weil ich auf seinen schlechten Zustand hinweisen konnte. Sein Pass wird einbehalten und die Kautionssumme ist leider sehr hoch. Doch zumindest muss er nicht in die U-Haft zurück, wenn seine Schwester sofort überweist! Hoffentlich hat sie das Geld schon organisiert.«

Ja, das hoffte ich auch und wusste, dass sie es ohne Vince nie schaffen würde.

34

Franca

Der Anwalt empfahl uns, auf die Suche nach Beweisen zugehen. »Mrs. Graham, ich kann hier kaum offiziellen Kontakt zu den Homoverbänden aufnehmen, ohne meine Zulassung zu gefährden. Eine unserer Chancen besteht darin, zu beweisen, dass ihr Bruder in der Haft so zugerichtet wurde, von wem auch immer. Ich vermute, dass es eine Schlägerei unter den Gefangenen gab und die Justizbeamten einfach weggesehen haben. Bringen Sie mir Fotos oder Filmaufnahmen, die beweisen, dass Mr. Llewellyn weitgehend unversehrt verhaftet wurde und noch laufen konnte. Suchen Sie von England aus in Videoportalen und auf den bekannten Webseiten. Vielleicht starten Sie auch selbst einen Suchaufruf? Wir haben nicht viel Zeit!«

Ich fragte, ob der Tipp der Gefangenenorganisation sinnvoll sei, eine frühere heterosexuelle Beziehung von Max nachzuweisen.

Er überlegte kurz und meinte, wir dürften nichts unversucht lassen. »Schicken Sie mir alles an Informationen, was Sie zusammentragen können! Ich werde hier die Beweise der Staatsanwaltschaft prüfen und Ihren Bruder im Krankenhaus besuchen. Hoffentlich kann er in den nächsten Tagen mit mir sprechen. Ich muss jetzt auflegen, ihr Bruder wird verlegt!«

Vince hatte unser Gespräch über Lautsprecher verfolgt und war bereits aufgestanden, um die ersten Schritte einzuleiten. Ich ging zu ihm ins Arbeitszimmer und sah, wie blass er war. »Franca, wir müssen sofort aktiv werden. Ich rufe ein paar Kontaktpersonen bei der Dachorganisation an, die uns helfen könnten. Die können auch Leute mobilisieren, um das Bildmaterial für uns zu sichten. Wir beide allein schaffen das nie. Hoffen wir, dass noch so etwas wie Solidarität in der Welt existiert!«

Ich spürte, dass er seine Sorge um Max durch Aktivität erleichtern wollte und stimmte zu. »Ich werde versuchen, frühere Liebschaften von Max aufzutreiben und spreche noch einmal mit Jo.«

Wir waren beide nach dem Telefonat mit dem Anwalt nicht in der Lage, über unsere Traurigkeit zu sprechen. Wenn ich wieder den Tränen freien Lauf ließe, verlören wir nur Zeit.

Elisabeth rief mich auf dem Handy an, als Vince zu einer Laufrunde aufgebrochen war. Ich erkannte die fremde Vorwahl und war so überrascht, von ihr zu hören, dass ich zunächst einmal gar nicht auf ihre Frage nach Max antworten konnte. Erst als sie nachfragte, ob ich sie hören könne, fragte ich: »Elisabeth, wo steckst du? Vince versucht immer wieder, dich zu erreichen! Er will dir sagen, wie leid es ihm tut!«

»Ich bin in Deutschland und habe hier einen Riesenärger. Vince darf mich im Moment auf keinen Fall anrufen! Sonst wird er noch in meine Angelegenheiten hineingezogen und ich kann mich nicht noch um ihn sorgen!«

Ich war genervt. »Was sind das immer für Andeutungen; warum erzählst du uns nichts von dir? Du machst es dir und uns wirklich unnötig schwer, wenn du noch nicht einmal Vince vertraust!«

Sie seufzte. »Es ist nicht unnötig, bitte glaube mir. Aber ich muss wissen, wie es um Max steht. Was hat die Haftprüfung ergeben?«

Wie konnte sie davon wissen? Max war doch erst verhaftet worden, nachdem sie England verlassen hatte. Aber sie erwartete ganz selbstverständlich eine Antwort, als hätten wir täglich miteinander gesprochen. Ich fühlte mich so überfahren, dass ich ihr den aktuellen Stand bis ins Detail berichtete.

Aufmerksam hörte sie zu und unterbrach mich nicht einmal. Als ich meine Schilderung beendet hatte, stellte sie mir knappe Fragen: »Welches Krankenhaus? Kann er gehen? Wann wird Anklage erhoben? Wurde vor einem Magistrat oder einem Richter verhandelt? Wie heißt der Anwalt? Ist sein Pass annektiert?«

Ich fühlte mich wie in einem Verhör, das in aller Eile geführt wurde. Sie klang zunehmend gehetzt. »Gut Franca, welches sind eure nächsten Schritte?«

Ich berichtete ihr von unseren Plänen. Dann klang es, als wolle sie auflegen und ich fragte sie noch eilig: »Wo kann ich dich erreichen? Vielleicht kannst du uns auch helfen?«

Sie seufzte. »Du kannst mich nicht erreichen, aber ich werde versuchen, mich zu melden. Ohne es fest zu versprechen! Ich werde alles tun, um Max zu helfen und mich hier mit den Organisationen in Verbindung setzen. Wenn ich einen Hinweis erhalte, erfahrt ihr davon.«

Einen Satz konnte ich noch anbringen: »Bitte Elisabeth, vergiss Vince nicht!«

»Wie könnte ich ihn je vergessen?« Dann war die Verbindung unterbrochen.

Hätte ich Vince von unserem Gespräch berichten sollen, Rick? Sicher wäre er verletzt gewesen, wenn er hörte, dass Elisabeth mit mir sprach, während er sie suchte. Sie hatte mein Stillschweigen nicht verlangt, aber eine Nummer, unter der er sie erreichen konnte, hätte ihm sicher geholfen. Als ich die eben angezeigte Telefonnummer in Deutschland zurückrief, meldete sich ein Pizzaservice.

35

Vincent

Ich las die Erklärung noch einmal durch, bevor sie an den Übersetzer gehen sollte. Detailliert hatte ich beschrieben, wie ich mich schon an der Uni in Max verliebt und ihm über Jahre regelrecht nachgestellt hatte. Seine Freundschaften zu Frauen hatte ich intrigant hintertrieben und ihn an mich gebunden, indem er nur mich als zuverlässigen Freund erlebte. In Oxford hatte ich ihn gegen seinen Willen zur Homosexualität verführt und mein Einfluss auf ihn war so stark, dass er erst vor kurzem den Mut aufgebracht hatte, sich von mir zu lösen.

Der einzig wahre Satz in dem Bericht war die Tatsache, dass ich älter als er war und alles andere ließ sich kaum noch widerlegen. Die Erinnerung an die Nacht in Oxford war beim Schreiben wieder in mir erwacht: Ich hatte mich nach einem Kuss von ihm gesehnt, doch einen intimeren Kontakt hatte ich mir damals nicht vorstellen können. Als er sanft über meinen Körper strich, hatte ich mich angstvoll und auch verschämt verkrampft. Nur seine Erfahrung, die Geduld und seine sanfte Zärtlichkeit, mit der er mir langsam über den Körper streichelte, ließen mich die Liebe spüren. Nie zuvor hatte ich so eine Lust erlebt, die meine Angst in der Erregung auflöste! Und als er mich erneut küsste, fand ich den Mut, ihn ebenfalls zu berühren. Unbeholfen hatte ich ihm über den Rücken gefahren und später einmal hatte er mir lachend gestanden, dass er mich am liebsten `überfallen´ hätte. Und welche Selbstbeherrschung es ihn gekostet habe, diesen Jungmann der Liebe sanft zu verführen.

Francas enttäuschtes Seufzen ließ mich aus meinen romantischen Erinnerungen auffahren. »Es ist doch nicht zu fassen, Vince! Ich habe tatsächlich drei Frauen aufgetrieben, die mit Max geschlafen haben, aber keine Einzige ist bereit, dazu zu stehen. Alle schieben ihre Ehen vor! Ist er so ein schlechter Liebhaber?«

Ich musste grinsen. »An Max lag es sicher nicht!«

Sie lachte zum ersten Mal seit Tagen und kam zu mir herüber. »Na, großer Verführer, wie weit bist du mit deinen Memoiren?«

»Wenn die tatsächlich jemals da drüben gelesen werden, lassen sie mich bestimmt nie wieder dort einreisen!«, vermutete ich lächelnd.

Francas Blick wurde ernst. »Danke, dass du das für ihn tust!«

Warum half ich Max?

Ich war mir selbst nicht darüber im Klaren, mein Denken war eingeschränkt. Ich fühlte mich wie in dem rasenden Strom, der Elisabeths Land vernichtet hatte: Ich konnte mich nur mitreißen lassen, sah keine Möglichkeit, mich freizuschwimmen und daraus zu entkommen. Ständig überfielen uns neue Nachrichten und Entwicklungen, die uns nur reagieren statt agieren ließen. Ich hatte Elisabeth sofort folgen wollen und nun war ich seit Tagen nur damit beschäftigt, Franca in ihrem Kampf für euren Bruder zu unterstützen. Als ich sie fragte, warum sie nicht dich um Hilfe bitte, Rick, sagte sie, ein guter Freund sei hier wichtiger als ein fremder Bruder. Sie war so tapfer, ließ sich nicht entmutigen, suchte immer wieder nach neuen Wegen und ich bewunderte sie für ihren Einsatz. Meine Unterstützung für sie hielt meinen Kopf so beschäftigt, dass ich nicht über meine anderen Probleme nachdenken musste.

Wieder einmal hatte Elisabeth mich mit einer Leichtigkeit und Konsequenz verlassen, die mich verletzte. In den ersten Tagen hoffte ich noch, dass sie sich bei mir melden würde. Nun war sie schon fast eine Woche in Deutschland und nicht das geringste Zeichen von ihr hatte mich erreicht. Das war doch kein erwachsenes Verhalten, eher die Reaktion eines bockigen Kindes, das nach einem Streit im Sandkasten dem Spielkameraden die Freundschaft aufkündigte!

Sie hatte mir gezeigt, gesagt, bewiesen, dass sie mich liebte und nun ließ sie mich fallen. Sie gab mir noch nicht einmal die Möglichkeit, meinen Fehler wiedergutzumachen. Als ich sie per Mail oder Telefon nicht erreichte, erinnerte ich mich an ihre Vorliebe für altmodische Briefe. Zwei Abende hatte ich an der Formulierung meiner Entschuldigung gefeilt und sie gebeten, mich zu treffen. Als ich den Brief zuklebte, stieß ich auf das nächste Problem: Wie lautete ihre Adresse? Ich hatte ihr schon einmal ein Buch geschickt, hatte diese Adresse gekannt, doch Max hatte sie mit allen anderen Dateien gelöscht. Ich erinnerte mich an einen langen Doppelnamen für ihre

Straße, konnte auch noch die Hausnummer nennen, doch die Postleitzahl fehlte mir ebenso wie dieser komplizierte Straßenname, den ich Buchstabe für Buchstabe abgeschrieben hatte. Im Telefonbuch stand sie natürlich nicht und Lindscheids ebenso wie Brückens schien es zu Hunderten in der Stadt zu geben.

Sie ließ mich gegen Wände laufen und schon wieder zweifelte ich an ihr. Wenn sie mich wirklich liebte, müsste ihr unsere Trennung doch auch schwerfallen! Ihre Angst, ich würde sie nicht mehr ohne Vorbehalte berühren, war verständlich. Aber sie hatte nicht gefragt, wie ich dazu stand und natürlich hätte ich sie gerne wieder berührt, ihre Melodie gehört. Ihre Nähe und die unglaubliche empathische Fähigkeit hatte sie mit mir geteilt, die mir so fehlten, als sei ein Teil meiner Persönlichkeit mit ihr verschwunden. Dafür hätte ich diese entsetzlichen Kopfschmerzen, die sie ungewollt in mir auslöste, jederzeit ertragen. Doch ich saß wieder allein im Wohnzimmer, sah mir die Fotos an, die mir geblieben waren und war traurig.

Den nächsten Tag begannen wir in banger Erwartung.

Der Anwalt hatte von Max keine Aussage zu dem Geschehen gehört und die Ärzte waren ratlos. Das Fieber wurde noch mit Antibiotika behandelt, die anderen Verletzungen heilten langsam. Er befand sich auf dem Weg der Besserung und dennoch sprach Max kein Wort. Ein Neurologe war zu dem Schluss gekommen, dass es sich um die Komplikation einer Gehirnerschütterung handelte. Eventuell sei sein Sprachzentrum in Mitleidenschaft gezogen worden und man könne nur abwarten. Die Justizbehörde hatte die Anhörung über eine Anklageerhebung auf den heutigen Morgen angesetzt, obwohl es ein Samstag war! Man hatte es als ausreichend angesehen, wenn Max von seinem Anwalt vertreten wurde. Erst bei der eigentlichen Gerichtsverhandlung müsse er so gesund sein, dass er folgen könne.

Wir hatten keine aussagekräftigen Fotos von Max´ Verhaftung auftreiben können. Ich war sicher, ihn auf einem der Fotos erkannt zu haben, doch sein Gesicht war verdeckt gewesen, weil er einen anderen Mann stützte. Das Gericht würde das Foto nicht als Beweis gelten lassen. Meine Aussage war übersetzt worden und auch von zwei

Zeugen bestätigt worden. Doch warum Max trotz der Trennung von mir zu dieser Demo gefahren war, statt sich davon zu distanzieren, konnte man nur mit seiner Einstellung erklären, einmal Zugesagtes auch zu halten. Joseph hatte man nur in seiner Funktion als Manager wahrgenommen. Und ich hoffte, dass niemand in verborgenen Datenspeichern nachforschte und das Video von Elisabeth und mir aus der Versenkung holte. Sonst wäre auch ich in Erklärungsnot geraten.

Das Warten zerrte an unseren Nerven und Franca sagte, sie brauche Ablenkung. Sie kam von ihrem Spaziergang mit einem großen Paket für mich zurück, das der Portier ihr mitgegeben hatte. Nur meine Adresse war darauf notiert, kein Hinweis auf den Absender. Ich öffnete es etwas ratlos in Francas Beisein und als ich Elisabeths Motorradjacke darin liegen sah, stöhnte ich auf.

Franca fragte erstaunt, wem die Jacke gehöre und verstummte, als ich ihr antwortete, es sei eine `Leihgabe´ an Elisabeth gewesen. Ich hatte doch nur einen Scherz gemacht und trotzdem wollte Elisabeth sie nicht mehr tragen; ein klares Zeichen für eine Trennung, bei der niemand dem anderen etwas schuldig blieb.

Franca suchte erfolglos nach einem Brief oder Hinweis und als sie den Karton untersuchte, stellte sie fest, dass er nicht per Post kam, sondern persönlich abgegeben worden war. Sie rief nochmal unten beim Portier an, doch dieser konnte den Boten nicht beschreiben. Er hatte nur den Empfang unterzeichnet. Franca seufzte. »Sie macht es dir wirklich nicht einfach!«

Der Anruf des Anwaltes brachte niederschmetternde Neuigkeiten: Unsere Entlastungsargumente waren nicht ausreichend gewesen. Man hege Zweifel an unseren Aussagen und Max werde doch angeklagt. Sobald die Ärzte Max Transportfähigkeit bescheinigten, würde er zurück ins Untersuchungsgefängnis gebracht, wo er das weitere Verfahren abwarten müsse.

Franca weinte, und ich nahm sie in den Arm. Aber für mich gab es keinen Trost an diesem Tag. In der Nacht nahm ich Elisabeths Jacke mit ins Bett, weil die Sehnsucht mich überwältigte. Ich hoffte auf das Gefühl von ein wenig Nähe.

Die kleine weiße Karte fand ich erst am Morgen. Sie war wohl aus der offenen Brusttasche gefallen und nur ein Satz stand darauf: »Danke, dass es dich gibt, mein Geliebter.« Wie einen Schatz drückte ich ihn an mich, diesen Liebesbeweis.

Ich wusste, ich würde nach Deutschland fahren, sie dort suchen und finden.

Franca hielt noch das Telefon in der Hand, als sie mir entgegen kam. »Vince, Max ist aus dem Krankenhaus verschwunden und niemand weiß, wo er ist!«

36

Max

Man hatte mich in ein Krankenhaus gebracht, gewaschen, Infusionen angeschlossen und mir Schmerzmittel verabreicht. Die Schwestern, die mich pflegten, waren zusammengezuckt, als sie meinen zerschundenen Körper untersuchten und hatten sich besorgte Blicke zugeworfen. Natascha und Swetlana hießen die beiden Engel, die mir ein Stückchen Würde gaben, von der ich dachte, ich erlange sie nie wieder.

Sie sprachen ein paar Worte Englisch und versuchten, mir eine Reaktion zu entlocken. Doch obwohl ich alles mitbekam, schien mir das Sprechen so weit entfernt, als müsse ich erst den Everest ersteigen, um es wieder tun zu können. Der Polizist, der sie beobachtete, trieb sie zur Eile an und war erleichtert, als er die Handschelle wieder am Bettgitter zudrücken und das Zimmer verlassen konnte. Die Medikamente ließen mich einschlafen und dann begann die Nachtschicht.

Ein Pfleger und eine andere Schwester sahen nach mir. Als die Schwester mir erneut etwas zu trinken geben wollte, nahm der Pfleger ihr den Becher aus der Hand und schüttelte den Kopf. Sie schien zu protestieren, doch er lachte nur hässlich und stellte den Becher mit Bedacht in meine Sichtweite, aber außerhalb meines Bewegungsradius ab. Er zog meinen anderen Arm unter der Bettdecke hervor und fesselte ihn an das andere Gitter und als der achtsame Polizist das sah, lachte er zustimmend.

Die Nachtschwester schüttelte angewidert den Kopf, verließ dann aber das Zimmer. Mit der einbrechenden Dunkelheit begann meine Angst und meine Erinnerung verschwamm.

Ich erwachte erst am Morgen durch das empörte Murren des Pflegers in der Frühschicht, als er an mein Bett trat. Vorsichtig löste er das Pflaster von meinem Mund und gab mir einen Schluck aus dem Becher, der noch am gleichen Platz stand. Ein breiter Gurt war mir über die Brust gelegt und angezogen worden und machte mir das Atmen kaum möglich. Beide Fußknöchel waren ebenfalls ans Bett gebunden und die Decke war verschwunden. Völlig entblößt und wehrlos hatte ich die erste Nacht überstanden und ich schämte mich.

Während ich tagsüber gut versorgt wurde und mich die Handschelle an der rechten Hand kaum behinderte, wurden die Nächte zu meinem Albtraum. Ich hatte wohl in der ersten Nacht unruhig um mich geschlagen und so wurde ich nun jeden Abend auf diese grausame Weise festgebunden. Der Nachtpfleger Sascha schien eine sadistische Freude daran zu haben, mich zu fesseln. Der Polizist feuerte ihn noch an, als er mir den Mund zuklebte, die Decke weglegte und mein Hemd hochzog. Die Schwester sah ich nicht mehr, anscheinend hatten die beiden Männer die alleinige Aufsicht über mich.

In der zweiten Nacht blieb ich wach, kein gnädiger Schlaf wollte sich einstellen. Mit brennendem Mund sah ich auf den Becher mit Tee und konnte ihn nicht erreichen. Der Brustgurt war so festgezogen, dass ich um jeden Atemzug kämpfte, meine gebrochenen Rippen schmerzten dauerhaft und der Knebel drückte brennend gegen die abgebrochenen Zähne. Durch die Infusionen war meine Blase angefüllt, doch auf mein Stöhnen und meine Unruhe reagierte Sascha nur, indem er die Fesseln noch enger anzog. Als ich das Wasser nicht mehr halten konnte, lag ich stundenlang im nassen Bett und fror entsetzlich. Erst gegen Morgen erschien Sascha wieder und lachte zuerst mit dem Polizisten über meine Pein, dann drehte er mich grob auf die Seite mit den gebrochenen Rippen und säuberte mich etwas, löste dann Knebel und Fußfesseln, damit die Frühschicht nichts von meiner Misshandlung bemerkte.

Am nächsten Tag war das Fieber etwas gesunken; man holte mich aus dem Bett. Gestützt auf zwei Pflegekräfte machte ich die ersten Schritte. Mein Anwalt besuchte mich und stellte mir Fragen zum Gefängnisaufenthalt. Aber ich brachte trotz aller Mühe kein verständliches Wort heraus! Er seufzte enttäuscht und als er wissen wollte, ob ich ihn überhaupt verstand, konnte ich zumindest nicken. Doch meine Reaktion kam zu spät, er war schon drei Fragen weiter und nun dachte er, ich könne gar nicht adäquat reagieren. Er erklärte mir das weitere Verfahren, sprach von Francas Suche nach Beweisen und drängte, dass er meinen Bericht bräuchte, um eine erneute U-Haft zu verhindern. Nach seinen Vermutungen war ich erst in der Haft misshandelt worden.

Ich wollte ihm alles erzählen, was ich erlebt hatte, aber ich konnte die Worte nicht herausbringen. Er sah mein Ringen und veranlasste, dass ich von einem Neurologen untersucht werde, um zu klären, ob meine Sprachstörung körperlich bedingt war. Meine Erschöpfung veranlasste die Ärzte, das Gespräch zu beenden. Er verabschiedete sich mit dem Versprechen, eine Besuchserlaubnis für Jo zu beantragen.

Den Rest des Tages verschlief ich und erwachte pünktlich zum Sonnenuntergang, bereit für die nächste Marternacht. Warum bemerkte niemand, was Sascha mir antat? Wie konnten Menschen nur so grausam sein?

Meine Verzweiflung wuchs, als sie das Licht ausschalteten und lachend aus dem Zimmer gingen. Ich schloss die Augen und hörte sofort das Stöhnen meiner Mitgefangenen in der U-Haft. Entsetzt riss ich die Augen wieder auf. Plötzlich wurde mir in der Dunkelheit ein Tuch über den Kopf gelegt und eine flüsternde Stimme sprach in mein Ohr. »Schnell, Max, trink etwas! Wir haben nicht viel Zeit. Danach kannst du schlafen!«

Der Knebel wurde gelöst und mir ein Trinkhalm zwischen die Lippen geschoben. Die Fesseln wurden verlängert, der Brustgurt soweit gelöst, dass er nur noch locker auflag, die Decke hastig über mich geworfen und das letzte, was ich spürte, war der Stich einer Nadel in meinem Arm. Danach verschwanden die Schmerzen und ich schlief ein.

Mein erster Gedanke am nächsten Morgen war dem Rätsel meines Helfers gewidmet. Die Stimme hatte nur geflüstert. Ich hatte nicht entscheiden können, ob es ein Mann oder eine Frau war, die mit mir englisch gesprochen hatte. Die Fesseln saßen nun wieder fest, doch nicht so grausam wie zuvor, der Knebel war nur klein und der

Schmerz erträglich. Die Decke lag wieder neben dem Bett, so dass es für Sascha und den Wachmann so aussah, als habe ich eine weitere grausame Nacht verbracht. Sie lösten Fesseln und Knebel, warfen mir die Decke über, dann zog der Polizist Sascha aus dem Zimmer, froh, dass die Nachtschicht beendet war.

Jo durfte mich am Tag kurz besuchen und ich sah die Tränen in seinen Augen. Aber er durfte mich nicht berühren, worauf der Polizist der Tagesschicht genauestens achtete. Wieder sprachen sie schnell auf mich ein und niemand hatte die Geduld, meine verlangsamten Reaktionen richtig zu deuten. Die Anhörung, von der so viel abhing, sollte am nächsten Tag sein und ich spürte die Angst in mir aufsteigen.

Zweimal durfte ich an diesem Tag aufstehen und ein wenig umhergehen und ich achtete darauf, etwas zu essen und am Abend zu trinken und die Blase zu entleeren. Bevor Sascha kam.

Wieder sah ich nicht, wer mir in der Nacht half und konnte mich bei meinem Retter noch nicht einmal bedanken, der mich vor Saschas Grausamkeit zu schützen versuchte.

Am nächsten Nachmittag brachte mein Anwalt die schlechten Nachrichten: Ich musste zurück in das Gefängnis und die Ärzte hatten einem Transport am Montag zugestimmt. »Mr. Llewellyn, wir werden weiter für Sie kämpfen! Uns bleibt noch ein Monat bis zur Hauptverhandlung. Wir können nicht für bessere Haftbedingungen sorgen, doch ich werde Sie regelmäßig besuchen. Niemand wird es wagen, Sie nochmals so zu misshandeln! Sammeln Sie hier noch etwas Kraft. Ich komme am Montag wieder, um Sie noch einmal zu besuchen.«

Der Durchhalteappell erreichte mich kaum noch. Ich hörte meinen heiseren Schrei und die Panik hielt mich im Griff: Wenn man mich hier im Krankenhaus schon ohne Kontrolle so misshandeln konnte, wie wollte er mich im Gefängnis schützen? Ich zerrte an der Handschelle und trat nur noch um mich.

Ein grauer Nebel umgab mich, als ich wieder erwachte. Man hatte mich nach meinem Angstanfall wohl ruhiggestellt. Ich lag wieder im Bett, die Nacht war schon hereingebrochen. Meine Glieder waren bleischwer, die Angst tobte in mir und fand keinen Weg, sich nach außen mitzuteilen. Sascha war wohl schon dagewesen, die Fesseln waren festgezurrt und ich zitterte vor Kälte.

Meine Gedanken klarten etwas auf, als Sascha mit dem Polizisten das Zimmer betrat. Anscheinend hatten sie mich heute noch nicht genug gequält und es fehlte ihnen die Befriedigung, mich leiden zu sehen. Als der Wachmann sich prüfend im Zimmer umsah, nahm Sascha den Becher mit Tee, kippte mir den Inhalt über die Beine und rief dann verärgert auf. Lauthals begann er zu zetern, als hätte ich wieder ins Bett uriniert. Sie sahen sich angewidert an, dann sah ich den Polizisten nach einem Satz von Sascha grinsen und nicken.

Sie lösten die Fesseln und zerrten mich in einen Rollstuhl. Das hatten sie noch nie zuvor getan! Die Panik in mir verursachte einen Brechreiz, der gegen den Knebel ankämpfte. Sie fuhren mich aus dem Zimmer, den Flur entlang und öffneten die Tür zu einem großen, weiß gekachelten Waschraum. Verzweifelt versuchte ich mich zu wehren, doch meine Glieder bewegten sich kaum einen Zoll. Der Polizist wollte Sascha ins Bad folgen, wohl zuschauen, welche Misshandlungen Sascha hier einfielen, doch Sascha schüttelte den Kopf. Er nahm ein Handy aus seiner Tasche, wies auf das Display. Der Polizist nickte grinsend und nahm vor der Tür Wachstellung ein, als Sascha sie schloss. Ich sah, wie er das Wasser in der Dusche aufdrehte, ein Badetuch aus dem Regal zog und mir über den Kopf warf.

Dann hörte ich ein leises Flüstern: »Max, ich bin es und du musst mir vertrauen. Es gab keinen anderen Weg, um Leonid zu täuschen! Ich werde dich jetzt hier herausbringen. Halt den Kopf nach unten, damit dich niemand erkennt!«

Er zog mir das Handtuch vom Kopf, löste den Knebel, sah mich entschuldigend an und deutete mit dem Finger vor dem Mund an, leise zu sein. Er zog einen versteckten Kittel und eine OP-Haube hinter einem Wäschewagen hervor und zog sie an. Dann entfernte er die spanische Wand vor einer zweiten Tür, schob mich aus dem Bad und bog mit mir um eine Ecke zu den Fahrstühlen ab.

Ich war so überrascht, dass ich es nicht verstand. Hatte der grässliche Sascha mir geholfen? Kein Mensch war in dem spärlich beleuchteten Kellerflur zu sehen. Im Laufschritt schob er mich weiter, bis wir zu einer Rampe gelangten, an der mich drei Männer erwarteten. Einer öffnete wortlos die Handschelle am Rollstuhl, als Sascha mir zuflüsterte: »Danke, dass du Miro geholfen hast!«

Die Männer zogen mich hoch und brachten mich zu einem Wagen mit geöffneter Tür.

Sascha hatte Kittel und Haube bereits an den dritten Mann weitergegeben, der sie anzog und dann Sascha, der meinen Platz im Rollstuhl eingenommen hatte, eine Spritze in dem Arm stach. Ich sah noch, wie Sascha zusammensackte. Dann verschwand der Mann mit ihm in dem Kellergang. Während der Motor startete, wurde mir eine Decke übergeworfen und eine Mütze auf den Kopf gesetzt, dann wurde ich nach unten gedrückt: »Bleiben Sie da und rühren Sie sich nicht!«

37

Max

Wir rasten durch die Stadt und ich hörte die Männer angespannt in einer unbekannten Sprache miteinander reden.

Ich kam vor Angst fast um. Was geschah mit mir? Ich konnte sie noch nicht einmal ansprechen! Es wurde dunkler im Wagen und ich vermutete, dass wir die Innenstadt verlassen hatten, als der Wagen plötzlich abbog, über einen holprigen Weg fuhr und anhielt. Ein Rolltor wurde geschlossen und die Wagentür geöffnet.

Ein grelles Licht blendete mich, als sie mich aus dem Wagen zogen und zu einem Armlehnstuhl führten. Einer der Männer verschwand sofort wieder im Wagen, während sich der andere mir gegenüber auf einen Stuhl setzte. Zum ersten Mal konnte ich meinen Entführer betrachten. Er war etwa in meinem Alter. Das Haar war kurzgeschoren, um den Haarausfall zu kaschieren und seine dunkelblauen Augen sahen mich ernst an. Er sprach englisch mit mir, stellte sich wohl vor, doch ich verstand kein Wort. In meinen Ohren rauschte es nur noch. Seufzend stand er auf, nachdem er meinen verständnislosen Blick gesehen hatte, ging zum Wagen und öffnete den Kofferraum. Ich sah die Spritze in seiner Hand, als er zurückkam. Wortlos rollte er meinen Ärmel hoch, suchte eine Vene und stach zu. Mein Körper bäumte sich auf, mein Herz raste, Ameisen krabbelten über meine Haut und der Schweiß brach mir aus allen Poren.

Der Mann stützte mich, bis die erste Welle abklang, dann setzte er sich wieder. »Mr. Llewellyn, können Sie mich jetzt verstehen?«

Ich nickte.

»Max, mein Name ist Stephan Lysander und ich habe Sie entführt. Sascha sollte Sie in der letzten Nacht vorwarnen und Ihre Zustimmung einholen, doch er fand keine Gelegenheit, unbemerkt länger mit Ihnen zu sprechen. Wir mussten schnell reagieren! Aus dem Untersuchungsgefängnis hätten wir Sie nicht mehr befreien können. Haben Sie bisher alles verstanden, was ich sagte?«

Ich nickte erneut.

Er sprach ein reines Oberklassenenglisch mit einem Hauch eines Akzentes, den ich nicht zuordnen konnte. Das war kein Brite, dem ich nun ausgeliefert war. Als er meine Angst bemerkte, sprach er beruhigend weiter. »Wir wollen Sie heute Nacht aus dem Land bringen und bei Freunden verstecken. Unser Plan ist äußerst riskant und doch die einzige Möglichkeit. Aber er wird nur gelingen, wenn Sie mit uns kooperieren und alle unsere Anweisungen befolgen. Sie sind Schauspieler, Max, und heute Nacht spielen Sie die Rolle ihres Lebens! Es geht nicht nur um Ihr Leben, sondern auch um das unserer Helfer. Wenn Sie versagen, sieht es für uns alle schlecht aus. Sind Sie einverstanden?«

Ich war nun hellwach, nahm alles um mich herum glasklar wahr und versuchte sogar zu sprechen.

Lysander deutete meinen unartikulierten Laut als Ja und nickte. »Ich werde Ihnen erklären, was Sie zu tun haben. Hören Sie genau zu und geben Sie mir ein Zeichen, wenn Sie etwas nicht verstanden haben, dann werde ich es wiederholen.« Er wartete mein Nicken ab. »In drei Stunden wird eine Wirtschaftsdelegation nach Kanada starten. Wir werden Sie dort unter falscher Identität einschleusen. Sie werden ein Mitglied der Sicherheitsmannschaft darstellen, die die Diplomaten begleitet. Unsere Pässe werden kaum kontrolliert, weil einer unserer Verbindungsleute bereits vor Ort ist. Im Flugzeug wird eine Krankheitswelle wegen eines verdorbenen Menüs ausbrechen und bei einem geplanten Zwischenstopp in Europa werden wir die Erkrankten aus dem Flieger bringen. Und Sie auch! Sie werden von Freunden abgeholt, die Sie an einen sicheren Ort bringen werden. Dort müssen Sie sich völlig unauffällig verhalten, denn die hiesige Justiz wird Sie sicher mit einem internationalen Haftbefehl suchen. Haben Sie alles verstanden? Und werden Sie mit uns zusammenarbeiten?«

Ich nickte zweimal und brachte ein Grunzen hervor, das man als halbwegs verständliches Ja deuten konnte.

»Gut, dann erkläre ich Ihnen jetzt die Details. Und wir versuchen, Sie in einen halbwegs ansehnlichen Menschen zu verwandeln.«

Lysander stand auf, brachte mir Kleidung und half mir beim Umziehen. Es war mir peinlich, aber meine Bewegungen waren zu noch unkoordiniert. Ich zitterte am ganzen Körper, fühlte das Adrenalin durch meine Adern jagen. Seit der Verhaftung hatte ich mich nicht mehr so bewegen können.

Wir liefen mehrmals durch die verlassene Lagerhalle, bis er zufrieden lächelte. »Die kleinen Unsicherheiten im Gangbild erklären wir mit Ihrer Vorliebe für den hiesigen Wodka!«

Dieses Lächeln ließ eine Erinnerung in mir aufblitzen. Hatten wir uns schon einmal getroffen?

Er gab seinem Partner ein Zeichen. »Mein Freund wird sich nun um Ihr Gesicht kümmern. Bitte schauen Sie ihn nicht an, er will unerkannt bleiben.«

Der andere Mann trug einen Mundschutz, hatte einen Koffer in der Hand, den er neben mir abstellte und danach mein Gesicht untersuchte. Er legte mir ein Handtuch um, nahm einen Haarschneider aus dem Koffer und verpasste mir einen radikalen Kurzhaarschnitt. Wortlos signalisierte er mir, die Augen zu schließen und als ich nach einiger Zeit die Augen wieder öffnete, erkannte ich den Mann mit der Perücke aus grauem Haar und dem unversehrten Gesicht, der mir im Spiegel entgegen blickte, nicht wieder. Der Maskenbildner packte seine Utensilien wieder ein und nickte mir zu, bevor er seinen Koffer wieder im Kofferraum verstaute und sich in den Wagen setzte.

Lysander hatte bereits die Lichter weitgehend ausgemacht und sagte: »Nun, Max, zeigen Sie mir den Sicherheitsschnösel, der in Ihnen steckt!«

Ich nahm die typische Körperhaltung ein, setzte mich in hoffentlich lässigem Gang in Bewegung, mit dem Blick immer die Umgebung überwachend. Trotz der Schmerzen in meinen Rippen und in meinem Kopf wirkte ich wohl überzeugend, denn Lysander nickte. »Das wird so gehen. Achten Sie darauf, nie zu lächeln, damit die abgebrochenen Zähne nicht auffallen!«

Wir setzten uns in den Wagen, das Rolltor öffnete sich und wir fuhren in die Dunkelheit, die sich bereits zu erhellen begann.

Rick, ich habe erst später verstanden, welches Risiko diese Fremden für mich eingingen. Meine Gedanken rasten vor Aufregung und Angst, und die Unfähigkeit zu sprechen, machte mich hilflos. Wer waren diese Leute, warum halfen sie mir, würde ihr Plan gelingen, konnte ich meine Rolle überzeugend spielen, wo brachten sie mich hin?

Ich kam mir vor, wie in einem bestenfalls mittelmäßigen Agentenfilm. Und ich hatte keine andere Möglichkeit, als mitzuspielen und darauf zu vertrauen, dass die Männer wussten, was sie taten!

Lysander hatte mir erklärt, wie es weitergehen würde. Er sei offizielles Mitglied der Delegation und ich sollte seinen Bodyguard darstellen. Ein weiterer Freund würde mich bei meiner Rolle unterstützen. Ich lernte ihn noch vor dem Seiteneingang zum Flughafen kennen. Lysander stellte ihn mir als meinen Kollegen Claus vor, der einen ähnlichen Anzug wie ich trug und mir seine Sonnenbrille gab, die nun in der Helle des frühen Morgens nicht übertrieben wirkte. Wir folgten Lysander in die Abflughalle, wo er sofort andere Mitglieder der Reisegruppe jovial begrüßte, während ich neben Claus am Rand der Gruppe stehen blieb. Zum Glück mussten wir nicht lange warten, ich konnte doch kaum stehen! Die Pässe wurden nur oberflächlich angesehen, weil Claus einen der Sicherheitsbeamten wohl kannte und in ein Gespräch verwickelte.

Im Flugzeug, das etwa zweihundert Plätze hatte und nicht einmal zur Hälfte von der Delegation gefüllt wurde, nahm ich in der letzten Reihe am Fenster Platz und war so erleichtert, endlich sitzen zu können. Claus sah mich fragend an und reichte mir zwei Tabletten, die ich unbesehen schluckte. Ich hoffte, dass sie mir helfen würden, diese Strapaze körperlich wie seelisch durchzuhalten. Es war ein unglaubliches Glücksgefühl, als die Maschine abhob. Ehrlich, in diesem Moment dachte ich, ich könne ebenfalls schweben. Ich versteckte mich hinter einer Zeitung, während Claus mir das weitere Vorgehen beschrieb. »Gleich werden die ersten Personen über Übelkeit klagen. Wenn wir landen, bringen Sie mit mir einen der Betroffenen zum Gate, wo wir in die nächste Toilette verschwinden. Ein Freund wird Sie an den Passkontrollen vorbeiführen. Sicherheitshalber sollten Sie den hier einstecken.« Der Pass sah täuschend echt aus, aber die Person auf dem Bild kannte ich nicht. Wieder hatte ich tausend Fragen, doch Claus stand auf, um sich mit seinen Kollegen zu beraten, die sich bereits um erkrankte Fluggäste kümmerten. Niemand achtete auf mich. Vorsorglich verbarg ich mich ebenfalls hinter einer Tüte, um zu verhindern, dass ich angesprochen wurde.

Die Maschine sank langsam und meine Kräfte ebenfalls. Das Adrenalin oder was immer mir Lysander gespritzt hatte, ließ in seiner Wirkung nach und die Schmerzen kamen zurück. Ich fürchtete schon, nicht aufstehen zu können und Claus nickte. Dann spürte ich einen leichten Stich durch den Stoff an meinem Oberschenkel und Claus verbarg mit seinem Körper mein Aufbäumen. »Geht es wieder? Sie müssen noch durchhalten!«

Ich nickte und rieb mir den Schweiß von der Stirn.

Nach der Landung zogen wir einen Mann aus seinem Sitz, brachten ihn zur Flugzeugtür und setzten ihn in einen der Rollstühle, die bereitstanden. Ich hatte Lysanders Blick gesucht, als wir den Mann durch die Reihen führten, doch er ignorierte mich. Wir fuhren den Patienten durch die Gangway und übergaben ihn den Rettungskräften, die am Gate warteten. Wir halfen noch, den Mann auf die Trage zu legen. Claus sah sich wie suchend um und sprach einen der anwesenden Polizisten an, der lächelte, als Claus sein Problem andeutete und in eine Richtung wies.

Claus gab mir das Zeichen, zu folgen und wir verschwanden in einer Herrentoilette. »Schnell jetzt, Max, ziehen Sie Sakko und Hemd aus!«

Zwei Mitarbeiter des Reinigungspersonals kamen herein. Einer von ihnen zog seinen Kittel und sein T-Shirt aus. Wir tauschten die Kleidung, Claus zog mir die Perücke ab, während der andere bereits den Knoten meiner Krawatte festzog. Geübt setzte sich der Ex-Reinigungsprofi die Perücke auf, Claus drückte mir noch die Kappe des anderen auf und dann nickte er mir zu, bevor er mit seinem neuen Kollegen den Waschraum wieder verließ.

Der bei mir zurückgebliebene Mann drückte mir einen Bodenwischer in die Hand und gab mir einen Ausweis, der mich als Flughafenpersonal tarnte. Vor der Badtür stand sein Reinigungswagen, den ich nun durch die Gänge schob. Ich war froh, mich festhalten zu können, weil ich immer schwächer wurde und schwarze Ringe sah.

Unbehelligt durchquerten wir den Zoll, ließen den Reinigungswagen mit den Kitteln irgendwo stehen. Ich erhielt eine neue Sonnenbrille, einen Handgepäckrucksack und wurde durch eine Seitentür in die Ankunftshalle geschoben.

Die Tür schloss sich hinter mir und eine Unbekannte fiel mir um den Hals: »Da bist du ja, ich hatte dich schon gesucht!« Sie legte mir den Arm um den Körper und stützte mich dadurch unauffällig. »Wir haben es fast geschafft, Max. Da vorne stehen die Taxis.«

Wir traten in die Sonne und das Licht blendete mich so, dass mein Blick trotz der Sonnenbrille verschwamm. Ich fiel fast in das Taxi, das uns nur wenige Kilometer entfernt zu einem Parkplatz vor einer kleinen Kirche brachte. Die Frau half mir aus dem Wagen, und ich spürte noch, wie eine weitere Person mich auf der anderen Seite stützte. Eine Wagentür wurde geöffnet, ich wurde auf den zurückgelehnten Beifahrersitz gelegt und man deckte mich zu.

»Schlaf jetzt; du bist in Sicherheit, Max!«, sagte Elisabeth leise.

Dritter Teil: Deutschland

38

Vincent

»Was meinst du damit, Max ist verschwunden?«, fragte ich Franca verblüfft.

»Eben hat der Anwalt angerufen und sagte, man habe ihn benachrichtigt, dass Max das Krankenhaus in der Nacht verlassen hat. Anscheinend hat man den Wachmann und den Nachtpfleger mit K.o.-Tropfen im Kaffee eingeschläfert und dann beiden noch ein Schlafmittel gespritzt. Man fand sie im Stationsbad und Max war verschwunden. Die Polizei hat ihn zur Fahndung ausgeschrieben!«

»Aber wie soll er das denn geschafft haben? Er kann nicht sprechen und ist körperlich geschwächt. Jo sagte doch, alleine käme er noch nicht einmal bis zum Ausgang des Krankenhauses!« Ich schüttelte den Kopf. »Jemand muss ihm geholfen haben oder hat ihn entführt.«

Sie nickte. »Das denkt die Polizei auch. Man hat den Anwalt wohl schon überprüft, der beweisen konnte, dass er mit den Vorgängen nichts zu tun hat. Jo ist auch völlig ahnungslos. Was tun wir jetzt?«

Ich sah sie hilflos an. »Was können wir denn tun? Wir haben nicht einmal einen Anhaltspunkt! Vielleicht ist er in Panik geraten und hat seine letzten Kräfte mobilisiert. Sicher findet man ihn gleich in einem der Krankenhausflure. Allein, ohne Geld und ohne Pass kann er doch nicht weit kommen. Wir können nur abwarten, bis wir etwas von ihm hören!«

Wieder warten, das wollte ich nicht ertragen. Wir diskutierten über eine Stunde alle wahrscheinlichen Szenarien, die uns einfielen. Dann riefen wir Jo nochmal an, der auch nichts weiteres gehört hatte. Wir kamen keinen Schritt weiter. »Franca, ich kann nicht mehr. Ich muss jetzt meine eigenen Probleme angehen und Elisabeth suchen. Morgen werde ich nach Deutschland fahren.«

Franca nickte. »Weißt du denn, wo sie ist? Hast du etwas von ihr gehört?«

»Nein, aber ich denke, sie ist in ihrem Haus. Aber ich habe noch nicht einmal mehr ihre Adresse, weil Max alle Dateien über Elisabeth gelöscht hat!«

Franca stand auf und nahm ihre Handtasche. »In manchen Dingen bin ich ja so altmodisch, wie Mariah es nennt! Aber ich schreibe immer noch alle Adressen in mein kleines Buch.« Sie kramte es hervor und zeigte mir die Adresse: Richtig, ich erkannte den komplizierten Straßennamen sofort. Ich hätte Franca umarmen können!

Sie lächelte. »Nun konnte ich dir zumindest einmal helfen. Aber weißt du denn, ob sie überhaupt dort ist? Sie sagte, sie habe Ärger und meinte, du sollst auf keinen Fall Kontakt zu ihr aufnehmen!«

Ich horchte auf. »Wie? Soll das heißen, dass du mit ihr gesprochen hast?«

Ertappt schlug sie die Augen nieder. »Ja, Vince, sie hat vor ein paar Tagen angerufen, um zu erfahren, wie es um Max steht. Sie wusste schon von seiner Verhaftung und dieser Anhörung. Wie konnte sie davon wissen?«

Aufgebracht fuhr ich sie an: »Warum hast du mir nichts davon gesagt? Du weißt doch, wie sehr ich sie vermisse!«

Franca wand sich. »Vince, sie sagte, sie könne sich nicht auch noch um dich sorgen! Und du würdest in ihre Angelegenheiten hineingezogen! Sie fragte nur nach Max. Als ich danach die angezeigte Nummer zurückrief, war ich mit einem Pizzaservice verbunden! Warum tut sie immer so geheimnisvoll? Was hat sie angestellt, dass sie diesen Ärger hat? Vielleicht ist sie gar nicht zuhause, sondern sonst irgendwo?«

Ich schnaubte. »Sie hat wohl ihre Gründe und die will ich jetzt erfahren. Sie ist beim Anblick einer Statue in einem Museum zusammengebrochen und schon das habe ich nicht verstanden. Aber ich werde diesen Fragen jetzt nachgehen, um zu wissen, woran ich bin!« Aufgebracht ging ich ins Arbeitszimmer und schlug die Tür zu. Ich buchte einen Flug nach Frankfurt am nächsten Tag und begann mit meinen Nachforschungen zu der Figur.

Eine Götterstatuette der Maya in ritueller Kleidung, tausend Jahre alt. Riesige Ringe durchbohrten die die Ohren, während der Körper dagegen zierlich wirkte. Die Arme waren vor dem Körper gekreuzt, die Hände hielten einen angedeuteten Zeremoniendolch. Sie war von auserlesener handwerklicher Schönheit.

Doch was hatte eine jahrhundertealte Götterfigur mit Elisabeth zu tun? Frustriert schaltete ich den Computer aus und ging zu Franca ins Wohnzimmer zurück. Ich hatte mich etwas beruhigt und wollte keinen Streit mit ihr.

Sie hatte schon gepackt und wollte noch heute zu ihrer Familie zurück. »Vince, entschuldige, dass ich dir nicht von Elisabeths Anruf gesagt habe. Ich wusste nicht, was ich tun sollte. Und vielleicht fürchtete ich auch, dass du sofort nach ihr suchst und mich allein lässt. Du hast so viel für Max getan! Ich habe mich nur um ihn gesorgt und nicht um dich. Bitte sei mir nicht mehr böse.«

Sie war so traurig und müde, die Sorge um Max hatte Falten in ihr schönes Gesicht gezeichnet. Ich umarmte sie fest. »Franca, ich bin dir nicht böse. Wir sind beide erschöpft. Gibst du mir Bescheid, wenn du von Max hörst?«

Sie drückte mich fest und löste sich dann von mir. »Natürlich, Vince! Und ich wünsche dir Glück bei deiner Suche nach Elisabeth. Danke noch einmal für deine Hilfe!«

Wir verabschiedeten uns und nun war ich wieder so einsam in der Wohnung ohne eine andere Menschenseele.

39

Vincent

Am nächsten Tag flog ich nach Frankfurt, traf dort gegen Mittag ein und fuhr mit einem Leihwagen zu Elisabeths Haus. Niemand hatte mir geöffnet und ich beschloss, im Auto auf Elisabeth zu warten. Ich betrachtete das schlichte Haus, in dem sie ihr Leben verbrachte und fragte mich, was sich hinter diesen Fenstern abgespielt hatte.

Nach etwa einer Stunde fuhr eine junge Frau auf einem Motorrad in die Einfahrt. Als sie den Helm abnahm, konnte ich die Kopfhörer in ihren Ohren erkennen und schüttelte den Kopf über solche Unvernunft. Sie schloss die Haustür auf und warf sie achtlos hinter sich zu.

Ich wollte ihr einige Minuten Zeit lassen, bevor ich nach Elisabeth fragen wollte, doch das war ein Fehler. Als ich aus dem Wagen stieg, begann ein dumpfes Bassgewummer, das mir noch auf der Straße das Herz stolpern ließ. Ich klingelte erneut, aber natürlich konnte sie mich nicht hören! Ich war für meinen Rückzugsort im Auto dankbar, der den ohrenbetäubenden Lärm ein wenig dämpfte. Und ich fragte mich, wie man die Lautstärke überhaupt ertragen konnte! Was wohl die Nachbarn sagten?

Wer war die junge Frau? Ich schätzte sie auf 18 oder 19 Jahre und dass sie Elisabeths Haus so selbstverständlich betreten hatte, ließ auf eine enge Beziehung zu ihr schließen. Ich ließ den Kopf aufs Lenkrad sinken: Was hatte sie mir sonst noch verschwiegen?

Es war schon fast Abend, als das nächste Motorrad eintraf. Der Mann schloss es sorgfältig ab, setzte den Helm ab und rieb sich müde die Augen, bevor er den Koffer abnahm und fragend zum Zentrum des Schallgewitters im oberen Stockwerk hinaufsah. Er ging ins Haus und tatsächlich, kurz danach erstarb die Musik. Ich versuchte, mir die Frage erst gar nicht zu stellen und stieg sofort aus dem Wagen, um erneut zu läuten. Nun wurde mir geöffnet und der Mann sah mich fragend an.

»Entschuldigen Sie die Störung, ich bin Vincent Jeremiah und suche Elisabeth.«

Ich sah das Erstaunen in seinen Augen aufblitzen und dann öffnete er die Tür. »Sie suchen meine Frau? Am besten kommen Sie erst einmal herein!«

Ich dachte, dieser schöne Sommertag habe sich in einen arktischen Eissturm verwandelt, der mich im Rücken erwischte und mein Herz blitzartig einfror.

Er sah meine Reaktion und schüttelte nur ungläubig den Kopf. »Sie hat Ihnen nicht von uns erzählt? Manchmal übertreibt sie es echt mit ihrer Verschwiegenheit! Möchten Sie hereinkommen? Ich habe Hunger und muss vor dem Gespräch, das nun wohl ansteht, erst etwas essen!«

Er ließ die Tür offen, als er sich abwandte und überließ mir die Wahl, ihm zu folgen oder die Flucht zu ergreifen.

Glaub´ mir, Rick, ich wollte fliehen aus diesem Albtraum! Aber ich hatte Elisabeth schon einmal im Stich gelassen und nun wollte ich die Wahrheit hören! Der erste Schritt in dieses Haus fiel mir so schwer, als sollte ich mein Leben damit endgültig zerstören.

Ich stand im Wohnzimmer und hörte den Mann in der Küche hantieren. Verstohlen sah ich mich um. Das Zimmer war großzügig, doch die Einrichtung spärlich. Ein Geschirrschrank, ein Sekretär und mehrere Kommoden, alles exquisite Einzelstücke aus dem vorletzten Jahrhundert, standen vor weißen Wänden auf einem gepflegten Parkettboden, den nur vereinzelt Teppiche bedeckten. Lediglich ein großes, gemütlich wirkendes Sofa mit einem kleinen Glastisch, auf dem Bücher lagen, und die exzellente Audioanlage ließen darauf schließen, dass hier moderne Menschen lebten. Ich sah weder einen Computer noch einen Fernseher. Ein großer Esstisch mit acht alten Stühlen stand vor den hohen Fenstertüren, die den Blick in einen kleinen Garten erlaubten. Zwei benutzte Tassen standen neben einer altmodischen Kaffeekanne auf dem Tisch, die Zeitung lag noch aufgeschlagen daneben, als habe jemand seine Morgenlektüre nur eilig durchführen können. Und dieses Bild tat mir richtig weh: Hatte sie heute Morgen mit diesem Mann ihr Zeitungsfrühstück gehalten?

Ich hörte ihn aus der Küche rufen: »Mögen Sie Elisabeths Lasagne?« Als ich nicht antwortete, kam er mit fragendem Blick aus der Küche, um nachzuschauen, ob ich ihm gefolgt sei. »Entschuldigen Sie, Dr. Jeremiah! Es war ein anstrengender Tag und ich war so überrascht, dass ich mich gar nicht vorgestellt habe.« Er gab mir offiziell die Hand. »Ich bin Dr. Peter Lindscheid, Chefarzt der Neurologie an einem hiesigen Krankenhaus und am besten lassen wir die Doktoren gleich weg. Sind Sie damit einverstanden?« Ich nickte immer noch konsterniert und er sprach weiter. »Ich habe Sie eben erschreckt, als ich von meiner Frau sprach. Offiziell bin ich schon seit Jahren ihr Exmann und ehrlich gesagt, ich hatte gehofft, Elisabeth sei bei Ihnen!« Ich sah ihn wohl immer noch perplex an und er seufzte. »Mögen Sie nun Lasagne, dann stelle ich sie in den Ofen?«

Ein weiteres Nicken brachte ich wohl zustande, denn er drehte sich wieder um und verschwand in der Küche.

Was hatte das zu bedeuten? Elisabeth lebte mit ihrem Exmann in einem Haus und er hoffte, sie sei bei mir? War sie denn nicht hier? Und wer war die junge Frau?

Peter kam aus der Küche zurück und schlug vor, sich in den Garten zu setzen. Er wies auf die kleine Tasche am Gürtel meiner Jeans und deutete mir an, das Handy hervorzuholen. Er nahm seines ebenfalls aus der Hosentasche, schaltete es aus und legte es auffordernd auf den Tisch. Mit fragendem Blick tat ich es ihm nach, dann ging Peter zum Geschirrschrank, fragte, was ich trinken wolle, nahm zwei Gläser und eine gekühlte Flasche Weißwein. Wir gingen in den Garten, wo wir an einem Tisch unter den Bäumen Platz nahmen. Ich hatte meine Sprache wieder gefunden: »Ist Elisabeth nicht da?«

Er schüttelte den Kopf und überlegte, was er antworten sollte. »Nein, sie ist weggefahren. Ich war seit Donnerstag verreist und als ich letzte Nacht wieder zurückkehrte, fand ich ihre Nachricht am Kühlschrank: `Ich besuche einen Freund und weiß noch nicht, wann ich wieder zurück bin. Melde mich von unterwegs. Gruß Elisabeth´« Er seufzte. »Viele ihrer Freunde kenne ich ja auch, doch die Formulierung ließ mich darauf schließen, dass Sie gemeint waren. Als sie am vorletzten Wochenende so unvermittelt wieder vor der Tür stand, noch dazu mit einem fremden Motorrad, war ich erschrocken. Ich dachte, dass ich sie monatelang nicht sehe.«

Das bedeutete wohl, dass sie hatte bei mir bleiben wollen. Und ich hatte sie vertrieben! Verzweifelt rieb ich mir übers Gesicht und schüttelte den Kopf. »Ich verstehe das alles nicht. Warum hat sie mir nichts von Ihnen erzählt, wer ist die junge Frau dort oben? Kenne ich Elisabeth überhaupt?«

Er sah mich bedauernd an. »Ja, sie ist etwas schwierig! Aber dass sie Ihnen sogar Amanda und mich verschwiegen hat, kann ich kaum verstehen. Wir sind nun wirklich kein Staatsgeheimnis! Amanda ist unsere Tochter, Georg kennen Sie ja bereits.«

Er machte eine Pause, als wolle er mir erst Zeit geben, die neue Information zu verdauen. Wie Schuppen fiel es mir nun von den Augen und die Dreiergruppe in Elisabeths Tal der Stelen war erklärt: Georg mit der Weitsicht und dem Sinn fürs Detail, Peter mit Neurologenhammer und dem Stethoskop um den Hals. Und den Bassschlüssel unter Amandas Ohr fand ich durchaus passend. Ihr Mann und ihre Kinder, eng verbunden hatten sie Max und mir gegenüber gestanden. Aber Peter wusste von mir!

Er sprach mich leise an: »Vincent, was wissen Sie über meine Exfrau? Ich frage nur, um mir ein Bild von ihrem Kenntnisstand zu machen.«

Ja, was wusste ich von ihr? Sie ist Empathin, Psychologin, Mutter von Georg. Sie arbeitet in einem Krankenhaus in Deutschland und ist die Frau, die ich liebe. Sie wollte mir ihre Geschichte erzählen und ich hatte sie im Stich gelassen. Und sie klingt in einer wunderbaren Melodie!

Er nickte. »Das Wichtigste wissen Sie also und sie wollte Ihnen ihre Geschichte erzählen.« Er wirkte nachdenklich. »Auch wenn ich das mit der Melodie nicht verstanden habe. Sie wird es noch tun und dass sie es bisher nicht getan hat, liegt nur daran, dass Elisabeth Sie und Max schützen wollte. Und das mit gutem Grund.« Er machte eine Pause. »Was kann, was darf ich Ihnen erzählen, ohne ihre Geschichte zu verraten? Sie sagen, dass Sie Elisabeth lieben. Und ich bin froh darüber, dass sie bei Ihnen ein wenig von dem Glück gefunden hat, das sie verdient. Seit sie letzte Woche aus London zurückgekehrt ist, war sie am Boden zerstört. Aber sprach nicht darüber.«

War er denn gar nicht eifersüchtig? Sie lebten doch hier als Familie, geschieden oder nicht! Lasen morgens gemeinsam die Zeitung und aßen abends zusammen. Elisabeth hatte sogar vorgekocht!

Peter hatte meinen fragenden Blick bemerkt. »Das alles muss Ihnen äußerst seltsam vorkommen! Nun, ich denke, ich verletze Elisabeths Sphäre nicht, wenn ich Ihnen ein wenig von mir erzähle. Und das tue ich nur, weil ich nicht möchte, dass Sie sich ein vorschnelles Urteil über sie bilden! Elisabeth liebt Sie, Vincent, und aus einem mir unbekannten Grund denkt sie, sie sei eine Belastung für Sie. Sie ist auch mir gegenüber verschlossen, wenn es um Sie geht, und ich habe Sie vorhin nur erkannt, weil ich zufällig das versteckte Bild von Ihnen in ihrem altmodisch handgeschriebenen Telefonbuch gefunden habe. Ich benutze dieses Telefonbuch nie, aber ich suchte die Nummer ihrer Tante. Das Buch lag auf dem Schreibtisch; es war der einfachere Weg, als im Internet nachzusehen. Sicher wäre sie enttäuscht, wenn sie wüsste, dass ich in ihre Angelegenheiten geschaut habe.«

Ich sah ihn erstaunt an. Elisabeth hatte nie ein Foto von mir gemacht, die Bilder immer nur in sich verwahrt. Er lächelte. »Es ist ein Foto von Ihnen und Ihrem Partner, das sie aus dem Internet ausgedruckt hatte. Sicher kennen Sie bereits ihre Abneigung gegen Privataufnahmen, weil die im Netz landen könnten.«

Ich lächelte zurück und nickte: »Eine ihrer Macken!«

Er grinste. »Da sagen Sie etwas Wahres! Elisabeths Paranoia in Bezug auf die neuen Technologien habe ich immer für übertrieben gehalten. Aber die Nachrichten in der letzten Zeit haben auch mich nachdenklich werden lassen. Doch nun zu dem anderen Thema. Ich denke, ich verrate kein Geheimnis, wenn ich Ihnen berichte, dass wir fast achtzehn Jahre verheiratet waren. Und unsere Scheidung vor vier Jahren erfolgte auf mein Betreiben, war meine Schuld! Heute wäre ich glücklich, wenn sie noch meine Frau wäre.

Ich kannte sie noch kein Jahr, als wir heirateten und selbst dieses Jahr der Wartezeit erschien mir ewig. Schon am Tag, an dem ich sie zum ersten Mal sah, hatte ich mich verliebt. Ich war damals der erfahrenste Assistenzarzt und mein Chef drückte mir die unliebsame Aufgabe auf, die Vorstellungsgespräche mit den Bewerbern für die Psychologenstelle, die wir besetzen wollten, zu führen. Ärzte und Psychologen! Das geht in Deutschland fast gar nicht! Doch in diesem speziellen Fall brauchten wir einen Fachmann. Zehn der Gespräche hatte ich in den vergangenen Tagen schon geführt, niemand schien mir für eine Empfehlung an meinen Chefarzt geeignet.

Es war eine anstrengende Nacht gewesen, ich war völlig übermüdet und wollte nur nach Hause. Unsere Sekretärin sagte mir, dass die nächste Bewerberin auf mich wartet. Ich stöhnte, doch Pflicht ist Pflicht. Von der Tür aus sah ich den unförmigen Koloss auf dem Besucherstuhl vor meinem Schreibtisch, angetan mit einem Arztkittel, und tobte bereits über diese Anmaßung. Psychologen tragen doch nicht unser Standesmerkmal! Ich begrüßte die Frau mit dem unachtsam hochgesteckten Haar eisig und sah mir ihre Unterlagen an.

Ein wirklich beeindruckendes Diplomzeugnis ließ mich dann das erste Mal aufblicken. »Nun, Frau Brücken, warum denken Sie, dass wir Ihnen die geeignete Stelle anbieten können?«, und ihr schönes Gesicht ließ mich stocken. Was für ein sinnlicher Mund, was waren das für Augen?

Sie schien müde, aber ihr Blick, der von einer glücklich durchlebten Liebesnacht zu erzählen schien, warf mich fast um. Und plötzlich war ich wieder hellwach! Ihr Gesicht schien so gar nicht zu dem unförmigen Körper zu passen!

Sie bemerkte meine Überraschung sofort. »Dr. Lindscheid, entschuldigen Sie, dass ich einen Ihrer Arztkittel trage. Ich war in Eile und bin daher nicht angemessen gekleidet. Da ich aber nicht möchte, dass Sie einen falschen Eindruck von mir bekommen, sondern mich nach meinen fachlichen Kompetenzen beurteilen, hatte ich auf die Schnelle keine andere Wahl.«

Dann legte sie mir ihre Forschungsszenarien vor, von so bestechender Klarheit mit ebenso ausgeklügelter Strategie, dass ich wusste, sie war die richtige Frau für die Stelle. Sie redete und redete und ich hätte ihr stundenlang zuhören können, doch ihr »Was halten Sie von meinen Ideen?«, riss mich aus meinen Gedanken, die in eine Richtung abgeschweift waren, die hier nicht her gehörte.

Ich bestätigte ihre Einschätzung, wir unterhielten uns noch eine Weile und sie lächelte: »Werden Sie mich denn empfehlen?«

Gerade als ich nickte, wurden wir gestört. Eine Krankenschwester rief mich zu einem Notfall, bei dem ein weiterer Arzt gebraucht wurde. Ich verabschiedete mich so überstürzt, dass sie noch am Schreibtisch saß statt aufzustehen: »Sie werden von uns hören, Frau Brücken!« Dann lief ich zurück auf die Station.

Das Ganze war ein Fehlalarm. Ich ging zurück ins Arztzimmer und dann sah ich eine Frau in einem hautengen roten Cocktailkleid mit unglaublich hochhackigen Stiefeln zum Aufzug gehen. Das lange braune Haar fiel ihr in Locken weit über den Rücken und jede ihrer Bewegungen strahlte solch eine Erotik aus, dass ich ihr nur nachstarren konnte. Ein Engel der Nacht morgens um neun auf der Neurologie!« Er lachte. »Ich dachte schon, ich halluziniere vor Müdigkeit! Ich rieb mir die Augen und sah, wie unsere Sekretärin meinen Kittel und die kleinen Kissen in ihrem Arm zur Station zurückbringen wollte. »Frau Küster, haben Sie die Frau gesehen, die eben hier vorbeiging?«

Sie grinste mich an. »Sie meinen Frau Brücken? Sie hatte mich gebeten, ihr zu helfen. Zuerst habe ich mich auch gefragt, aus welchem Nachtclub sie sich zu uns verirrt hat. Aber ihr Aufzug in dieser Umgebung schien ihr so peinlich, dass ich ihr spontan geholfen habe, obwohl ich die Kissen doch übertrieben fand. Einen schönen Körper darf man doch zeigen!«

Er lachte noch einmal bei der Erinnerung und sah mich an. »Das war unsere erste Begegnung und ich war hingerissen von ihr.« Er wurde wieder ernst. »Ich hatte schon erwähnt, dass ich vor einigen Jahren die Scheidung wollte. Es war die uralte, triviale Geschichte: Ich hatte mich in eine junge Assistenzärztin verliebt, als sei ich ein Teeni! Vielleicht war es aber auch die Ähnlichkeit der Frau mit der jungen Elisabeth, dieser lebenslustigen, immer fröhlichen Elisabeth, die es schon lange nicht mehr gibt?

Ich wollte noch einmal von vorne beginnen und dachte, Julia sei meine große Liebe. Ich verließ meine Familie und zog überstürzt mit Julia zusammen. Bei unserer Scheidung akzeptierte Elisabeth alle Bedingungen, die mein Anwalt stellte, gerade so, als sei sie für das Scheitern unserer Ehe verantwortlich. Sie verzichtete auf die Unterhaltszahlungen, die ihr zustanden, weil sie sagte, sie sei durchaus in der Lage, für sich selbst zu sorgen. Als mein Anwalt vorschlug, auch das Haus zu verkaufen, hielt ich ihn zurück. Ich sah, dass Elisabeth sich über den Tisch ziehen ließ.

Dieses Haus hier gehört ihr, sie erhielt es als Ausgleich für den ihr zustehenden Unterhalt und ich bin nun ihr Gast. Vor zwei Jahren bin ich zurückgekehrt, stand vor den Scherben meiner zweiten Ehe. Der Altersunterschied zwischen uns war einfach zu groß. Julia war jung, wollte einkaufen, tanzen, Freunde besuchen. Mich stieß das oberflächliche Leben zunehmend ab. Und sie fand Kultur, Ruhe und Erholung im Urlaub einfach nur öde. Nach einem letzten Streit bin ich geflüchtet und nur mit einem Koffer in der Hand in diese Stadt zurückgekehrt. Ich hatte Sehnsucht nach meinen Kindern und ja, auch nach Elisabeth.

Ich wusste nicht, wohin und stand vor dem Haus. Niemand öffnete mir nach meinem Klingeln, Amanda war in der Schule und Elisabeth bei der Arbeit. So zog ich meinen alten Hausschlüssel aus der Tasche und stellte fest, dass Elisabeth noch nicht einmal das Schloss ausgetauscht hatte! Als hätte sie gewusst, dass ich wieder zurückkehren würde. Die Kinder hatte ich in den vergangenen Jahren regelmäßig gesehen. Sie hatten mir gesagt, ihre Mutter habe keinen neuen Partner. Und doch schlich ich vorsichtig durchs Haus, um mich davon zu überzeugen, dass es wirklich so sei. Sie hatte unser Ehebett ausgetauscht und das neue Bett war nur für eine Person bezogen. Mein Arbeitszimmer wirkte, als sei ich erst gestern fortgegangen.

Ich setzte mich an den Tisch dort drinnen. Kurz darauf kam Elisabeth mit Amanda herein. Als Amanda mich begeistert begrüßte und ich mich für mein Eindringen entschuldigte, stand sie nur da, sah von meinem Koffer zu mir und nickte. »Da bist du also wieder!«, war ihr lakonischer Kommentar. Als sei ich nur übers Wochenende verreist gewesen!

Ich hatte vor, mir eine neue Bleibe zu suchen und auch bereits einen Makler beauftragt. Mein Aufenthalt hier sollte nur den kurzen Zeitraum überbrücken, bis ich die neue Wohnung beziehen könnte. Ich schlief im Gästezimmer, die Suche nach einer neuen Wohnung zog sich hin und wir waren schon zu einer ungewöhnlichen Gemeinschaft geworden, als ich endlich eine passende Bleibe gefunden hatte. Elisabeth sah sich mit mir das Apartment an und meinte: »Ja, es ist gut für dich, aber eigentlich unnötig. Ich werde nie einen neuen Partner haben und die Kinder sind so glücklich, dich wieder im Haus zu haben. Du kannst auch zuhause bleiben, wenn du willst. Unsere WG funktioniert doch gut.«

Und wie ich wollte! Nie hatte ich damit gerechnet, eine neue Chance zu erhalten nach dem, was ich ihr angetan hatte. Sie ist eine ungewöhnliche Frau, nicht wahr? Jetzt muss ich aber etwas essen!«

40

Vincent

Ich hatte wie gebannt zugehört, versuchte all die Informationen zu verarbeiten. Peter ließ mir Zeit, indem er aufstand und ins Haus ging. Er deckte den Tisch im Garten, während ich noch wie gelähmt sitzen blieb. Peter rief Amanda zum Essen und stellte uns vor. Ich sah den skeptischen Ausdruck in dem jungen Gesicht, als wir uns die Hand gaben. Sie ähnelte Peter, hatte seine Augen und das glatte Haar von ihm geerbt, doch die Mundpartie stammte eindeutig von ihrer Mutter.

Peter bat Amanda, während des Essens ins Englische zu wechseln und sie betrachtete mich abschätzend. »Sind Sie Mamas Freund aus Schottland?« Als ich nickte, wandte sie sich zu ihrem Vater: »Was will er hier, sie ist nicht da!«

Sein Vater seufzte. »Ein wenig mehr Höflichkeit wäre angebracht! Dr. Jeremiah sucht deine Mutter und ich wüsste auch gerne, wo sie steckt. Hat sie dir gesagt, wohin sie fährt?«

Amanda schüttelte den Kopf. »Ich war am Wochenende bei Katharina und bin erst gestern Abend zurückgekommen. Da lag nur die Nachricht, dass sie mal wieder weg ist!«

Peter überhörte den kritischen Unterton. »Weiß Georg vielleicht mehr? Hast du mit ihm gesprochen?«

»Er hat mich angerufen, aber von Mama hat er nichts gesagt, nur von seiner neuen Uni in Kanada geschwärmt. Wie kann man nur so aufs Lernen versessen sein!«

Peter grinste. »Ein wenig mehr Begeisterung dafür würde dir auch stehen!« Dann fragte er ernst: »Und am Freitag, wie war sie da?«

»Freitagmorgen hat sie mir Frühstück gemacht, als wolle sie mir vorspielen, dass alles in Ordnung ist. Aber sie sah aus, als habe sie die ganze Nacht geweint und ich dachte, jetzt wird sie wieder krank!«

Ich sah das leichte Zusammenzucken von Peter, der nun ganz eindringlich mit seiner Tochter sprach. »Sie wird nicht wieder so krank, Amanda, bitte mach dir keine Sorgen! Sie weiß, wie man damit umgehen muss und sie ist sehr vorsichtig!« Mit einem Seitenblick auf mich beendete er das Thema und Amanda nickte kurz.

Sie setzte ihren Bericht fort: »Am Freitagabend war sie ziemlich in Hektik. Ich habe gehört, dass sie in ihrem Arbeitszimmer oft telefoniert hat und dann ist sie spät noch mal aus dem Haus. Sie ist wohl in der Nacht zurückgekommen. Das Auto stand vor der Tür, als ich am Samstag aufgestanden bin.« Sie wandte sich an mich: »Ist das Ihr Motorrad, mit dem meine Mutter zurückgekommen ist? Ich wollte es fahren, aber Mama hat es nicht erlaubt. Sie sagte, es sei die Leihgabe eines Freundes.«

Ich sah Peter fragend an und er nickte: »Ihr Motorrad steht in der Garage. Elisabeth hat es dort abgestellt und nicht mehr genutzt. Die Schlüssel liegen vorne, falls Sie es mitnehmen möchten.«

Ich schüttelte den Kopf, weil ich den Leihwagen zurückbringen musste und lächelte Amanda zu: »Wenn dein Vater es auch erlaubt, darfst du es gerne einmal ausprobieren!« In der Hoffnung, dass sie ebenso sicher fuhr wie ihre Mutter!

Amanda strahlte, als ihr Vater unter der Bedingung »Aber nur ohne Ohrstöpsel!« zustimmte, stand auf, nahm zwei Teller mit ins Haus. Kurz darauf hörten wir das satte Brummen.

Peter lachte. »Da haben Sie Amanda glücklich gemacht! Zum Glück ist sie eine gute Fahrerin. Das Rennfahrergen hat sie von ihrer Mutter!« Rennfahrergen, bei Elisabeth?

Er wirkte nun nachdenklich und schüttelte den Kopf. »Irgendetwas stimmt da nicht und ich möchte der Sache auf den Grund gehen. Es passt nicht zu Elisabeth, dass sie sich nicht meldet. Haben Sie noch Zeit für einen Spaziergang?«

Ich nickte. Der Rückflug war noch nicht gebucht.

Wir räumten den Tisch ab, stellten das Geschirr in die Maschine und liefen los. Ich fragte Peter, was Amanda mit der Krankheit ihrer Mutter gemeint hatte, doch er winkte ab. »Das kann sie Ihnen selbst erzählen, aber das Kapitel ist abgeschlossen. Sie wird nicht wieder krank werden.«

Ich verstand es einfach nicht. »Aber warum ist sie so verschwiegen? Eine Krankheit ist doch keine Schande!«

Peter sah mich forschend an. »Sie vertraut Ihnen, Vincent, aber für ihre Verschwiegenheit gibt es einen schwerwiegenden Grund. Sie übertreibt es häufig, aber das ist aufgrund ihrer Geschichte auch nicht verwunderlich. Sie versucht nur, Sie und Ihren Partner zu schützen. Wie steht die Sache um Max?«

Wie selbstverständlich er seinen Namen nannte! Ich erzählte ihm, was geschehen war und als ich Max´ Verschwinden erwähnte, schien er besorgt: »Hoffentlich macht er es damit nicht noch schlimmer!«

Wir waren im Zentrum des Stadtteils angekommen und Peter betrat ein Internetcafé. Er meldete sich an und wir setzten uns vor einen der Computer. »Ich verstehe nicht viel davon, aber bitte schauen Sie mir jetzt nicht zu!«, bat er.

Ich drehte mich zur Seite, während er zu tippen begann. Einige Minuten später atmete er auf: »Anscheinend sind wir hier richtig. Sehen Sie wieder her, Vincent!«

Ich erstarrte. Der Bildschirm zeigte das Foto von Elisabeth, Max und mir auf unserem Motorradausflug. Wo kam dieses Foto her? Max hatte es doch gelöscht! Anscheinend bestand dieses geheime Programm schon länger.

Peter klickte auf den Mailserver und sagte. »Wir werden ihre Mails nicht lesen, aber vielleicht hat sie mir eine Nachricht hinterlassen.« Er sah sich den Posteingang und die Liste der gesendeten Objekte an. Während mir all die Namen und Abkürzungen der Adressaten nichts sagten, stöhnte Peter auf. »Ist sie denn verrückt geworden? Schnell, machen wir, dass wir hier wegkommen!«

Er verließ das Programm und löschte danach den Verlauf unserer Sitzung äußerst sorgfältig vom Computer, stand dann auf, zahlte die Rechnung und wir verließen das Café.

Er bog in eine andere Richtung ab und kurz darauf gingen wir am Fluss entlang. »Vincent, ich weiß nicht, was meine Frau treibt, glauben Sie mir das! Und ich will es auch nicht wissen! Aber an all den Adressaten ihrer letzten Mails kann ich ablesen, dass sie sich in Gefahr begibt. Ich kann Sie nur warnen, überlegen Sie sich, ob Sie Elisabeth folgen wollen! Jeder weitere Schritt kann auch Ihr Leben drastisch verändern!«

Er schien ebenso aufgebracht wie verängstigt und eine Weile liefen wir schweigend am Fluss entlang. Der Mann neben mir war kein Feigling und trotzdem war er so besorgt. Doch für mich gab es kein Zurück mehr. »Ich werde ihr weiter folgen. Ich muss wissen, was hier geschieht!«

Peter nickte und war dann wieder in Gedanken versunken. Als er wieder mit mir sprach, war er sehr nachdenklich. »Ich bewundere Ihren Mut, sich so ins Ungewisse zu stürzen. Elisabeth ist es wert und Sie sind ihre große Hoffnung. Als sie aus Schottland zurückkehrte, war sie trotz der Trennung von Ihnen so glücklich. Sie sagte: 'Weißt du, Peter, allein die Tatsache, dass es ihn gibt, dass der Mann existiert, der mich erträgt, gibt mir wieder Hoffnung. Auch wenn er nie mein Partner wird, ist er doch mein Freund!'

Das Strahlen in ihren Augen, wenn sie von Ihnen sprach, machte mich eifersüchtig. Ich wünschte, ich könnte der Partner für sie sein, der die alte, lebensfrohe Elisabeth wieder hervorlocken könnte! Außer Georg, Amanda und mir weiß niemand von Ihnen. Ihre Reise nach Großbritannien musste Elisabeth monatelang vorher anmelden, und man war dort oben nicht erfreut, dass sie ihre angemeldete Reiseroute änderte. Als sie mitteilte, sie wolle noch in Schottland bleiben, musste sie sich jeden Abend zurückmelden! Sie tat es von der Pension in der Nähe Ihres Hauses aus, wo sie offiziell wohnte. Und sie wies die Rechnung für die drei Wochen in einem Gästehaus nach, indem sie mit ihrer Kreditkarte zahlte. Bisher weiß niemand von ihrem Kontakt zu Ihnen und Max. Sie ist äußerst geschickt darin, ihre Spuren zu verwischen!« Als ich ihn sprachlos ansah, mir hundert Fragen stellte, griff er mir vor. »Ohne behördliche Erlaubnis darf sie Deutschland nicht verlassen. Sie ist ein großes Risiko eingegangen, als wir nach London flogen, um Sie zu besuchen!«, mahnte er. »Ich stehe nicht unter Überwachung. Deshalb konnte ich mit ihr gemeinsam den Flug mit der Begründung buchen, dass wir ein Versöhnungswochenende planten. Als ich sie zum Bahnhof für ihren unerlaubten Ausflug nach Schottland brachte, wusste ich, dass ich sie vielleicht eine lange Zeit nicht sehen würde.

'Ich hoffe, er ist es wert!', sagte ich, als ich sie zum Abschied auf die Stirn küsste.

Sie sah mich eindringlich an: 'Ich muss es versuchen! Und ich hoffe, ihr verzeiht mir das. Die Kinder sind jetzt erwachsen, sie brauchen mich nicht mehr zuhause. Wenn Vince mich will, werde ich dort bleiben. Besucht ihr mich bald?'

Trotz aller meiner Einwände hatte sie ihre Arbeitsstelle gekündigt und ihr Sparbuch leergeräumt, um Ihnen beizustehen. Sie hat ihre Existenz aufgelöst rein auf die vage Möglichkeit hin, Sie für sich zu gewinnen. Als sie wieder zurückkam, hatte sie unsere Staatsschützer ständig an den Fersen. Alle Erfolge der letzten Jahre waren zunichte.

Sie muss sich nun wieder jeden Abend mit einem Telefonat zurückmelden, bei dem ihr Aufenthaltsort bestimmt wird. Deshalb weiß ich, dass sie in Deutschland ist. Aber Deutschland ist groß und überall hat sie ihre Kontakte. Nie hat sie etwas Böses getan, nie unsere Gesetze übertreten und ist dennoch in diese Situation geraten! Sie steht für die Menschen, die sie als ihre Freunde betrachtet, mit ihrer persönlichen Sicherheit ein und gibt alles für sie, wofür ich sie bewundere.« Warnend sah er mich an. »Können Sie für Elisabeth Loyalität bis ins Letzte aufbringen, Vincent? Noch haben Sie die Chance, sich zurückzuziehen. Niemand wird Ihnen zu nahe treten, weil Elisabeth Sie bisher geschützt hat. Denken Sie in Ruhe darüber nach, denn wenn Sie sich zu diesem Schritt entscheiden sollten, gibt es kein Zurück mehr!«

Wovon sprach er da, wer waren `die da oben´? Ich war verunsichert und doch war ich mir sicher, dass ich Elisabeth, die alles für mich riskiert hatte, nicht verlieren wollte. »Ich werde sie jetzt nicht im Stich lassen!«

Er sah mich zweifelnd an. Fast als wisse ich nicht, was ich tue, dann nickte er. Als wir wieder vor dem Haus standen, sagte er: »Es tut mir leid, dass ich Ihnen nicht mehr Auskunft geben kann, Vincent. Sollte Elisabeth sich bei mir melden, werde ich Sie benachrichtigen. Sobald sie es erlaubt«, schränkte er ein. »Vielleicht wird sie auch selbst mit Ihnen in Verbindung treten. Achten Sie daher auf unadressierte Schreiben oder verrückte Zeitungsartikel; auf alles, das Ihnen seltsam vorkommt. Und werden Sie dabei nicht paranoid!« Er lachte, als wisse er, wovon er spreche: »Elisabeth geht manchmal sehr verschlungene Wege!«

Er schloss die Haustür auf und wir hörten das Telefon läuten. Er ging in sein Arbeitszimmer, ich kontrollierte mein Handy. Keine Anrufe oder Nachrichten. Ich steckte es wieder in meine Hosentasche.

Peter kam zurück. »Wenn Sie bei uns übernachten wollen, können Sie das Bett in Elisabeths Arbeitszimmer nutzen. Ich muss noch einmal zu einem Notfall.«

Ich dachte kurz nach und entschied mich dagegen; ich wollte zurück nach Edinburgh und brauchte Zeit zum Nachdenken.

Er nickte und gab mir seine Visitenkarte. »Nun, ich muss sofort aufbrechen. Vielleicht sehen wir uns einmal wieder!«

Er nahm seinen Arztkoffer und gemeinsam verließen wir das Haus.

41

Max

Ich war eingeschlafen, noch bevor Elisabeth den Motor gestartet hatte. Von der Fahrt zu unserem Zufluchtsort bekam ich nichts mit und ich habe auch nur noch eine vage Erinnerung daran, dass ein Mann mir aus dem Auto half, mich eine kurze und eine lange Treppe hinaufführte und dort in ein richtiges Bett legte. Er zog mir die Schuhe aus und deckte mich zu. Dann schlief ich wieder ein.

Als ich aufwachte, fiel helles Sonnenlicht durch mehrere kleine Fenster. Ich war in einem großen, schlicht und doch mit erlesenen Kommoden ausgestatteten Zimmer. Die Wände waren unverputzt und anhand der Mauerstruktur erkannte ich, dass es sich um ein altes Gebäude handeln musste; die riesigen, hölzernen Deckenbalken bestätigten meinen Eindruck. Ich lag in einem großen rustikalen Bett mit weißer Bettwäsche, die durch Blutflecke besudelt war. Elisabeth lag schlafend auf einem Sofa am anderen Ende des Raumes, in dem ich mich befand.

Erst auf den zweiten Blick erkannte ich die Zerstörungen im Zimmer: Die umgestürzte Stehlampe, ein zerbrochenes Trinkglas am Boden, ein heruntergerissener Bilderrahmen; Zeichen, die auf einen Kampf schließen ließen. Meine rechte Hand war notdürftig verbunden, meine Rippen schmerzten wieder. Obwohl ich doch genug geschlafen hatte, fühlte ich mich geschwächt. Eine verschlossene Wasserflasche lag auf dem Holzdielenboden etwa drei Meter entfernt und ich versuchte aufzustehen, um sie zu erreichen. Meine Glieder fühlten sich an, als hätte ich einen mehrfachen Marathonlauf absolviert. Ich stolperte und Elisabeth wachte auf. Sie sah mich erschrocken an und als ich versuchte, sie zu begrüßen, stand sie auf und kam zu mir herüber.

»Geht es wieder, Max?«, fragte sie zögernd und ich nickte. Sie half mir auf, öffnete und reichte mir die Wasserflasche. Ich sah die blauen Flecke an ihrem Unterarm.

Sie führte mich zum Bett zurück und ich setzte mich erschöpft. »Da sind wir beide also wieder, Max, und ich weiß, dass du tausend

Fragen hast, aber sie nicht stellen kannst. Deshalb werde ich versuchen, sie dir zu beantworten. Wo sind wir hier? Im Haus meiner Schwester in Deutschland. Sie ist noch gestern Abend für zwei Monate verreist und wir sind allein hier. Wo ist Vince? Ich habe keine Ahnung, ich denke er ist in London oder zuhause. Wir haben seit über einer Woche nicht miteinander gesprochen. Warum, erkläre ich dir später. Wer ist der Mann, der dich entführt hat? Er ist der Mann, der dich gerettet hat und heißt tatsächlich Stephan von Lysander, wobei er das `von´ meist wegfallen lässt. Er ist ein alter Freund von mir.« Sie schien mehr zu dem Mann erklären zu wollen, schluckte jedoch und verstummte. Als ich sie fragend ansah, sprach sie weiter. »Wer waren die Leute, die ihm geholfen haben? Das waren zum Teil Freunde von ihm, zum Teil auch Mitglieder eurer Schwulenorganisation, die gegen das Unrecht, das dir angetan wurde, mit ihrer Hilfe protestieren wollten. Wie lange werde ich hier festgehalten? Du bist ein freier Mann in Europa, doch sicher wird es wegen deiner Flucht noch ein Nachspiel geben. Deshalb bitte ich dich, hier zu bleiben, bis die wichtigsten Dinge geklärt sind und du deinen Pass zurückerhalten hast. Du bist hier sicher, solange niemand weiß, wo du dich aufhältst.«

Ich wagte ein zustimmendes Nicken, obwohl ich selbst gerne wusste, wo ich ich mich befand. Im Haus von Elisabeths Schwester? Das konnte überall sein! Ich wusste bisher nicht einmal, dass sie eine Schwester hatte! Und was war mit meiner Schwester?

Als hätte sie die Frage an meinem Blick abgelesen, antwortete sie darauf. »Ich habe Franca informiert, damit sie sich nicht zu viele Sorgen um dich macht.«

Erleichtert seufzte ich auf, brachte nur ein Schnauben hervor. Noch immer fühlte ich mich wie durch eine Mangel gedreht.

Auch diese Schwingung fing sie auf, formulierte Frage und Antwort zugleich. »Warum fühlst du dich so schwach? Bei deiner Flucht hast du zwei Injektionen mit Aufputschmitteln erhalten, damit du gehen konntest. Aber das dürfen wir natürlich nicht als Dauertherapie anwenden. Ist zu gefährlich. Aus den eben genannten Gründen können wir dich auch nicht in ein Krankenhaus bringen, wo du hingehörst. Aber ich verspreche dir, ich werde für dich sorgen, bis du wieder gesund bist oder auch nur solange du es mit mir aushältst. Wenn du möchtest, schicke ich auch eine Nachricht an Jo, damit er dich hier abholt«, bot sie bei meinem ungläubigen Blick an. »Er kehrt heute nach London zurück und kann auch für dich sorgen, wenn er es fertig bringt, dich nach Großbritannien zu bringen. Möchtest du, dass ich ihn anrufe?«

Geduldig wartete sie auf meine Antwort. Ich überlegte, ließ mir ihre Erklärungen durch den Kopf gehen. Aber nein, im Moment fühlte ich mich zu schwach für eine erneute Flucht und schüttelte den Kopf.

Sie nickte: »Franca wird ihn sicher informieren. Das waren die wichtigsten Informationen und nun habe ich eine Frage an dich: Hast du Hunger?« Ich nickte heftig und sie lachte: »Ich bringe dir gleich ein Frühstück!«

Sie stand auf und zuckte schmerzhaft zusammen, dann verließ sie das Zimmer. Ich hörte eine altmodische Glocke läuten und kurz darauf kam sie mit einem Tablett zurück, auf dem einfaches Frühstück für zwei Personen stand. Sie stellte es neben dem Bett auf einem Tisch ab. Wieder sah ich die blauen Flecke an ihren Armen und auch ihr Gesicht wirkte, als habe man sie geschlagen. Am Hals fiel mir nun ein dunkles Mal auf. Ich zeigte fragend darauf und sie zögerte erst, lächelte dann. »Das sind Zeichen dafür, dass ich die Situation dramatisch unterschätzt habe«, deutete sie vage an. Hieß das, dass ich sie verletzt hatte? Erschrocken riss ich die Augen auf, aber sie schüttelte nur den Kopf. »In körperlicher Hinsicht habe ich keine Chance gegen dich. Wir haben eine anstrengende Nacht hier verbracht. Ich konnte dich nicht erreichen, womit ich nicht gerechnet hatte. Aber nun vergiss das«, tat sie die Sache leichthin ab und stand auf. »Ich möchte dir jemanden vorstellen.«

Kurz darauf führte sie einen jungen Mann ins Zimmer, in dem ich den Pfleger erkannte, der auch auf ihrer Station arbeitete. »Max, du erinnerst dich sicher an Patrick.« Ich sah ihr Lächeln, als ich erstaunt die Augen aufriss. Wie sollte ich ihn vergessen haben? Doch er verstand meine Reaktion nicht.

»Patrick weiß, dass du ein Freund von mir bist und ist hier, um dich zu pflegen und dir zu helfen«, erklärte Elisabeth. »Ich muss jetzt dringend ein wenig schlafen und ich bin sicher, ihr werdet euch schnell anfreunden!« Dann ließ sie mich mit dem jungen Vince allein.

Er grinste mich an: »Nun Max, man sieht sich immer zweimal! Darf ich Sie Max nennen? Elisabeth hat mir Ihren Nachnamen nicht verraten.«

Ich starrte ihn nur an.

Er lachte. »Das deute ich mal als Zustimmung!«, meinte er selbstbewusst. »Gut, die nächste Frage: Frühstück oder doch erst ins Bad? Sie zappeln etwas unruhig! Ich denke, das andere körperliche Bedürfnis geht vor?«

Ich nickte erleichtert und er führte mich ins Bad. Als wir schon einmal dort waren, wuchs mein Wunsch nach einer heißen Dusche, die mir nun schon so lange fehlte. Ich deutete hinüber.

»Ja klar!«, stimmte er zu und setzte mich auf einen Plastikhocker, half mir beim Entkleiden und stellte das Wasser an. Vorsichtig wusch er mich und ich bemerkte, dass er meine Prellungen und Flecke, die jetzt fast schwarz aussahen, mitleidig ansah: »Kein Wunder, dass Sie so schwach sind!«, sagte er und fragte, was geschehen sei. Er bemerkte mein Ringen um Worte und die abgebrochenen Zähne erschreckten ihn fast noch mehr als meine anderen Verletzungen. »Da hat man Ihnen aber böse mitgespielt!« Dann seufzte er: »Ich spreche nicht gut englisch, aber unsere vollständig einseitige Kommunikation ist nicht befriedigend. Ich werde mir etwas einfallen lassen.« Er trocknete mich ab und sah sich die Schnitte und Abschürfungen an meinem rechten Handrücken genauer an. »Die Schnitte hier sind noch frisch. Haben Sie mit jemandem geboxt?«

Ich konnte mich nicht erinnern, wie ich an die Verletzung gekommen war. Aber gestern hatte ich sie noch nicht.

Er verband die Hand sorgfältig, dann brachte er mir Kleidung, die ich nicht kannte. »Elisabeth sagte, wir dürften die Sachen aus dem Schrank dort nehmen. Sie werden Ihnen passen, aber ob Sie Ihnen auch gefallen, bezweifle ich etwas. Schlafanzug oder Jogginganzug?«

Was waren das für scheußliche Klamotten!

Als Patrick meinen entsetzten Blick sah, lachte er: »Ich bringe Ihnen morgen etwas Passenderes mit! Für heute wird es schon gehen.

Allerdings werden meine Kleider auch nicht so edel sein, wie die Sachen, die Sie sonst tragen.«

Der Junge hatte so eine einfühlsame und zugleich freundlich-lässige Art, dass er mich noch mehr an Vince erinnerte. Er führte mich zurück ins Zimmer, setzte mich an den Tisch und begann den Tisch zu decken. Er schenkte mir Kaffee ein, bereitete mir etwas zu essen zu, dann überlegte er. »Legen Sie ruhig schon los! Ich werde etwas suchen gehen.«

Kurz darauf kam er mit einem großen Schreibblock zurück und setzte sich zu mir. »Wie ich eben festgestellt habe, sind Sie Rechtshänder und mit dem Verband an der Hand werden Sie wohl kaum schreiben können.« Dass ich wegen des Zitterns meiner Hände kaum die Zahnbüste hatte halten können und aus diesem Grund weder allein essen noch schreiben konnte, überging er. »Dann werden wir es jetzt mit Buchstabieren versuchen. Elisabeth kann Ihnen später so einen Tablet-Computer besorgen.« Er schrieb alle Buchstaben des Alphabets auf den Block und legte ihn vor mich.

Ich zeigte auf die Buchstaben und stellte meine erste Frage: »Dein Alter?«

Er sah mich grinsend an: »Ich bin 22.«

So jung! Er wirkte deutlich reifer. Natürlich fragte er zurück und stellte fest, dass die Zahlen auf dem Block fehlten. Er schrieb sie in die unterste Reihe und fast war es mir peinlich, auf die vier und dann auf die fünf zu zeigen. »Dann sind Sie ja so alt wie meine Mutter!«, sagte er erstaunt, aber ich fühlte mich neben ihm fast wie sein Großvater.

Er aß jetzt mit mir und half mir ganz nebenbei beim Führen der Gabel, so dass ich mich nicht schämen musste. Wir spielten das Zeigespiel weiter, wenn es auch umständlich war. Er fragte nach meinem Beruf und war erstaunt über meine Antwort. »Schauspieler? Kenne ich Sie aus dem Fernsehen? Oder dem Kino?«

Ich wusste nicht, was ich verraten durfte. Deshalb war ich vorsichtig und schüttelte den Kopf.

»Theater?«, fragte er und ich nickte.

Die nächste Frage war noch schwieriger: »Sind Sie Elisabeths Partner?«

Mit Nachdruck schüttelte ich noch einmal den Kopf, aber dann wollte ich doch wissen, warum er das annahm.

Er reagierte auf die Frage in meinem Blick. »Ich kenne Elisabeth noch nicht lange. Sie erzählt nie etwas von sich selbst, obwohl sie für die Sorgen der anderen immer ein offenes Ohr hat. Nach Ihrem Besuch bei uns auf der Station hat sie ganz plötzlich ihre Stelle gekündigt und ist verschwunden. Wochenlang haben wir nichts von ihr gehört. Ich war völlig überrascht, als sie gestern Abend in meiner Wohnung anrief und sagte, sie brauche meine Hilfe!«, wunderte er sich. »Warum sie ausgerechnet bei mir angerufen hat, weiß ich auch nicht. Ich wohne nicht weit entfernt und versprach ihr, vor meiner Mittagsschicht hier vorbeizukommen. Als ich Sie dann wieder mit ihr sah, dachte ich, Sie beide hätten eine engere Beziehung.«

Forschend sah er mich an, aber ich tippte auf die Buchstaben. »Nur Freunde.« Was sonst hätte ich sagen sollen?

Er verstand. »Die anderen bei uns sagen, sie hat sich nach ihrer Englandreise verändert. Sie sei glücklicher gewesen und habe auch manchmal gelacht. Alle bei uns waren erstaunt über ihre Veränderung!« Er sah mich scharf an. »Als Sie uns besucht haben, schien sie sich zuerst auch zu freuen. Aber dann gab es wohl Streit zwischen Ihnen und Elisabeth?«

Ja, es gab Streit, den ich angezettelt hatte. Wie übel hatte ich sie beschimpft! Und trotzdem half sie mir jetzt. Warum nur? Aber das konnte ich Patrick wohl nicht fragen. Er verstand, dass ich darüber nicht sprechen wollte und akzeptierte meine Weigerung.

Ich fragte ihn, warum er als so junger Mensch auf einer derartig belastenden Station arbeitete und er berichtete von seinem Motiv, genau dort zu helfen, wo die Menschen eine besondere Zuwendung benötigten.

Es war gegen die Mittagszeit, als er sich verabschiedete und versprach, morgen wiederzukommen. Ich legte mich noch einmal kurz aufs Bett, das Patrick neu bezogen hatte und als ich wieder erwachte, saß eine fremde Frau am Tisch. Sie bemerkte, dass ich wach war und reichte mir wortlos eine Nachricht. »Max, ich habe viel zu erledigen. Bis ich wieder zurück bin, wird Mariam dir zur Seite stehen. Sie ist ebenfalls Krankenschwester und spricht leider kein Englisch. Sie hat aber andere hervorragende Fähigkeiten, ohne Worte zu kommunizieren. Und du bist ja sicher auch in Pantomime geschult ;-) Ich bin so bald wie möglich zurück. Elisabeth.«

Ich sah zu der Frau hoch, die neben meinem Bett stand. Sie war etwa in meinem Alter und eine echte Schönheit. Lächelnd zeigte sie mit fragender Geste nach oben und nach unten und ich nickte. Ich wollte mir das Haus ansehen, in dem ich mich befand. Sie half mir auf, wohl darauf bedacht, die Seite mit den Rippenbrüchen nicht zu berühren und doch zuckte ich zusammen. Sie zeigte auf meine schmerzende Seite und schien die Verletzung untersuchen zu wollen. Ich zog etwas zögernd mein T-Shirt hoch. Sie tastete vorsichtig an meinem Rippenbogen entlang und deutete mir dann, zu warten. Einige Minuten später kam sie mit einer Rolle lilafarbenem Textilklebeband zurück und klebte mir einige Streifen davon auf den Brustkorb. Augenblicklich hatte ich das Gefühl, leichter atmen zu können.

Vorsichtig leitete sie mich die engen Treppen hinunter ins Erdgeschoss, wo wir uns in einer großen Wohnküche befanden, die in ein großzügiges Wohnzimmer überging. Die moderne Kücheneinrichtung war perfekt auf das historische Umfeld abgestimmt. Durch mehrere Flügeltüren wirkte der Raum von Licht durchflutet. Langsam gingen wir durch die Zimmer und Mariam achtete darauf, mich nicht zu berühren, war jedoch wachsam, falls ich doch Hilfe benötigen sollte. Durch eine der Flügeltüren traten wir auf eine mit Natursteinen gepflasterte Terrasse hinaus, auf der zwei große, quadratische Sonnenschirme eine rustikale Esstischgruppe beschatteten. Sie führte mich zu einem Holzliegestuhl mit bequemem Polster und dankbar ließ ich mich darauf nieder. Schon die wenigen Schritte hatten mich erschöpft. Doch hier konnte ich in den gepflegten Garten sehen, der von alten Obstbäumen dominiert wurde und den Blick auf eine sanft gewellte Hügellandschaft offenbarte. Nur das Zwitschern der Vögel war zu hören, Straßenlärm schien es in dieser Idylle nicht zu geben. Mehrere halbhohe Steinlaternen säumten den Weg durch den Garten. Als ich mich umsah, konnte ich das Haus, in dem ich nun zu Gast war, als Bauernhaus identifizieren. Eine große gemauerte Scheune schloss sich an den Wohntrakt an. Vor allen Fenstern standen Blumenkästen, die ein südländisches Flair verbreiteten. Mariam brachte mir einen leichten Imbiss, den sie auf einem Tabletttisch vor mich stellte und ich war erstaunt, wie genau Elisabeth wusste, was ich gerne aß.

Und auch Mariam half mir, den Löffel zu führen.

Es war eine seltsame Erfahrung für mich: Statt von einem Termin zum nächsten zu hetzen, lag ich auf einem Liegestuhl und sah nur in die Landschaft. Ich war wohl eingenickt und fuhr aus einem Albtraum entsetzt hoch. Verzweifelt hatte ich versucht, Miro zu schützen und spürte wieder, wie seine Hand von meinem Arm fortgerissen wurde.

Mariam war bei mir geblieben und legte nun ihr Buch zur Seite, als sie mich hektisch nach Luft schnappen hörte. Sie reichte mir ein Glas Wasser, dann legte sie ein Kissen auf den Tabletttisch und deutete mir an, mich nach vorne zu beugen. Behutsam legte sie mir die Hände beruhigend auf den Rücken. Während sie die Position ihrer Hände immer wieder wechselte, spürte ich, wie ich mich wieder entspannte. Ich sah sie dankbar an, als ich mich wieder aufrichtete und sie nickte aufmunternd. Wir sahen still in die Landschaft und ich fragte mich, wann ich das letzte Mal einen Nachmittag ohne ein Wort in einem Liegestuhl zugebracht hatte.

Dann kehrte Elisabeth mit großen Einkauftüten zurück.

Sie sprach mit Mariam über mich. Ich sah es an den Seitenblicken, die sie mir zuwarfen, dann kamen sie zu mir herüber und Elisabeth stellte die Tüten ab. »Max, entschuldige, dass ich dich allein gelassen habe. Haben Patrick und Mariam gut für dich gesorgt?« Als ich nickte, fuhr sie fort. »Ich habe versucht, die dringendsten Probleme anzugehen. Hier ist der kleine Tabletcomputer, den Patrick empfohlen hat, damit du dich leichter verständigen kannst, bis es mit dem Sprechen wieder geht.« Sie reichte mir eine weiße Plastikbox, dessen Inhalt mir fast tröstlich vertraut erschien. »Hier ist auch noch Kleidung für dich. Nur eine Notausstattung, bis wir gemeinsam einkaufen können und sicher auch nicht das, was du dir selbst ausgesucht hättest. Aber in Bezug auf Kleidung unterscheiden sich mein Schwager und du doch sehr. Darf Mariam dir beim Umziehen helfen? Wir haben in etwa einer Stunde einen Termin beim Zahnarzt. Und danach hoffe ich, dass auch ein anderer Arzt dich später untersuchen wird. Meinst du, dass du einige Meter alleine gehen kannst?«

Ich nickte und Mariam half mir beim Aufstehen. Wir gingen hinauf in mein Zimmer.

Als wir zu Elisabeth zurückkehrten, fragte ich mich, woher Elisabeth wusste, welche Unterwäsche ich bevorzugte. Oder hatte sie nur zufällig meine Lieblingsmarke eingekauft?

Wir fuhren nicht weit und doch hatte ich den Eindruck, dass ich die Serpentinen schon einmal gefahren war. Elisabeth nickte bei meiner unausgesprochenen Frage. »Ja, es ist seltsam, dass wir uns ausgerechnet hier wiedertreffen, nicht wahr? Als sollten wir unsere Geschichte ohne Unterbrechung fortsetzen.«

Die Zahnarztpraxis war für andere Patienten am Abend längst geschlossen und doch öffnete uns eine Helferin die Tür. Sie führte mich sofort in ein Behandlungszimmer, der Arzt erwartete mich schon. Ich hoffte einfach, dass er kein Stümper war und erkannte in ihm den Künstler, als er mir nach der Behandlung einen Spiegel reichte. Die Helferin lächelte über meine Rührung, als ich mich bei beiden bedankte. Elisabeth reichte ihr unauffällig einen Umschlag, bevor sie mich wieder in ihrem alten Auto zum Haus zurückbrachte.

Von meinem Sessel auf der Terrasse aus beobachtete ich Elisabeth beim Kochen und machte mich mit dem neuen Gerät vertraut, das mir die Möglichkeit gab, zu schreiben. Langsam tippte ich den Text mit der linken Hand ein: »Danke, Elisabeth. Warum tust du das alles für mich? Warum ist Vince nicht bei dir? Hast du Franca erreicht?«

Sie kam zu mir nach draußen und deckte den Tisch; nickte, als ich ihr meine Fragen zeigte. »Gleich, Max.«

Wir aßen schweigend und es schien, als sei Elisabeth erleichtert darüber, noch nicht sprechen zu müssen, während ich es einfach nur genoss, ohne Schmerzen essen zu können.

Nach dem Essen räumte sie den Tisch wortlos ab, bevor sie sich wieder zu mir setzte. »Nun, Max, die Frage ist wohl berechtigt. Warum helfe ich dir, obwohl wir nicht die besten Freunde sind?« Sie hielt kurz inne und seufzte. »Freundschaft bedeutet für mich etwas anderes als für die meisten Menschen. Wenn ich jemanden als Freund betrachte, tue ich das unabhängig davon, ob ich von diesem Menschen auch so gesehen werde. Ich suche meine Freunde gut aus. Und wie du dir sicher bei meinem zurückhaltenden Umgang denken kannst, gibt es nur wenige Menschen, die ich als Freunde bezeichne. Doch für die stehe ich ein, wenn sie meine Hilfe brauchen. Zwei meiner Freunde hast du gestern kennengelernt: Stephan und Isa, die Frau, die dich am Flughafen abgeholt hat. Uns verbinden viele Jahre und die beiden pflegen eine ähnliche Vorstellung von Loyalität wie ich. Du dagegen bist, wie ich zugeben muss, ein Sonderfall. Von dem Moment an, in dem ich dich zum ersten Mal gesehen habe, fühlte ich mich zu dir hingezogen. Aber das Schicksal wollte es wohl so, dass eine Freundschaft zwischen uns unmöglich wurde. Und der Umstand, dass wir denselben Mann lieben, macht es uns nicht einfacher. Aber wer könnte Vince widerstehen?«

Das klang wie die Feststellung einer Tatsache, als hätte ich Vince nie verlassen und mich Jo zugewandt. Sandte ich meine Gefühle für Vince immer noch so klar aus, dass sie sie spüren konnte, obwohl sie jede Berührung vermied?

Leise sprach sie weiter. »Ich hatte keine geradlinige Lebensgeschichte, Max. Ich werde jetzt auch nicht darauf eingehen, aber vielleicht akzeptierst du einfach die Tatsache, dass ich dich als Freund sehe? Mit meiner Lebensgeschichte ist auch deine zweite Frage verbunden. Ich wurde nicht als Empathin geboren, falls es so etwas überhaupt gibt! Die erworbene Fähigkeit schränkt mein Leben sehr ein. Durch meine enge Verbindung zu Vince leidet nun auch er darunter, wenn er mit mir zusammen ist. Ich habe mich vor über einer Woche von ihm getrennt, weil ich möchte, dass er frei und glücklich leben kann. Wir waren übrigens auf dem Weg zu dir nach London!« Überrascht zog ich die Augenbrauen hoch. »Ja, er wollte dich davon überzeugen, deine Reise in den Osten abzusagen. Wir haben dich nur um eine Stunde verpasst.« Vince war gekommen, um mit mir zu sprechen? »Gemeinsam mit Franca hat er dafür gekämpft, dass du wieder freikommst. Ich denke, er ist nun nach Edinburgh zurückgekehrt. Er weiß nichts von meiner Beteiligung an deiner Entführung und ich möchte ihn nicht in Gefahr bringen. Ebenso konnte ich Franca nicht einfach anrufen und ihr sagen, dass du hier bei mir bist. Ich habe ihr eine Nachricht zukommen lassen, dass es dir gut geht, aber sie weiß nicht, wo du dich aufhältst. Wir müssen sehr vorsichtig sein, bis die Angelegenheit beigelegt ist! Nicht einmal Patrick oder Mariam wissen, wer du bist, obwohl sie absolut vertrauenswürdig sind und dich nie verraten würden. Du wirst hier noch mehr Menschen kennenlernen, die dich dabei unterstützen, wieder gesund zu werden. Gleich kommt Martin, auch er ist Krankenpfleger. Aus verständlichen Gründen kann ich dir bei der Körperpflege nicht helfen. Und ich denke, auch du willst dir meine Hilfe in dieser Hinsicht ersparen?«

Sie lächelte, als ich nickte. Ich konnte mir die Situation kaum vorstellen, in der ausgerechnet Elisabeth mir beim Duschen half!

Leise fuhr sie fort. »Wir haben noch ein weiteres Problem, Max. In der vergangenen Nacht warst du, wenn ich es vorsichtig ausdrücken will, sehr unruhig und ich fühle, dass deine Angst mit dem Gefängnisaufenthalt zusammenhängt. Möchtest du mir berichten, was dort geschehen ist? Deine Unfähigkeit zu sprechen kann durch die Ereignisse dort verursacht sein.«

Entsetzt schüttelte ich den Kopf. Nein, auf keinen Fall würde ich einem Menschen erzählen, was dort geschehen war! Noch heute fragte ich mich, was aus Miro geworden war. Als die Lichter am nächsten Morgen wieder eingeschaltet wurden, hatte ich ihn nicht mehr gesehen. Einige Gefangene waren in der Nacht während meiner Ohnmacht verschwunden. Niemand verstand mich, als ich nach ihm fragte und sein verzweifeltes Stöhnen verfolgte mich seitdem jede Nacht.

Elisabeth akzeptierte meine Weigerung mit einem Nicken. »In der vergangenen Nacht hattest du entsetzliche Albträume und ich konnte dich nicht beruhigen. Bist du einverstanden, wenn ich noch einen Arzt anrufe, einen anerkannten Spezialisten, der dir helfen kann, die Nächte ruhiger zu verbringen?«

Ich zeigte nochmals fragend auf die Male an ihren Armen und sie nickte. »Du warst nicht du selbst und fühltest dich von mir bedroht.

Den Kampf in der letzten Nacht hast du gewonnen. Eine weitere Auseinandersetzung mit derartigen Mitteln lassen wir besser sein.«

Noch bevor ich eine weitere Frage eintippen konnte, läutete wieder die altmodische Türglocke und Elisabeth stand auf. »Das wird Martin sein, pünktlich auf die Minute.«

Ein untersetzter Mann stand kurz darauf vor mir, der mich bei unserer Vorstellung mit einem vorsichtigen Handschlag begrüßte, um meine verletzte Hand nicht zu belasten.

Elisabeth hatte bereits das Telefon in der Hand. »Martin wird dir oben helfen, während ich versuchen werde, den Arzt zu erreichen.«

Der Pfleger wirkte sehr zurückhaltend, doch auch er schien meine Bedürfnisse zu erkennen, noch bevor ich sie ihm signalisieren konnte. Eine Stunde später verabschiedete er sich, als ich mich glücklich in meinem Bett ausstrecken konnte. Nach dem anstrengenden Tag fiel ich in einen unruhigen Schlaf.

Die Nacht war bereits hereingebrochen, als Elisabeth mich noch einmal weckte. »Max, der Herr hier ist der Arzt, von dem ich gesprochen habe. Du darfst ihn Peter nennen.«

Ich sah den überraschten und besorgten Blick des Arztes, den er Elisabeth zuwarf, aber sie verließ den Raum sofort ohne eine Antwort. Zunächst setzte er sich an mein Bett und stellte mir in gewähltem Englisch Fragen, die ich mühsam mithilfe des kleinen Computers beantwortete. Dann untersuchte er mich und erklärte, dass er die Albträume, unter denen ich litt, mit Medikamenten angehen wollte. »Ich bin Neurologe, Max, und werde versuchen, Ihnen ruhigere Nächte zu bescheren. Langfristig werden Sie aber eine andere Behandlung brauchen! Ich glaube nicht, dass Ihre Sprachstörung körperlichen Ursprungs ist. Sind Sie damit einverstanden, dass ich Ihnen eine Injektion verabreiche?«

Ich nickte. Ich wollte nur noch schlafen und alles abschalten, was mich belastete. Er gab mir das Medikament in den Oberarm und verabschiedete sich von mir. Vor der Zimmertür hörte ich ihn mit Elisabeth diskutieren. Ich verstand ihre deutsche Unterhaltung nicht, doch auf die Vorwürfe in seiner Stimme antwortete Elisabeth in angespanntem, fast trotzigem Ton. Dann gingen sie die Treppe hinunter und mein letzter Gedanke galt der Tatsache, dass Elisabeth mich als ihren Freund betrachtete, was ich nicht verdient hatte.

Ich versuchte, mir unsere erste Begegnung in der Hotelhalle vor einigen Monaten in Erinnerung zu rufen und sah nur die roten Hausschuhe, bevor sich ein Nebel des Vergessens über mir senkte.

42

Vincent

Den Abendflug nach London erwischte ich noch und verbrachte die Nacht in unserer Wohnung, bevor ich am nächsten Morgen mit dem Motorrad nach Edinburgh zurückkehren wollte.

Die Nachricht von Franca hatte mich erreicht, als ich nach der Landung in Heathrow mein Handy einschaltete. »Vince, kannst du bei uns vorbeikommen, wenn du wieder in London bist? Ich muss mit dir sprechen!« Ich hatte kurz überlegt, sie so spät noch anzurufen. Nach einem Blick auf die Uhr entschied ich mich dagegen, denn Franca brauchte nach der anstrengenden letzten Woche etwas Schlaf.

Ich konnte leider nicht schlafen, deshalb verließ ich die Wohnung früh am nächsten Morgen. Als ich Tür abschloss, war ich mir sicher, sie für lange Zeit, vielleicht sogar nie wieder zu betreten. Auch auf dem Weg zu Franca dachte ich über Elisabeth nach, die mir so vieles verschwiegen hatte. Peter hatte gesagt, sie wolle mich schützen, doch wovor? Wer waren die `da oben´ und ich fragte mich, wie man ins Visier des Staatsschutzes geraten konnte, ohne Gesetze übertreten zu haben. Ebenso wenig konnte ich mir die junge Elisabeth vorstellen, in die Peter sich auch wegen ihrer Schönheit verliebt hatte. Ein rotes Partykleid, hochhackige Schuhe und langes, dunkles Haar! Ich musste auf dem Motorrad grinsen, als ich mir Elisabeth mit hohen Absätzen vorstellte, womöglich zu ihrer schwarzen Lederhose. Auf ihre eigenwillige Art war sie immer noch schön, auch wenn sie sich nun mit ihrer vernachlässigten äußeren Erscheinung betont unattraktiv gab und die grau-weißen Strubbel ungebändigt wachsen ließ, sie höchstens einmal vor dem Spiegel selbst abschnitt. Ich konnte es kaum glauben, als ich sie mit der groben Schere in der Hand ins Bad gehen sah und sie deutlich geschoren wirkte, als sie sie wieder zurücklegte. »My Lady, wir haben durchaus auch die Zeit, zu einem Frisör zu gehen!«, sagte ich, aber sie lachte nur. »Wie unnötig und außerdem muss ich in diesen Läden immer so niesen, dass die mir mein Haar auch nicht besser schneiden.«

Peter, Amanda und Georg. Sie hatte eine Familie und ich war mir sicher, wenn Max Georg nicht zufällig getroffen hätte, wüsste ich auch von ihm nichts. Ich hatte sie zusammen mit Georg erlebt und gespürt, wie sehr sie ihn liebte, doch Peter und Amanda hatte sie so gut vor mir verborgen, dass ich sie erst im Tal der Stelen entdeckte. Was hatte zu ihrer Haltung geführt, dass sie alles, was ihr wichtig war, vor der Welt versteckte? Nun verbarg sie sich selbst und auch ihr Exmann war besorgt, welche Pläne sie verfolgte. Wenn Peter nicht erwähnt hätte, dass Elisabeth davon ausging, keinen Partner mehr in ihrem Leben zu finden, würde ich ihr auch in dieser Hinsicht noch Überraschungen zutrauen.

Franca öffnete mir die Tür, ich begrüßte James und umarmte meine Nichte, bevor wir hinüber ins Wohnzimmer gingen. Ich fragte, ob sie von Max gehört habe und sie schüttelte nachdenklich den Kopf. Sie nahm einen Umschlag vom Tisch und reichte ihn mir: »Was hältst du davon?«

Der Umschlag war nur mit dem Namen Franca beschriftet und als ich ihn öffnete, fielen zwei Fotos heraus, die mit einer Sofortbildkamera aufgenommen waren. Das Erste zeigte Max schlafend in einem Zimmer mit unverputzten Wänden, das andere war eine Nahaufnahme von ihm und ich war erschreckt über die Erschöpfung in seinem Gesicht. Ein eingeblendetes Datum zeigte an, dass die Aufnahme am Sonntagabend entstanden war. Auf der Rückseite stand nur ein Satz. »Er ist sicher!« Verblüfft sah ich Franca an: »Wo kommt das her?«

Franca war ebenso ratlos wie besorgt. »Als ich gestern Abend die Post durchgesehen habe, war dieser Umschlag dabei. Wie du siehst, muss ihn jemand persönlich eingeworfen haben. Wo ist er, Vince, hört das denn nie auf?« Sie schüttelte den Kopf und sah in den Garten hinaus.

Ich besah mir die Fotos noch einmal genau, betrachtete jedes Detail: Das einfache Bett, die zeitlos wirkende Kommode mit einem Wasserglas darauf. Ich fand keinerlei Hinweis auf Max´ Aufenthaltsort. Der einzige Schluss, den die Fotos zuließen, bedeutete, dass Max gut versorgt wurde. Das Gebäude dagegen konnte sich fast überall in der Welt befinden. »Okay, wir wissen also, dass ihn jemand entführt hat und sich um ihn kümmert. Sicher ist er noch im Osten. Ohne

Pass kann er das Land nicht verlassen und wenn man ihn im Auto transportiert hat, ist der Radius sehr eingeschränkt. Ich verstehe nicht, wer ihm geholfen hat! Hat sich denn niemand bei dir gemeldet?«

Sie lächelte schief: »Nein, eine Lösegeldforderung ist nicht eingegangen. Sollen wir mit den Fotos zur Polizei gehen? Vielleicht kann man uns da helfen?«

Ich schüttelte den Kopf. »Nein, das glaube ich nicht. Wenn Max sich nicht hier im Land aufhält, ist unsere Polizei auch nicht zuständig. Dieses Foto ist innerhalb von 24 Stunden bei dir aufgetaucht und der Absender wusste, wo du wohnst und dass du seine Schwester bist! Deshalb gehe ich davon aus, dass Max seinen Helfern freiwillig gefolgt ist. Und er wollte, dass du das weißt. Nein, wir müssen schon wieder warten!« Ich dachte nach. »Gibst du mir eines der Fotos? Vielleicht finde ich doch noch einen Hinweis?«

Sie nickte und ich nahm das Foto, das das Zimmer zeigte. Die Mauerstruktur war vielleicht typisch für eine bestimmte Region und ich wollte einen Fachmann für historische Gemäuer an meiner Universität dazu befragen. Danach berichtete ich Franca von meinem Besuch in Deutschland.

Sie setzte sich vor Überraschung auf einen Stuhl. »Ich habe Elisabeth einmal nach Georgs Vater gefragt, aber sie hat mich gebeten, die alten Geschichten ruhen zu lassen. Deshalb bin ich davon ausgegangen, dass sie allein lebt. Sie wohnt mit ihrem Exmann und einer Tochter in einem gemeinsamen Haus?« Sie schüttelte ablehnend den Kopf. »Solch eine Geheimniskrämerei bringt auch nur sie fertig! Und bevor du fragst: Nein, sie hat sich nicht noch einmal gemeldet und ihr Telefon ist weiterhin abgemeldet. Ich wollte sie über Max´ Verschwinden informieren, habe sie aber nicht erreicht. Die Karte, die ich ihr schicken wollte, kann ich mir ja nun auch sparen. Wie geht es dir mit dieser Situation, Vince?«, fragte sie mitfühlend.

Ich seufzte. »Ich vermisse sie so sehr, trotz aller Probleme und Geheimnisse. Peter will mich informieren, sobald sie vom Besuch bei ihrem Freund zurückkehrt.« Ich stand auf. »Ich fahre nach Hause, vielleicht meldet sie sich ja bei mir.«

Ich vermied die Route, die ich mit Elisabeth gefahren war, damit meine Erinnerungen an sie nicht in grenzenlose Traurigkeit umschlug und traf gegen Abend zuhause ein. Natürlich hatte ich vergessen, Claire über meine Rückkehr zu informieren und doch war das Haus vorbereitet, das Bett für zwei Personen bezogen. Als sie mich am nächsten Morgen in der Küche antraf, lächelte sie: »Da sind Sie ja wieder, Dr. Vince. Hatten Sie einen erholsamen Urlaub?« Dann sah sie sich suchend um.

»Nein, allzu erholsam war er nicht und Elisabeth, die Sie gerade suchen, ist nach Deutschland zurückgekehrt.«

»Tatsächlich? Ich dachte, dass sie bei Ihnen bleiben würde! Obwohl sie nie etwas in dieser Richtung gesagt hat«, überlegte sie. »Nun, vielleicht war es nur mein Wunschdenken, weil ich Sie so gerne lachen höre.« Sie sah mich forschend an und seufzte, als sie sah, dass mir nach Lachen nicht zumute war. »Wie schade, Dr. Vince!« Wir begannen unser Morgenballett wie früher, doch auch Claire schien bedrückt.

In den folgenden Tagen versuchte ich, mich durch Nachforschungen abzulenken. Die Zeitung studierte ich besonders sorgfältig und verstand bald, was Peter mit seiner Warnung »Werden Sie nicht paranoid!« gemeint hatte. Ständig fand ich vermeintliche Hinweise, die mir das Herz stolpern ließen und sich dann bei näherem Hinsehen als Fehlschläge erwiesen:

»Hilfe für Max gesucht!« war ein Spendenaufruf für das neue Erdmännchengehege im Zoo, der mich lächeln ließ.

»Freudenfeuer in Castlerigg – Treffpunkt für alle Verliebten am kommenden Wochenende.« Wie gerne würde ich Elisabeth dort treffen!

»Massenkarambolage in Deutschland – Zwei weibliche Opfer noch nicht identifiziert.« Die Angst drehte mir das Herz um.

Horoskop: »Sie treffen heute zufällig den Menschen, der Ihnen am meisten bedeutet, also: Augen auf!« Nein, ich würde nicht den ganzen Tag über andere Menschen beobachten.

Ich zeigte dem Spezialisten für historische Gemäuer das Foto von Max´ Zimmer und er datierte die Bauweise auf das 19. Jahrhundert. Er identifizierte das Material als Sandstein, wie er überall in Mitteleuropa bis weit in den Osten verbreitet war: Auch hier ein Fehlschlag. Franca hatte keine weitere Nachricht erhalten, Peter meldete sich nicht und als ich ihn einmal abends anrief, antwortete Amanda, dass ihre Mutter noch nicht zurückgekehrt sei und der Vater ins Krankenhaus gerufen worden war. Ich war so verzweifelt, dass ich Amanda um Georgs Telefonnummer bat, weil ich mich nicht daran erinnerte, dass er das Handy nutzte, das Max und ich Elisabeth geschenkt hatten. Aber als ich ihn endlich in seinem Wohnheim erreichte, konnte auch Georg mir nicht weiterhelfen. In den Briefkasten schaute ich mehrmals täglich, der Computer war Tag und Nacht empfangsbereit und ständig kontrollierte ich den Posteingang meines Mailprogramms und meines Handys. Nachts plagten mich Albträume und auch erotische Phantasien, die meine Liebesträume mit Elisabeth wieder aufleben ließen. Doch wenn ich erwachte, fühlte ich mich nur noch einsamer. Claire sah mich jeden Tag trauriger an und versuchte, mich zu verwöhnen. Wenn sie mir dann ein kleines Lächeln entlockte, nickte sie mir tröstend zu.

Ich hörte sie am Freitagmorgen lachen, als sie mir die Post ins Arbeitszimmer brachte. »Was amüsiert Sie denn so?«, fragte ich und sie legte mir eine Karte auf den Schreibtisch mit dem Kommentar: »Die ist wohl nichts für Sie!«

Die Werbepostkarte zeigte eine Wasserstoffblondine in einem hautengen, knapp geschnittenen schwarzen Lederdress, die mit ihrer Kussschnute den Betrachter wohl locken sollte. Lasziv räkelte sie sich auf einem Motorrad, das sie mit ihren hochhackigen, roten Holzpantoletten nie fahren könnte. Es schien eine alte Aufnahme zu sein, etwa aus den siebziger Jahren. Ich lächelte ebenfalls und fragte mich, ob es wirklich Geschlechtsgenossen gab, die sich von so einem Bild angezogen fühlten.

Claire kicherte immer noch und zeigte auf die Schuhe der Dame: »Solche Hausschuhe hatte ich vor vierzig Jahren auch!«

Das waren Hausschuhe? Was taten sich die Frauen nur an! Ich drehte die Karte um, ein groß gedruckter Text schien auch Männer mit ausgeprägter Einschränkung der Sehkraft ansprechen zu wollen: »Hi, mein Lover!« Ich konnte die kindliche Piepsstimme schon herauslesen. »Ich schaffe es nicht ohne dich…Bitte triff meinen LUXuskörper so bald wie möglich! Ich erwarte dich! Deine Lady in Black«. Herzchen füllten die Leerräume und eine Handynummer war als Kontakt angegeben.

Mein Herz stolperte bei dem Text nicht nur, es bleib fast stehen. War das der Hinweis, den ich erwartete oder bloßer Zufall? Die Karte sah aus wie Hunderte anderer Werbesendungen und doch entdeckte ich so viele versteckte Hinweise, dass ich sie noch einmal umdrehte und das Foto betrachtete. Die schwarze Lederkluft, die mehr preisgab als verbarg, die roten `Hausschuhe´, das schwere Motorrad schienen auf Elisabeth hinzudeuten – oder auf eine unglaublich plumpe Werbung für eine Telefonsexhotline. Es half nur eines und ich rief die Nummer an. Nach dem dritten Klingeln meldete sich eine affektiert klingende Bandansage: »Herzlich willkommen bei Your Lady´s Loveline. Bitte nennen Sie uns nach dem Piepton Datum und Uhrzeit Ihrer Ankunft und wir werden Sie erwarten.« Ich war so verwirrt, dass ich nichts sagen konnte und das Band stoppte kurz darauf mit dem Warnhinweis, dass keine Nachricht aufgezeichnet wurde; dann war die Verbindung unterbrochen. Es war wohl doch eher eine Werbung für ein Bordell, aber es war kein Hinweis auf eine Adresse auf dem Band angegeben worden. Ich hatte von solch exklusiven Clubs gehört, doch die machten wohl kaum Massenwerbung. Im Internet fand ich keinen Hinweis auf `Your Lady´s Loveline´ und wieder sah ich mir die Karte an: Hinweis oder Paranoia? Eher aus Ratlosigkeit gab ich die Großbuchstaben in die Suchmaschine ein und erstarrte beim Durchsehen der Ergebnisse: LUX war der Ländercode für Luxemburg und wies zudem auf den internationalen Flughafen der Stadt hin. Bat Elisabeth mich um ein Treffen am Flughafen Luxemburg, der ihrem Haus viel näher lag als Frankfurt? Verzweifelt rieb ich mir übers Gesicht und fragte mich, was ich tun sollte. Wie Peter erwähnt hatte, durfte Elisabeth das Land nicht verlassen. Aber der Flughafen lag nur wenige Kilometer von der Grenze entfernt und

Passkontrollen gab es in Europa kaum noch. Ich sah nach Flügen und stellte fest, dass es keine Direktverbindung gab, ich aber trotz eines Umstiegs in London innerhalb von sieben Stunden in Luxemburg sein konnte. Ratlos lief ich mit der Karte durch die Räume, bis Claire mich ansprach: »Warum sind Sie so unruhig, Dr. Vince? Was stimmt denn nicht?«

Ich brauchte jetzt einen Menschen zum Reden und genau dieser Mensch stand vor mir. Ich nahm Claire das Staubsaugerrohr aus der Hand und bat sie, mir zuzuhören. Etwas unbehaglich saß sie mir auf dem Sofa im Wohnzimmer gegenüber und hörte still zu, als ich ihr von meinem Besuch in Deutschland und Elisabeths Verschwinden berichtete.

Sie bat mich, die Karte noch einmal anschauen zu dürfen und zögerte: »Ich habe gehört, dass Sie Elisabeth manchmal Mylady genannt haben und für den Fall, dass sie sich nicht auf anderem Weg bei Ihnen melden kann, passt die Karte so gut zu ihr. Nichts hält Sie hier und einen Versuch ist es wert! Sie bekommen in jedem Fall mehr Gewissheit als jetzt. Wenn sie nicht dort sein sollte, riskieren Sie nur ein Flugticket und die Übernachtung in einer europäischen Hauptstadt.«

Ich umarmte Claire für ihren einfachen Ratschlag, buchte einen Flug für den nächsten Tag und hinterließ Datum und Ankunftszeit auf einem Anrufbeantworter im Nirgendwo.

43

Vincent

Die Gepäckstücke liefen an mir vorbei und zweimal zögerte ich, meinen Koffer herunterzuheben. In allen Belangen war ich verunsichert: Ein Koffer oder Handgepäck? Der Koffer schien zu signalisieren, dass ich einen längeren Aufenthalt plante und ich befürchtete, mich Elisabeth damit aufzudrängen. Nur ein Rucksack als Handgepäck konnte bedeuten, dass ich lediglich aus Anstand gekommen war und keine Zukunft mehr in unserer Beziehung sah. Wie sollte ich ihr entgegentreten? Sie erleichtert umarmen oder ihr nur zunicken? Mich entschuldigen oder meine Enttäuschung kundtun, dass sie mir keine Chance gegeben hatte, meinen Fehler wiedergutzumachen? Wäre sie bereit, sich zu versöhnen oder wollte sie mir nur die Gründe für ihre Entscheidung zur Trennung darlegen, vielleicht bei einem Essen im Flughafenrestaurant? War sie überhaupt gekommen oder verlor ich den Verstand vor Sehnsucht?

Wieder zuckelte mein kleiner Rollkoffer auf mich zu, nun einsam auf dem leergeräumten Band. Ein Angestellter sah sich suchend um und wollte ihn schon der Gepäckaufbewahrung zukommen lassen, als endlich Bewegung in mich kam. Ich signalisierte dem Mann, dass ich der Besitzer war. Zentnerschwer wog der Koffer, tonnenschwer waren meine Beine, als ich durch den Zoll und die automatische Tür in die kleine Ankunftshalle trat. Meine Mitreisenden hatten ihre Verwandten oder Geschäftspartner schon begrüßt und gingen auf die Rolltreppen zu. Niemand kam mir entgegen, um mich zu begrüßen. Keine zierliche Gestalt im schwarzen Lederdress war zu sehen.

Ratlos vor Enttäuschung stellte ich den Koffer ab. Ich musste mir wohl ein Taxi in die Stadt nehmen und ein Hotel suchen, denn heute Abend kam ich nicht mehr nach Edinburgh zurück. Ich orientierte mich kurz: Links ging es zum Parkhaus, rechts führten die Rolltreppen zu den Ausgängen und dort hoffte ich ein Taxi zu finden. Durch die Glasfront der Abflughalle konnte ich die Wagen sehen und zögerte wieder: Vielleicht würde sie doch noch kommen?

»Dr. Jeremiah?«, hörte ich eine fragende Stimme rechts hinter mir und drehte mich um. Amanda lächelte mich erleichtert an. »Ich habe gerade noch etwas für meine Freunde besorgt und bei den Zeitschriften die Zeit vergessen. Mann, hätte das einen Ärger gegeben, wenn ich Sie verpasst hätte!« Sie schüttelte mir zur Begrüßung die Hand und zeigte ins Abendlicht. »Das Auto steht da vorn, ich bezahle noch eben das Parkticket. Sie können schon Ihr Handy ausschalten. Das kennen Sie ja!«

Verwirrt kam ich ihrer Aufforderung nach und ich folgte ihr langsam. Erleichtert, dass ich mich nicht geirrt hatte und ich tatsächlich erwartet wurde und enttäuscht, dass Elisabeth nicht hier war. Amanda hatte mich wie einen Familienbesuch begrüßt. Anscheinend wusste sie nichts von der ominösen Karte, der ich gefolgt war. Sie bemerkte meine Verwirrung nicht, führte mich zu einem alten Kombi und ich stellte mein Gepäck in den Kofferraum. Ich fand meine Sprache erst wieder, als sie schon auf die Landstraße nach Deutschland abbog. »Danke für den Empfang, Amanda. Ist deine Mutter wieder zuhause?«

Sie schüttelte den Kopf. »Nein, ich habe sie nicht gesehen. Aber mein Vater hat mit ihr gesprochen und sagte, es gehe ihr gut. Heute Nachmittag rief sie mich an; sagte mir, wo sie ist und bat mich um den Gefallen, Sie abzuholen. Ach ja, sie lässt sich entschuldigen, denn etwa um diese Zeit kommt der Kontrollanruf und dafür muss sie in Deutschland sein. Sie meinte, sie habe etwas Ruhe und Abstand gebraucht. Das ist nicht Neues bei ihr! Ab und zu verschwindet sie. Stellen Sie sich vor, einmal war sie eine Woche in einem Schweigekloster.« Sie schüttelte bei der Erinnerung lachend den Kopf. »Manchmal ist sie etwas seltsam, aber meist ist sie wirklich cool!«

Das konnte ich bestätigen! »Wohin fahren wir jetzt?«

Die ausweichende Antwort erinnerte mich an ihre Mutter: »Es ist nicht weit. In einer halben Stunde sind wir da, wenn ich meinen letzten Rekord brechen kann!« Was das bedeutete, erfuhr ich etwa zehn Minuten später, als wir die Autobahn erreichten. »Anschnallen zum Nachtflug!«, grinste sie warnend, stellte die Musik an, die jede Unterhaltung unmöglich machte und hob ab. Nie hätte ich gedacht, dass man den alten Kombi, in dem man noch die früheren Kindersitze ahnen konnte, so rasant an seine Leistungsgrenze bringen konnte. Als ich einmal auf die Schilder zur Geschwindigkeitsbegrenzung deutete, drehte sie die Musik leiser. »Meine Mutter sagt, das seien eher Empfehlungen für die Ungeübten. Man darf sich nur nicht erwischen lassen! Mein Vater weigert sich schon seit Jahren, mit ihr am Steuer zu fahren, weil sie die ganze Welt als Rennstrecke ansieht. Aber ich mag ihren Fahrstil.«

Ich sah sie ungläubig an: »Die Elisabeth, die ich kenne, hasst Autofahren und kann es auch nicht gut!«

Sie zog skeptisch die Augenbrauen hoch und grinste dann. »Entweder meinen Sie eine andere Elisabeth oder sie hat Ihnen etwas vorgemacht. Meine Mutter hat mir gezeigt, wie man Autofahren durchaus auch mit Spaß verbinden kann!«

Dann stieg der Schallpegel erneut und während wir durch die grüne Landschaft jagten, hatte ich Gelegenheit, nachzudenken. Natürlich passte das Bild nicht zusammen: Elisabeth war mit mir im Auto immer unbeholfen schlecht gefahren. Auf dem Motorrad zeigte sie dagegen einen Hang zum rasanten Fahren. Warum war mir das früher nicht aufgefallen? Ich musste nun doch lächeln, als ich es verstand: Sie wollte mich nach dem Unfall dazu bringen, wieder selbst zu fahren. Geschickt hatte sie mir vorgespielt, dass es für uns beide das Beste sei, wenn man sie nicht ans Steuer ließe. Eine ebenso einfache wie erfolgreiche Strategie, wie ich im Nachhinein feststellen musste.

Amanda fuhr von der Autobahn ab. Die untergehende Sonne strahlte hohe Funkmasten auf einer Hügelkette an, auf die sie zuhielt. Einige enge Kurven bewiesen mir die Belastbarkeit des Fahrwerks, dann konnte ich im letzten Licht der Dämmerung noch einen Blick über das grüne, reizvolle Hochplateau werfen. Als wir in ein Dorf fuhren und in der Nähe der Kirche vor einem alten Bauernhaus hielten, sagte sie triumphierend: »28 Minuten und 40 Sekunden!«

Anscheinend waren wir am Zielort. Ich wollte mich nach dem unerwarteten Autorennen gerade etwas entspannen, als sich die Haustür öffnete und das Licht auf den Gehweg zum Haus fiel. Einige Stufen führten zur Tür hinauf und meine Anspannung wuchs ins Unermessliche, als ich in der schattenhaften Gestalt an der Tür Elisabeth erkannte. Ich nahm meinen Koffer und Amanda machte ihrer Mutter ein Siegeszeichen. Sie lächelte und winkte ihr unauffällig zu, bevor Amanda mit quietschenden Reifen ihre Rallye fortsetzte. Ich ging auf die Tür zu, Elisabeth drehte sich um und ging ins Haus.

Wir standen uns im engen Hausflur gegenüber und sahen uns an.
»Danke, dass du gekommen bist, Vince!«, sagte sie leise. Zögernd und voller Angst vor Zurückweisung sprach sie nach einer Pause weiter: »Magst du mich noch?«

»Himmel, my Lady!« Ich riss sie in meine Arme, hob sie leicht wie eine Feder hoch und küsste sie. Selbst wenn mich ihr Feuerschwert von oben nach unten zweigeteilt hätte, wäre es mir den Kuss wert gewesen. Ich spürte einen Hauch von Überraschung und einen leisen Ton, der fast ersterbend und kaum hörbar am oberen Ende der Tonleiter in ihr erklang. Sie schlang die Beine um meine Hüften. Nie wieder wollte ich sie loslassen, sondern nur noch in ihr verschwimmen. Sie klammerte sich an mich, schien mich aufzusaugen und wir taumelten die Wand entlang. Ich spürte kein Flammenschwert. Sie war zu schwach, erschöpft, besiegt; hilflos treibend und nach einem Rettungsring suchend. Selbst durch ihre Strickjacke konnte ich spüren, wie dünn sie geworden war. Jede Rippe konnte ich ertasten. Sie legte ihr Gesicht an meinen Hals und weinte leise: »Halt mich, Geliebter, hilf mir!«

Wir lehnten an der Wand und ich wusste, ich durfte mich nicht bewegen. Ich hielt sie nur umfangen, bis ihr Weinen abklang und der schwache hohe Ton in ihr sich langsam in einen Akkord veränderte. Für diesen Moment gab es keine Worte mehr, nur noch Bilder: Ich zog sie aus den Wellen eines rauen Meeres, das sie zu verschlingen drohte, hinauf auf meine Insel. Vorsichtig bettete ich sie in den warmen Sand am Strand. Ich wärmte sie, bis ihr Zittern etwas nachließ. Sie war so schwach geworden, dass ich es kaum wagte, sie loszulassen.

Bis ein dumpfes Poltern aus dem Obergeschoss sie auffahren ließ: »Oh nein, es geht wieder los! Schnell, Vince, wenn wir uns nicht beeilen, schließt er uns aus!«

Ein schweres Möbelstück wurde dort oben unter großer Kraftanstrengung verschoben. Elisabeth machte sich von mir los, nahm meine Hand und zog mich die enge Treppe hinauf. Vor einer geschlossenen Tür blieb sie stehen und lauschte kurz, doch der Lärm hatte aufgehört. »Vince, ich erkläre es dir später, aber bitte hilf mir jetzt! Er kann dich hören, aber nicht sprechen und ist immer noch sehr geschwächt. Über Tag weiß er, wo er ist, doch jede Nacht durchkämpft er einen Albtraum und verletzt sich selbst. Alle Fortschritte des Tages macht er Nacht für Nacht zunichte und ich kann ihn nicht erreichen. Nur du kannst ihm noch helfen!«

»Von wem sprichst du, my Lady?«, fragte ich völlig ratlos. Sie hatte mich gerufen, weil sie ´es allein nicht schaffte´ und ich war davon ausgegangen, dass sie das Leben ohne mich meinte. Dass sie mich ebenso vermisste wie ich sie. Ihre letzten Sätze ließen jedoch auf eine andere, unbekannte Art der Hilfe schließen, um die sie mich nun bat. Ich konnte mir nicht vorstellen, welche Situation Elisabeth mit ihren Fähigkeiten nicht meistern konnte. Und ich wollte ihr endlich die Fragen stellen, die in mir rumorten und meine Liebe zu ihr auf die Probe stellten. Ich erwartete Erklärungen für ihr Verhalten, Aufklärung ihrer Geheimnisse, die sie mir immer wieder entfremdeten, aber keine neuen Herausforderungen. Nun stand ich vor einer verschlossenen Tür in einem unbekannten Haus und die Andeutungen, die sie gemacht hatte, ließen mich Dunkles erahnen. Hatte nicht Peter ebenso entsetzt reagiert, als er ihren verborgenen Emails nachspürte? Ich war an dem Punkt angelangt, vor dem er mich gewarnt hatte, an dem es kein Zurück mehr gab. Ich fürchtete mich vor dem, was sich hinter der Tür verbarg.

Elisabeth war meinen Gefühlen gefolgt und sah mich nun ruhig abwartend an, sagte dann leise: »Noch kannst du gehen, Vince.«

Ich schüttelte den Kopf. Selbst wenn hinter dieser Tür ein Höllenhund lauerte, der Elisabeth bedrohte, würde ich ihr beistehen.

Sie lächelte bei meinem Gedanken und strich mir über den Arm. »Danke!« seufzte sie, dann öffnete sie die Tür zu dem Zimmer, das nur schwach beleuchtet war. Mein erster Blick fiel auf die unverputzte Wand eines alten Bauernhauses und der Schreck der Erkenntnis durchjagte mich.

Elisabeth trat ins Zimmer. Sie schaltete die Deckenlampe ein und sah sich suchend um, deutete dann auf eine von der Wand abgerückte Kommode: »Dort hinten!« Langsam ging sie auf die Kommode zu, jede Eile vermeidend, und rief leise den Namen, der mich erstarren ließ. »Max, du hast wieder Angst. Wir haben gehört, dass du dich verstecken willst. Dürfen wir zu dir kommen? Bitte Max, wir wollen dir helfen und dich vor den Geistern der Vergangenheit schützen!«

Er saß zusammengekauert zwischen der Wand und der Kommode auf dem Boden, hatte die Arme vor sein Gesicht geschlagen und die Hände zu Fäusten geballt. Wie ein Kind schien er alles ungeschehen machen zu wollen, indem er sich hinter seinen Armen verbarg.

»Wie kommt er hierher?« fragte ich fassungslos, doch Elisabeth schüttelte warnend den Kopf und deutete mir an, nicht zu sprechen.

Max zuckte zusammen und gab ein Wimmern von sich, als er unsere Stimmen ganz in seiner Nähe hörte. Dann spannte sich sein Körper in einer einzigen Abwehrhaltung kampfbereit an und er riss die Augen auf, schien uns aber nicht wahrzunehmen.

Leise sprach Elisabeth ihn an. »Max, du bist in Sicherheit, niemand wird dir etwas antun. Sieh nur, Max, Vince ist hier! Er wird dich beschützen.«

Sie nickte mir zu und ich näherte mich langsam dem Horrorbild meines Partners, der mit stierem Blick völlig panisch und wie blind um sich sah. Nach einem fragenden Blick zu Elisabeth sprach ich ihn an: »Max, kannst du mich hören? Ich bin es, Vince!« Sein Blick schien für einen Moment klarer zu werden. Doch als ich mich ihm weiter näherte, trat er nach mir, traf mich am Schienbein und ich wich zurück.

»Sprich mit ihm, er wird dich hören!«, flüsterte Elisabeth. »Bitte versuche es weiter! Wecke alte Erinnerungen in ihm, lass ihn den Klang deiner Stimme hören!«

Ich setzte mich etwas entfernt von ihm auf den Boden und überlegte kurz, dann beschrieb ich den ersten Rundgang durch unser Haus in Edinburgh. Ich sprach von seiner Freude, als er mir nach dem Öffnen der Haustür stolz den Schlüssel überreichte: »Für dich,

Vince, mein Partner, Liebhaber, Geschenk meines Lebens; auf dass du mich immer in deinem Haus willkommen heißt!«

Hand in Hand waren wir langsam durch alle Zimmer, Räume, Flure geschlendert, bevor wir uns an den festlich gedeckten Tisch setzten. Ich sprach von dem Glück dieses Abends und der Sicherheit, endlich unser Heim gefunden zu haben. Max hatte den Kopf gehoben, als ich zu sprechen begann und wirkte nun etwas ruhiger. Elisabeth bedeutete mir, mich Max nun wieder zu nähern. Ich stand auf, gemeinsam schoben wir die Kommode zur Seite und Elisabeth kniete sich vor ihn. »Max, du hast gehört, dass Vince hier bei dir ist. Folge nun meinen Suggestionen, höre einfach nur zu und genieße das Gefühl der Sicherheit, wenn ich dich jetzt zurückführe. Schau auf meine Hand und folge ihr mit deinem Blick. Achte auf meine Fingerspitzen und folge ihnen in den Zustand der tiefen Entspannung. Wenn du angelangt bist, wird Vince dich zum Bett zurückführen.«

Langsam bewegte sie ihre Hand vor seinen Augen, deren Blick jetzt klar wurde und auf ihre Anweisung schloss er sie. Während sie weitersprach, nickte sie mir zu. Ich zog Max vorsichtig hoch, legte mir seinen unverletzten Arm um die Schultern und stützte seinen unsicheren Stand. Während Elisabeth ihm erklärte, was geschah, führte ich Max zu seinem Bett zurück und ließ ihn dort nieder; half ihm, sich hinzulegen. Doch als er lag, kehrte seine Unruhe zurück. Er rollte sich verzweifelt zusammen, riss an einer unsichtbaren Fessel, warf den Kopf hin und her, als wehre er sich gegen einen unbekannten Feind und stöhnte unterdrückt, trat die Bettdecke zur Seite. Ich nahm ihn in den Arm, um ihn zu beruhigen.

Elisabeth warf mir einen bedauernden, fast entschuldigenden Blick zu und sprach weiter: »Nun bist du wieder sicher in deinem Bett, Max, und ich werde dich in einen Traum geleiten, der dich ruhig bis zum Morgen schlafen lässt. Höre einfach nur zu, folge den Bildern und Gefühlen.« Sie machte eine kurze Pause und ich sah, wie sie mich traurig anblickte und dann leise weiter murmelte. »Du bist in deinem Haus in Schottland, in deinem Heim. Du hast getanzt heute Abend, du erinnerst dich nur an die Freude, die es dir bereitet hat und dann fühlst du, wie seine Hand sanft über deinen Rücken streicht. Du lässt dich in seine Arme fallen; endlich ist er wieder da und du weißt, er fängt dich sicher auf. Sanft streicheln seine Hände über deinen Körper, deine Erregung wächst von Sekunde zu Sekunde und du sehnst dich nach dem innigen Kuss, den du so lange vermisst hast. Er streicht dir liebevoll übers Haar und dann spürst du seinen zärtlichen Kuss, schöner als du ihn je erlebt hast – wie sehr hast du ihn vermisst. Du drehst dich um und umfängst dein Glück, hörst sein vertrautes Lachen und du bist dir sicher, er ist für dich geschaffen; untrennbar seid ihr verbunden. Empfinde nur noch, Max, löse dich auf in dem grenzenlosen Glück, das dich umgibt und trägt. Langsam, ganz langsam fühlst du, dass du an dem richtigen Ort bist, denn alles ist gut. Schlafe nun, finde die Ruhe, die du brauchst und sei sicher, er wird da sein, wenn du wieder erwachst.«

Während ihrer Worte hatte Max sich an mich geklammert und mich dann so plötzlich ins Bett gezogen, dass ich kaum Widerstand hatte leisten können. Fast hätte ich ihn geküsst, wie Elisabeth es beschrieb. Auch ich konnte mich der Erinnerung an den Abend kaum entziehen. Durch ihre Wolke hatte ich Max´ Sehnsucht nach Zärtlichkeit und Sicherheit gespürt, mit der er der grenzenlosen Angst entkommen wollte. Was hatte er erlebt, was war mit ihm geschehen? Als Elisabeths Erinnerung an unseren ersten gemeinsamen Abend zu dritt endete, stand sie auf. Sie überließ mir die Entscheidung, wie sich die unerwartete Begegnung mit Max weiterentwickelte und löschte das grelle Licht der Deckenlampe, als sie das Zimmer verließ. Max war in meinen Armen eingeschlafen, doch sobald ich mich bewegte, umarmte er mich fester. Ich betrachtete das von Sorgen geprägte Gesicht, das ich so viele Jahre geliebt hatte, strich ihm über das kurze Stoppelhaar und dann beruhigend über den Rücken. Seine unbewusste Erektion spürte ich an meinem Oberschenkel und die Erinnerung an unsere Liebesnächte brach sich mit aller Macht Bahn. Auch wenn wir über Tausende von Meilen und für lange Zeit getrennt waren, hatte es keinen anderen Partner als Max für mich gegeben. Nun lag ich hier mit ihm im Bett und sehnte mich nach der Frau, die ich unten hantieren hörte. Vorsichtig löste ich mich von meinem Partner und deckte ihn sorgfältig zu, ließ jedoch die kleine Lampe brennen, als ich das Zimmer verließ, um Elisabeth zu suchen.

44

Vincent

Sie nickte zum Tisch, auf dem ein leichtes Abendessen stand: »Hast du Hunger, Vince?«

Ich ließ mich auf einen Stuhl fallen und starrte sie ungläubig an: »Willst du mich auf den Arm nehmen, Elisabeth? Nein, ich habe keinen Hunger! Aber etwa hundert Fragen, deren Antwort ich mir noch nicht einmal ausmalen kann. Was geht hier vor? Warum liegt Max, nach dem die Polizei eines ganzen Landes sucht, nun schlafend im Bett eines mir unbekannten Hauses in Deutschland unter dem Schutz einer Frau, die er fast als Hexe bezeichnet hat? Und die er als Zerstörerin unserer Partnerschaft betrachtet? Das waren die ersten Fragen und ich hoffe auf eine wenigstens in Ansätzen glaubhafte Antwort!« Verzweifelt rieb ich mir übers Gesicht und fragte mich, in welche Geschichte ich hineingeraten war.

Elisabeth nickte, als sie mein Unbehagen spürte und versuchte, meine Ängste und Bedenken zu mildern. »Vince, du kannst auch jetzt noch zurück, wenn du in eigenem Interesse niemandem von dem berichtest, was du hier gesehen hast. Man könnte es wie einen weiteren Besuch bei Peter erscheinen lassen. Niemand wird Verdacht schöpfen, wenn du morgen nach Hause zurückkehrst.«

»My Lady, ich bin einer äußerst plumpen Sexpostkarte in der Hoffnung gefolgt, dich wiederzusehen, weil ich mich nach dir gesehnt habe. Ich werde nicht die Flucht ergreifen, um irgendjemandem vorzuspielen, ich hätte dich nicht getroffen. Auch wenn dein Mann mir wohl dringend dazu raten würde!«

»Er ist mein Exmann!«, erwiderte sie trotzig.

Ich spürte, wie sich meine Ratlosigkeit in Wut wandelte. »Ja, er ist dein Exmann, mit dem du zusammen und mit einer Tochter lebst. Eine Tochter, die trotz ihrer Jugend jederzeit die DTM gewinnen könnte, weil sie das Fahren von ihrer Mutter gelernt hat. Die mir wiederum vorgespielt hat, sie könne nicht Autofahren! Einmal ganz abgesehen von der Tatsache, dass ebendiese Frau, die ich liebe, ihre Familie mir gegenüber nie zuvor erwähnt hat. Das ist nur eine kleine Facette des Problems, vor dem ich stehe: Was kann ich dir glauben?«

Sie funkelte mich an. »Ich habe dich nie, kein einziges Mal, angelogen, Vince! Bei deinen Fragen zu meiner Familie habe ich immer gesagt, ich will nicht darüber sprechen. Ich habe ihre Existenz nie verleugnet! Meine Vergangenheit wollte ich ruhen lassen und dich nicht damit belasten, weil ich genau die Probleme befürchtet habe, die nun eintreten, wenn du meine Geschichte erfährst. Wie ich sagte, kannst du auch jetzt noch dem Rat meines Exmannes folgen, was sicher das Vernünftigste wäre!«

Wir sahen uns über den Tisch hinweg an, ich spürte ihre Kampfbereitschaft. Und dachte daran, dass ich mir unser Wiedersehen anders vorgestellt hatte.

Elisabeth schloss die Augen und sagte dann leise: »Entschuldige, Vince, ich bin völlig übermüdet. Nach unserer Trennung konnte ich kaum schlafen und seit Max hier ist, habe ich gar keine Ruhe mehr gefunden. Ich will mich nicht streiten! Ich bin einfach nur glücklich, dich zu sehen und zu fühlen. Beginnen wir noch einmal von vorne? Du stellst deine Fragen und ich werde versuchen, sie wahrheitsgemäß zu beantworten.« Sie sah mich offen an und ich spürte die grenzenlose Erschöpfung in ihr.

»Das kann jetzt auch noch warten!« Ich stand auf, hob sie hoch. »Wo ist dein Zimmer, my Lady? Du musst schlafen!«

Sie kuschelte sich an mich und wies mir den Weg die beiden Treppen zum Dachgeschoss hinauf, das zu einem einzigen großen Raum umgebaut war. Vorsichtig legte ich sie auf das Bett, zog sie aus und deckte sie zu.

»Bleibst du bei mir, Geliebter?«, fragte sie erwartungsvoll und so ängstlich zugleich.

Ich nickte, legte mich zu ihr und küsste sie sanft aufs Haar. »Wo ist deine Melodie, my Lady? Ich kann dich kaum noch hören!«, fragte ich, als ich sie in den Arm nahm und keine vertrauten Töne erklangen.

Sie legte den Kopf an meine Brust. »Ohne dich ist sie gestorben. Du bist die Melodie in mir! Wenn du nicht bei mir bist, existiert nur noch das warnende Summen, das Max gehört hat und das meine Abwehr, mein Feuerschwert, ankündigt. Doch selbst dieser Schutz fehlt mir nun, weil ich zu schwach geworden bin.«

Ich drehte sie zu mir um und küsste sie noch einmal, genoss ihre Nähe, die sich in Erregung wandelte, als sie mir sanft über die Brust streichelte. Und noch in der Bewegung schlief sie ein.

Grau, weiß, kalt.

Auf der Suche nach den Stelen in Elisabeths Land wanderte ich schon stundenlang durch den formlosen Nebel. Keine Melodie leitete mich, kein Anhaltspunkt wies mir den Weg. Die Kälte kroch mir in die Glieder, der stetige Wind trug Schneeflocken mit sich und kühlte meine Seele aus. Auf meinem Weg taten sich immer wieder unvermittelt Krater auf, die mich, zugefroren und mit einer Schneeschicht bedeckt, auf ihrer spiegelglatten Oberfläche ausrutschen ließen. Die Gerippe der Bäume, die den Feuersturm überstanden hatten, zeigten wie warnende Mahnmale in den Himmel hinauf. Nur vereinzelte Blätter hingen noch an den Sträuchern, schockgefroren durch den plötzlichen Wintereinbruch.

Ich erinnerte mich an den Vulkangletscher, der den Mittelpunkt des Landes markiert hatte, dessen Spitze jedoch durch die Eruption zerborsten war und breite Schneisen mit seinen Lavaströmen durch das Land gezogen hatte. Eine dieser Schneisen hoffte ich zu finden, der ich dann folgen wollte, um ins Landesinnere zu gelangen und in der Nähe des Vulkans das Tal der Stelen zu finden. Ich war zunächst über das Land hinweg geflogen, doch die dichte, undurchdringliche Wand aus Wolken und Nebel machten mir eine Orientierung aus der Luft unmöglich. Selbst der Gletscherbach floss nun unter einer Eisschicht und das Fehlen seines beruhigenden Rauschens drückte meine Stimmung noch weiter. Nach dem Feuersturm und der apokalyptischen Überschwemmung hatten Schnee und Kälte das Land erstarren lassen. Ich fand keinen Hinweis auf Leben mehr.

Ich wollte meine Suche schon abbrechen, enttäuscht und doch auch erleichtert, die eiskalte Öde zu verlassen, als ich eine der Lavastraßen entdeckte, der ich folgen konnte. Ich flog in geringer Höhe über sie hinweg, folgte ihrer Spur, die tatsächlich nach einiger Zeit stetig anstieg und mich zur Caldera des Vulkans führte. Hier oben hielt ich es nur Sekunden aus, denn die Schneestürme hatten wieder eingesetzt und bereits einen neuen Gletscher entstehen lassen, der die eingefallene Senke des Berges ausfüllte und ihm nun eine Kegelform verlieh. Das frühere Plateau war nicht mehr zu erkennen. Beim Abstieg fiel mir eine seltsame Formation auf und trotz der Kälte näherte ich mich einem meterhohen, perfekt gerundeten Ring. Ich klopfte die Schneeschicht mit einem Stein ab und unter den absplitternden Eisbrocken leuchtete mir ein rötlicher Farbton entgegen, glatt und glänzend. Der ganze Ring schien aus poliertem Ton zu bestehen, doch die Kälte zwang mich, meine Untersuchung abzubrechen.

Im Tal begann ich meine Umrundung des Berges und fand tatsächlich nach längerem Suchen den tiefen Einschnitt in der Landschaft, der das Tal der Stelen beherbergte. Die Flutwelle war abgelaufen und durch seine geschützte Lage war auch der Schneesturm darüber hinweg gefegt. Nur eine dünne Schneeschicht bedeckte die Stelen, von denen einige der kleineren umgeworfen und von Schlamm bedeckt am Boden lagen. Schnell arbeitete ich mich ins Zentrum vor und war erleichtert, als ich die großen Steine fast unbeschädigt vorfand. Peter, Georg und Amanda bildeten nun einen Kreis, sich fast an den Händen haltend. Suchend sah ich mich nach dem großen Felsen um, der Max und mich darstellte. Unsere Figur hatte sich dramatisch verändert: Der Riss zwischen Max und mir hatte sich durch den Aufprall der Flutwelle vergrößert und uns getrennt. Während meine Stele noch stand, lag die Figur von Max am Boden und war in mehrere Teile zerbrochen.

Erschrocken umrundete ich die Bruchstücke, überlegte, wie man sie wieder zusammensetzen konnte und musterte die Bruchstelle, die unsere Verbindung dargestellt hatte. Erst jetzt fiel mir die grausame Veränderung an meiner Säule auf: Ich hielt meinen Arm immer noch hochgereckt. Doch meine Hand war leer, der Klumpen war verschwunden, hinweg getragen von der Flutwelle, die das Tal getroffen hatte. Ich hatte Elisabeths Herz verloren!

Der Schreck durchfuhr mich wie eine heiße Welle und fast panisch sah ich mich suchend um: Ich musste ihr Herz wieder finden. Ziellos lief ich zwischen den Stelen umher, drehte die einzelnen Steine um, kratzte den Schlamm von jedem annähernd runden Gebilde. Verzweifelt versuchte ich mich zu erinnern: Die Flutwelle war vom Gletscher heruntergestürzt und von Westen her in das Tal eingedrungen. Sie hatte mir Elisabeths Herz entrissen und mit sich fortgespült. Ich konzentrierte meine Suche in östlicher Richtung und voller Angst befürchtete ich, dass es von den Wassermassen ziellos hin und her gerollt worden war oder an einem der anderen Felsen zerschellt war. Ich schloss die Augen, um das Entsetzen in mir zurückzudrängen und da war es: Ein leichtes Gefühl der Wärme in dieser Eiswelt, nur ein zarter Hauch, der meinen rechten Arm streifte. Ich streckte meinen Arm aus und spürte, wie die Wärme an meinen Fingerspitzen leicht zunahm. Ich folgte dem leichten Hauch, immer wieder mit geschlossenen Augen prüfend, ob die Richtung noch stimmte. Als ich den warmen Luftzug plötzlich in meinem Rücken wahrnahm, drehte ich mich um und suchte den Talboden in der Umgebung ab. Hier lag kein Schnee, aber als ich ansonsten keine Auffälligkeit entdecken konnte, legte ich meine Hände auf die Erdschicht, die ein zartes Pulsieren auszusenden schien. Ich schloss wieder die Augen, spürte der Bewegung nach und begann in dem schlammigen Untergrund zu graben, der hier nicht gefroren war. Als ich das unförmige, verdreckte Gebilde aus dem Schlamm zog, lehnte mich erschöpft an einen Felsen. Ich hielt es wie einen Schatz an mich gedrückt, fühlte die Wärme und das zaghafte Schlagen in ihm.

Ich musste das Herz zurückbringen. Doch es einfach über den Boden zu rollen, erschien mir unangebracht, deshalb wuchtete ich es hoch und trug es zu meiner Figur und legte es vor ihr ab. Nie würde ich es dort hinauf bringen können, vier Meter in die Höhe. Doch ich hoffte, dass Elisabeth es mir wieder in die Hand legen würde.

Erschöpft vor Kälte und Anstrengung schlief ich noch am Fuß der Statue ein, ihr Herz noch immer schützend.

45

Vincent

Die Morgendämmerung weckte mich und ich sah in Elisabeths Augen, die mich liebevoll betrachteten. »Du bist tatsächlich noch da!«, sagte sie fast erstaunt.

»Ich bin nicht der Mensch, der sich mitten in der Nacht heimlich davonschleicht!« Ich fühlte sie zusammenzucken und flüsterte in ihr Ohr. »Es tut mir so leid, Elisabeth, dass ich dich im Stich gelassen habe. Ich weiß nicht, was in mich gefahren ist! Aber ich habe mich tatsächlich vor dir gefürchtet, vor deinen Geheimnissen, deinen Fähigkeiten. Was ist dort in dem Museum mit dir geschehen?«

Sie sah an die Decke. »Ich erinnere mich kaum. Schon die Atmosphäre in dem Raum hat mich geängstigt. Als Gerald uns diese Statue zeigte, hatte ich einen Rückfall. Ich erinnere mich nicht an das, was danach geschehen ist. Aber als ich nachts in unserem Hotelzimmer wach geworden bin, habe ich gespürt, dass ich dich wieder verletzt hatte und du fürchtetest, ich könne es wieder tun. Dann konnte ich nur noch deine Schutzburg sehen und wusste, dass ich dich verloren hatte. Angst vor dem Partner ist nun wirklich keine Grundlage für eine Beziehung! Es ist, wie ich es geschrieben habe: Du sollst glücklich und frei von Sorge oder gar Angst leben.« Sie machte eine Pause und sah mir dann in die Augen. »Aber da war noch etwas anderes in dir, nicht nur die Angst vor dem Schmerz. Du warst entsetzt, als hätte ich ein schweres Verbrechen begangen. Was hast du in mir gesehen? Was habe ich getan, um deine Abscheu vor mir hervorzurufen?«

Mir wurde ganz heiß bei ihrem Blick, der von absoluter Unwissenheit sprach. Sie war sich der grausamen Zerstörung ihres Landes, die sich in ihrem Tresor abgespielt hatte, nicht bewusst. Wie hatte ich sie nur dafür verantwortlich machen können? Es fiel mir schwer, eine Erklärung zu finden. »Da waren schreckliche Bilder in dir, die mich so entsetzt haben und ich hatte nicht verstanden, was geschehen war. Du hast von einem Rückfall gesprochen; was hast du damit gemeint?«

Sie zögerte, gab dann doch eine Antwort. »Ich war über eine lange Zeit sehr krank, Vince. Auch diese Erfahrung wollte ich auf der Reise durch Großbritannien vergessen. Die Statue hat die Erinnerung daran so unvermittelt geweckt, dass ich wohl keinen anderen Schutz gefunden habe und meine Psyche sich selbst abgeschaltet hat. Ich habe mich wieder krank gefühlt, hatte solche Angst, als ich wach wurde! Aber ich kann heute damit umgehen. Es wird mich zwar manchmal beeinträchtigen, aber nicht wieder krank machen. Ich brauchte nur Zeit, um es wieder in den Griff zu bekommen.«

»Du hattest Angst, my Lady?« Und ich hatte sie allein gelassen!

»Ja, und es ist eine völlig unbegründete Angst, wie ich heute weiß. Aber die Krankheit ist vorüber und ich möchte jetzt nicht darüber sprechen. Du hast sicher noch andere Fragen? Ich werde sie beantworten, soweit ich es darf.«

Da war sie nun, die erste Frage, die mir zuvor nie in den Sinn gekommen war. »Warum darfst du mir nicht antworten?«

Sie seufzte. »Das Schwierigste zuerst, Vince? Erinnerst du dich an die Schweigepflichterklärung, mit der Max mich nach der Nacht bei dir im Krankenhaus belästigte? Ich musste so ein Schreiben schon einmal unterzeichnen, damit ich wieder leben durfte. Wenn ich gegen das Schweigegebot verstoße, kann ich für Jahre ins Gefängnis wandern. Aus Angst vor dieser Konsequenz bin ich so verschlossen geworden, dass ich auch vieles verschweige, das nichts mit der `alten Sache´ zu tun hat. Fast als sei die Geheimniskrämerei zu einem Teil meiner Persönlichkeit geworden. Ich werde deine Fragen beantworten, soweit sie nicht die alte Geschichte, nennen wir sie ruhig die `Sache´, betreffen. Ich bitte dich nur, ein Versprechen zu respektieren, zu dem ich damals gezwungen wurde.«

»Wer hat dich gezwungen?«

»Bitte, Vince, wenn ich sage, es betrifft die `Sache´, frag´ nicht weiter nach!«

Es fiel mir schwer, ihre Bedingung zu akzeptieren, aber ich versuchte, mich auf die anderen Fragen zu konzentrieren. »Warum liegt Max dort unten in dem Zimmer?«

»Ein alter Freund hat mir geholfen.«

Ich stöhnte. »Elisabeth, du kannst doch auch sonst in mehr als einem Satz antworten. Erzählst du mir wenigstens diese Geschichte? Warum sollte einer deiner Freunde Max helfen wollen?«

Sie rang um die Formulierungen. »Mein Freund Stephan hat ihm geholfen, weil ich ihn darum gebeten habe. Nachdem der Richter Max wieder in Haft nehmen wollte, musste Stephan schnell handeln! Eine Entführung aus dem Gefängnis wäre unmöglich gewesen. Ich kenne nicht alle Einzelheiten, aber ich weiß, dass Max Stephans Hilfe angenommen hat und ihm freiwillig gefolgt ist. Außer Peter und meinen Helfern hier weiß niemand, dass Max hier ist und nur Peter kennt Max´ vollständigen Namen. Wenn Max wieder sprechen kann, wird er dir sicher mehr berichten.

Seit Sonntagabend ist er nun hier und du hast ja feststellen können, wie schlecht es ihm geht. Er hat zwei gebrochene Rippen, diverse Prellungen und Abschürfungen, die seinen schlechten Zustand aber nicht ausreichend erklären. Er ist so schwach, dass er kaum laufen kann und seine Hände zittern so sehr, dass er kaum nach einem Gegenstand greifen kann. Er kann noch immer nicht sprechen, so sehr er sich auch bemüht. Einer meiner Freunde hier, ein junger Pfleger namens Patrick, hat ihm geholfen. Er sagte, dass Max schwer misshandelt wurde und wie ich vermute, nicht nur körperlich. Peter hat Max ebenfalls untersucht und kam zu einem ähnlichen Ergebnis wie ich: Seine Aphasie ist am ehesten psychisch bedingt, obwohl wir zu einer sicheren Diagnosestellung ein Kernspintomogramm benötigen. Aber in ein Krankenhaus konnte ich Max natürlich nicht bringen. Ich hatte gehofft, dass die Ruhe hier ihm helfen würde und er wird von meinen Freunden und Kollegen aus dem Krankenhaus auch hervorragend betreut. Doch nachts kommen seine Albträume, in denen er sich und andere verletzt. Die Medikamente, die Peter verordnet hat, wirken kaum und nur Patrick hat einen Zugang zu ihm gefunden. Er konnte ihn etwas beruhigen, aber Patrick muss auch arbeiten und kann nur begrenzt hier sein. Tagsüber schreibt Max auf einem kleinen PC, doch Fragen zu dem, was ihm widerfahren ist, beantwortet er nicht. Er lässt sich auch von mir nicht helfen, versteckt alles in sich und nachts kann ich ihn in seiner Panik nicht erreichen. Ich denke, das kannst nur du! Deshalb habe ich versucht, dich hierher zu rufen.«

Das war doch kaum zu fassen! »Du schickst einem schwulen Mann eine Karte einer dümmlichen Blondine, die sich halbnackt auf einem Motorrad räkelt? Wenn Claire nicht so darüber gelacht hätte, wäre deine Nachricht sofort im Müll gelandet!«

Sie grinste mich an. »Erstens ist der Mann, dem ich die Karte geschickt habe, nicht ganz so schwul, wie er es von sich behauptet. Und zweitens hat Peter erwähnt, dass er dich auf ungewöhnliche Formen der Kontaktaufnahme vorbereitet hatte. Ich hatte Monika gebeten, die Karte in deine Post zu schmuggeln, in der Hoffnung, dass du sie bemerkst. Ich habe den Anrufbeantworter mehrmals täglich abgehört und beim ersten Versuch gehofft, dass du es bist. Als ich dann endlich deine zögernde Stimme hörte, ließ ich die Aufnahme noch hundertmal abspielen, nur um dich zu hören. Ich konnte weder dich noch Franca anrufen! Ich befürchte, dass ihr überwacht werdet. Noch geht die Polizei im Osten davon aus, dass Max sich in ihrem Land befindet, aber sicher haben sie inzwischen auch einen anderen Verdacht. Soweit ich über meine Quellen unterrichtet bin, wurde kein internationaler Haftbefehl gegen Max erwirkt, weil seine Teilnahme an der Demo hier im Westen nicht strafbar ist. Aber seine Flucht hat das Verfahren nicht vereinfacht, denn keine Polizei der Welt lässt so etwas gerne auf sich sitzen. Sie werden weiter nach ihm suchen! Aber mit jedem Tag, der ohne Ergebnis vergeht, wird es unwahrscheinlicher, dass sie nachvollziehen können, wie Max hatte fliehen können. Wichtig ist jetzt nur, dass Max anonym bleibt.« Sie machte eine Pause und sprach dann zögernd weiter, ignorierte mein ungläubiges Kopfschütteln.

»Das ist die eine Seite, die Max betrifft, aber ich habe noch ein anderes Problem. Peter hat dir bereits von meinen Schwierigkeiten mit unserem Staatsschutz berichtet. Man befürchtet dort immer noch, dass ich Geheimnisse der `alten Sache´ verraten könnte. Seit meiner unangemeldeten Reise zu dir stehe ich wieder unter besonderer Aufsicht!«, ärgerte sie sich. »Natürlich haben sie irgendwann festgestellt, dass Peter ohne mich aus London zurückgekehrt ist und haben ihm Fragen gestellt. Sie hatten meine Spur verloren, nachdem ich den Zug nach Edinburgh genommen hatte. Du kennst ja meine Abneigung gegen Handys, die als Ortungsgeräte missbraucht werden können! Alle Rechnungen habe ich ohne Kreditkarte bezahlt, um keine Spur zu hinterlassen. Und ohne dringenden Tatverdacht konnte unser Staatsschutz auch nicht auf eure illegalen Überwachungsergebnisse zurückgreifen. Natürlich wirkte es auf unsere paranoiden Schnüffler so, als hätte ich etwas zu verbergen oder plante einen geheimen Kontakt. Wäre ich mit dem Zug oder dem Flugzeug zurückgekommen, hätten sie von meiner Einreise nach Deutschland erfahren. Auf der Fähre konnte ich mich tarnen und später vorspielen, ich sei schon länger wieder hier. In der vorletzten Woche haben sie mich zuhause aufgesucht und gefragt, wo ich war. Da habe ich ihnen eine lange Geschichte von der missglückten Versöhnung mit Peter verkauft, die sie mir nur widerwillig abgenommen haben. Aber sie konnten auch nichts dagegen sagen!« Sie schnaubte genervt. »Als Konsequenz stehe ich jetzt wieder unter Meldeauflage, wie sie es nennen, und muss jeden Tag nachweisen, dass ich mich in Deutschland aufhalte. Allein diese Maßnahme ist schon völliger Blödsinn! Natürlich könnte ich auch hier ihre Geheimnisse verraten, indem ich zum Beispiel dir davon berichte. Aber sie spielen ihre Machtspiele weiter und ich werde ihre Wachsamkeit wieder einschläfern. Deshalb halte ich mich im Moment an ihre Regeln. Um die erneute Trennung von Peter glaubhafter zu machen, halte ich mich in einem Haus auf, das ich während der Abwesenheit der Besitzer hüte. Diese Erklärung haben sie geschluckt und ich hoffe, sie statten mir hier keinen Besuch ab, bei dem sie auf Max stoßen. Noch weist nichts auf meine Verbindung zu dir und Max hin, aber wenn die Polizei der Ostens und unsere Schlapphüte sich unterhalten sollten, werden sie eins und eins zusammenzählen.«

Sie machte eine Pause, um mir Zeit zu geben, die Informationsflut zu verarbeiten, denn sie hatte meine ungläubigen Blicke nun doch registriert. Wie passten diese Informationen zu der schüchternen Psychologin, die ich kennengelernt hatte, als sie einsam durch Großbritannien wanderte und keinem Menschen vertraute? Wer war die Frau, die ihre ´Freunde´ bitten konnte, einen unbekannten Mann aus Polizeigewahrsam zu entführen und ohne Pass unbemerkt nach Westeuropa zu schleusen? Wie konnte es sein, dass Elisabeth, die kein Handy bedienen konnte, zugleich im Internet verschlungene Wege ging, die auf ein außergewöhnliches Wissen in Geheimdienstangelegenheiten schließen ließ?

»Wer bist du, my Lady?«, brachte ich nur heraus.

Sie sah mich um Verständnis bittend an. »Ich bin nur Elisabeth, die aufgrund ihrer Lebensgeschichte einige ungewöhnliche Erfahrungen gesammelt hat. Je weniger du davon erfährst, umso sicherer bist du, falls ich Ärger bekommen sollte.«

Ich versuchte, ihre erneute Zurückweisung zu verarbeiten und beließ es zunächst dabei. »Wie geht es weiter, Elisabeth?«

Darüber hatte sie schon nachgedacht. »Wenn du hier bei uns bleiben willst, brauchst du eine Tarnung. Ich habe mit Peter, deinem neuen Freund, gesprochen. Du besuchst ihn hier, wohnst offiziell in meinem Arbeitszimmer und führst Gespräche zu einem gemeinsamen Projekt mit den Historikern an den Unis in der Umgebung. Kennst du vielleicht Kollegen hier?«

Ich überlegte und war mir nicht sicher, ob einer meiner Kollegen, den ich einmal auf einem Kongress getroffen hatte, noch in Luxemburg arbeitete. »Ich denke schon, aber ich muss es überprüfen. Es könnte sein, dass er einem Ruf nach Paris gefolgt ist.«

Sie nickte nachdenklich. »Du sprichst das nächste Problem an. Vince, wir müssen sehr vorsichtig sein und dürfen hier oben auf keinen Fall das Internet oder Handys benutzen. Das ist ein guter Grund, noch heute Peter zu besuchen. Und auf dem Rückweg werden wir dein Motorrad abholen, damit du mobiler bist. Nur für den Fall, dass du die Nächte mit mir verbringen willst!« Sie sah mich schelmisch an und als ich sie spielerisch knuffte, lachte sie leise. »Du bist herzlich willkommen!«

Dann wurde sie wieder ernst. »Nun zu Max: Ich brauche deine Hilfe, Vince. Meine Kollegen und Freunde tun, was sie können, aber alle haben auch einen Job und auch mir geht das Geld aus.« Stimmt, sie hatte ja ihre Sparbücher aufgelöst, um zu mir kommen zu können! »Es besteht die Möglichkeit, dass ich wieder auf meiner Station arbeiten kann. Würdest du hier bei ihm bleiben, bis alles geklärt ist? Stephan steht weiterhin in Kontakt mit den Mitgliedern eurer Schwulenorganisation im Osten, die alle Spuren sichten, um Max doch noch zu entlasten. Wir hoffen auf einen unauffälligen Deal, der Max mit einem blauen Auge davonkommen lässt. Doch das wird Zeit brauchen! Die Gerichtsverhandlung wird auch ohne ihn stattfinden und bis dahin müssen wir die Beweise beisammen haben, dass er nicht schuldig ist. Stephan sieht übrigens ganz gute Chancen!«, machte sie Mut.

»Aber Max ist noch so geschwächt, dass man ihn nicht allein lassen kann. Die vergangene Nacht ist offenbar die erste, die er geschlafen hat und das haben wir nur dir zu verdanken. Wenn du bei ihm bist, wird er sich erholen«, war sie sich sicher.

Sie sah mich so erwartungsvoll an, dass ich seufzte. »Natürlich werde ich dir helfen. Noch sind wir ja nicht geschieden und ich bin offiziell sein Partner. Aber ich fürchte, es wird für uns alle drei nicht einfach! Vor allem, wenn du ihm solche Gute-Nacht-Geschichten erzählst wie gestern Abend. Wolltest du mich auf die Probe stellen?«

»Natürlich nicht!«, antwortete sie leise. »Das Thema hattest du bereits vorgegeben und es war die erste Erinnerung an eine schöne Begegnung zwischen euch, die ich geteilt habe. Ich brauchte starke Gefühle, um ihn zu erreichen, Vince«, sagte sie entschuldigend. »Zu zweit werden wir es schon hinbekommen! Und vielleicht ist das die Gelegenheit, alles noch einmal zu überdenken und mit Max ins Reine zu kommen. Aber ich verspreche dir, das nächste Märchen zum Einschlafen wird jugendfrei sein!«

»Ich will nichts überdenken, ich will dich!«

Sie atmete erleichtert auf und kuschelte sich in meinen Arm. Ich vernahm ein kurzes Klingen, nur schwach und leise. »Da ist sie wieder, deine Melodie!« sagte ich und ich hoffte, dass sich auch ihr Herz im Tal wieder dort befand, wo es hingehörte.

Sie lächelte: »Seit du wieder bei mir bist, fühle ich mich wieder lebendig!«

Wir genossen unsere Nähe, dann sah Elisabeth zur Uhr. »Ich muss aufstehen. Unser erster Helfer des Tages kommt gleich.« Sie setzte sich an den Bettrand, hangelte nach ihren roten Hausschuhen.

»So früh?«

»Er hatte Nachtschicht und schaut morgens auf seinem Rückweg noch nach Max, um ihn zu beruhigen und die Spuren der Nacht zu beseitigen. Max vertraut ihm und lässt ihn an sich heran.« Sie drehte sich zu mir um und lächelte verschmitzt. »Ich möchte ihn dir gerne vorstellen. Stehst du auf oder möchtest du noch ein wenig ausruhen?

Du wirkst, als hättest du die ganze Nacht gearbeitet! Hast du nicht gut geschlafen?«

Ich dachte über die Nacht nach und stand auf. »Ich erzähle es dir später. Wir wollen deinen Helfer ja nicht vertreiben, indem wir ihn im Schlafanzug begrüßen.«

Die Türglocke erklang, als wir den Frühstückstisch gedeckt hatten. Ich hörte Elisabeth mit dem Mann sprechen, verstand ihre Worte durch ihre Wolke hindurch. »Guten Morgen, Patrick, danke, dass du vorbeikommst! Wie war die Nacht?«

Der Mann berichtete von einem verwirrten Patienten, der ihn gefordert hatte und ich hörte sein Seufzen. »Zum Glück konnten die anderen weitgehend schlafen. Wie war die Nacht mit Max?«

»Er war zum ersten Mal ruhiger und schläft sogar jetzt noch. Komm, das Frühstück ist fertig. Ich habe Besuch, den ich dir vorstellen möchte. Er wird hier bei uns bleiben und uns unterstützen.«

»Kannst du ihm denn vertrauen?«

»Absolut!«

Der Besucher zögerte und lachte dann: »Jeder Helfer ist willkommen. Und wenn er dich so glücklich macht, solltest du ihn schon aus Eigeninteresse hier festbinden. Du hast schon lange nicht mehr so entspannt gewirkt!«

Sie traten in die Küche, ich drehte mich um und Elisabeth stellte mir den jungen Mann vor. »Vincent, das ist Patrick, der mir eine große Hilfe ist. Patrick, das ist Vincent, der ...«

Weiter hörte ich ihre Vorstellung nicht. Wir sahen uns erstaunt an und vergaßen sogar, uns die Hand zu schütteln. Der erste Gedanke, der mich bei seinem Anblick durchzuckte, war ebenso ungläubig wie ungewohnt: Das war der Sohn, den ich hätte haben können, wenn ich mich damals statt in Max in eine Partnerin verliebt hätte.

Patricks Gedankengang schien ähnlich zu verlaufen. Er fing sich zuerst und lächelte. »Vielleicht sollte ich meine Mutter doch noch einmal nach meinem Erzeuger befragen. Waren Sie vor etwa dreiundzwanzig Jahren in Deutschland, Vincent?«

Ich schüttelte fast bedauernd den Kopf und grinste den Jungen an. »Kein Wunder, dass er sofort einen Draht zu Max hatte!«, sagte ich halb zu Elisabeth gewandt.

Als sich Patrick fragend zu ihr umwandte, antwortete sie. »Vincent ist…«

Sie stockte, war unsicher, wie sie den Satz fortführen sollte und ich sprang ihr bei. »Ich bin Elisabeths Partner und ein Freund von Max!«

Sie lächelte mich dankbar an und Patrick sah erstaunt von Elisabeth zu mir, nickte dann. »Willkommen im Team, Vincent!« Dann rieb er sich über die Augen. »Wow, bin ich müde! Soll ich gleich nach Max schauen? Lange halte ich nicht mehr durch!«

Elisabeth nickte zum Tisch. »Das Frühstück wartet auf dich, wann du es willst. Ihr beide könntet Max gemeinsam wecken. Ich denke, Vincent kommt auch allein mit ihm zurecht und du kannst schlafen. Das Gästezimmer steht dir wie immer zur Verfügung, wenn du zu müde bist, um noch nach Hause zu fahren. Und Abendessen gibt es um sechs. Wenn du vorbeikommen möchtest, brauchst du nicht selbst zu kochen«, lud sie ihn ein.

»Wer übernimmt heute die Spätschicht bei Max?«

»Heute Abend kommt Nora, sie isst sicher auch mit uns.«

Er grinste: »Ich bin auf jeden Fall da! Aber Hunger hab´ ich jetzt auch!«

Sie unterhielten sich weiter beim Frühstück über ihre Arbeit und den Zustand von Max; ich versuchte, ihrer deutschen Unterhaltung zu folgen. Durch meine Verbindung zu Elisabeth konnte ich fast alles verstehen. Natürlich fiel es mir schwer, ebenfalls in dieser Sprache zu antworten und so hörte ich ihnen nur zu, konzentrierte mich auf den Sprachfluss. Ein Knarren von oben bedeutete uns, dass Max wach war und wir standen auf.

»Geht ihr ohne mich hoch? Ich räume hier auf!« Elisabeth nickte uns aufmunternd zu und ich bereitete mich auf das erste bewusste Treffen mit meinem Expartner vor.

46

Max

Ich hörte unten Elisabeth mit Patrick sprechen und freute mich über seinen Besuch. Er hatte mir versprochen, dass er nach seiner Nachtschicht noch vorbeikommen würde und ich war erleichtert, dass meist nur er mit bekam, wie schlecht es mir in den Nächten erging. Elisabeth hatte von unruhigen Albträumen gesprochen, die ich nachts erlebte. Ich selbst erinnerte mich kaum daran, fand nur die Spuren am nächsten Morgen. Um weitere Verletzungen zu vermeiden, hatte Elisabeth alle Gefahrenquellen beseitigt und doch bemerkte ich immer wieder neue Prellungen und blaue Flecke an mir. Manchmal fand ich verschobene Möbelstücke und einmal hatte ich wohl nachts das Bett von der Wand gezerrt und dahinter auf dem Boden geschlafen. Ausgerechnet an diesem Morgen fand mich Martin. Er hat sich wohl gewundert, aber rücksichtsvoll darüber hinweggesehen. Nur Patrick brachte es fertig, mein seltsames Verhalten einfach hinzunehmen. Außer ihm kam auch Mariam regelmäßig, mit der ich mich mithilfe eines Wörterbuchs verständigte. Elisabeths andere Helfer sah ich nur sporadisch. Meist war ich tagsüber mit ihr allein, aber sie hatte angedeutet, dass sie wieder arbeiten wollte. Ich hatte ihr gestikulierend versichert, dass sie mich durchaus allein lassen konnte, aber sie hatte nur nachdenklich den Kopf geschüttelt. Der Arzt hatte mich noch zweimal besucht und schien mit Elisabeth recht gut bekannt zu sein. Ich konnte die Selbstverständlichkeit langjähriger Freundschaft in ihrem Umgang miteinander beobachten.

An den ruhigen, gleichförmigen Tagesablauf hatte ich mich so gewöhnt, dass mir unser gestriger Ausflug in die nahegelegene Kleinstadt wie ein Besuch auf dem Jahrmarkt vorkam. So viele Menschen, solch eine Geräuschkulisse, die mir zusetzte! Wir hatten ein Bekleidungsgeschäft aufgesucht, das erstaunlich gut sortiert war und eine Grundausstattung für mich eingekauft. Aber es war mir peinlich, als Elisabeth die Rechnung bezahlte. Natürlich in bar! Die Erfindung der Kreditkarte hatte sich wohl noch nicht bis zu ihr herumgesprochen. Ich bemerkte, wie sehr die Menschen mit ihren unterdrückten Gefühlen sie belasteten. Fast wünschte ich mir, ich könne sie ebenso davor schützen, wie es Vince beschrieben hatte, um ihr ein wenig der Dankbarkeit zu zeigen, die ich ihr schuldete.

Wir sprachen nicht viel miteinander, tauschten meist nur das Notwendigste aus: »Was möchtest du essen, welches Buch willst du lesen, hast du Schmerzen?«, waren noch die persönlichsten Fragen, die sie mir stellte. Sie hatte weder Vince noch meinen Retter Stephan wieder erwähnt und sagte nur, dass alles getan werde, damit ich meinen Pass zurückerhielte. Ich hatte sie nur einmal lächeln sehen, als ich mich spontan zum Dank für ihre Hilfe verbeugte und sie hatte mir zugenickt. »Ist schon okay, Max!«, danach hatten wir unser schweigendes Leben wieder aufgenommen, in dem ich mich recht gut eingerichtet hatte.

Doch Patrick war und blieb mein Lichtblick! Er war immer offener geworden und hatte mir vor einigen Tagen eine meiner eigenen Fanpostkarten vorgelegt, die er im Internet gefunden hatte. »Bekomme ich ein Autogramm, Max?«

Ich hatte ihn entsetzt angesehen, aber er hatte verschwörerisch gelächelt. »Ich wusste doch, dass ich dich irgendwoher kannte! Es hat nur etwas gedauert, bis ich mich erinnert habe. Ich verspreche dir, dass ich auf jeden Fall dichthalte!«

Ich nickte und unterschrieb so schlecht, wie es mit meinen zitternden Händen ging. Wir sprachen über sein Leben und über sein Interesse an Nora, die ich ebenfalls getroffen hatte. Trotzdem war ich davon überzeugt, wenn er den richtigen Mann träfe, stände einer großen Liebe nichts entgegen – wie damals bei Vince und mir.

»Guten Morgen, Max, du bist ja schon wach und hast, wie ich sehe, sogar im Bett geschlafen. Das ist eindeutig ein Fortschritt!«, lachte er. »Schau mal, Elisabeths Partner ist zu uns gestoßen und wird dir auch helfen!«

Ich drehte mich fragend um und erstarrte. Vince lehnte am Türrahmen, abwartend, zurückhaltend. Er nickte nur und brachte ein »Hallo, Max« hervor.

Patrick sah ob der unterkühlten Begrüßung fragend von einem zum anderen. »Vincent, sagten Sie nicht, Sie seien auch ein Freund von Max?«

Vince nickte und bemerkte ironisch: »So kann man es wohl nennen!«

Elisabeths Partner, ach ja? Ich spürte, wie ich mich anspannte.

Patrick bemerkte meine Abwehrhaltung: »Nun, es braucht wohl noch etwas Zeit. Ihr seid euch noch etwas fremd. Ich denke, ich helfe Max im Bad.«

Vince nickte. »Ich warte unten.«

Ich spürte die Fragen, die in Patrick brannten und nahm seufzend den kleinen Computer zur Hand.

»Ist er wirklich ein Freund von dir, Max?«

»Ich hoffe, ja!«

»Kennst du ihn schon lange?«

»Weit über zwanzig Jahre.«

Er überlegte. »Habt ihr euch gestritten?«

Ich nickte und tippte dann schweren Herzens die Antwort: »Ich war sein Partner und habe ihn vor einigen Wochen verlassen.«

Patrick sah mich ungläubig an: »Ihr seid richtig verheiratet? Oder wie sagt man das korrekt: verpartnert?«

»Noch!«

»Und jetzt ist er Elisabeths Partner?«

»Scheint so.«

Patrick schüttelte den Kopf. »Na, wenn das mal gutgeht!«

Er hatte meinen Gedankengang auch ohne Elisabeths Fähigkeiten präzise erfasst.

Patrick war an diesem Morgen sehr schweigsam im Bad und als er mir beim Anziehen half, stellte er die nächste Frage. »Geht das einfach so? Ich meine, man liebt doch entweder Männer, wenn man schwul ist oder eben Frauen als Hetero. Wenn ich das eben richtig verstanden habe, hat sich Vincent nach eurer langjährigen Partnerschaft nun Elisabeth zugewendet?«

Da ich das erneute Treffen mit Vince noch etwas hinauszögern wollte, nahm ich mir die Zeit, ausführlich zu antworten. »Ich war schon immer schwul, fühlte mich zu Männern hingezogen. Ich hoffe, das stört dich nicht?«

Ich zeigte ihm den kleinen Monitor und er schüttelte den Kopf. »Nein, das weiß ich doch. Und es ist doch heute egal, ob so oder so.«

Ich überlegte und tippte weiter. »Trotzdem habe ich auch mit Frauen geschlafen, als ich in deinem Alter war. Erst als ich Vince traf, war mir klar, er ist der Partner meines Lebens. Er war sich seiner Vorliebe noch gar nicht recht bewusst und ich konnte ihn überzeugen, dass wir zusammengehören.«

Patrick las meine Antwort und fragte: »Und jetzt? Warum hast du dich von ihm getrennt?«

»Ich war eifersüchtig. Ich dachte, er betrügt mich mit Elisabeth!«

»Hast du deshalb Elisabeth auf unserer Station so angefaucht?«

Ich nickte und er bemerkte, dass mir die Erinnerung an meinen Auftritt peinlich war. »Und, hat er dich betrogen?«

»Damals wohl noch nicht«, musste ich zugeben.

Er fasste die Situation scharfsinnig zusammen: »Du hast aus Eifersucht auf Elisabeth nun genau die Fakten geschaffen, vor denen du dich gefürchtet hast?« Betroffen sah er mich an, schüttelte dann den Kopf. »So ganz verstehe ich das immer noch nicht! Du denkst also, dass die Liebe von der Person, ihrer Persönlichkeit also, abhängt, in die man sich verliebt, nicht von ihrem Geschlecht?«

»Nur meine Meinung!«

Er lachte. »Interessant, Max! Das werde ich mir merken, wenn ich mal einen attraktiven Mann kennenlerne!«

Da waren wir also wieder, Rick, aber nun unter veränderten Vorzeichen und es ging trotz unserer Bedenken recht gut. Patricks Vorliebe, mit jedem T-Shirt, das er trug, auch eine Botschaft zu vermitteln, half uns über unser erstes Zusammentreffen hinweg.

Er hatte die T-Shirts, die ich mit Elisabeth eingekauft hatte, eher abfällig betrachtet: »Wie langweilig seriös, Max!« und mir dann eines aus der Kollektion gezeigt, die er mir mitgebracht hatte: »Wie wäre es anlässlich eurer Situation damit?« und ich musste lachen.

Elisabeth und Vince lasen schon die Zeitung, als wir herunter kamen und ich sah zuerst Vince grinsen, dann auch tatsächlich ein Lächeln von Elisabeth. »Ist das eine Warnung oder eine Empfehlung,

Max?«, fragte sie, als sie das groß gedruckte `Don´t date´ auf dem T-Shirt lasen.

Ich signalisierte ihnen, dass sie sich die Deutung aussuchen könnten und sie flachsten über die Auslegungsmöglichkeiten, während Vince mir Rühreier zubereitete. Patrick hatte nur noch einmal kurz gewunken, als er die entspannte Atmosphäre bemerkte, und sich ins Gästezimmer verabschiedet.

Nach der Zeitungslektüre besprachen wir die Tagesplanung. Vince wollte gemeinsam mit Elisabeth einen Peter besuchen und als ich ihn fragend ansah, wen er meine, sagte er erstaunt: »Elisabeths Mann, natürlich. Sonst kenne ich hier doch niemanden!«

Als mein Kopf fassungslos zu ihr ruckte, seufzte sie: »Er ist wirklich mein Exmann, Vince! Du hast ihn schon kennengelernt, Max, den Arzt, der dich hier betreut!«

Vince bemerkte mein Erstaunen und lachte. »Wahrscheinlich habe ich genauso wie du jetzt ausgesehen, als ich ihn kennengelernt habe. Du wirst hier von Peter betreut und wusstest nichts über seine Beziehung zu Elisabeth?« Er sah kopfschüttelnd zu ihr hin. »Du schaffst es doch immer wieder, mit derartigen Überraschungen die Spannung zu erhalten!«

Sie zuckte die Achseln. »Max hat nicht danach gefragt und ich fand es nicht so wichtig!«

Ich sah Vince an, er verdrehte die Augen und wir konnten beide nur einvernehmlich den Kopf schütteln.

Elisabeths lakonisch-warnendes »Don´t date, Jungs!« brach das Eis und verhalf uns zu einem vorläufigen Burgfrieden.

Wir fanden schnell in eine neue tägliche Routine. Elisabeth hatte ihre Arbeit wieder aufgenommen, Vince führte Gespräche mit seinen Kollegen. Ein mögliches Projekt für sein kommendes Forschungstrimester war die Geschichte der verschwundenen Dörfer in der Umgebung, die im Mittelalter aus noch unbekannten Gründen aufgegeben wurden. Von jedem Besuch der hiesigen Universitätsbibliothek kam er mit einem Korb voller Bücher und Schriften zurück, die den engen Rahmen seines provisorischen Arbeitszimmers bald sprengten und sich überall im Haus verbreiteten, was mir ein Gefühl von Heimat vermittelte: Bevor man sich setzte, räumte man seine Bücher beiseite, so selbstverständlich, wie man beim Essen Besteck benutzte. Nicht nur einmal vermisste ich Claire, die dieses Chaos zu beherrschen vermochte, ohne Vince in seiner kreativen Vorstellung von Ordnung zu beeinträchtigen. Seine Forschungen konnte er im Haus durchführen und daher für mich da sein, wenn ich seine Hilfe benötigte.

Durch die seltsamen Gute-Nacht-Geschichten, wie Vince und Elisabeth sie nannten, konnte ich wieder schlafen, ohne Albträume zu durchleben. Jeden Abend kamen sie nach dem ominösen Kontrollanruf für Elisabeth noch einmal in mein Zimmer. Vince legte mir die Hand locker auf den Arm, während ich Elisabeths Erzählungen lauschte und mich treiben ließ. Dieser einzige Kontakt zu Vince machte mir anfangs zu schaffen. Als ich das erste Mal seine Hand auf mir spürte, durchlief mich ein Schauer und ich vermisste ihn so sehr, dass er es spürte und die Hand zurückzog, als habe er sich verbrannt. Er hatte mich warnend angeschaut und ich hatte genickt und mich darauf konzentriert, dass er die Berührung nur zuließ, um mir zu helfen. Sie hatten mir erklärt, dass sie meine Stimmung mit vereinten Kräften beeinflussen konnten, indem Vince den empathischen Kontakt durch die Berührung aufbaute und an Elisabeth weitervermittelte, die daraufhin alle Sorgen, die mich belasteten, aufnahm und `ableitete´. Als ich Vince fragte, wie er meine Gefühle durch das Auflegen der Hand erfahren konnte, berichtete er von einer `Wolke´ um Elisabeth. So ganz konnte seiner abstrusen Theorie nicht folgen, aber ich genoss die Wirkung der Nachtruhe. Nachdem ich nun wieder schlafen konnte, gewann ich zunehmend meine Selbständigkeit zurück, indem die Schwäche und das Zittern, die mich so belastet hatten, nachließen. Die Zahnbürste konnte ich nun wieder halten, mir selbst die Schuhe binden und das Besteck beim Essen benutzen, ohne dass es mir aus der Hand fiel. Eines Morgens traf mich Patrick bereits nach einer Dusche im Badezimmer an, als ich versuchte, mich abzutrocknen. Er unterstützte meine Bemühungen nur noch, nachdem er an diesem Morgen eine halbherzige Erektion beobachtet hatte. Mir war die Situation außerordentlich peinlich, aber er lachte nur aufmunternd: »Es geht dir eindeutig besser, Max! Herzlich willkommen zurück im Leben!«

Obwohl ich mich erholte, kamen Elisabeths Helfer weiterhin zu uns, um Vince bei seiner Hilfe für mich anzuleiten und er lernte schnell die richtigen Handgriffe. Und auch die Sprache! Durch seine Verbindung zu Elisabeth verstand er, was gesprochen wurde, doch das Antworten in der fremden Sprache fiel ihm noch schwer. Am schnellsten lernte er mit Mariam, die auf ihre einfühlsame Art seine Bemühungen unterstützte.

»Max is outside, in the garden« antwortete Vince auf ihren fragenden Blick und sie übersetzte zögernd: »Max ist im Garten?« und er wiederholte erleichtert: »Ja, Max ist im Garten«, und sie lächelten sich an.

Ich bewunderte sein Interesse, immer wieder etwas Neues zu lernen. Er hatte die Geduld, sich das Wissen anzueignen. Ich hatte mich dagegen in meiner Sprachlosigkeit eingerichtet und konnte lediglich schneller, und vor allem auch lesbarer, auf einem Tablet-PC schreiben als mit der Hand.

Jeden Abend kochte Vince für uns und die Besucher, die sich einfanden. Fast nie waren wir nur zu dritt, was uns das Zusammenleben erleichterte. Angstvoll hatte ich in den ersten Tagen den Umgang zwischen Elisabeth und Vince beobachtet, aber sie verhielten sich sehr zurückhaltend, wenn ich in der Nähe war. Und trotzdem vermisste ich ihn, wenn ich abends im Bett lag.

Ich beobachtete nur eine intimere Szene, als Elisabeth mit einer großen Einkaufstasche beladen von der Arbeit kam und uns im Garten unter den Sonnenschirmen fand. Vince hatte zuvor eine Partie Schach mit mir gespielt, dann war ich im Liegestuhl eingeschlafen.

Das Geräusch, als er aufstand, um sie zu begrüßen, weckte mich, doch ich hielt die Augen weiter geschlossen und blinzelte nur unter den Lidern hervor. Er ging ihr entgegen und ich befürchtete schon einen Kuss. Doch sie berührten sich nur leicht an der Hand und schlossen die Augen. Ich bemerkte den genießerischen Ausdruck in Elisabeths Gesicht, dann ließ sie seine Hand plötzlich fallen und lachte: »Lass das jetzt, sonst zerre ich dich sofort hinter diese Hecke dort!«

Er grinste und schlug vor: »Wollen wir dort weitermachen?«

Sie schüttelte mit einem Seitenblick auf mich bedauernd den Kopf und lächelte: »Bewahre den Traum für mich bis heute Abend!« Dann hob sie abschätzend die schwere Einkaufstasche: »Sag mal, Vince, wen erwarten wir heute?«

»Peter kommt noch vorbei, um nach Max zu sehen und für eine Partie Schach mit mir. Mariam kommt zur Spätschicht und bringt ihren Sohn Oscar mit, weil der gehört hat, dass Amanda ausnahmsweise mitkommt«, meinte er ironisch. »Patrick braucht eines seiner T-Shirts für den Abend mit Nora und da habe ich beide eingeladen.« Er sah sie fast entschuldigend an.

Sie nickte. »Ach ja, Treffen des Fanclubs!«

Er lächelte und wies auf die Zeitung auf dem Tisch. »Setz´ dich doch erst mal. Möchtest du einen Kaffee?«

»Bei dieser Hitze lieber Eiskaffee!«

Elisabeth sah kurz nach mir, ließ sich dann müde auf einen Stuhl fallen und griff nach der Zeitung.

Als Vince den Eiskaffee vor ihr abstellte und sich zu ihr setzte, fragte er: »Wie hast du das eben gemeint: Treffen des Fanclubs?«

Sie sah von der Zeitung auf und legte sie dann hin, lehnte sich zurück. »Sag mal, Vince, bemerkst du das wirklich nicht? Wir haben jeden Abend Besuch, während ich mir in der ersten Woche hier alleine mit Max eher wie im Schweigekloster vorkam. Ich war, wie du dir sicher vorstellen kannst, nie sonderlich beliebt. Unsere Freunde besuchen uns eindeutig wegen dir und deshalb sagte ich Treffen des Fanclubs.«

»Max hat Fans, nicht ich!«, widersprach Vince.

Sie lächelte. »Ja, Max hat Fans, weil sie seine Rollen lieben, die Mitglieder deines wesentlich exklusiveren Clubs lieben dich! Du hättest die Szene im Supermarkt eben erleben müssen: Der Blick der von der Hitze sichtlich gestressten Verkäuferin hellte sich sichtlich auf, als ich nach deiner Bestellung fragte. `Ah, Monsieur Vincent, er ist ja so ein freundlicher Herr´. Ihr Blick verfinsterte sich fast, als sie mich fragte, ob ich dich gut kenne. Da war eindeutig Eifersucht in ihrer Ausstrahlung. Die Szene an der Kasse verlief ähnlich und ich soll dich von Madame Vorassier grüßen!«

Ich sah, wie Vince grinste. »Sie ist nett, nicht wahr?«

Elisabeth lachte. »Du nimmst es also doch wahr! Wenn ich einen Fanclub für dich gründe, bin ich überzeugt, dass selbst Rebecca einen Aufnahmeantrag stellen wird!«

Er reagierte so erstaunt wie ich: »Doch nicht Rebecca!«

»Ja, klar! Hast du nicht bemerkt, wie schick sie sich immer für dich gemacht hatte? Sicher hat sie ihre professionelle Rolle bedauert!«

Klar, als seine Therapeutin musste sie Distanz wahren. Aber nicht mal mir war aufgefallen, dass auch sie sich für Vince interessierte.

Elisabeth flachste weiter. »Wäre dann nur noch die Frage, wer den Vorsitz des Clubs übernimmt?«

Sie überlegten gemeinsam: »Patrick?«

»Nein, der gehört eher zu Max´ Fanclub.« Ich war erleichtert.

»Einer der Frauen hier? Vielleicht Mariam?«

»Nein, sie verwirrt mich zu sehr mit ihrer undurchschaubaren nonverbalen Kommunikation!«

Elisabeth riss die Augen auf. »Hey, da muss ich ja aufpassen!« Sie überlegte sie weiter und meinte schalkhaft: »Ich stimme für Claire. Sie ist in der Lage, die Eifersüchteleien unter deinen weiblichen Fans mit ihrer bodenständigen Art zu unterbinden!«

Ich hob die Hand, um meine Zustimmung zu bekunden und Elisabeth lachte: »Wie lange hörst du uns schon zu, Max?«

Es fällt mir schwer, die veränderte Art meiner Beziehung zu Vince zu beschreiben. Er hatte eindeutige Grenzen gesetzt, indem er sich als Elisabeths Partner bezeichnete. Doch diese Grenze im täglichen Umgang zu akzeptieren, war sehr schwer. Nachdem die Morgenhelfer uns verlassen hatten und Elisabeth zur Arbeit gefahren war, verbrachten wir den Tag zusammen in dem Traumhaus. Und doch waren wir getrennt. Er sorgte für mich, stellte einen Logopäden ein, mit dem ich das Sprechen wieder lernen sollte und besorgte mir alles, was ich wünschte. Ich war erleichtert darüber, dass mein Expartner nun die Kosten übernahm. Ich fürchtete, Elisabeth zu sehr auf der Tasche zu liegen und den Fehler, ihr Geld für ihre Hilfe anzubieten, wollte ich nicht wiederholen.

Er kochte mir ein Mittagessen, um mich weiter zu kräftigen und danach unternahmen wir Spaziergänge in die Umgebung, bis ich wieder fit genug sei, um mit ihm zu laufen. So stellte ich fest, dass wir uns nahe der französischen Grenze befanden, als uns andere Spaziergänger mit einem freundlichen `Bonjour´ grüßten. Wir gingen auch zu der Burgruine in der Nähe, die uns einen unglaublichen Blick auf die tieferliegende Umgebung ermöglichte. Als wir die Aussicht zum ersten Mal genossen, hatte ich vor Begeisterung wie früher den Arm um ihn gelegt. Er versteifte sich sofort, sah mit fragendem Blick auf meine Hand und ich löste sie entschuldigend. Wir standen nebeneinander, sahen in die Ebene und ich tippte: »Das hier erinnert mich an den Traum, den Elisabeth uns an dem Tag in Edinburgh erzählt hat. Damals, als du so hohes Fieber hattest.«

Vince nickte, auch er schien sich an unseren Spaziergang zu erinnern. Hand in Hand und so vertraut.

Ich tippte weiter. »Schläfst du jetzt mir ihr?«

Er las kurz und fragte zurück: »Schläfst du mit Jo?«

Ich hob schon empört den kleinen Computer, wollte ihn fragen, was ihn das anginge. Dann verstand ich und ließ das Gerät sinken.

Er nickte kurz und drehte sich von mir fort, ließ den Blick schweifen und atmete nach einigen Minuten tief durch. »Gehen wir zurück.«

Nie sprachen wir über unsere Trennung und die Fehler, die ich gemacht hatte. Solange ich ihm nicht mit eigenen Worten und mündlich erklären konnte, was geschehen war, welche Gefühle mich bewegt hatten, wollte ich mich nicht verteidigen und er beließ es dabei. Ich konnte nicht sprechen, so sehr ich es mir auch wünschte.

47

Vincent

Sobald es Max in körperlicher Hinsicht besser ging, setzte auch seine motorische Unruhe wieder ein. Ich versuchte, ihn zu unterstützen, indem ich lange Spaziergänge mit ihm unternahm, die ihn etwas ruhiger werden ließen. Doch seine Verzweiflung darüber, nicht sprechen zu können, spürte ich auch ohne Elisabeths Wolke und sie belastete unser Zusammenleben. Wenn ich mich mit Elisabeth oder unseren Besuchern unterhielt, übersahen wir oft, dass er sich ins Gespräch einbringen wollte. Dann machte er ungeduldig auf sich aufmerksam. Natürlich versuchten wir, ihn einzubeziehen, doch statt die übliche saloppe Antwort zu geben, musste er seinen Computer bedienen, was unsere Kommunikation sehr verlangsamte. Ich versuchte, dann ruhig abwartend neben ihm zu sitzen, um ihn nicht noch mehr unter Druck zu setzen, aber es kam immer wieder zu Situationen, in denen wir ihn unabsichtlich übergingen, eher über ihn als mit ihm sprachen.

»Max hatte zum Glück wieder eine ruhige Nacht!«, stellte Elisabeth bei unserem gemeinsamen Frühstück fest.

»Ja, die Geschichte, die du ihm gestern Abend erzählt hast, hat ihn an den ersten Erfolg erinnert. Ich habe gespürt, dass er glücklich war. Wie konntest du davon wissen?«

Max war zu Recht bereits beleidigt, dass wir ihn nicht fragten, wie er geschlafen habe.

Elisabeth antwortete mir: »Als ich im April nach Deutschland zurückgekehrt bin, habe ich ein wenig recherchiert.«

»Recherchiert?«, fragte ich zweifelnd.

»Na ja, ich habe mir Aufzeichnungen seiner früheren Interviews im Internet angeschaut, in denen er so unglaublich viel über sich verrät!«

Sie berichtete von einigen Episoden aus seinem Leben, die er dort preisgegeben hatte. Während ich nachdenklich zuhörte und mir vornahm, mir die Videos auch einmal anzuschauen, hatte Max seine Antwort getippt, aber wir achteten kaum auf ihn, bis er mit dem Löffel unbeherrscht auf die Tischplatte schlug. Wir sahen zu ihm hin und er zeigte mir, was er geschrieben hatte: »Das ist mein Job!«

Wir bemerkten, wie wütend er darüber war, dass er sich nicht ausführlicher zu der Kritik, die in Elisabeths Worten mitschwang, äußern konnte. Wir sahen uns betroffen an und Elisabeth nickte. »Du hast recht, das war überheblich. Entschuldige, Max!«

Ihn auf Abstand zu halten, die neue Qualität unserer Beziehung aufrecht zu erhalten, fiel mir ebenso schwer wie ihm. Jahrelang hatten wir unsere Lesebrillen einfach ausgetauscht. Man nahm die, die gerade in der Nähe lag und er seufzte vernehmlich, als ich wieder einmal seine nutzte und ich legte sie sofort zurück. Wenn wir früher bei Spaziergängen in einsamen Gegenden nebeneinander hergingen, hatte ich oft seine Hand genommen oder den Arm um ihn gelegt und mehr als einmal musste ich diesen Impuls nun in mir unterdrücken. Auch unsere Vertrautheit konnte ich nicht einfach ausblenden. Die alten Scherze und Anspielungen, deren Bedeutung nur der Partner kennt, belasteten Elisabeth, wenn wir über etwas grinsten, dass sie nicht nachvollziehen konnte. Auch wenn ich ihr dann die Bedeutung des Zitates oder der Situation erklärte, spürte ich, dass sie sich ausgeschlossen fühlte.

Eine ungewohnte Müdigkeit setzte mir zu. Nacht für Nacht, wenn Elisabeth schlief, hielt ich mich nach unseren Träumen in ihrem Land auf, das ich wieder instand setzen wollte. Ich hatte sie allein gelassen, als die Angst ihr Tal überschwemmte und wollte nun ein wenig Wiedergutmachung leisten.

Sie hatte mir ihr Herz zurückgegeben. Meine Stele hielt es nun mit beiden Händen schützend vor der Brust. Vom Zentrum des Säulengartens hatte sich ein wärmeres Klima ausgebreitet, der Schnee war an den Rändern bereits geschmolzen und die ersten Frühjahrsblumen, natürlich nur mit weißen Blüten, hatten sich gezeigt. Ich hatte einige der kleineren Steine wieder aufgestellt. Und hatte sogar Joseph, der sich ganz am Rand unter einer Schlammschicht verbarg, gesäubert und ihm, wie ich zugeben muss, mit uns abgewandtem Blick einen neuen Platz zugewiesen. Am nächsten Abend jedoch hatte er sich wieder herumgedreht, sah zu Max hin und ich akzeptierte ihre

Bedeutung widerstrebend. Doch meine Kräfte reichten nicht aus, auch die größeren Figuren wieder aufzurichten. Die Bruchstücke von Max hatte ich wie Puzzlesteine gesammelt und sorgsam gesäubert, aber ich war außerstande, sie ohne Mörtel oder Kitt wiederaufzubauen.

Noch während ich das Problem zu lösen versuchte, lag ich plötzlich wieder in unserem Bett und Elisabeth flüsterte in der Dunkelheit. »Warum schläfst du nicht, obwohl du so erschöpft bist? Ich spüre deine Anstrengung, aber ich kann einfach nicht erfassen, woran du arbeitest. Was verbirgst du vor mir, Geliebter?«

Sie klang so besorgt, dass ich sie fester in den Arm nahm und ihr gestand: »Ich versuche, dein Land wieder aufzubauen. Dir zumindest ein wenig Unterstützung zu geben!«

Sie ahnte die Bedeutung der Sätze sofort. »Waren das die entsetzlichen Bilder, die du in mir gesehen hast? Die dir solche Angst vor mir eingejagt haben? Was habe ich getan?«

»Das warst nicht du, my Lady, das war ein hinterhältiger Angriff auf deinen geschützten Bereich. Aber statt dich zu schützen, habe ich der Zerstörung nur zugesehen.«

Sie schwieg betroffen und bat dann: »Zeigst du mir, was sich dort abgespielt hat?«

Ich zögerte. »Es wird dich nur traurig machen! Warte doch, bis es dort wieder so schön ist, wie es einmal war!«

»Bitte, Vince!«

Ich seufzte und konzentrierte mich, erinnerte mich an meinen ersten Spaziergang durch das zauberhafte Land, meine Entdeckung des Tals der Stelen mit ihrer unbekannten Bedeutung. Nur äußerst widerstrebend rief ich dann die Bilder der Zerstörung wieder wach und sie teilte mein Entsetzen. Sie weinte leise bei der Apokalypse und ich unterbrach den Bilderstrom sofort.

Sie flüsterte entsetzt. »Das wollte ich nicht, Vince! Kein Wunder, dass du dich vor mir auf den Turm gerettet hast!« Sie beruhigte sich langsam und als ich vorschlug, nun zu schlafen, schüttelte sie den Kopf. »Nein, ich möchte wissen, was du dort Nacht für Nacht aufbaust. Was du für mich tust!«

Ich nickte ergeben und zeigte ihr das langsam wieder auftauende Land. Sie folgte meinem Gang durch das Tal, sah die umgestürzten wie die wieder aufgerichteten Figuren und ich hörte das Lächeln in ihrer Stimme. »Du hast sogar Joseph wieder aufgestellt?«

»Ja, aber du hast ihn wieder herumgedreht!«

»Tatsächlich? Mein Unterbewusstes ist wohl netter, als ich dachte!«

Ich nickte, dann sprach ich mein größtes Problem an: »Aber Max konnte ich nicht retten!«

Ich sandte ihr die Bilder unseres zerbrochenen Freundes und sie sog erschreckt die Luft ein. »Was ist mit ihm geschehen? Alle anderen sind nur umgestürzt. Was hat ihn so zerstört?«

»Eben das weiß ich nicht! Und ich habe keine Ahnung, wie ich ihn wieder zusammensetzen kann!«

Sie kuschelte sich tröstend an mich und ich spürte, wie ihre Melodie mich einlullte. »Wir werden einen Weg finden. Danke, dass du mir die Bilder gezeigt hast, Danke für deine Hilfe. Schlaf nun, Geliebter, denn wenn du dich weiter so schwächst, muss ich bald deine ganze Insel wieder aufbauen!«

»Wollen wir noch spazieren gehen, Vince? Bis zum nächsten Kontrollanruf sind es noch zwei Stunden und Max hat gute Gesellschaft.« Sie nickte zu Max hinüber, der eifrig getippt hatte und nun Patrick das Display zeigte.

Er las und lachte: »Das glaube ich nicht, Max!« Sie waren völlig in ihre Unterhaltung vertieft und das schöne Gefühl, das von Patrick ausging, wenn er den schreibenden Max betrachtete, war auch mir aufgefallen.

Ich fragte Elisabeth: »Bemerkt er es wirklich nicht?«

Sie schüttelte den Kopf: »Nein, zu viel geht in ihm vor.«

Ich nickte: »Gehen wir.«

Wir nahmen den Weg über die sanften Hügel zu der kleinen Kapelle, die an das verschwundene Dorf erinnerte. Dieser zauberhafte Ort der Stille begeisterte Elisabeth stets aufs Neue. »Hier kann man fast Magie spüren.« Ich legte den Arm um sie und wir setzten uns auf die kleine Steinbank, die in die Außenmauer eingelassen war.

»Ich habe über mein Land nachgedacht, Vince. Du sagst, ich greife dort unbewusst immer wieder ein, verändere die Figuren. Vielleicht kann ich dir bei den Aufbauarbeiten helfen? Nimm mich doch einfach einmal mit!«

»Das geht nicht, my Lady. Ich kann dein Land nur besuchen, wenn du schläfst. Wenn deine Abwehr ausgeschaltet ist.«

Sie nickte nachdenklich. »Ich verteidige bei Bewusstsein einen Bereich, in dem du dich besser auskennst als ich selbst. Was für eine absurde Situation! Wie können wir meinen Schutz abschalten?«

Ich hatte schon oft darüber nachgedacht. »Du versuchst immer noch, so vieles vor mir zu verstecken, wie die ´Sache´. Solange du mir nicht vertraust, wird auch der Schutz weiter bestehen.«

Sie seufzte. »Ich vertraue dir, Vince, mehr als ich jemals einem Menschen vertraut habe.«

Ich dachte an das Gespräch mit Peter am vorherigen Abend. Elisabeth absolvierte ihren Kontrollanruf und ich nutzte die Gelegenheit: »Weißt du, was Elisabeth vor mir verbirgt?«

Er sah mich bedauernd an. »Ja, Vincent, ich weiß es. Aber das auch nur, weil ich sie so lange kenne und ihre Geschichte miterlebt habe. Sie haben mir damals keine Verschwiegenheitserklärung vorgelegt, aber wenn ich darüber spreche, bringe ich sie und mich in Gefahr. Verlange das nicht von mir!«

Ich nickte und wir führten unsere Schachpartie schweigend fort.

Elisabeth riss mich aus meinen Gedanken: »Du musst mein Unterbewusstsein überlisten, Vince! Das ist unsere einzige Chance. Du hast es dorthin geschafft, wohin ich nicht gelangen kann und ich bin sicher, alle meine Geheimnisse liegen dort versteckt. Du hast sie nur noch nicht entdeckt. Wenn du mein Land wieder besuchst, rufe mich doch einfach mal! Bau meinem Bewusstsein die Brücke, die es nicht findet. Denk dort an mich, lade mich ein und meine Sehnsucht nach dir wird mich führen.«

Ich dachte über die Möglichkeit nach. Immer hatte ich mich allein in ihrem Tresor aufgehalten, ihn vor ihrem bewussten Denken ebenso geschützt wie ihr Unterbewusstsein selbst. Die Idee schien interessant und auch vielversprechend. »Ich werde es versuchen; wirst du meinem Ruf folgen?«

Sie lächelte. »Immer!«

Nun stand ich wieder vor meiner Figur, streckte meinen Arm aus und berührte den unförmigen Klumpen zwischen den Steinfingern meines Abbildes, fühlte das leichte Summen und dachte: »Komm her, my Lady, ich vermisse dich! Ich brauche dich hier!« und fast augenblicklich stand Elisabeth neben mir.

Sie sah sich erstaunt um, ließ den Blick schweifen und sagte nur: »Faszinierend!«

Wir lachten über das abgedroschene Zitat und gingen an die Arbeit. Hand in Hand schlenderten wir umher, bis sie staunend eine im Schlamm liegende Figur entdeckte: »Was macht er denn hier?«

»Er?«

»Erkennst du ihn denn nicht; oder willst du ihn nicht erkennen?«, fragte sie fast neckend.

Ich schüttelte den Kopf. »Nein, diese Figur habe ich bei meinen früheren Besuchen nicht bemerkt.«

Sie lächelte. »Dann lass es mich versuchen!« Sie schloss die Augen und ich sah, wie sich die Stele langsam erhob, im Neunziggradwinkel drehte und sich dann in einem festen Stand niederließ. So einfach! Ich betrachtete die Steinsäule genau, doch der Schriftzug mit unbekannten, fast hieroglyphenähnlichen Zeichen sagte mir nichts. Elisabeth lächelte: »Versuche nicht, es zu lesen. Tritt zurück und lass den Gesamteindruck auf dich wirken!«

Ich wich einige Schritte zurück und erkannte nun einen Mann in der Figur, die den Blick suchend ins Zentrum gerichtet hatte. Ich bemerkte die vagen Umrisse eines T-Shirts und fragte ungläubig: »Patrick?«

Sie nickte lächelnd. »Er ist oder wird nun wichtiger, als es mir bewusst ist. Vielleicht sollte ich mehr auf ihn achten. Lass uns weitergehen.«

Wir trafen auf einen großen Felsen, ebenfalls umgeworfen. Sie besah ihn sich von allen Seiten und nickte: »Wir müssen sie noch heute aufrichten.« Das war schwieriger. Der Block, der wohl mehrere Personen darstellte, war unförmig und schwer und erst nach einigen Versuchen gelang es ihr, die Gruppe von Stelen ohne den Kran, den ich benötigt hätte, aufzurichten. Sie säuberte sie mit einer Art von geistiger Dusche und ich besah mir die Frauen, die ich nun in ihnen erkannte. Sie kam meiner Frage zuvor: »Das sind meine Kolleginnen.« Ich betrachtete die drei Frauen, die eine ähnliche Schlange wie Peter um den Hals trugen, doch die vierte, die die anderen überragte, hielt einen Blitz in der Hand. Ich zeigte auf sie und fragte: »Ist das deine Chefin?«

Elisabeth lächelte: »Nein, das ist unsere Seelsorgerin.«

»Deshalb der Blitz als göttliches Symbol?«

Nun lachte Elisabeth. »Ich denke nicht, dass sie an Zeus glaubt, aber deine Deutung würde ihr sicher gefallen! Nein, der Blitz deutet auf ihren ständigen Kampf für Gerechtigkeit und gegen die bestehenden Verhältnisse in ihrer Kirche.«

Ich nickte und wandte den Blick von der beeindruckenden Monsignora zu der kleineren Figur, die von den Frauen schützend umringt wurde. »Und wer ist das?«

»Eine Patientin, die mir einmal wichtig war. Sie ist schon lange gestorben.«

»Aber hier lebt sie weiter?«

»Ja, hier existiert sie noch.«

Wir arbeiteten uns gemeinsam vor und zu jeder Figur, die Elisabeth aufrichtete, erzählte sie mir auch offen ihre Geschichte, bis sie ein Gähnen nicht mehr unterdrücken konnte. »Du hast mir gezeigt, dass du mich rufen kannst und ich finde es hier auch sehr spannend. Aber ich bin auch schrecklich müde, Vince. Wollen wir morgen weitermachen?«

Ich nickte und nahm sie in den Arm. »Lass uns noch kurz oben schauen, was sich verändert hat.« Und mit dem Gedanken standen wir bereits auf der Wiese neben dem Tal der Stelen. Tapfere Gänseblümchen hatten die Wiese erobert und wandten ihre Blüten nun den wärmenden Strahlen der Sonne zu.

Elisabeth sah sich staunend um. »Hier möchte ich tatsächlich noch ein wenig bleiben!«

Wir legten uns nebeneinander ins Gras und sie umarmte mich. »Danke, Retter meines Landes, schlaf nun gut!«, flüsterte sie mir ins Ohr und streichelte über meine Brust.

Elisabeth bewegte sich sanft und ich erwachte mit diesem unglaublich schönen Gefühl, verbunden mit einer neuartigen Sinfonie. Noch halb im Traum drangen ihre ungläubigen Worte zu mir. »Kann das wirklich sein? Oh, wie wunderbar!« Sie seufzte genüsslich, beugte sich etwas zurück und ich spürte meine Erektion in ihr wachsen, bewegte mich ebenso überrascht wie unwillkürlich, bis ich mich an ihren Rhythmus anpasste, fast vorsichtig und zögernd. »Fürchte dich nicht, mein Geliebter, noch sind wir halb in meinem Land. Hier kann es keine Feuerschwerter geben!« Obwohl ich uns im Bett liegen fühlte, den angenehmen Geruch des alten Holzes wahrnahm, sah ich trotzdem auch die Wiesenblumen und hörte den Gletscherbach rauschen, bevor es nur noch uns gab. Glücklich beugte sie sich zu mir herunter und küsste mich mit einer Leidenschaft, die alles Denken ausschaltete. Ich ließ mich von der Musik hinweg tragen, als unsere Körper zum ersten Mal den Traum lebten, der durch unsere Köpfe zog.

Wir fielen in die Kissen zurück und genossen die angenehme Erschöpfung, die uns durchfloss. Ich schnaufte. »Ich wusste es doch, wenn uns diese Träume einmal in der Realität vergönnt sind, ist es mit dem Ruf meiner sagenhaften Potenz vorbei. Ich kann heute nicht aufstehen. Du hast mich völlig geschafft!«

Sie kuschelte sich an mich. »Vince, das war das Außergewöhnlichste, was ich je erlebt habe! Und ich bin sicher, in meinem Land steht heute Abend eine Siegessäule, die kein Angststurm der Welt mehr zerstören kann!«

Ich drückte sie an mich und lächelte bei der Vorstellung. »Auf die Säule bin ich gespannt! Ob sie wohl jugendfrei ist?«

Ich spürte ein liebevolles Kneifen, bevor wir wieder einschliefen und später von dem Läuten der Türglocke geweckt wurden. Elisabeth schreckte auf und wollte aus dem Bett stürzen, als wir hörten, dass die Haustür geöffnet wurde und Max Mariam einließ.

»Zum Glück ist es Mariam. Sie wird es verstehen!«, sagte Elisabeth erleichtert und lockte. »Erinnert dich an die luxuriöse Badewanne nebenan nicht auch an den Gletscherbach? Ich bin sicher, das Wasser ist angenehm warm!«

Und ich folgte ihrer Melodie.

Als wir später hinuntergingen, hatten Mariam und Max bereits das Frühstück hinter sich.

Mariam lachte. »Heute wurde ich verwöhnt: Max hat mich zum Frühstück eingeladen!«

Wir setzten uns zu ihnen und ich fragte Max: »Du bist ja schon auf! Konntest du nicht schlafen?«

Max sah mich finster an, nahm den kleinen Computer, schrieb schnell und warf ihn mir zu. Ich las und grinste: »So, es war dir zu laut? Du kannst auch hier unten im Arbeitszimmer schlafen!«

Max schnaubte empört und ich sah die leichte Röte in Elisabeths Gesicht aufsteigen.

48

Vincent

»Wir schaffen es einfach nicht!«, seufzte Elisabeth enttäuscht und sah auf die Bruchstücke von Max´ Stele, die wieder auf dem Boden des Tals verstreut lagen. Stück für Stück hatten wir gemeinsam versucht, seine Figur aufeinanderzuschichten. Ich hatte aus Sand und Wasser einen provisorischen Mörtel gemischt und während Elisabeth die Bruchstücke schweben und vorsichtig auf die Mörtelschicht sinken ließ, drehte ich die Steine so, dass sie genau aufeinander passten. Die Figur war schon fast zu zwei Dritteln aufgebaut, als der Stein, den wir in der Höhe seiner Brust aufsetzten, das Gewicht zu stark werden ließ und alle Teile abrutschten.

»Ich denke, mein Unterbewusstsein weiß, dass Max schwer getroffen ist. Es ist eher eine psychische als eine neurologische Verletzung, die seine Aphasie verursacht!«

Ich nickte. Max konnte vernehmlich knurren und manchmal auch lachen, was dagegen sprach, dass eine Hirnverletzung ihm die Sprache raubte. Peter hatte ihn gestern ausgiebig untersucht und uns dann auf seinem Laptop die Bilder des Kernspintomogramms gezeigt, das er mit Max durchgeführt hatte: Max reagierte völlig normal, alle Reflexe ließen sich auslösen, sein logisches Denken und sein Erinnerungsvermögen waren unbeeinträchtigt. Die Aufnahmen seines Gehirns zeigten keinerlei Auffälligkeiten, die auf eine Verletzung schließen ließen. Wir hatten Peter nach möglichen Therapien befragt.

Bedauernd schüttelte er den Kopf. »Solche Fälle werden in der medizinischen Literatur immer wieder beschrieben. Manche der Betroffenen konnten nach jahrelanger Therapie das Sprechen wieder erlernen, aber jeder Fall liegt anders. Kopf hoch, Max, unser Gehirn besitzt erstaunliche Fähigkeiten; es wird schon wieder werden. Du musst einfach weiter Geduld haben!«

Max hatte ihn fassungslos angeschaut und ich spürte seine Verzweiflung durch Elisabeths Wolke. Von Geduld konnte keine Rede mehr sein. Er stand immer stärker unter Strom, sorgte sich um seine Zukunft und seine Anspannung wuchs mit jedem Tag, der ohne Besserung verging. Er tippte in seinen Computer: »Man muss doch etwas tun können!« Seine Verzweiflung nahm auch mir den Atem.

Elisabeth wirkte nachdenklich. »Vielleicht gibt es noch eine Möglichkeit!«

Ich bemerkte, wie Max ihr einen ebenso fragenden wie hoffnungsvollen Blick zuwarf, aber Peter hatte sie sofort angefahren. »Auf keinen Fall wirst du es versuchen, hörst du!« In seinem rauen Ton schwang große Sorge mit und Max und ich sahen ihn erstaunt an. Er fuhr sich übers Gesicht und setzte erklärend hinzu: »Das Verfahren, an das Elisabeth denkt, ist nicht nur für den Patienten, sondern auch für den Therapeuten außerordentlich gefährlich.«

Elisabeth widersprach: »Vince kann mich schützen, Peter, ich bin nicht allein mit ihm.«

»Das Verfahren wurde nicht umsonst verboten, und du weißt doch genau, warum!«

Sie nickte wortlos und Peter stand auf, um sich zu verabschieden. »Tut mir leid, Max, dass ich dir nicht mehr sagen kann.« Als ich ihn zur Tür begleitete, warnte er mich nochmals. »Vincent, du darfst das nicht zulassen. Ich kenne Elisabeth; sie wird es versuchen wollen, aber es ist unverantwortlich. Du musst sie davon abhalten!«

Ich kehrte nachdenklich zu den beiden zurück und Elisabeth schob mir wortlos den kleinen Computer mit Max´ letzter Botschaft zu. »Bitte, Elisabeth, hilf mir! Ich halte es nicht mehr aus. Wenn es eine Möglichkeit gibt, so lass sie uns versuchen!«

»Worum geht es hier, Elisabeth?«

Sie versuchte, es uns zu erklären. »Wir gehen nun davon aus, dass eine emotionale Krise zu der Blockade in Max geführt hat, die ihm die Sprache geraubt hat und an der all unsere bisherigen Bemühungen abgeprallt sind. Wenn Max es zulässt, kann ich versuchen, mit ihm in Kontakt zu treten; seine emotionale Welt betreten, in der wir sein Problem vermuten. Ich würde versuchen, die Gefühle, die er mit dem Erlebten verbindet und die wie ein Knoten in ihm festsitzen, aufzuspüren und abzuleiten. Er wäre sich weiterhin auf der rationalen Ebene bewusst, was geschehen ist, aber es würde ihn emotional nicht mehr belasten. Du weißt noch, Vince, dass du nach dem Unfall schreckliche Schmerzen hattest, aber die Erinnerung ist mit der Zeit schon etwas verblasst. Es belastet dich nicht mehr so stark.«

Ich zuckte zwar schmerzhaft zusammen, konnte aber die Erfahrung bestätigen und nickte.

»Ziel des Ganzen wäre es, den natürlichen Heilprozess in Gang zu bringen, indem die emotionale Blockade aufgelöst wird. Soweit die Theorie.« Sie verstummte.

»Das hört sich zunächst einfach an, aber Peter hat dich davor gewarnt. Was sind die Gefahren, von denen er sprach?«

»Es gibt mehrere Punkte. Zunächst einmal muss Max damit einverstanden sein, mir seine emotionale Welt offen zu legen. Das bedeutet, dass ich zumindest theoretisch die Möglichkeit hätte, alle seine Gefühle zu erforschen. Und nicht nur diejenigen, die zu der Blockade geführt haben. Ich würde natürlich nie die anderen Bereiche betreten, aber Max muss mir dieses Vertrauen entgegen bringen. Wenn er mich wie bisher ausschließt, werde ich keinen Zugang erhalten und wir könnten uns gegenseitig verletzen.«

Ich dachte an das Feuerschwert und sah sie fragend an. »Bis zum Zerplatzen der Gehirne?«

Sie schüttelte den Kopf und sah Max an. »Ich hoffe nicht, dass du mich dermaßen ablehnst, Max. Und ich würde es auch rechtzeitig erspüren und mich sofort zurückziehen, aber ein Feuerschwert könnte es schon sein.«

Ich sah zu Max. »Glaub mir, das Feuerschwert ist äußerst unangenehm!« seufzte ich warnend, aber Max bedeutete Elisabeth, weiterzusprechen.

»Es besteht weiterhin die Gefahr, dass wir unser Ziel nicht erreichen. Wenn ich nicht zu diesem Knoten vordringen kann oder dabei zu sehr geschwächt werde, muss Vince den Kontakt zwischen uns beiden sofort unterbrechen.«

»Wie geht das überhaupt vor sich?«

»Ich würde Max wieder in Hypnose versetzen, damit er einschlafen kann. Dann lege ich meine Hand auf sein Handgelenk, um den Kontakt aufzubauen und ich werde mich auf seine Gefühle konzentrieren. Der Zustand unserer Konzentration wird ähnlich wie ein Schlaf auf dich wirken, Vince, und du kannst mich von meinem

Land aus überwachen. Sollte sich dort etwas Ungewöhnliches ereignen oder wenn du hier bemerkst, dass ich zu schwach werde, trennst du unseren Kontakt, indem du meine Hand von Max wegziehst.«

Ich war skeptisch. Zu viele unbekannte Größen schienen bei dem Vorgehen zu lauern. Schon allein der Gedanke, in Max' emotionalem Gedächtnis herumzustochern, stieß mich ab und die Gefahr der Schwäche, die sie erwähnt hatte, ließ mich an Peters Warnung denken. »Was ist mit der Schwäche, die du erwähnt hast?«

»Du kennst den Zustand doch schon, Vince, von unserer letzten Nacht in London. Ich bräuchte danach Ruhe und würde wohl länger schlafen.«

»Dieser Zustand hat mir gar nicht gefallen!«, sagte ich. Ich dachte an die Melodie, die in ihr verklungen war, so dass ich sie kaum noch hören konnte.

Max hatte uns angespannt zugehört, nun tippte er auf seinem Computer: »Wie hoch schätzt du die Chance, dass es funktioniert?«

Sie zuckte mit den Achseln. »Ich habe keine Ahnung, Max. Es ist nur ein Versuch und es hängt davon ab, was ich finden werde. Denk in Ruhe darüber nach, ob du mir vertraust und es wagen willst. Wir könnten es frühestens morgen, am Wochenende, durchführen, weil ich danach Ruhe brauche.«

»Du warst wirklich fleißig, my Lady!«, stellte ich bewundernd fest, als ich mich in dem Steinkreis in der Nähe des Tals der Stelen umsah. Über Tag war das Monument unserer Liebe entstanden, in dem der polierte Stein in der Mitte eines Stonehenge mit seinen Facetten das Sonnenlicht einfing und damit das ganze Gebilde von innen beleuchtete.

»So habe ich mir die archaischen Steinkreise immer vorgestellt!« Alle Quersteine waren vorhanden, der Kreis perfekt geschlossen. Fasziniert berührte ich die einzelnen Säulen, von denen jede in einem anderen Ton klang und die zu dem zentralen Mittelblock führten, der leicht pulsierend die einzelnen Töne zu unserer Melodie verband.

Elisabeth lächelte. »Das ist dein Werk, Vince! Und es ist wirklich außerordentlich interessant! Da versucht man während der Therapieausbildung jahrelang, einem Zipfel des eigenen Unterbewusstseins auf die Spur zu kommen und du zeigst mir eine ganze Welt!«

»Deine Welt, my Lady!«

Wir umrundeten den Steinkreis und setzten uns ins Gras, um das gewaltige Gebilde auf uns wirken zu lassen.

»Wer so etwas Wundervolles an einem Tag erstehen lässt, kann vielleicht tatsächlich zu Max durchdringen. Aber ich bin immer noch besorgt, Elisabeth. Peter hat mich vor einem Versuch ausdrücklich gewarnt! Ich habe gespürt, dass er weiß, wovon er spricht. Hast du das Verfahren schon früher einmal angewendet?«

»Ja, Vince, aber es gehört zur `Sache´. Ohne jetzt darauf einzugehen: Es ist wirklich nur ein lohnenswerter Versuch, den ich ohne dich nie wagen würde.«

»Aber wir haben mit dem Leben zwischen Bewusstsein und deinem Unbewusstem noch kaum Erfahrung. Was geschieht, wenn ich die Welten nicht schnell genug wechseln kann? Wenn hier etwas geschieht, was ich in der Realität gar nicht beobachten kann, weil du dort nur schlafend wirkst? Wann muss ich reagieren, was genau muss ich tun? Und schade ich euch nicht, wenn ich deinen Besuch in seiner Welt so abrupt unterbreche?«

»Folge einfach deinem Gefühl, Vince. Ich weiß noch nicht, wie es in Max aussieht und was ich dort beobachten werde, aber solange du über mich wachst, bin ich sicher. Niemand kennt mich so wie du! Und vielleicht ist die außergewöhnliche Verbindung zwischen uns entstanden, damit wir auch Besonderes leisten können.«

Ich blieb skeptisch. »Was ist, wenn wir uns übernehmen? Die neue Dimension des Schicksals, die du gerade erwähnt hast, behagt mir gar nicht!«

Sie seufzte. »Was wäre die Alternative, Vince? Max´ Leiden setzt mir immer stärker zu. Er hat sich jetzt schon so sehr verändert! Wo ist der strahlende Held geblieben, den wir kennen? Ich befürchte, dass er endgültig zerbricht, dass sich die Steine dort unten im Tal nie wieder zusammensetzen lassen. Deshalb möchte ich es versuchen.«

Ich ließ ihre Worte auf mich wirken und so sehr ich auch nachdachte, fand ich keine akzeptable Alternative. Der letzte Gedanke führte mich wieder zu der zentralen Frage zurück: »Warum tust du das alles für ihn?«

Aber sie sah nur in die Ferne, als habe sie meine Frage nicht gehört.

49

Vincent

»Möchtest du lieber sitzen oder liegen, Max?«, fragte Elisabeth und Max wies auf die Sessel. Sie nickte. »Lass sie uns verschieben, damit ich dir schräg gegenüber bleiben kann.«

Wir schoben die Sessel in die gewünschte Position, damit sich die Armlehnen der versetzt gegenüberstehenden Sessel berührten. Max nahm seinen Platz ein und lehnte sich bequem zurück. Elisabeth legte ihm eine Decke über und als er sie fragend ansah, erwiderte sie nur: »Falls es länger dauert! Leg nun deine linke Hand auf die Lehne.«

Sie setzte sich ihm gegenüber und legte ihre Hand vorsichtig auf sein Handgelenk und ich bemerkte, wie Max zusammenzuckte. »Ruhig, Max, entspann dich!«, flüsterte Elisabeth. »Du bist in Sicherheit und ich werde dir nicht wehtun. Gewöhne dich erst an mein leises Summen und atme ruhig weiter.«

Die Sessel standen genau vor dem Sofa, auf dem ich saß. Wenn ich meinen Arm hob, konnte ich Elisabeths Schulter erreichen, wie ich nun noch einmal überprüfte. Sofort sah ich das Land in ihrem Tresor, das ruhig im Morgenlicht dalag. Wir hatten beschlossen, die Sitzung bereits am späten Samstagvormittag zu beginnen, damit Elisabeth bis zum Sonntagmorgen Zeit hatte, sich zu erholen. »Nur falls es nötig wird, Vince«, hatte sie gesagt, als sie den Termin vorschlug. »Wenn wir in der Nacht zuvor ausnahmsweise mal schlafen, wird es mich nicht so sehr anstrengen.«

Natürlich hatten wir der Versuchung unserer neu gewonnenen Nähe nicht ganz widerstehen können, doch ich war sicher, dass wir alle nach acht Stunden Schlaf ausgeruht waren. Sie hatte unsere Kaffeemenge begrenzt, damit wir nicht durch unsere körperlichen Bedürfnisse gestört wurden, uns jedoch ein ausgiebiges Frühstück empfohlen und tatsächlich auch selbst etwas gegessen. Die Besuche unserer Helfer hatten wir für heute abgesagt. Patrick hatte erstaunt reagiert und dann darauf bestanden, spätestens am Sonntag nach Max zu schauen, was dieser mit einem Lächeln akzeptierte und ich las, was er schrieb. »Vielleicht kann ich dann endlich mit ihm sprechen.« Bei meinem zweifelnden Blick hatte er sich abgewandt.

»Bist du soweit, Vince?«, fragte Elisabeth und ich nickte.

Leise begann sie, Max eine ihrer Geschichten zu erzählen, indem sie ihm eine Gondelfahrt von einer Hochalm hinunter in ein romantisches Tal beschrieb. Sie schwebten über den Tannengipfeln nach unten, der Wärme des Tales entgegen und genossen den letzten Blick über die Gipfel vor ihnen. »Nun sind wir bald unten angelangt, Max, du kannst die Talstation schon erkennen. Wenn wir aus der Gondel aussteigen, wirst du einen Blick in deine Vergangenheit werfen können. Du weißt, dass alles schon vergangen ist; du schaust dir nur die Bilder an und bist glücklich, dass du hier sicher und warm bei uns sitzt. Nimm mich mit auf deine Reise, Max!«

Sie schloss nach einem letzten Blick zu mir ebenfalls die Augen und atmete ruhig und konzentriert weiter. Ich sah, wie sich ihre Hand kurz fester um sein Handgelenk schloss, dann lockerte sich ihr Griff wieder und sie sank zurück. Du kannst dir die Situation sicher gut vorstellen, Rick, du hast es vorgestern miterlebt. Aber ich war nicht so ruhig wie die beiden Gestalten vor mir. Erinnerst du dich an die unerträgliche Langeweile, vorgestern in Max´ Krankenzimmer? Die alte Küchenuhr schlug halb zwölf, zwölf und irgendwann ein Uhr. Was dauerte dort solange? Max hatte mir berichtet, dass ich Elisabeth beim ersten Mal nach dem Fiebertag in Edinburgh höchstens eine halbe Stunde im Arm gehalten hatte. Ich bekämpfte die zwanghafte Vorstellung in mir, dass sich gerade jetzt zwischen den beiden eine besondere Verbindung aufbaute, die mich in Zukunft ausschloss. Sie hatten sich in den vergangenen Wochen zunehmend zusammengerauft. Manchmal sah ich Elisabeth ganz in eine Unterhaltung mit Max vertieft, wie es früher undenkbar gewesen war. Sie lächelten sich sogar an und ich beobachtete einmal, wie Max ihr verwundert nachgesehen hatte, als habe er sie nie wirklich wahrgenommen. Als ich Elisabeth nun wieder berührte, sah ich eine dunkel drohende Gewitterwand, die vom Tal der Stelen aufzusteigen schien. Ich wollte mir das genauer ansehen. Als ich am Rand des Tales stand, fuhr der erste Blitz ins Zentrum hinab und der schallende Donner, der von dort aufstieg, durch die engen Talwände hundertfach verstärkt, warf mich zurück. War das der Zeitpunkt, die beiden zu trennen, die nach wie vor völlig ruhig in den Sesseln lagen?

Ich sah über den Rand des Tals hinab und ein heißer Luftstrom versengte mir fast das Gesicht. Der kurze Blick hatte mir offenbart, dass es höchste Zeit war! In der Nähe des Zentrums sah ich einen Lavastrom aufsteigen, als hätte der Blitz den Boden des Tals aufgebrochen. Ich öffnete die Augen und sah Elisabeth den Kopf nun unruhig hin und herwerfen. Ich rief sie an, stand auf und wollte ihre Hand von Max wegziehen, doch Max hielt ihren Unterarm wie einen Schraubstock umfasst. Elisabeth wurde immer unruhiger, trat mit den Beinen um sich, während ich verzweifelt versuchte, die Finger von Max´ Hand aufzubiegen. Ich hatte drei seiner Finger gelöst, als Elisabeth sich aufrichtete, den Kopf in den Nacken warf und ihr verzweifelter Schrei das alte Haus erschütterte: »Max!«

Ich löste seinen Daumen und den Zeigefinger von ihrer Hand und riss sie in meine Arme. Das Tal der Stelen wurde zum Epizentrum des Bebens, das ihr Land erschütterte. Dort konnte ich sie nicht rufen, deshalb wandte ich mich verzweifelt zum Steinkreis. Ich berührte den Altar in der Mitte, spürte, wie das leichte Pulsieren immer schwächer wurde und rief sie verzweifelt. »Elisabeth, my Lady! Ich bin hier, komm her zu mir!« Ich hörte die Töne unserer Melodie kaum noch und schlug verzweifelt gegen den Stein. »Nein! Nein! Du schaffst es, du findest zu mir zurück! Konzentriere dich auf mich, ich bin hier!«, und legte all meine Liebe für sie in meine Hände, die den Stein berührten.

»Vince?«, hörte ich ein schwaches Rufen. Sie lehnte plötzlich neben mir an dem Stein und ich konnte sie gerade noch auffangen. »Mein Geliebter, ich konnte es nicht ableiten! Es wird ihn zerstören!«, stöhnte sie entsetzt, bevor sie ohnmächtig in meinen Armen zusammenbrach.

50

Max

Ich erwachte von einem lauten Schrei. Jemand hatte meinen Namen gerufen und mich zurückgebracht. Meine Glieder fühlten sich steif an, als hätte ich stundenlang in dem Sessel geschlafen und meine linke Hand schmerzte. Ich hörte Vince verzweifelt rufen und drehte den Kopf. Er hielt Elisabeth in seinen Armen und trotzdem rief er nach ihr. Er wiegte und küsste sie, murmelte dabei, sie möge zu ihm zurückkommen, er warte auf sie. Sie lag schlafend in seinen Armen, doch als ich genauer hinsah, bemerkte ich, dass sie eher ohnmächtig wirkte. Ihr Körper folgte seinen Bewegungen, als sei sie eine Puppe. Das Bild war herzzerreißend und doch traf mich sofort ein anderer Schmerz: Wie hatte ich ihn nur verlieren können, diesen Mann?

Ich räusperte mich, versuchte, einen Ton herauszubringen, doch er sah nicht auf. Wir hatten einen Versuch gestartet, der mir die Stimme zurückbringen sollte. Ich erinnerte mich nur an eine Gondelfahrt und daran, dass ich in der Hypnose mit Elisabeth sprechen konnte. Hatten wir wirklich miteinander gesprochen? Ich konnte die Erinnerung nicht fassen.

Vince zuckte zusammen und schien mit geschlossenen Augen etwas zu erleben, das nichts mit diesem Haus, mit uns zu tun hatte, dann sank er auf dem Sofa zurück und atmete heftig, aber erleichtert.

Ich versuchte es noch einmal. »Vincent?« Da schwang eindeutig ein Ton in meinem Flüstern, ich spürte das Vibrieren im Kehlkopf und räusperte mich noch einmal vernehmlich. »Vince!«

Er sah auf, hatte mich gehört.

»Was ist mit ihr?« Nur vier kleine Worte, die mich unglaublich anstrengten, aber mein Flüstern war deutlich zu hören.

Die Wut in seinen Augen traf mich völlig unerwartet. »So, es hat also funktioniert, doch zu welchem Preis? Warum hast du sie so festgehalten, Max, als sie den Kontakt unterbrechen wollte? Du hasst sie immer noch und nun ergab sich ein Weg, ihr ernsthaft zu schaden! Obwohl sie dir helfen wollte!«

Sein Blick war so unversöhnlich, dass ich spürte, wie die Wut in ihm auch noch das letzte Gefühl für mich vernichtete. Er machte mich für Elisabeths Zustand verantwortlich. Aber ich hatte nichts getan! Verzweifelt schüttelte ich den Kopf: »Nein, so war es nicht!«

»Wie war es dann, Max? Was habt ihr fast zwei Stunden lang veranstaltet? Sie ist ernsthaft verletzt, ich kann es in ihr sehen!«

»Ich weiß es nicht!«, brachte ich mühsam heraus.

Er sah mich mit einem Ausdruck der Verachtung an, der mir noch mehr zusetzte als seine Wut. Dann stand er wortlos auf, nahm sie in seine Arme, als wollte er sie vor mir schützen und trug sie aus dem Zimmer. Ich hörte ihn leise tröstend mit ihr sprechen, während er langsam die Treppen zum Dachgeschoss hinaufstieg.

Ich warf die Decke von meinen Beinen und stand auf, war immer noch verspannt. Meine Freude über die Tatsache, dass ich mich wieder äußern konnte, mischte sich mit der Sorge um Elisabeth. Auch wenn ich nicht wusste, was geschehen war, konnte ich eines klar feststellen: Ich wollte Elisabeth nicht schaden. Ich war noch immer eifersüchtig, wenn ich sie mit Vince erlebte, aber ich war dankbar für ihre Hilfe, wenn es mir auch schwerfiel, es zu zeigen. Nein, die Wut und die eifersüchtige Ablehnung, die ich ihr in Schottland entgegen gebracht hatte, hatten sich aufgelöst und waren einer Achtung zwischen uns gewichen, die sich auch in dem zunehmend freundschaftlichen Umgang zwischen uns zeigte. Aber wie sollte ich Vince davon überzeugen? Ich hoffte, dass Elisabeth meine Einschätzung bestätigen würde, wenn sie wieder wach war. Sie hatte ja schon damit gerechnet, dass sie zunächst einmal erschöpft schlafen musste.

Ich beschloss, meinen ersten Spaziergang allein zu wagen. Die einsame Landschaft würde mir helfen, die Sprechübungen durchzuführen, die mich der Logopäde gelehrt hatte. Ich trat durch die Terrassentür in den Garten und ging ohne Ziel vor Augen los.

Drei Stunden und tausende Übungen später konnte ich meine eigene Stimme erstmals wieder hören. Oft nur krächzend, aber doch so deutlich zu vernehmen, dass ein einsamer Wanderer, den ich nicht bemerkt hatte, zusammengezuckt war und mich abschätzend anblickte. Als ich eine Entschuldigung andeutete, lief er kopfschüttelnd weiter.

Ich hatte mich verlaufen und versuchte, mich anhand des Sonnenstands zu orientieren, den ich in den letzten Wochen in meinem Liegestuhl im Garten zu beurteilen gelernt hatte. Dann wandte ich mich zurück in die Richtung, in der ich das Haus vermutete. Eine Abzweigung hatte ich wohl verpasst, denn plötzlich stand ich vor der Burgruine. Hier oben befand sich zu dieser Zeit kein Mensch mehr, es musste bereits nach acht Uhr sein. Ich stieg den Turm hinauf und die Aussicht ließ mich eine Melodie summen. Singen, warum war ich darauf nicht gekommen? Ich erinnerte mich an meinen Gesangsunterricht, die Tonleitern, die Notenfolgen und verstärkte das Summen, modulierte die Töne. Das Glück darüber, dass meine Stimmbänder mir folgten, ließ mich an einen Song eines Musicals denken, den ich vor Jahren gesungen hatte. Die Erinnerung setzte das Gefühl in mir in Töne um; unsicher zunächst, dann immer klarer und reiner. Es war nicht meine beste Vorstellung, gewiss nicht. Ich war sicher, dass man mich bis hinunter ins Tal hören konnte und dort die Rückkehr eines alten Burggeistes fürchtete, als ich die letzte Strophe sang und sich die Blockaden endlich lösten.

Das Glücksgefühl verließ mich, als ich zum Haus zurückkehrte. Nur durch die Dachfenster hatte ich ein schwaches Licht erkennen können, der Rest des Hauses lag im Dunkeln. Die Terrassentür stand immer noch offen, wie ich sie zurück gelassen hatte. Eine geisterhafte Stille strich durch die Räume, die ich zuletzt immer durch Stimmen belebt erfahren hatte. Ich setzte mich auf einen der Küchenstühle und fragte mich, was dort oben vor sich ging. Konnte ich hinaufgehen und Vince erklären, dass ich mich unschuldig fühlte oder würde ich nur stören?

Ich ließ den Blick durch die Küche schweifen. Alles war noch so aufgeräumt, wie wir sie verlassen hatten. Vince hatte sich wohl kein Essen gekocht. In meiner Euphorie hatte auch ich vergessen, etwas zu essen und ich suchte den Kühlschrank ab. Brot, Butter, Schinken und Elisabeths Lieblingsjoghurt stellte ich auf ein Tablett, fügte Teller, Gläser, Besteck und eine Flasche Wasser hinzu und trug es vorsichtig die Treppen hinauf. Die Tür war verschlossen und ich stellte das Tablett auf der Kommode im Flur ab, klopfte leise und nutzte meine zurückgewonnene Stimmkraft: »Elisabeth, Vince? Ich habe euch etwas zu essen gebracht.«

Dann schlich ich wieder nach unten und aß auch eine Kleinigkeit, bevor ich mich wieder in den Garten setzte und den Sternenhimmel beobachtete. Jetzt wäre ich froh über ein Lebenszeichen aus dem Dachgeschoss, sogar über die unverkennbaren Geräusche, die mich vor einigen Tagen so früh aus dem Bett gejagt hatte. Eindeutig hatten sie einen Weg gefunden, der Elisabeths Abwehr ausschaltete. Ich ahnte, dass es nicht leicht gewesen war, wenn ich an das Feuerschwert dachte, das Vince erwähnt hatte. Sie wirkten glücklich miteinander, wenn auch auf die zurückhaltende Art, die beiden eigen war. War ich glücklich mit Jo? Ich hatte nur selten an ihn gedacht und mich, seit ich hier war, mehr nach Vince gesehnt als nach meinem alten treuen Freund.

Wie sollte es nun weitergehen? Die Verhandlung im Osten fand diese Woche ohne mich statt. Ich hatte keine Ahnung, wie meine Sache stand. Elisabeth hatte erwähnt, dass sie über den Ausgang unterrichtet würde und es auch einen Weg gäbe, mich nach Großbritannien zurückzubringen. Ich hatte nicht mehr nachgefragt, ihr nach meiner Flucht mit Lysander einfach vertraut und meine Zukunftsängste damit in Schach gehalten. Bald war mein Geburtstag und ich befand mich eindeutig noch nicht in dem Alter, in dem man sich zur Ruhe setzen konnte. Ich musste Vince die Kaution zurückzahlen, die mit meiner Flucht verfallen war und dachte an die Mitglieder meines Teams, die von meinem Tun und Erfolg abhängig waren. Wie ein Berg türmten sich die Probleme vor mir auf und ließen mich verzagen. Noch heute Morgen war ich davon überzeugt, dass ich nur meine Stimme zurückgewinnen müsse, um wieder glücklich zu sein.

Elisabeth hatte es mir schon vor Monaten gesagt: »Vielleicht solltest du einmal über dich selbst nachdenken!« Da saß ich nun in einem fremden Land, einem fremden Haus und fürchtete, auch noch meine Freunde verloren zu haben.

Vince kam weit nach Mitternacht die Treppe herunter und stellte das Tablett in der Küche ab. Er sah suchend in den Garten hinaus, entdeckte mich auf dem Stuhl in der Dunkelheit und kam dann zögernd zu mir heraus. Er setzte sich neben mich und schwieg. Es fiel mir schwer, das Gespräch zu beginnen: »Wie geht es ihr, Vince? Bitte glaube mir, ich wollte ihr nicht schaden!«

Er schwieg weiter und es erschien mir wie eine Ewigkeit, bis er leise antwortete. »Sie schläft noch, wenn man das so nennen kann. Ich konnte sie nicht erreichen. Ihr Land ist in einem undurchdringlichen Nebel verschwunden und ich fürchte, dass du sie schwer verletzt hast, mit oder ohne Absicht.«

»Kann ich irgendwie helfen?«

Er schüttelte den Kopf. »Ich wüsste nicht, wie.«

Ich wollte ihm so vieles erklären und doch fand ich trotz meiner wiedergefundenen Stimme nicht die Worte. Nur ein »Es tut mir wirklich leid, Vince!«, brachte ich heraus und ich sah sein typisches, knappes Nicken.

»Ich gehe wieder zu ihr, vielleicht wacht sie in der Nacht auf.«

»Soll ich dich ablösen?«

»Nein.«

Er vertraute mir nicht mehr. Doch was hatte er mit ihrem Land gemeint?

51

Max

Mariam kam zur verabredeten Zeit am späten Vormittag. Von Vince und Elisabeth hatte ich immer noch nichts gehört.

»Guten Morgen, Mariam!«, begrüßte ich sie und ich sah ihr Erstaunen. Von ihrer Antwort verstand ich nicht viel, aber ich spürte, dass sie sich freute, mich sprechen zu hören. Sie sah sich suchend in der Küche um und deutete lächelnd zur Decke. »Elisabeth, Vincent?«

Als sie mein besorgtes Gesicht bemerkte, verschwand ihr Lächeln. »Vincent?«, fragte sie und ich schüttelte den Kopf.

»Elisabeth?« Als ich nickte, griff sie nach ihrem Wörterbuch, suchte und zeigte mir die Vokabel: »Tabletten? Nein, die hat sie nicht genommen«, erwiderte ich. Sie schlug das nächste Wort nach, das ich kaum glauben konnte. Ich hatte Elisabeth noch nie rauchen sehen und schon gar nicht einen Joint. Ich schüttelte nochmals und mit Nachdruck den Kopf, aber sie zuckte nur mit den Schultern. Wir sahen uns ratlos an. Meine Stimme half hier auch nicht weiter, dann hörten wir Vince auf der Treppe.

Er sah grauenhaft übernächtigt aus und sprach Mariam an. Sie stand sofort auf und wollte ihm folgen, aber ich musste wissen, was dort oben vor sich ging. »Vince, darf ich auch mitkommen?« Er sah mich mit seinen roten Augen an und nickte dann widerstrebend.

Elisabeth lag in dem abgedunkelten Raum, hatte die Augen geschlossen, doch sie stöhnte leise und bewegte sich windend, als habe sie Schmerzen. Mariam setzte sich zu ihr, sprach Elisabeth an und fühlte ihren Puls, nachdem sie nicht antwortete. Anscheinend fragte sie Vince, wie lange Elisabeth schon schlafe, denn er sah auf seine Uhr und gab eine knappe Antwort. Mariam zog die Haut an Elisabeths Arm etwas hoch, schlug dann die Decke zurück und fühlte vorsichtig über Elisabeth Bauchdecke; nickte bei der Reaktion. Sie sprach schnell mit Vincent, ich hörte die Dringlichkeit in ihrer Stimme.

»Max, kannst du fahren?«, sprach er mich an.

Ich nickte.

»Mariam telefoniert mit der nächsten Apotheke und bestellt die Dinge, die wir brauchen. Es ist wohl nicht weit, aber wir wollen Elisabeth nicht allein lassen.« Er gab mir seine Geldbörse und Mariam bedeutete mir, ihr zu folgen, programmierte das Navi in ihrem Wagen und reichte mir den Schlüssel. »Schnell, Max!«, verstand ich auch ohne Deutschkenntnisse.

Ich folgte der Straße den Hügel hinunter, bis mich die rote Linie im Display des Navis vor einer Apotheke halten ließ. Man reichte mir eine Tasche über die Theke, ich zahlte und fuhr fast so schnell wie Elisabeth wieder zurück. Vince nahm mir die Tasche an der Haustür ab.

Als er kurze Zeit später wieder mit Mariam herunterkam, wirkte er erleichtert. »Mariam hat ihr einen Katheter gelegt und Elisabeth schläft jetzt wieder. Patrick wird später eine Infusion mitbringen, sie ist wohl auch ausgetrocknet. Wenn diese Maßnahmen nicht helfen, müssen wir Peter hinzurufen.«

Peter, der uns vor dem Versuch so ausdrücklich gewarnt hatte? Ich verstand seinen Widerwillen.

»Vince, du bist völlig fertig und musst schlafen. Bitte lass mich bei Elisabeth wachen. Ich wecke dich sofort, wenn sie sich rührt.«

Ich sah ihn auffordernd an und auch Mariam hatte wohl verstanden, worüber wir sprachen. Sie deutete an, dass sie bei mir bleiben würde und Vince nickte: »Eine Stunde!«

Schweigend saßen wir neben Elisabeths Bett. Als sie sich umdrehte, sah ich erleichtert zu Mariam. Elisabeth schlief schon fast vierundzwanzig Stunden und ich sah wieder besorgt zu ihr hinüber. Was war mit ihr geschehen, hatte wirklich ich sie so geschwächt?

Mariam deutete fragend auf Elisabeths Unterarm, auf dem sich vier dunkle Streifen abzeichneten. Vince hatte mir vorgeworfen, dass ich festgehalten hatte, als sie sich von mir lösen wollte und erschrocken sah ich auf die Male. Mariam verabschiedete sich, als sie die Glocke unten hörte. Ich sah kaum auf, konnte die Augen nicht von Elisabeths Arm wenden.

Patrick hatte unten kurz mit Mariam gesprochen und kam nun herauf und nickte mir zu. Er befestigte eine Infusionsflasche behelfsmäßig an einer Stehlampe und schlug Elisabeths Decke ein wenig zur

Seite und legte ihr eine schmale Kanüle in den Oberschenkel. Langsam ließ er die Flüssigkeit tropfen.

»Was ist mit ihr geschehen, Max? Mariam sagte, sie schläft schon einen ganzen Tag lang?«

»Ich weiß es nicht, Patrick. Sie hat mich in Hypnose versetzt, um mir zu helfen und seitdem schläft sie. Vince sagte, ich habe sie verletzt, aber ich erinnere mich nicht daran.«

Ich blickte entschuldigend zu ihm hinüber und sah das Strahlen, das sich auf seinem Gesicht ausbreitete: »Wow, Max, was für eine Stimme! Du kannst tatsächlich wieder sprechen? Ich freue mich für dich!«

Ich war erleichtert, dass er mir keine Vorwürfe machte, dann wies ich auf die Male und strich vorsichtig darüber. »Aber das hier war ich!«, gestand ich bedauernd.

Als hätte Elisabeth mich gehört, ergriff sie plötzlich meine Hand: »Halt mich, Max, lass mich nicht los!«, hörte ich sie murmeln.

Patrick sah mich erstaunt an und nickte dann. »Sie wird wohl wach. Du solltest Vince rufen!«

Vorsichtig legte ich ihre Hand ab und lief zu Vince hinunter, der im Besucherzimmer schlief. »Schnell, Vince, sie wird wach!« Aufgeregt berichtete ich ihm auf der Treppe, dass sie sich gerührt habe und auch einen Satz gesprochen hatte. Er lachte erleichtert.

Patrick hatte Elisabeth bereits aufgerichtet und ihr einige Kissen in den Rücken geschoben und reichte ihr vorsichtig ein Glas Wasser. Sie lächelte uns unsicher an: »Hallo, Jungs!«

Vince nahm sie in die Arme. Ich machte Patrick ein Zeichen, mir nach unten zu folgen.

Nachdenklich lehnte er sich an den Herd: »Max, ich habe ja keine Ahnung, was hier gestern vorgegangen ist, aber ich bin so froh, dich endlich sprechen zu hören. Was ihr auch getan habt, es hat wohl gewirkt und sie schien dir auch nicht böse zu sein!«

Ich äußerte mich nicht weiter, aber erwiderte sein Lächeln.

Wir hörten Vince mit schwerem Schritt die Treppe herunterkommen, dann stand er mit ihr in der Küche und setzte sie vorsichtig in einen der Lehnstühle. »Sie hat Hunger und wollte nicht mehr liegen!«

Ich nickte und deckte den Tisch, Patrick bestellte Pizza.

»Erinnerst du dich, was geschehen ist?«, fragte Vince vorsichtig. Elisabeth zitterte vor Schwäche, obwohl er ihr eine Decke über gelegt hatte.

Nachdenklich drehte sie die Kaffeetasse in ihrer Hand, konnte sie kaum zum Mund führen und setzte sie wieder ab. Sie warf mir einen fragenden Blick zu und ich nickte, auch ich wollte wissen, warum ich sie verletzt hatte.

»Ich konnte nur langsam vordringen, weil Max immer wieder Sperren aufgebaut hatte, die ich umgehen musste. Ich fand seine Erinnerungen, doch dann wurde ich unvermittelt in sie hineingezogen. Die Grenzen verschwammen und ich vergaß, dass all das Vergangenheit war; es war wohl ein Lichtbogen emotionaler Art!«, setzte sie ein wenig hilflos hinzu, dann verstummte sie und ihr Zittern nahm zu.

»Was hast du erlebt, Elisabeth?«, fragte Vince angespannt, als er meine ungläubige Reaktion bemerkte.

»Ich werde nicht darüber sprechen, Vince«, schüttelte sie abwehrend den Kopf. »Er kann es dir selbst erzählen, wenn er möchte. Zumindest das haben wir erreicht!« Dann sah sie mir in die Augen: »Du bist ein Held, Max! Danke, dass du mich festgehalten und nicht losgelassen hast!«

Sofort sah ich Miros Bild vor mir: Er klammerte sich an meinen Rücken und ich versuchte ihn zu verteidigten, bis sie mich überwältigten. Fassungslos sah ich sie an, aber sie schüttelte kaum merklich den Kopf.

»Er hat dir geholfen?«, fragte Vince überrascht.

»Wie gesagt, Max ist ein Held. Danach erinnere ich mich an nichts mehr!«

Ich hatte Patricks Anwesenheit fast vergessen. Nun spürte ich seine Hand auf meiner Schulter und spürte ein leichtes Drücken.

Vince sah sich zu mir um. In seinem Blick lag die Entschuldigung, die er nicht aussprechen musste. Ich nickte nur.

Es war wohl unser Blickkontakt, der verriet, wie sehr Elisabeth sich durch unsere Verbindung verändert hatte. Sie konnte wegen ihres Zitterns das Besteck kaum halten und als ihr die Gabel aus der

Hand fiel, warf sie das Messer wütend auf den Tisch. »Verdammter Mist! Ich will jetzt wissen, was hier los ist! Ich sehe doch diese Blicke, die ihr euch zuwerft! So ist das also: Kaum kann Max wieder, fallt ihr miteinander in die Kiste. Wie praktisch, dass sie dort oben schläft, nicht wahr? Das eröffnet uns doch die Gelegenheit für einen kleinen Versöhnungsfick. Sie wird es schon nicht mitbekommen. Nun Max, war es schön? Hat er dir gegeben, was du dringend brauchst? Du verschlingst ihn schon seit Tagen mit deinen Blicken! Aber dir, Vince, hätte ich das nicht zugetraut! Er kann ja tun, was er will, aber du musst ihn ja nicht gleich anspringen! Was hat er dir ins Ohr geflüstert: ´Sie langweilt dich doch jetzt schon! Nur die Liebe unter Männern ist doch die einzig wahre?´ und hat dich dabei angefasst?«

Vince war ebenso sprachlos wie ich; wir schauten Elisabeth an, als sei sie ein Alien.

»Was ist mit dir los, my Lady? Was du mir vorwirfst, entbehrt jeder Grundlage!«, brachte Vince völlig entsetzt heraus.

»Ach ja?«, fauchte sie. »Warum warst du nicht bei mir, als ich aufgewacht bin? Zum Glück weiß hier zumindest Patrick, was sich gehört. Ich habe es doch gehört, als ihr nach oben gekommen seid: Dieses vertraute, befriedigte Lachen war unverkennbar!«

Ich versuchte mich zu erinnern: Ich hatte Vince gerufen und ja, er hatte erleichtert gelacht, als ich ihm erzählte, sie habe gesprochen. Aber das war doch etwas ganz anderes!

Patrick hatte ihrem Ausbruch gelauscht und ich hatte seine ungläubige Überraschung bemerkt. Nun war er dabei, ihr das Essen zu richten, wie er es anfangs auch für mich getan hatte und sie sah ihn dankbar an.

Ich versuchte, die Situation zu entspannen: »Elisabeth, Vince hat die ganze Nacht bei dir gewacht und war heute Morgen völlig erledigt. Ich habe ihm angeboten, auf dich zu achten, damit er ein wenig schlafen konnte. Deshalb war er nicht bei dir!«

Sie grinste höhnisch. »So einfach hat er es dir gemacht? Er lag schon in der Koje und du musstest nur zu ihm kriechen? Wie gesagt: Das ist deine Sache, aber er musste ja nicht mitmachen, oder? Er konnte deinen Verführungskünsten noch nie widerstehen, aber man kennt doch die eigenen Schwachpunkte und kann dagegen angehen – wenn man es denn will!« Sie funkelte Vince wütend an.

Vince lehnte sich auf seinem Stuhl zurück und richtete den Blick auf einen Punkt an der Wand. Ich beobachtete, dass er betont langsam atmete, eine dieser Beruhigungstechniken anwandte, die er bei Rebecca gelernt hatte. Seine Gedanken schienen zu rasen.

»Meinst du, wenn du wie im Tiefschlaf atmest und dabei wie ein Schaf an die Wand glotzt, werde ich mich schon wieder beruhigen? Nun steh doch zumindest dazu, denn ihm hast du deine Standhaftigkeit ja heute schon bewiesen!« Sie nickte provozierend zu mir hin.

Er schüttelte fassungslos den Kopf. »Du hörst dich an wie Max!«

Ich wollte mich empört verteidigen, doch er warf mir einen warnenden Blick zu: »Hast du dir bei deinen Eifersuchtsrasereien auch mal zugehört, Max? Hier hörst du eine noch abgemilderte Version!«

Ich sah ihn böse an, dann hörte ich Elisabeths Stöhnen. Sie hatte sich die Hände vors Gesicht geschlagen. »Oh nein, oh nein!«

»My Lady?«

Sie sah nicht auf; schüttelte den Kopf, als wolle sie etwas Unangenehmes abwehren. »Du hast recht, Vince, das ist er in mir! Um Himmelswillen, was für ein grässliches Gefühl! Ich weiß nun, was du mitgemacht hast, Max!«

Ja, die Eifersuchtsanfälle, die mich, wie ich zugeben musste, ab und zu schüttelten, waren schrecklich. Ich litt unter ihnen ebenso wie Vince.

»Vergiss mich nicht dabei!«, sagte Vince leise und sie sah auf.

»Entschuldige, Vince, so war es nicht gemeint. Ich weiß nicht, was in mich gefahren ist!«

»Aber ich: Max! Wie konnte das geschehen, Elisabeth?«

Sie sah ihn erschreckt an: »Der Lichtbogen! Wir haben die Gefühle nicht nur geteilt, sondern auch ausgetauscht und übertragen!«

Vince nickte mir zu: »Warst du deshalb gestern Abend so nett?«

Ich wollte wieder aufbegehren, wie stellte er mich denn hin? Aber statt mich sofort wütend zu verteidigen, dachte ich nach. Ich war um Elisabeth und Vince besorgt gewesen. Obwohl ich selbst hungrig war, hatte ich zuerst ihnen ein Essen hochgebracht. Vor einigen Monaten hätte ich wohl zuerst an mich gedacht.

»Diese neue Nachdenklichkeit und Fürsorglichkeit steht dir gut, Max. Ein wenig von Elisabeth darfst du gerne behalten!«, sagte Vince und wandte sich Elisabeth zu: »Bleibt das nun so: Elisabeth-Max und Max-Elisabeth?«

»Ich werde die Eifersucht in mir bekämpfen und damit in den Griff bekommen. Max hat sich durch seine Erlebnisse in den letzten Wochen verändert, schreibe diese neue Seite nicht mir zu. Was man von dem anderen annimmt, ist immer noch eine bewusste Entscheidung!«

Er grinste: »Den Vinceakzent hast du also bewusst behalten?«

Sie lächelte ihn versöhnlich an. »Ja, und nicht nur den Akzent!«

»Was habt ihr hier gestern getan?«, fragte Patrick verständnislos.

»Etwas, was wir nie, nie wieder tun werden!«, sagte Vince mit Nachdruck. »Peter hatte vollkommen recht, das war völlig unverantwortlich!« Er hob Elisabeth aus dem Stuhl. »Du brauchst noch Erholung!«

Und die Eifersucht in mir konnte sich so gut vorstellen, was er darunter verstand.

52

Max

Ich hatte erst am nächsten Tag die Möglichkeit, allein mit Elisabeth zu sprechen. Sie wirkte immer noch so schwach, dass Vince sie von ihrem Versuch, zur Arbeit zu gehen, abhalten wollte: »So hilfst du deinen Patienten gar nichts. Du erschreckst sie nur!«

Störrisch hatte sie seine Warnung in den Wind geschlagen, ihre Schlüssel genommen und war aus der Tür gegangen. Eine Viertelstunde später stand sie wieder in der Küche, in der wir noch Zeitung lasen und antwortete auf unseren fragenden Blick. »Ich habe es nicht geschafft, das Zündschloss zu treffen!«

Ihre Hände zitterten vor Anstrengung, Vince stand auf und führte sie zum Sofa: »Ruhe dich noch einen Tag aus!« Sie war sofort erschöpft eingeschlafen und er nahm seinen Motorradhelm. »Ich muss noch mal weg. Passt du auf sie auf? Es dauert nicht lange.«

Ich nickte. »Natürlich!«

Als sie eine Stunde später wieder aufwachte, brachte ich ihr eine Tasse Kaffee und sie lächelte dankend. »Es ist so schön, dich wieder zu hören, Max. Ich hatte deine Stimme vermisst!«

Ich sah sie nachdenklich an: »Kannst du aufstehen? Lass uns an einen besonderen Ort fahren.«

Sie sah mich fragend an, stand dann wortlos auf. Wir fuhren nicht weit und ich sah sie lächeln, als sie erkannte, wohin ich wollte. »Du hast die Bank entdeckt?«

»Auf meinen Spaziergängen mit Vince!«, nickte ich.

»Ausgerechnet hierher wolltest du mich bringen?«, fragte sie erstaunt, als ich ihr für den kurzen Weg den Arm anbot. Sie hängte sich mit einem leichten Zögern bei mir ein.

Kurz darauf sahen wir über das Land und nicht nur ich musste an unser letztes Treffen hier denken: »Nun Max, wir zwei an diesem Ort.« Sie schüttelte sich ein wenig. »Nach unserem letzten Gespräch mochte ich ihn nicht mehr!«

Ich genoss den Ausblick. »Es ist wunderschön hier! Aber ich hatte bemerkt, dass du nie in diese Richtung spazieren gegangen bist, sondern immer nur zur Kapelle, über die Felder oder zur Burg. Vielleicht kann ich dich mit dem Ort wieder versöhnen, indem wir hier noch einmal ein Gespräch führen? Ich verspreche dir, ich werde mich benehmen!«

»Ja, Max, es ist wohl an der Zeit für uns beide!«

Wir schwiegen. Ich zögerte, wie ich beginnen sollte, bis Elisabeth leise fragte: »Was ist aus ihm geworden, Max? Ich muss ständig an ihn denken!«

»Miro?«, fragte ich.

Sie nickte.

»Ich weiß es nicht!«, seufzte ich. »Ich klammere mich an den einen Satz, den ich im Krankenhaus gehört habe: `Danke, dass du Miro geholfen hast´, hat der Mann gesagt, also wusste er wohl, was geschehen ist. Nur Miro kann es ihm erzählt haben. Ich habe ihn losgelassen, Elisabeth, ihn nicht geschützt!«, stöhnte ich.

»Du hattest gar keine Chance gegen ihre Übermacht, Max!«

Sie wollte mich entlasten, aber meine Schuldgefühle waren unerträglich. »Aber durch mich ist er in diese Situation geraten! Er war nur mein Dolmetscher und dann hat er die Hölle durchlebt, mit 19 Jahren!« Ich fragte zögernd: »Was weißt du von der Nacht, Elisabeth? Und was ist am Samstag mit uns geschehen?«

Unsicher schüttelte sie den Kopf. »Ich kann es nicht besser erklären, als ich es schon getan habe. Ich habe die Distanz verloren und es miterlebt, deshalb zeige ich wohl die Schwäche, die du auch kennst. Aber mich konntest du festhalten, Max, ohne dich wäre ich in deiner Erinnerungswelt gefangen. Das Verfahren ist gefährlich und es gab Kollegen von mir, die zwischen ihrem eigenen und dem Erleben ihrer Patienten nicht mehr unterscheiden konnten. Deshalb hat Peter auch so unwirsch reagiert. Er war in Sorge um mich. Ich hörte Vince nach mir rufen, doch wenn du mich nicht festgehalten hättest, hätte ich den Weg zu ihm nicht gefunden. Du hast mir mit deinen Gefühlen für ihn eine Brücke zu ihm zurück gebaut.«

»Was wäre geschehen, wenn ich das nicht gekonnt hätte?«

»Es ist nicht viel darüber bekannt, was Patienten in psychotischer Starre erleben«, wich sie aus. »Aber angenehm ist es sicher nicht!«

Wieder schwiegen wir und ich war in meiner Erinnerung versunken. Das Geschehen im Gefängnis konnte ich kaum noch fassen, während ich von den Misshandlungen im Krankenhaus noch in der vergangenen Nacht geträumt hatte. »Weißt du auch von Sascha und Leonid?«, flüsterte ich.

Einfühlsam sah sie mich an. »Nein, ich kam nicht weiter. Da war noch ein Knoten, noch eine Blockade, aber ich war schon zu geschwächt und musste mich entscheiden. Ich habe den größeren Knoten gewählt.« Sie schwieg einen Moment und sprach dann weiter. »Max, ich habe es nicht geschafft. Ich wollte das, was dir so zusetzt, ableiten und dich davon befreien, aber ich hatte keine Kraft mehr. Ich konnte es nur in dir einschießen und versiegeln!«

»Aber ich kann doch wieder sprechen! Natürlich hast du es geschafft!«, widersprach ich.

»Ja, die Sprachblockade haben wir gelöst, aber die anderen Vorkommnisse schwelen weiter in dir wie Hot Spots unter einem Vulkan. Auch wenn er jahrelang schläft, kann der Vulkan unvermittelt wieder ausbrechen«, nannte sie eine Analogie, »und deshalb musst du üben, Max. Du musst lernen, damit umzugehen, es selbst zu bekämpfen!«

»Dann kommt es zurück?«, fragte ich entsetzt.

»Ich denke nicht, dass sich deine Erinnerungen nochmals auf deine Stimme legen«, schränkte sie ein, sprach leise weiter. »Da war ein endloser Schrei in dir. All die Angst, die Wut, die Hilflosigkeit lagen in ihm und ich konnte ihn hören, als ich den Knoten fand und ihn löste.«

Ich war erleichtert. »Was also muss ich dann üben?«

»Es gibt spezielle mentale Techniken, die dir helfen werden, diese Erschütterungen oder um bei dem Bild zu bleiben, die Vulkanausbrüche zu beherrschen. Es gibt nur wenige Spezialisten, die dir helfen können. Ich habe vor, mich mit ihnen in Verbindung zu setzen und hoffe, dass du schnell Hilfe findest.«

»Zeig´ du es mir doch!«

»Max, wir sprechen hier nicht von einer Übung, die man mal eben erlernt wie das Radfahren als Kind. Das wird eine jahrelange, intensive Arbeit!«

Ich wollte und konnte es nicht glauben. Es ging mir doch wieder gut! Ich war überzeugt davon, dass sie die Dinge zu schwarz sah und stimmte nur halbherzig zu, denn ich wollte noch über die andere Angelegenheit sprechen, die mir am Herzen lag. »Elisabeth, Vince hat mir vorgeworfen, ich würde dich bekämpfen, sogar hassen. Das stimmt nicht, bitte glaube mir das! Ich bin dir wirklich dankbar für alles, was du hier für mich getan hast!«

Sie sah mich an und lächelte. »Das weiß ich, Max!«

»Du sagtest, du betrachtest mich als Freund, obwohl ich es meiner Meinung nach nicht verdient hatte. Verrätst du mir nun, warum du mir geholfen hast?«, wagte ich mich vor.

Sie zuckte zusammen, wandte sich ab und kniff die Augen zusammen, als wolle sie etwas in der Ferne fixieren.

»Elisabeth?«

»Ach, Max!«

Ich wünschte mir Vincents Fähigkeit, in sie hineinzuschauen, um ihre Gefühle, die in diesem Seufzen mitschwangen, erfassen zu können. Doch ich verstand sie einfach nicht.

Als sie mich wieder ansah, hatte sie sich gefasst. »Ich will es so ausdrücken: Ich habe dir geholfen, weil du wichtig für mich bist!«

Das klang endgültig und ich spürte, sie wollte nicht weiter über das Thema sprechen. Ich sagte zögernd: »Elisabeth, ich möchte gerne einer deiner Freunde sein. Nicht dieser Sonderfall, wie du mich genannt hast, sondern so wie die anderen Freunde, die du hast. Wirst du meine Freundschaft akzeptieren?«

Sie verstand wohl, was ich mit meinem unbeholfenen Gestammel meinte und streckte mir ihre Hand entgegen.

Vince war schon wieder zuhause und als er uns beim Betreten des Hauses lachen hörte, sah er verwundert auf. Nach einem fragenden Blick lächelte er: »Zum Glück ist Max nicht in mich gefahren, sonst gäbe es hier gleich wieder Zoff!«

Am Abend fand sich wieder eine lockere Runde ein: Mariam und Patrick wollten nach Elisabeth schauen, Peter brachte ein Buch zurück, das er ausgeliehen hatte. Vince lud alle zu einem improvisierten Grillabend ein.

Peter hatte mich ungläubig angeschaut, als ich ihn begrüßte und Vince übersetzte mir seinen Kommentar: »Nun, ich werde dieses Wunder als Spontanheilung ansehen, denn sonst müsste ich genauer nachfragen!« Er hatte Elisabeth einen skeptischen Blick zugeworfen. Sie hatte sich bei seinem Satz umgedreht und enthielt sich einer Erklärung.

Es war ein lauer Abend, einer der vielen, die wir nun schon genossen hatten. Vince war mit Peter in eine Diskussion vertieft, die wohl sehr konträr verlief. Da wurden Argumente heftig ausgetauscht und ich sah, wie Elisabeth Vince beruhigend über den Arm strich. Das Gespräch zwischen Mariam und Patrick erstarb und sie verfolgten das Geschehen mit verwunderten Blicken. Es war Mariam, die in einer Diskussionspause, als sich die Kontrahenten zurücklehnten und angrinsten, die Hände hob und langsam klatschte; Patrick und ich fielen ein. »Das ist unglaublich, Vincent, wie schnell du Deutsch gelernt hast. Wenn du schnell sprichst, hörst du dich fast an wie Elisabeth!«, sagte Patrick.

Peter warf Elisabeth einen fragenden Blick zu, sie zuckte mit den Achseln und wechselte das Thema.

Ich genoss den Abend, an dem ich mich endlich ganz selbstverständlich am Gespräch beteiligen konnte, weil nun überwiegend englisch gesprochen wurde. Mariam und Peter verabschiedeten sich mit dem Hinweis auf den nächsten Arbeitstag, Patrick half uns noch beim Aufräumen. Elisabeth und Vince boten mir noch eine `Gute-Nacht-Geschichte´ an, doch ich lehnte ab. Ich war ja auch an den beiden vergangenen Abenden ohne ihre Hilfe eingeschlafen. Sie zogen sich zurück und boten Patrick an, wie schon so oft das Gästezimmer zu nutzen. So hatten wir noch eine Stunde für uns und sprachen über seine Zukunftspläne.

Ich lag in meinem Bett und ärgerte mich nun doch, das Angebot von Elisabeth und Vince ausgeschlagen zu haben. Unruhig wälzte ich mich hin und her, stand noch einmal auf, um Wasser zu trinken und fand nur schwer in den Schlaf. Jahrelanges Üben, hatte Elisabeth gesagt, was für eine grauenhafte Vorstellung! Ich hatte doch andere Probleme, die mich belasteten und wollte an den Osten nicht mehr denken. Ich versuchte, mich an eine von Elisabeths beruhigenden Geschichten zu erinnern: Unser Haus in Edinburgh, Tanzen, das Gefühl, dass Vince mich hielt. Doch als ich mich zu ihm herumdrehte, sah ich in die grinsende Fratze von Leonid und schrak wieder auf.

»Ruhig, Max, ganz ruhig!«, flüsterte Patrick, der auf meiner Bettkante saß. »Ich habe dich nebenan gehört.« Er strich mir über den Rücken.

»Kannst du auch nicht schlafen? Ist es wegen Nora?« fragte ich.

Ich hörte ihn leise lachen. »Wegen Nora? Nein Max!« Er strich mir das Haar aus der Stirn. »Hast du es denn gar nicht bemerkt? Ich habe mich verliebt, in eine Persönlichkeit. Ganz so, wie du es mir beschrieben hast. Zeigst du mir die Liebe unter Männern, Max?«

Ich war für einen Moment völlig überrascht, meine Gedanken rasten. So hatte ich das doch nicht gemeint, ich war viel zu alt für ihn! Er brauchte einen Partner in seinem Alter! Seine Hand strich über meine Flanke und ich spürte seinen zarten, unsicheren Kuss. Wurde ich verführt? Von einem Mann, der halb so alt war wie ich? Sein Kuss wurde sicherer, erregter, seine Hand wanderte langsam weiter und ich stöhnte leise auf.

»Rück´ zur Seite, Max, ich will dich spüren!«, flüsterte er und ich zog ihn in mein Bett.

53

Vincent

»Da ist er also wieder, prächtiger als je zuvor«, sagte ich, als ich um Max' Stele herumging.

»Alle sind schöner geworden, ihre schroffen Kanten haben sich abgemildert!«, stellte Elisabeth erstaunt fest und wanderte zwischen den Figuren umher. »Und wie ich sehe, haben sie ihre Position verändert!«

»Die Lavawelle, von der ich dachte, dass sie dein Tal wieder zerstört, hat ihn wieder aufgebaut«, stellte ich erleichtert fest. »Ich sehe keine einzige Bruchstelle mehr an ihm.«

Sie widersprach. »Schau genau hin, Vince, dann weißt du, was ich meinte. Ich konnte es nicht ableiten und habe ihm deshalb einen Tresor, wie du dieses Land hier nennst, gebaut. Ich hoffe, er ist stark genug und wird auch halten, wenn Max sich schwächt.«

Ich betrachtete Max' Figur genauer, doch mir fiel nichts Ungewöhnliches auf. Sie kam zu mir zurück, reckte sich hoch und deutete auf eine kleine Unregelmäßigkeit hinter seinem Ohr: »Da sitzt es, Vince, und es macht mir Angst. Die unauffällige Beule ist wie eine Zeitbombe, von der man nicht weiß, ob und wann sie jemals explodiert. Aber wenn er übt, kann er es überstehen.«

»Aber du hast den Eindruck, dass er nicht dagegen angehen will?«

Sie seufzte. »Nein, er hat nur halb zugehört. Sprich noch einmal mit ihm, Vince. Ich kann das alles nicht eindringlich genug erklären, aber du hast mein Land entdeckt und dir wird er vielleicht eher glauben.«

Oh nein! »Ich soll ihm von deinem Land erzählen? My Lady, das ist dein Geheimnis!«

»Ich weiß, aber er muss die Gefahr zumindest erkennen, wenn er ihr gegenübersteht! Sonst ist er völlig hilflos und weiß nicht, wie ihm geschieht«, sorgte sie sich.

Ich nickte nachdenklich. »Wer hat dich denn gewarnt?«

»Das gehört zur `Sache´, Vince.«

Wieder einmal rannte ich gegen eine Mauer. Warum hatte sie nicht früher über die Gefahren gesprochen, die ihr wohl bekannt waren?

Sie war meinen Gedanken gefolgt. »Bitte, Vince, verzeih mir, dass ich einen Fehler gemacht habe. Ich hatte seine Verletzung unterschätzt und auch, wie sehr es auch mich erschüttern würde. Er hat Schreckliches durchgemacht; ich habe nur seine Gefühle dabei erlebt und konnte nach seinem entsetzlichen Albtraum kaum noch gehen. Obwohl es für mich nur ein Traum war, hat es mich so mitgenommen«, gab sie zu. »Max ist stark, viel stärker, als ich dachte und ich bin froh, dass ich mich letztendlich nicht in ihm getäuscht habe. Du hast immer von seiner guten Seite gesprochen, an die ich schon nicht mehr glauben konnte. Sie existiert in ihm, auch wenn sie selten zu Tage tritt. Aber wenn man sie braucht, ist sie da. Anscheinend hat er sich sogar mit mir, mit uns, ausgesöhnt und darüber bin ich glücklich.«

Ich nahm sie in den Arm. »Wollen wir das feiern?«

Sie nickte. »Ja, das ist ein wunderbarer Anlass. Lass uns alle zu seinem Geburtstag einladen! Alle, die ihm und mir geholfen haben!«

Ich grinste. »Damit ist es jetzt an der Zeit, ein wichtiges Telefonat zu führen.«

»Was meinst du?«, fragte sie, folgte meinen Gefühlen.

»Überraschung!«

Sie lächelte plötzlich: »Was für eine schöne Idee!«

Würde ich sie je wirklich überraschen können?

54

Franca

Ich hörte, wie Mariah den Anruf annahm, noch bevor es das dritte Mal geklingelt hatte. Ihr leicht affektiertes Gesäusel wies auf eine Verabredung für den Abend hin und ich verdrehte die Augen. Es war höchste Zeit für das Ende der Sommerferien – oder für einen festen Freund. Sie war sofort mit dem Apparat in ihr Zimmer verschwunden und ich dankte der modernen Technik für meinen eigenen Anschluss; das Familientelefon war im Überlastungsmodus.

Die Vorbereitungen für das neue Schuljahr standen an, doch meine Gedanken schweiften ab. Der Anruf des Anwaltes aus dem Osten ließ auf sich warten. Außer einem kurzen Hinweis, es gäbe positive Entwicklungen, hatte ich die ganze Woche nichts gehört. Nachdenklich betrachtete ich die letzte Nachricht des Beschützers meines Bruders, wie ich ihn jetzt nannte. Max stand lächelnd vor einer halbhohen Mauer, die Umgebung dahinter war nur verschwommen zu erkennen. Die abgebrochenen Zähne, die mich so erschreckt hatten, waren ersetzt; die fahle Blässe aus seinem Gesicht verschwunden, seine Falten deutlich gemildert. Wenn ich nicht um den Hintergrund gewusst hätte, konnte man denken, Max befände sich im Urlaub. `Es geht ihm besser´, lautete die letzte Notiz in der unbekannten Handschrift, die mir nun schon tröstlich vertraut erschien. Alle paar Tage war eines dieser Fotos im Briefkasten aufgetaucht, immer nur mit einem kurzen Satz zu seinem Zustand: `Unverändert´, `Etwas besser´, `Es gibt Fortschritte´.

Über drei Wochen war Max nun schon verschwunden und selbst Vince hatte mir seine Unterstützung entzogen. Er war plötzlich abgetaucht; wohl recht eilig, wie ich seiner letzten SMS entnehmen konnte, die nur ein lapidares »Muss jetzt abschalten« enthielt. Zuhause hatte ich ihn nicht mehr erreicht und Claire hatte mir auch nicht weiterhelfen können: »Er ist von heute auf morgen verschwunden. Ich erwarte seine Rückkehr jeden Tag und werde immer enttäuscht. Aber ich hoffe, dass er wieder lachen lernt.« Ja, das wünschte ich mir auch.

Mariah riss mich aus meinen Gedanken. »Mama, nimmst du da unten mal ab? Onkel Vince ist dran!«

Ich reagierte sofort, riss das Telefon aus der Station. »Vince, endlich meldest du dich! Ich hatte gerade an dich gedacht! Wo steckst du?«

Sein leises Lachen ging mir durch und durch und machte mir klar, wie sehr ich ihn vermisst hatte. »Wenn mein Patenkind mich nicht so nett unterhalten hätte, wüsstest du das jetzt schon. Wie stehen ihre Chancen bei Ronald?«

Von einem Ronald hatte ich noch nie gehört. »Anscheinend erzählt sie dir mehr als mir, Vince. Aber wie geht es dir?«

»Ich bin noch unterwegs, wollte mich nur einmal melden«, antwortete er ausweichend. »Hast du etwas von Max gehört?«

»Ab und zu erreichen mich ominöse Fotos und auf dem letzten stand, dass es ihm besser gehe. Die Polizei war zweimal hier, um mich nach ihm zu fragen und auch nach dir. Aber ich konnte ihnen ja nicht weiterhelfen. Anscheinend gibt es keine Spur von ihm.«

Er seufzte erleichtert, was ich nicht verstand. »Das ist gut, Franca, dann haben sie ihn noch nicht gefunden. Nun, ich hoffe, er kann seinen Geburtstag feiern. Hast du am Wochenende etwas vor?«

Ich stöhnte. »Nein, nächste Woche beginnt die Schule wieder. Ich werde hier an ihn denken.«

»Das tue ich auch. Ich lasse wieder von mir hören, Franca, bis bald.«

Er hatte so schnell aufgelegt, dass ich ihn noch nicht einmal nach Elisabeth fragen konnte.

Mariah schwebte fast an mir vorbei in Richtung Küche. »Nanu, hat die Verabredung, die du dir wünschst, Fortschritte gemacht? Mit einem Ronald, wie ich hörte?«

Sie schnaubte abfällig: »Wer spricht denn von dem!«

»Warum läufst du dann so auf Wolken?«

»Onkel Vince hat mich `seinen Engel´ genannt!«

»So nennt er dich doch schon, seit er dich das erste Mal als Baby im Arm hielt!«, sagte ich.

»Aber wenn sich Max jetzt von Vincent scheiden lässt, habe ich vielleicht doch eine Chance bei ihm!«, flötete sie und ich sah ihr sprachlos nach.

Der nächste Umschlag enthielt kein Foto. Ich zeigte James abends den Inhalt.

Überrascht sah er auf. »Was hat das zu bedeuten? Alle Daten sind korrekt angegeben! Wer weiß das alles von dir, ohne dass du ihn kennst?« Er las alle Angaben des Flugtickets in seiner Hand noch einmal. »Es ist keine besondere Nachricht vermerkt, aber es wirkt alles normal.« Er gab es mir zurück. »Vermutest du, es kommt von Max?«

»Es ist der gleiche Umschlag wie bei den anderen Nachrichten und deshalb vermute ich, dass man mit mir in Kontakt treten will. Aber was hat Luxemburg damit zu tun? Und warum immer diese Umwege, als traue der Absender noch nicht einmal der Post?«

James schüttelte nachdenklich den Kopf. »Das werden wir wohl nicht erfahren. Wirst du denn das Angebot annehmen?«

»Ich habe schon den ganzen Tag darüber nachgedacht und ja, ich werde fliegen. Mariah wird für dich sorgen.«

Er lachte. »Franca, ich bin nicht nur drei mal sieben alt, sondern schon weit über das doppelte Alter hinaus. Ich brauche keinen Vatersitter!«

Ich war aufgeregt, als ich aus der kleinen Maschine auf das Rollfeld trat. Der letzten Nachricht hatte kein Hinweis auf ein Hotel beigelegen und ich hatte mir vorsorglich einige Adressen ausgedruckt, falls ich hier stranden würde. Glaub´ mir, Rick, ich habe Vince im ersten Moment tatsächlich übersehen; einfach, weil ich ihn hier nicht erwartete. Ich sah mich weiter suchend in der Ankunftshalle um, als er mir leise von hinten ins Ohr flüsterte: »Da ist ja unsere Überraschung!« Ich drehte mich um und er nahm mich lachend in die Arme. »Schön, dich zu sehen, Franca! Komm, wir sehen sofort zu, dass wir von hier verschwinden. Ach ja, und schalte bitte dein Handy aus!«

Noch bevor ich nachfragen konnte, nahm er meinen Koffer und mir blieb nichts anderes übrig, als ihm zu folgen. Das alte Auto, zu dem er mich führte, ließ mich vermuten, dass auch er nun verrückt spielte. Sein Fahrstil hatte sich ebenfalls verändert. »Wo kommst du her, Vince? Was geht hier vor?«

»Eine halbe Stunde noch, dann erzähle ich dir alles!«, versprach er.

»Und warum fährst du, als sei der Teufel hinter uns her?« fragte ich etwas verängstigt, als er mit quietschenden Reifen eine Ausfahrt nahm.

»Ich habe eine junge Freundin, die mich auf die Idee gebracht hat, dass man beim Autofahren auch Spaß haben kann!«, grinste er.

Ein neue junge Freundin? Aber was war mit Elisabeth?

Er lachte. »Warte es ab!«

Wir hielten in einem kleinen Dorf, das an dem heißen Sommertag noch halb zu schlafen schien. Vince führte mich um ein Haus herum in den Garten und ich konnte es einfach nicht glauben. Elisabeth sah mir entgegen und sprach mit dem Mann, der mir den Rücken zukehrte. »Herzlichen Glückwunsch zu deinem Geburtstag, Max! Hier kommt die Geburtstagsüberraschung von Vince und mir!«

Max stand auf, drehte sich zu mir herum und wirkte genauso erstarrt wie ich. Dann lächelte er, wie er es schon als Kind getan hatte, wenn er sich über ein Geschenk besonders freute: »Franca!«

»Wo kommst du her, Max?«

»Das kann ich dich ja wohl auch fragen!«, lächelte er und breitete die Arme aus.

An diesem Tag hätte ich mir deine Fähigkeiten gewünscht, aus Einzelinformationen ein Gesamtbild zusammenzusetzen, Rick. Ich dagegen konnte mich nur treiben lassen, die Neuigkeiten überrollten mich. Ich werde dir von den Gesprächen mit all den Personen, die ich dort traf, berichten und hoffe, dass ich nichts Wichtiges vergesse, denn deine Recherchen hier scheinen dich mehr und mehr zu fesseln und vielleicht erkennst du Zusammenhänge, die ich übersah.

Max nahm mich so fest in den Arm, als wollte er sein altes Leben retten; als sei ich eine Erinnerung an Zeiten, die er verloren hatte. Ich war glücklich darüber, dass mein kleiner Bruder, um den ich solche

Angst hatte, wieder bei mir war. Er küsste mich auf die Stirn, als wir uns lösten und sagte: »Setz´ dich, Franca, ich hole dir einen Kaffee.«

Ich begrüßte Elisabeth, die mich anlächelte: »Wie schön, dass du gekommen bist, Franca.«

»Elisabeth, was tut er hier? Und was tun Vince und du hier; wo bin ich hier? Ich verstehe das alles nicht!«, stammelte ich.

Sie lachte. »Das ist eine lange Geschichte, Max wird sie dir sicher gleich erzählen. Du bist hier in Deutschland, nur wenige Meter von der französischen Grenze entfernt. Das Haus gehört meiner Schwester und ich hüte es zurzeit.«

Vince hob abrupt den Kopf. »Du hast eine Schwester?«

Sie sah ihn an. »Ja, sicher, das sagte ich dir doch!«

Er schüttelte den Kopf. »Du hast nur erwähnt, dass du hierher geflüchtet bist, aber nicht, wer der Besitzer ist. Eine Schwester hast du noch nie erwähnt!«

Sie sah ihn an, als könne sie den Vorwurf in seiner Stimme nicht nachvollziehen. »Na, dann habe ich es wohl Max erzählt. Es ist doch auch nicht wichtig. Außerdem stehen ihre Figuren im Tal und du hast nicht nach ihnen gefragt.«

Den letzten Satz verstand ich nicht, doch Vince schien sich nicht daran zu stören und sah sie unverwandt an: »Ja, my Lady?«

Sie seufzte. »Ich habe drei Geschwister, aber nur meine Schwester und meine Mutter leben in der Nähe.«

Vince ließ die Brille sinken, die er gerade aufsetzen wollte: »Deine Mutter? Sie wohnt hier in der Nähe?«

»Ja, unten im Dorf.«

Vince verdrehte die Augen. »War das nun wirklich so schwer? Nicht alles ist ein Staatsgeheimnis und du hast ein wenig mehr Offenheit versprochen.«

Sie nickte. »Ich bemühe mich, Vince. Wenn du meine Mutter kennenlernen möchtest, laden wir sie ein.«

Max kam mit dem Kaffee für mich zurück und Elisabeth fragte Vince: »Wollen wir schauen, wo wir heute Abend feiern? Die Scheune bietet viel Platz, aber vielleicht decken wir noch einmal hier im Garten?« Sie sah zum Himmel. »Ich denke, das Wetter wird halten.«

Vince grinste. »Zeigst du mir die Scheune?«

»Da müssten wir erst aufräumen«, warnte Elisabeth.

»Na dann, mal sehen, was man dort so anstellen kann!«, lachte Vince und nahm sie bei der Hand.

Allein diese Szene im Beisein von Max ließ mich fast erstarren. Ich drehte mich zu ihm um und sah ihn den beiden nachschauen.

»Erklär mir das, Max!«

Er zuckte mit den Achseln. »Was gibt es da zu erklären? Das sind Elisabeth und Vince.«

»Und du schaust nur zu?«

»Was soll ich denn tun? Ich habe Vince verlassen!«, sagte er abschließend, aber die Traurigkeit in seinen Augen sprach Bände.

»Dann bekämpfst du Elisabeth nicht mehr?«

Er sah mich fast irritiert an. »Nein, sie ist doch meine Freundin. Nun setz´ dich doch endlich, ich werde versuchen, es dir zu erklären.«

Max berichtete mir von seiner Flucht und seinem Aufenthalt in dem Haus nur sehr zurückhaltend. Ich versuchte, die Einzelheiten in Erfahrung zu bringen, aber er war fast so verschlossen wie Elisabeth.

»Franca, ich bin völlig unverdient aus der Hölle in dieses Paradies geraten. Viele Menschen haben mir geholfen, die ich nie zuvor gesehen habe. Du wirst fast alle heute Abend kennenlernen und ich freue mich darauf, sie dir vorzustellen. Ich weiß nicht, wie ich ihnen jemals danken soll«, setzte er nachdenklich hinzu.

Solche Worte von Max? Er nahm meine Hand und drückte sie, als wolle er auch mir danken und ich fuhr ihm durchs kurze Haar, was er ohne Protest über sich ergehen ließ.

Vince und Elisabeth kamen zurück und fast erwartete ich den einen oder anderen Strohhalm an ihnen zu entdecken. Vince bemerkte meinen prüfenden Blick und lachte. »Es gibt bessere Orte als die Scheune für das, woran du gerade denkst!«

Vince wirkte locker und gelöst, wie ich ihn noch nie erlebt hatte. Du kennst ihn ja nicht so gut, aber man weiß nie so recht, was er denkt. Doch mit all den Menschen, die den ganzen Tag über nach und nach eintrafen, ging er so vertraut um, als kenne er sie seit Jahren. Er scherzte mit ihnen, lachte, sprach deutsch so selbstverständlich, als habe er die Sprache eingesogen. Als ich ihn darauf ansprach, nickte er. »Als ich hier eintraf, verstand ich sie durch meine Nähe zu Elisabeth. Aber ich musste erst lernen, auch zu antworten. Sie sagen, ich habe einen `Elisabeth-Akzent´.« Er sah mich bei seiner Anspielung ernst an. »Verrate uns nicht!«

Ich hakte nach. »Was genau könnte ich denn verraten?«

»Nur wenige hier wissen von Elisabeths Fähigkeiten und du gehörst dazu. Sie möchte nicht, dass die anderen davon erfahren. Sie fürchtet, ausgegrenzt zu werden und ich habe nun verstanden, was sie damit meint.«

»Aber was hast du mit ihren Fähigkeiten zu tun? Hast du sie jetzt auch?«

»Manches habe ich von ihr gelernt, aber das muss ja niemand wissen«, deutete er an und wurde dann abgelenkt von den neuen Besuchern, die Max begrüßten.

»Da kommen Elisabeths Mann und ihre Tochter, Peter und Amanda.«

»Sie haben Max auch geholfen?«, fragte ich überrascht.

»Ja, Peter hat Max behandelt und Amanda hatte mich vom Flughafen abgeholt und mir gezeigt, wie man richtig Auto fährt.«

»Ist sie deine neue junge Freundin?«

Vince nickte. »Komm, ich stelle sie dir vor!«

Bald schwirrte mir der Kopf von den vielen neuen Gesichtern und Namen, die ich zu behalten versuchte. Peter und Amanda beobachtete ich natürlich genauer, weil ich hoffte, durch sie auch mehr über Elisabeth zu erfahren. Mit ihrem Mann ging Elisabeth sehr vertraut, aber freundschaftlich um, mit Amanda eher ein wenig zu nachsichtig. Wir stellten die Tische im Garten auf, verteilten Fackeln an den Gehwegen und deckten ein, während Vince und Elisabeth das Essen vorbereiteten. Als ich die Gläser verteilte, staunte ich über den großen Kreis der Gäste, der noch erwartet wurde. Vince zählte die Stühle ab, indem er die Personen benannte und zögerte bei den letzten Plätzen. »Es kommen noch zwei Freunde von Elisabeth, die ich nicht kenne«, sagte er. »Elisabeth freut sich sehr auf sie, hat aber nicht mehr über sie erzählt.«

Diese Freunde blieben mir besonders in Erinnerung, denn bereits ihre Ankunft gestaltete sich bemerkenswert.

Die Tische waren gedeckt, die Fackeln entzündet. Vince verteilte das Eis in große Metallpokale, in denen die Getränke an dem heißen Abend gekühlt werden sollten. Elisabeth hatte sich bereits umgezogen, trug trotz der Hitze eine schöne schwarze Bluse mit langen Ärmeln zu einer schwarzen Stoffhose, womit sie fast elegant wirkte. Sie sah auf, als sie das Schlagen zweier Autotüren hörte: »Das werden sie sein!«

Anscheinend kannten sich die Herren aus. Sie kamen direkt um das Haus herum in den Garten.

Elisabeth ging ihnen entgegen und einer der Herren breitete die Arme aus, sie fiel ihm um den Hals. Noch ungewöhnlicher fand ich jedoch, dass sie bei ihrer herzlichen Begrüßung kaum miteinander sprachen; ich hörte nur Elisabeths `Danke´. Dann hob der Mann sie hoch und drehte sich mit ihr im Kreis. »Da ist ja unsere kleine Psycho!«, lachte er.

»Du sollst mich nicht so nennen und jetzt lass mich wieder herunter, ich will Axel begrüßen!«, wehrte sich Elisabeth spielerisch.

Ich sah fragend zu Vince, der die stürmische Begrüßung ebenfalls erstaunt beobachtet hatte, dann fiel mein Blick auf Max, der aufgestanden war und regelrecht Haltung angenommen hatte. Während Elisabeth den anderen Herrn wesentlich zurückhaltender begrüßte und ihn nur umarmte, hatte der erste einen Gegenstand aus der Tasche gezogen und legte ihn Elisabeth um den Hals und betätigte die Schließe.

Erstaunt drehte sich Elisabeth zu ihm um und befühlte ihren Hals. »Was soll das, Stephan?«

»Unser Geburtstagsgeschenk!«

»Du weißt doch, dass ich keinen Schmuck trage!«

Stephan zupfte ihre Bluse zurecht, deren Kragen sich bei der Begrüßung etwas verschoben hatte und einen roten Träger aufblitzen ließ. Er wurde bei ihrer Kritik plötzlich ernst. »Vielleicht ist es an der Zeit, dich mit deinem alten Leben zu versöhnen? Außerdem ist die

Kette schwarz und die Dame auf der alten Gemme erinnerte uns an dich. Trage sie zumindest heute Abend, tu´ uns den Gefallen!«

Ich verstand den Blick zwischen den beiden nicht, da ging etwas Ernstes vor sich. Dann sah Stephan auf und veränderte sich wieder und lachte, als sein Blick in unsere Richtung fiel. »Da sind sie ja! Lass uns hinübergehen, ich möchte alle kennenlernen!«

Elisabeth drehte sich lächelnd um, nahm die Männer bei der Hand und zog sie zu uns herüber. »Franca, das sind meine Freunde: Stephan von Lysander und Axel Waltenberg. Axel, Stephan: Franca Graham, Max´ Schwester.«

Stephan gab mir freundlich die Hand und lächelte: »Ah, die treue kämpferische Schwester!« Was meinte er damit?

Der andere Herr begrüßte mich förmlicher. »Guten Abend, Mrs. Graham, es freut mich, Sie kennenzulernen.«

Doch die Begegnung von Max und Stephan war außergewöhnlich. Sie sahen sich in die Augen und während Stephan ihn mit einem lockeren »Hallo Max, Sie sehen erholter aus! Herzlichen Glückwunsch zum Geburtstag!« begrüßte, schien Max mit den Worten zu ringen, als habe er wieder die Sprache verloren. Stephan warf ihm einen warnenden Blick zu, als er seine Reaktion beobachtete und ich hätte sein Flüstern überhört, wenn ich nicht neben ihnen gestanden hätte: »Ist schon gut, Max!« Dann sprach er wieder lauter und legte den Arm um den anderen Mann: »Max, darf ich Ihnen meinen Partner vorstellen: Das ist Axel Waltenberg.« Max fand seine Sprache wieder und begrüßte beide, sie schüttelten sich die Hände. Stephan lachte: »Die neue Frisur steht Ihnen wirklich gut, die sollten Sie beibehalten!« Damit war der ungewöhnliche Moment vorüber und während Elisabeth Vince vorstellte, der immer noch etwas konsterniert wirkte und seine alte Zurückhaltung zeigte, flüsterte ich Max zu: »Wer ist er? Du konntest ja kaum mit ihm sprechen!«

Max sah den beiden nach und antwortete immer noch atemlos: »Das ist er, mein Retter!«

»Der Mann, der dich entführt hat?«

»Ja, wenn du es so nennen willst!«

Axel und Stephan begrüßten die anderen Gäste und ich beobachtete noch, wie Stephan Amanda einfach die Ohrhörer abzog. Doch anstatt sich zu beschweren, umarmte das Mädchen die beiden begeistert. Peter führte die Herren weiter herum, Vince kam zu uns herüber und ich fragte ihn:»Hat Elisabeth auch Geburtstag?«

Er stöhnte verzweifelt. »Ich habe keine Ahnung, sie hat ihn mir nicht verraten. Aber das will ich jetzt sofort klären!«

Er rief nach Elisabeth. »Hast du auch Geburtstag, my Lady?«

»Nein, der ist schon verjährt.«

»Wann hattest du denn Geburtstag?«, fragte Max.

Sie rechnete kurz nach. »Vor zehn Tagen.«

»Und du hast uns nichts davon gesagt?«

Sie seufzte. »Ich feiere meinen Geburtstag schon lange nicht mehr, Max. Mein zweites Leben ist jetzt wichtiger. Axel und Stephan sehen immer noch die alte Elisabeth in mir und ich fürchte, mit ihrer wohlkalkulierten Indiskretion verfolgen sie ihre eigenen Ziele.«

Ich deutete auf die Kette. »Sie ist sehr schön und steht dir ausgesprochen gut.« Ich bewunderte die mit Markasit besetzten Stränge, die von einer alten Gemme zusammengefasst wurden. »Sie sieht tatsächlich aus wie du!«

Elisabeth nickte. »Die Kette hat einmal meiner Urgroßmutter gehört, aber ich habe meinen Schmuck vor einigen Jahren weggeworfen. Stephan hat sie wohl irgendwie gerettet.«

Vince dachte über einen anderen Satz nach. »Was meintest du damit, dass er seine Ziele verfolgt?«

Sie nahm seine Hand und sagte bestimmt: »Ziele, die er nicht erreichen wird. Lasst uns das jetzt vergessen, wir wollen doch Max feiern!«

Die seltsame freundschaftliche Beziehung zwischen dem jovialen Stephan und der zurückhaltenden Elisabeth schien mir gar nicht zu passen. Ich fragte Elisabeth, woher sie ihn kenne und was sein Beruf sei.

»Ich kenne Stephan schon aus Studientagen und er arbeitet im diplomatischen Dienst, zur Zeit im Osten. Mehr kann ich dir nicht sagen«, beendete sie das Thema mit einem warnenden Blick in Max´ Richtung.

Auch Max machte sich wohl Gedanken, denn beim Essen sprach er Stephan noch einmal an. »Stephan, sind wir uns schon einmal begegnet? Du kommst mir so bekannt vor.«

Ich spürte, wie Elisabeth sich neben mir anspannte. Stephan lächelte: »Das werde ich bei meinem Allerweltsgesicht häufig gefragt. Ich bin eben nicht so unverwechselbar wie du, Max.«

Elisabeth atmete erleichtert auf. Max gab sich mit der Antwort zufrieden und ich bemerkte den Blick, den Elisabeth und Stephan wechselten. Wenn ich heute darüber nachdenke, scheint er keine klare Antwort gegeben zu haben.

Und dann, Rick, war da noch dieser Junge: Patrick. Er begrüßte Max sehr vertraut und brachte ihm ein Geschenk mit, obwohl Max alle gebeten hatte, auf Geschenke zu verzichten. Es war ein T-Shirt, das er, wie er mir erklärte, auch selbst besaß. Elisabeth und Vince lachten, als sie das ´Don´t date´ darauf lasen und berichteten von ihrem ersten gemeinsamen Morgen im Haus. Doch der Blick, den Max und Patrick tauschten, schien noch anderes zu sagen. Max lächelte und nickte: »Ich werde daran denken!«

Ich war überrascht von der Ähnlichkeit zwischen Patrick und Vince und Patrick grinste: »Das kennen wir schon.« Und doch fällt mir jetzt in diesem Zusammenhang noch etwas anderes auf: Die beiden Herren, Stephan und Axel, hatten seltsamerweise von Patrick zu Elisabeth geschaut, die sofort heftig den Kopf schüttelte, als wolle sie sich gegen eine Unterstellung verteidigen.

Patrick war ein sympathischer Junge, etwas jünger als Jonathan, denke ich. Er schien alle Anwesenden gut zu kennen, heiterte mit seinen Scherzen die ganze Runde auf und tanzte am Abend mit den Damen auf dem Rasen, sogar mit Elisabeth. Als ich sie beobachtete, fragte ich Vince: »Tanzt du nicht mit Elisabeth?«

Er sah mich an. »Nie wieder vor Publikum, wie du sicher verstehen kannst!«

Ich nickte zu Patrick: »Der Junge ist sehr nett, nicht wahr?«

Vince war sehr nachdenklich. »Ja, das ist er.« Sein Seufzen verstand ich nicht und sah ihn fragend an. »Ich mache mir Sorgen um ihn. Er ist wirklich sehr verliebt und ich hoffe, er wird nicht verletzt.«

»In das Mädchen dort, mit dem er jetzt tanzt?«

»Nein, nicht in Nora.«

Was er damit meinte, verstand ich später, als ich Geschirr in die Küche brachte und sah, wie Max ihn halb versteckt hinter der Küchentür leidenschaftlich küsste. Natürlich stellte ich Max später zur Rede, du kennst mich ja.

»Ach Franca«, sagte er, »ich bin so unsicher. Ich habe Patrick doch gar nicht verdient. Er ist so liebevoll und zärtlich, dass ich mich wie Wachs in seinen Händen fühle. Aber ich bin viel zu alt für ihn, was er gar nicht einsehen mag. Patrick braucht einen Partner oder eine Partnerin in seinem Alter und ich könnte es nicht ertragen, wenn ich ihn genauso verlieren sollte, wie ich Vince verloren habe.«

Doch statt wie Elisabeth und Vince zu fühlen, was hier vorging, konnte ich ihm meine Bedenken nicht ersparen. »Dann beende die Geschichte so bald wie möglich, Max! Du hast vollkommen recht, er ist viel zu jung!«

Warum nur, hatte ich mir so ein vorschnelles Urteil gebildet?

55

Franca

Da wir an dem Abend erst sehr spät ins Bett kamen, das unerwartete schöne Fest lange genossen, hatten wir uns mit Stephan und Axel zu einem späten Frühstück verabredet, als sie sich in ein nahe liegendes Hotel verabschiedeten.

Ganz selbstverständlich deckte Patrick bereits mit Elisabeth den Tisch am nächsten Morgen und ich fragte Max, ob Vince und Elisabeth von seiner Affäre wüssten.

Max verdrehte die Augen:»Hast du schon einmal mit zwei Empathen unter einem Dach gelebt? Die beiden wussten es schon vor mir und waren eher erleichtert, als ich mit Patrick eines Morgens zum Frühstück herunterkam. Ich wusste immer noch nicht recht, wie mir geschah. Und Patrick fürchtete ihre Ablehnung, aber sie hatten bereits ein Gedeck mehr aufgelegt. Während wir verlegen waren, hatten sie uns nur zugelächelt. Vince sagte nur später einmal:»Tu´ dem Jungen nicht weh, Max. Du weißt doch noch, wie das mit der ersten großen Liebe ist? Er soll nicht so leiden wie wir damals.«

Nach dem entspannten Frühstück in der kleinen Runde sprach Stefan ein wichtiges Thema an.»Max, ich bin auch hier, um dir gute Nachrichten zu überbringen.« Er zog das kleine blaue Heft aus der Tasche.»Die Verhandlung ist gut für dich verlaufen. Der Richter war dir äußerst wohl gesonnen und die zusätzlichen Dokumente haben ihn davon überzeugt, dass du damals von Vince verführt wurdest. Ein Foto hat zudem bewiesen, dass das Wachpersonal seiner Aufgabe nicht nachgekommen ist und die Auseinandersetzungen unter den Gefangenen nicht verhindert hat. Unter der Bedingung, dass du über den genauen Ablauf Stillschweigen wahrst und dich an ihre geltenden Gesetze hältst, kommst du mit einer Geldstrafe und einem Einreiseverbot für die nächsten zwei Jahre davon.«

»Nie wieder werde ich das Land betreten!«, schnaubte Max entsetzt.

Stephan nickte nachdenklich. »Es war gut, deine Prominenz nicht auszuspielen! Und unter dieser Bedingung gilt das Urteil, das über irgendeinen ausländischen Bürger, nicht aber über den bekannten englischen Schauspieler gefällt wurde, der im Ausland agitiert. Mit der Geldstrafe entfällt auch die Grundlage für den internationalen Haftbefehl«, informierte er uns. »Über deine Flucht wurde Stillschweigen vereinbart, was mir wiederum äußerst gelegen kommt«, meinte er mit einem verschmitzten Lächeln. »Ich werde mich wohl noch länger in dem Land aufhalten. Die offizielle Version lautet, dass du aus eigener Kraft aus dem Krankenhaus geflüchtet bist, niemand hat dir geholfen. Ich bitte auch alle anderen hier, niemals darüber zu sprechen.«

Vince hatte noch eine andere Frage: »Du hast von einem anderen Dokument gesprochen, das belegt hat, dass Max Beziehungen zu Frauen hatte? Nicht von der Geschichte, die ich fabriziert hatte?«

Er nickte. »Eine der Frauen, die mit Max einmal zusammen waren, hat deine Geschichte bestätigt.«

»Welche war es? Als ich mit Ihnen sprach, wollte keine aussagen!«, fragte ich und sah Max entschuldigend an, denn das hatte ich ihm noch nicht erzählt.

Stephan zuckte die Schultern: »Das kann ich nicht sagen, aber es hat den Richter überzeugt!«

Max hielt seinen Pass wie einen Schatz der Hand.

»Da ist noch eine Nachricht für dich versteckt«, forderte Stefan ihn auf.

Max sah ihn fragend an, dann blätterte er durch seinen Pass und fing das Foto auf, das herausfiel. Diese Fotos aus der Sofortbildkamera kannte ich zur Genüge und Max erstarrte. Er drehte das Foto um und las die Nachricht, wirkte wie betäubt und gab es dann zögernd weiter. »Wie geht es ihm, Stephan, und wo sind sie jetzt?«

»Miro wurde bereits in der ersten Nacht von seinen einflussreichen Eltern aus dem Gefängnis geholt. Die beiden sind jetzt in Berlin, wo Miro studieren möchte. Ich hatte ihn gestern Morgen mitgebracht.«

Elisabeth sah von dem Foto auf: »Wusstest du davon, Max?«

»Ich hatte keine Ahnung.«

Sie reichte uns das Foto, das zwei junge Männer zeigte. Der größere, blonde Mann hatte den Arm um den anderen gelegt und küsste ihn auf die Schläfe. Auf der Rückseite stand geschrieben: Danke Max - Dein Freund Miro und in einer anderen Schrift war darunter gekritzelt: Sorry, Max und ebenfalls Danke! Sascha.

Wir sahen zu Max, der kopfschüttelnd andeutete, dass er nichts dazu sagen würde. Elisabeth drückte kurz Max´ Hand.

Ich verstand nicht, worum es hier ging, aber mich beschäftigte noch eine andere Frage: »Was geschieht mit der Kaution?«

Stephan sah mich bedauernd an. »Sie ist verfallen. Ich fürchte, Max hatte einen äußerst kostspieligen Rückflug.«

Ich hielt die Luft an und sah entsetzt zu Vince. Max bot sofort an, dass er alles zurückzahlen wolle, doch Vince schüttelte den Kopf. »Ich sehe das Geld als Anzahlung für das Haus in Sussex, Max!«

Max zuckte zusammen. »Du weißt von unserem Haus?«, fragte er und Vince sah ihn mit einem Blick an, den ich nicht deuten konnte. Hatten sie denn nicht darüber gesprochen? Es gab noch so viel zwischen den beiden zu klären!

»Heißt das, dass Max das Versteckspiel aufgeben kann?«, fragte Patrick.

Stefan lächelte: »Ja, Patrick, es ist überstanden!«

Ich bemerkte, wie Elisabeth fast versteckt Vince´ Hand nahm und sie erleichtert drückte. Und den Blick von Patrick, den er Max zuwarf, voller Freude und doch lag eine Spur von Angst darin.

56

Max

Wir waren allein am Abend. Franca, Stephan und Axel hatten sich am Nachmittag verabschiedet und ich hörte, was Stephan Elisabeth zuraunte, als sie sich umarmten: »Denk´ über mein Angebot nach, Psycho!«

Obwohl Vince den Satz nicht gehört haben konnte, fragte er Elisabeth, als wir noch einmal im von den Laternen erleuchteten Garten saßen. »Was ist das für ein Angebot, Elisabeth, von dem Stephan sprach?«

»Ich soll für ihn arbeiten.« Das klang abweisend.

»Aber? Wenn du nur in einem Satz antwortest, steckt doch mehr dahinter!«

Sie schüttelte den Kopf. »Wir brauchen nicht darüber zu sprechen, Vince! Ich werde sein Angebot auf keinen Fall annehmen. Die Arbeit wäre sicher spannend, abwechslungsreich, mit vielen Reisen verbunden und auch äußerst lukrativ, birgt aber auch Risiken, die ich nicht eingehen möchte. Nein, mich bekommt er nicht und das habe ich ihm schon mehrmals gesagt. Ich will das alles nicht mehr.«

Vince horchte auf: »Du hast schon einmal für ihn gearbeitet?«

»Nein, nicht mit ihm zusammen, nur ungewollt mit seinem Verein«, sagte sie abfällig, »und diese Erfahrung hat für ein ganzes Leben gereicht.«

»Die Sache?«, deutete Vince an.

»Ja, die Sache.«

Ich verstand Vince´ Reaktion nicht, der sich sofort einen anderen Thema zuwandte, statt hier weiter nachzufragen.

Er fragte mich nach meinen Plänen, die ich nicht nennen konnte. Die neue Entwicklung war zu plötzlich gekommen, die Freiheit, mein altes Leben wieder aufzunehmen.

Elisabeth nickte: »Lass dir Zeit mit der Entscheidung, Max. Das Schlimmste hast du überstanden, aber du bist geschwächt und ich habe bisher keinen geeigneten Therapeuten gefunden. Du brauchst noch Erholung. Ich werde in den nächsten Tagen viel arbeiten und ihr habt die Gelegenheit, die Gespräche zu führen, die noch ausstehen.«

Sie sah uns beide an und Vince nickte: »Da hat sie nicht unrecht, Max.«

»Aber heute Abend nicht!«, seufzte ich. »Ich bin völlig geschafft und will eine Nacht schlafen.«

Vince grinste: »Kommt Patrick nach der Nachtschicht noch vorbei?«

Ich nickte und lächelte bei der Erinnerung an ihn. »Ja, was für ein Glück!«

Ich hörte das leise Klirren von Geschirr, das unten zusammengestellt wurde und stand noch einmal auf, um die Fenster zu öffnen und die kühlere Nachtluft ins Zimmer zu lassen.

Vince löschte die Kerzen in den Laternen, Elisabeth war schon auf dem Weg ins Haus, als sie unvermittelt die Teller wieder abstellte, Vince anlächelte und nickte: »Ja, das möchte ich gerne! Was für eine wunderbare Nacht!«

Ich verstand nicht, was da vor sich ging, aber Vince nahm sie bei der Hand, führte sie auf den Rasen und verbeugte sich auf altmodische Art, Elisabeth deutete lächelnd einen Hofknicks an. Dann sah ich sie zum ersten Mal tanzen, unten im Mondlicht, ohne Musik. Ich konnte nun verstehen, warum Franca oder Thomas mir gegenüber ihren Tanz beim Ball verschwiegen hatten. Fasziniert teilte ich das Gefühl, das auch die Besucher des Balls erlebt hatten: Diese Freude, die Verbindung, die weit über alles hinausging, was ich bei zwei Menschen je beobachtet hatte. Sie berührten sich kaum und doch wirkten sie miteinander verschmolzen und so glücklich, dass sie fast selbst eine Melodie auszusenden schienen, die leise in mir summte.

Die Faszination bannte mich an den Platz am Fenster. Ich konnte mich nicht abwenden, obwohl ich fühlte, dass ihr Tanz nicht für andere Augen bestimmt war. Vielleicht hatten sie gespürt, dass ich sie beobachtete. Vince warf plötzlich einen Blick zum Haus, drehte Elisabeth noch einmal und hob sie hoch, trug sie ins Haus. Ich hörte sie die Treppe heraufkommen und dabei leise lachen. Fast angstvoll erwartete ich Geräusche von oben, aber es blieb so still, dass man meinen konnte, sie seien sofort eingeschlafen. Ich gebe zu, dass ich gelauscht hatte und meine Phantasie mit mir durchging. Streichelte er sie dort oben wie mich früher, warf er ihr den Blick zu, der mir, auch jetzt noch in der Erinnerung, die Haare auf den Armen wie elektrisiert aufstellen ließ? Küsste er sie so, wie ich es mir beim Einschlafen immer gewünscht hatte, wenn wir getrennt waren? Ich hatte ihn verloren und würde ihn nie zurückbekommen. Es gab keine zweite Chance für mich.

Das nächste, was ich hörte, war sein leises, raues Lachen, als sie wohl ins Bad gingen und das Rauschen des Wassers in der Badewanne gab mir endgültig den Rest.

Ich ging nach unten und stellte fest, dass sie noch nicht einmal die Gartentüren verschlossen hatten, sah die letzten Kerzen in den Laternen ausbrennen. Ich nahm Vincents Handy, das auf dem Tisch neben der Haustür lag, schaltete es an und rief Jo an. Danach schrieb ich einen langen Brief an Patrick.

Ich hörte Josephs Wagen im Morgengrauen; er hatte versprochen, sofort loszufahren, um mich abzuholen. Ich legte den Brief an Patrick und eine Nachricht für Elisabeth und Vince auf den Tisch, nahm meinen Pass und das Einzige, das mir wichtig war und öffnete die Tür.

Ich ließ meine zweite Chance zurück und stürzte mich selbst ins Verderben.

57

Vincent

Ich hatte bei meinem Besuch in Elisabeths Land eine Erschütterung wahrgenommen und wurde so plötzlich hinaus geschleudert, dass es mir fast weh tat.

»Schnell, Vince, wir müssen ihn aufhalten!« Sie war schon aus dem Bett gesprungen und zog sich im Laufen einen Morgenmantel über, vergaß sogar ihre geliebten Hausschuhe. Ich folgte ihr die Treppe hinunter und sah sie die Haustür aufreißen. Wir erhaschten noch einen Blick auf die Rücklichter eines fremden Wagens, der hinter der Dorfkirche verschwand. Panisch sah Elisabeth sich um, ging in die Küche und nahm die Notiz vom Tisch, die an uns gerichtet war. Sie überflog sie, reichte sie mir und ließ sich auf einen Stuhl sinken. »Oh nein, ich hatte es doch geahnt! Es wird ihn zerstören, Vince! Er hat doch noch gar nicht verstanden, was geschieht!«

Ich las die Notiz: Elisabeth, Vincent, ich danke euch für alles, was ihr für mich getan habt. Ich werde euch nicht weiter stören. Für mich gibt es keine zweite Chance – Max.

»Er ist fort?«, fragte ich ungläubig. Sie nickte, reichte mir die Hand und ich spürte fast die Sandkörner in dem kalten Wüstensturm, der sich um Max´ Stele in ihrem Tal zusammenbraute.

Patrick traf eine halbe Stunde später ein und fand uns immer noch wie gelähmt am Küchentisch. Er sah uns fragend an und verstand es sofort, als Elisabeth auf den Brief deutete.

»Ich war doch nur sein Toyboy«, flüsterte er.

Elisabeth sah auf. »Nein, Patrick, das bist du nicht. Du bist viel wichtiger für ihn, als er selbst es weiß.«

Patrick nahm den Brief, wog ihn in der Hand und die wächserne Blässe in seinem Gesicht spiegelte seinen Schock, den ich durch Elisabeths Wolke in mir empfand. »Na, ich gehe dann mal wieder«, sagte er tonlos und wandte sich wieder zur Tür.

»Patrick, bleib´ noch bei uns; sprich mit uns!«, bat Elisabeth, doch er schüttelte den Kopf.

»Da gibt es nichts mehr zu sagen.«

Er kam noch bis zur Küchentür und ich stand schon hinter ihm, als er zusammensackte.

58

Joseph

Ich sah Max in dem fremden Land aus einem alten Haus treten. Nach seinem Anruf spät am Abend war ich sofort losgefahren. »Jo, ich bin es, Max. Hol´ mich bitte ab.«

Zuerst dachte ich, ich hätte geträumt, aber das Telefon in meiner Hand rüttelte mich auf. Ich erreichte die Nachtfähre noch rechtzeitig und fuhr auf dem Festland sofort weiter. Für jeden Satz aus dem Navi war ich dankbar, der mich in dieser Nacht aus meinen Gedanken riss. Max war in Deutschland, wie ich der Adresse entnommen hatte, aber ich konnte mir nicht erklären, wie er dort hingekommen war. Er klang müde, hatte aber wieder sprechen können. Wie würde ich ihn vorfinden?

Ich ging ihm entgegen, umarmte ihn und wollte ihn nach unserer langen Trennung küssen, aber er versteifte sich in meinen Armen und sagte nur: »Lass uns fahren, Jo.«

Auf meine Fragen gab er nur in kurzen Sätzen Antwort und meist lautete sie: »Ich will nicht darüber sprechen.«

»Bitte, Max, sag mir doch wenigstens, wer dir geholfen hat.«

»Elisabeth, Vince und ein anderer Mann.«

Ich zuckte bei der Antwort zusammen, die ich im Nachhinein gar nicht hatte hören wollen. »Elisabeth?«, fragte ich entsetzt.

»Ja, Elisabeth und Vince.«

»Aber du hasst sie doch! Ausgerechnet ihre Hilfe hast du angenommen?«

»Ich hatte in dieser Situation wohl kaum eine Wahl und ich bin Elisabeth und ihren Helfern dankbar. Ich hasse sie nicht.«

Wenn ich es vermocht hätte, hatte ich ihn gerüttelt, um ihn zu erreichen, doch mit dem Steuer in der Hand konnte ich nur flüstern. »Hat sie dich jetzt auch verhext?«

Max seufzte und sprach langsam und betont: »Ich will darüber nicht sprechen.«

Wir setzten unsere Fahrt schweigend fort.

Wir blieben noch zwei Wochen in London, bevor wir zu den geplanten Dreharbeiten nach New York flogen. Ich hatte den Produzenten Max´ Verschwinden verheimlichen können und auf eine vorschnelle Absage seines Engagements in der Hoffnung verzichtet, dass er rechtzeitig zurückkehren würde. Ich wusste ja, dass er immer äußerst gewissenhaft arbeitete. Als ich Max den aktuellen Stand berichtete und ihn fragte, ob er sich in der Lage fühlte, zu spielen, hatte er genickt: »Muss ich ja wohl und es wird schon gehen.«

Er hatte sich so verändert, dass ich meinen ältesten Freund nicht mehr erkannte. Und mich fragte, ob er mich noch als seinen Partner sah. Es war nicht nur das entsetzliche T-Shirt, das er jeden Tag trug und mir signalisierte, dass keine Annäherung erwünscht war. Er schien häufig abwesend und ging allein spazieren, lehnte meine Begleitung ab. Als ich ihn mit dem Besuch einer der langen Clubnächte aufheitern wollte, die er früher so geliebt hatte, war er nach einer halben Stunde ohne Mitteilung an mich verschwunden und in die Wohnung zurückgekehrt. Ich hatte ihn wie immer im hell erleuchteten Wohnzimmer angetroffen und wünschte mir die nächtelangen Gespräche zurück, auch wenn er damals nur von Vince redete. Wenn er dann spät und erschöpft einschlief, murmelte er häufig fremde Namen. Elisabeth und Vince konnte ich aus den undeutlichen Lauten heraushören und auch den Namen, den er nannte, als er mich einmal im Schlaf umarmte. Die Frage, die sich mir aufdrängte, stellte ich nicht. Ich fürchtete die Antwort zu sehr.

Von seinem Besuch bei einem Anwalt erfuhr ich erst durch die Schriftsätze, die ihm zugestellt wurden. »Das musst du auch wissen, Jo«, sagte er ohne weiteren Kommentar, als er sie vor mir auf den Schreibtisch legte und dann im Sessel meine Reaktion abwartete. Ich öffnete die Umschläge mit dem Gefühl, dass er mir nicht vertraute, mir keinen Einfluss mehr zugestand.

Das Haus in Sussex sollte an Vince überschrieben werden und als ich ihn erstaunt ansah, sagte er: »Vince hat es bereits bezahlt.«

Doch das letzte Schreiben jagte mir regelrecht Angst ein. »Eine Patientenverfügung? Drei Menschen entscheiden, wenn du es nicht mehr kannst: Bei Franca kann ich deine Wahl ja verstehen, aber Vince und Elisabeth? Du wechselst doch kein Wort mit ihnen!«

»Sie werden entscheiden, falls es einmal so weit kommen sollte«, lautete sein einziger Kommentar.

Er hatte jeden Anruf von Elisabeth und Vince ignoriert, antwortete weder auf ihre Briefe noch auf ihre Emails. Und doch legte er sein Leben in ihre Hände? Ich hatte mehrmals mit Vince telefoniert, einmal sogar Elisabeths Stimme ertragen, aber Max wollte niemals mit ihnen sprechen und verwies auf seinen Anwalt, der die Scheidung von Vince betreute. Ich konnte nicht anders, ich musste ihn fragen: »Wo stehe ich in deinem Leben?«

»Du bist hier bei mir.«

»Was hast du vor, Max?«, fragte ich leise.

»Arbeiten.«

Seine Veränderung begann schon im Flugzeug nach New York. Er hatte seinen Platz eingenommen und mir gesagt, er wolle nicht gestört werden, dann stellte er nach dem Start seine Rückenlehne zurück und sah nur noch nach oben. Ich fragte ihn, was an der kleinen Leuchte oder der Lüftung so interessant sei, aber er gab mir nicht einmal das abweisende Handzeichen, dass er sich angewöhnt hatte. Ab und zu schloss er die Augen, schien aber nicht zu schlafen und bereits bei der Landung war der alte Max wieder da. Er scherzte mit den Mitreisenden an der Passkontrolle und sang sogar für sie, um die Wartezeit zu verkürzen. Wie selbstverständlich legte er den Arm wieder um mich, freute sich bei der Taxifahrt über den Blick auf die Stadt.

Er richtete sich in seinem Zimmer ein und wollte gleich durch die Stadt ziehen; traf beim Abendessen schon die ersten Kollegen. Trotz der Zeitverschiebung war er aufgekratzt, aber gut gelaunt. Ich dachte schon, ich hätte mir die Sorgen der letzten Wochen sparen können, bis wir spät in der Nacht wieder in unser Hotelzimmer zurückkehrten. Er verschwand ins Bad und legte sich ins Bett, drehte sich um und schlief ein.

Die nächsten Tage verliefen nach ähnlichem Muster. Er arbeitete hart, war dabei so munter und gut gelaunt, dass ich es zunächst einfach nicht verstand, auch nicht verstehen wollte. Ich liebte den alten Max, der auch mir gegenüber wieder offener wurde, sogar einige

Male mit mir schlief. Ich redete mir ein, dass er seine Krise überwunden habe. Dass er die Ereignisse, die ihn belasteten, nun so vergessen hatte, wie er es sich wünschte.

Ich weiß, Rick, ich hätte sie als sein Manager, besonders als sein Partner, bemerken müssen, die kleinen, aber auffälligen Zeichen! Er schlief nur noch mit den Tabletten, die ich ihm aufdrängte, und dann auch nicht mehr als vier Stunden. Den Rest der Nacht verbrachte er in den sozialen Netzwerken mit seinen Fans. Er arbeitete mit einer Hingabe, als wolle er alles geben, was er konnte. Den Tag über sah man ihn nie ohne Kaffeebecher und er trank auch mehr Alkohol als früher, wenn er sich auch nie völlig betrank. Er aß vor Hektik kaum noch, verlor an Gewicht, was er jedoch seinem intensiven Training zuschrieb und seinen Fitnesscoach begeisterte. Allein seine Begleitung setzte mir so zu, dass ich mich wie im Zehnkampf für Schauspieler bei Olympia fühlte. Keine Wohltätigkeitsveranstaltung, keine noch so kleine Fanmesse ließ er aus. Ich konnte einfach nicht schnell genug hinter ihm herhasten. Natürlich war da der Gedanke, wie er das alles aushielt, warum er nicht einmal eine Pause einlegen konnte. Ich wusste doch, dass er sich früher bei seinem anstrengenden Beruf an den Wochenenden mit Vince erholte, doch das gab es jetzt nicht mehr. Als ich ihn drängte, alles ein wenig langsamer anzugehen, ein wenig auszuspannen, lehnte er es entschieden ab und sah mich an, als drohe ich ihm freiheitsentziehende Maßnahmen an. Nach drei Monaten war ich so erschöpft, dass ich mich mit ihm stritt. Ich hatte vorgeschlagen, über Weihnachten nach England zurückzukehren: »Max, ich brauche eine Pause und werde nach Hause fliegen; mit dir oder ohne dich. Du könntest Franca besuchen, deine Familie sehen«, lockte ich. »Du musst die Ferien nicht mit mir verbringen.«

Entschieden lehnte er ab. »Nein, Franca würde mich sofort durchschauen.«

»Was durchschauen, Max, was verbirgst du vor mir?«, fragte ich ratlos. »Ich will dich nicht drangsalieren, aber da stimmt doch etwas nicht. Du läufst herum wie eine Bombe auf zwei Beinen!«

Ich habe seinen Kernsatz der Auseinandersetzung überhört, begriff die brisante Bedeutung erst später. Er antwortete wütend: »Max Llewellyn spielt Max Llewellyn und ich war nie besser.«

Ich bin sicher, dass es körperliche Warnzeichen gab, er sie aber bewusst überging. Max war dabei, sich zu Tode zu hetzen und ich habe nicht eingegriffen. Ich flog nach England zurück und ließ ihn allein, als er mich brauchte.

59

Vincent

Du möchtest wissen, warum wir alle uns hier befinden, Rick? Nun gibt es nicht mehr viel zu erzählen.

Wir hatten seit Monaten nichts von Max gehört.

Zu Weihnachten waren wir nach Schottland zurückgekehrt und wollten Hogmanay mit Franca verbringen. Elisabeth hatte die Reise rechtzeitig angemeldet und ihre Kontakte eingeschaltet, als es aussah, als bekäme sie keine Genehmigung. Sie wollte unsere Beziehung vor ihrem Staatsschutz weiter verheimlichen und gab an, Monika besuchen zu wollen, die sich bereit erklärt hatte, für Elisabeth zu bürgen. Als die vierte Nachfrage kam, was denn Zweck der Reise sei, hatte sie Stephan angerufen und ich hörte. wie sie ihn anfauchte: »Regelst du das bitte in deinem unsäglichen Verein? Ich möchte Urlaub machen und sonst nichts!« Am übernächsten Tag war die Erlaubnis erteilt, doch ihre Freude darüber hielt sich in Grenzen: »Mit jedem Gefallen, den ich von Stephan erhalte, binde ich mich mehr an ihn. Irgendwann kann ich nicht mehr Nein sagen.«

Claire hatte das Haus für uns vorbereitet und erwartete uns an der Haustür.

»Elisabeth, Dr. Vince, ich freue mich so, Sie endlich wiederzusehen. Ich habe auch schon ein Festessen gekocht.«

Wir umarmten sie und sie lächelte glücklich. »Ich habe die Betten hier oben und auch in der Suite bezogen«, erwähnte sie und ich spürte die Frage in ihr.

Ich lächelte und sah Elisabeth an, die nickte. »Dort kann dann Franca schlafen.«

Claire sah uns an und seufzte. »Endlich! Ich freue mich für Sie beide.«

Franca berichtete, dass auch sie kaum Kontakt zu Max hatte halten können, ihn höchstens nachts im Chat erreicht hatte. »Er sagt, es geht ihm gut, aber ich kann es nicht recht glauben. Jo ist zu Weihnachten nach England gekommen, aber Max wollte in New York bleiben, um dort zu feiern. Ich fürchte, dass er sich übernimmt mit den vielen Aktivitäten, über die er wie früher seinen Fans Bericht erstattet. Er war ja schon immer unruhig, aber jetzt wirkt er völlig getrieben.«

Ich nickte. Max´ Stele im Tal war durch den Sandsturm, der ihn immer noch umfing, deutlich angegriffen und schon in der Substanz verringert. Zunächst hatte mich Elisabeth beruhigt. »Vince, was du in meinem Tresor siehst, ist oft nur von meinen Bedenken und Ängsten bestimmt. Es stellt nicht die Realität dar. Meine Verbindung zu Max ist unterbrochen und ich kann nicht beurteilen, wie es ihm wirklich geht.«

Ich widersprach, zeigte auf eine der Stelen. »Aber mit deiner Intuition liegst oft richtig, my Lady. Sieh dir Patrick an: Er ist deutlich gewachsen und näher an Max herangerückt. Dabei hat er das Krankenhaus doch verlassen.«

»Schau noch einmal hin, Vince. Patrick ist zwar näher gekommen, dreht ihm aber den Rücken zu. Das lässt auf eine engere Beziehung zwischen den beiden schließen, aber sie können sie nicht leben, wenn sie sich nicht ansehen. Vielleicht belasten sie sich eher, indem sie einander vermissen, aber nicht darüber sprechen.«

»Wird Patrick sich noch einmal umdrehen?«, fragte ich besorgt.

Sie seufzte. »Vielleicht erkennt er die Zeichen nicht, die Max ihm schickt. Aber im Moment sieht es wohl nicht danach aus.«

»Vince?« Elisabeth riss mich aus meinen Gedanken. »Was hältst du davon, Max zu besuchen? Franca sagte, dass Max allein in New York Silvester feiert. Du könntest alles klären, was noch anliegt.«

Franca sah auf. »Habt ihr denn immer noch nicht darüber gesprochen?«

Ich schüttelte den Kopf. »Nein, Max redet nur über seinen Anwalt mit mir. Ich habe die Schenkung des Hauses in Sussex nicht verstanden, aber Max äußert sich nicht dazu. Auf meinen Vorschlag, ihm im Gegenzug meinen Anteil an der Londoner Wohnung zu überschreiben, reagiert er nicht. Bevor die Besitzverhältnisse nicht geklärt sind, wird unser Partnerschaftsvertrag nicht aufgelöst.«

Elisabeth wiederholte ihren Vorschlag: »Jetzt hast du eine Gelegenheit, mit ihm ohne Jo zu sprechen. Es wird mit der Zeit nicht einfacher.«

Das kam nicht in Frage. »Nicht ohne dich, my Lady.«

»Du weißt doch, warum ich dieses Land nicht betrete und es ist besser, wenn ich nicht zwischen euch stehe.«

»Aber was ist mit Hogmanay?« Den Jahreswechsel wollte ich unbedingt mit ihr feiern, hatte mir schon eine besondere Phantasie ausgedacht.

Sie lachte. »Vielleicht bist du dann schon wieder zurück, ansonsten werden wir uns allein amüsieren!«

Die Damen grinsten sich an und ich verdrehte die Augen.

Ich flog schon am nächsten Tag nach New York, um noch rechtzeitig zum Silvesterabend wieder nach Schottland zurückkehren zu können. Und nun bin ich schon fast drei Monate hier.

Von meinem Kommen hatte ich Max nicht unterrichtet, weil ich fürchtete, er würde mir aus dem Weg gehen, ein Treffen vermeiden. Jo hatte mir die Adresse des Hotels genannt, in dem die Suite lag, die er für den Aufenthalt gemietet hatte. Er hatte auch zugestimmt, dass ich das andere Zimmer nutzen konnte, denn natürlich war die Stadt von Touristen überlaufen.

Er sagte zu mir: »Regelt eure Angelegenheiten, Vince! Vielleicht schaltet Max einen Gang runter, wenn die Sache abgeschlossen ist.«

Man gab mir den Schlüssel an der Rezeption und bestätigte, dass Max im Haus sei. Auf dem Weg nach oben legte ich mir noch einmal die Sätze zurecht. Doch fühlte ich mich unbehaglich, ihn unter diesen Bedingungen wiederzutreffen. Das Gespräch würde für uns beide schmerzhaft werden, wenn wir nicht sachlich bleiben konnten. Unser letztes Zusammentreffen hatte Elisabeth unauffällig begleitet, den Gefühlsstress dabei ausgeglichen. Max hatte mir in einem der unzähligen Anwaltsschreiben mitgeteilt, dass auch er an einer klaren Aufteilung unseres Vermögens interessiert war. Und ich wollte meine Freiheit zurück, wollte meine Zukunft mit Elisabeth planen.

Er öffnete auf mein mehrmaliges Klingeln nicht und ich verdrehte die Augen. Das begann ja gut! Ich war müde vom langen Flug und deshalb schloss ich einfach auf.

Ich fand ihn auf dem Boden vor dem Sofa, bewusstlos und mit Patricks T-Shirt in der Hand. Die Rettungskräfte verwandelten den Raum in kürzester Zeit in ein Schlachtfeld, fragten nach den Tabletten, die neben ihm lagen, sahen die Whisky-Flasche, die ihm wohl aus der Hand gefallen war.

Spät am Abend sprach der Arzt der Notaufnahme mit mir: »Dr. Jeremiah, unsere erste Hypothese war falsch. Ihr Partner hatte lediglich eine geringe Alkoholkonzentration im Blut und auch nur Spuren des Schlafmittels. Wir haben keine Hinweise auf eine geplante Selbsttötung und gehen nun von einem kardialen Geschehen aus. Einen Herzinfarkt konnten wir ausschließen, vielleicht waren es Herzrhythmusstörungen. Sorge bereitet uns, dass er sein Bewusstsein nicht wieder erlangt hat. Wir können nur abwarten. Sie dürfen ihn kurz besuchen.«

Ärzte taten alles, was in ihrer Macht stand, wendeten jede bekannte Therapie an und stabilisierten ihn, aber Max wachte nicht auf. Wir zogen Spezialisten aus allen Fachgebieten hinzu. Sie verglichen die Aufnahmen seines Gehirns mit den Bildern aus Deutschland, die Peter geschickt hatte und konnten keine Veränderung feststellen. Max lag in einem tiefen Koma, alle autonomen Funktionen arbeiteten einwandfrei, er wurde gepflegt, doch seine Hirnwellen wurden schwächer.

Nach vier Wochen legte man mir nahe, Max in eine Spezialklinik zu verlegen. Man hatte keine Hoffnung mehr auf eine baldige Erholung und fragte, ob Max eine Patientenverfügung habe. Ich war überrascht, als Jo die Frage bejahte. Max hatte es während unserer Partnerschaft immer abgelehnt, sich mit diesem Thema zu beschäftigen. Als ich las, was das dort stand, wurde mir ganz kalt: Franca, Elisabeth und ich sollten unterschreiben, wann die lebenserhaltenden Maßnahmen abgebrochen wurden. Ich konnte das einfach nicht zulassen, Rick, und wir wollten Max nach Deutschland bringen, aber die Ärzte erlaubten es nicht und so sind wir letztendlich doch hier gelandet.

Elisabeth bot an, noch einmal mit Max in Kontakt zu treten. Aber ich war dagegen; ich hatte zu große Angst davor, dass sie den Weg zurück nicht finden und ich auch sie verlieren würde. Nach dem Kontakt zu Max im letzten Sommer ist ihr Haar ganz weiß geworden und es hat Wochen gedauert, bis sie sich ganz erholt hatte. Peter hatte von Unfällen bei dem Verfahren gesprochen, hatte sich dabei äußerst vage ausgedrückt, doch seine Warnung wiederholt. »Beim letzten Mal habt ihr Glück gehabt. Aber da war Max bei klarem Verstand und ansprechbar. Wer weiß, was jetzt in ihm vorgeht? Sie weiß es doch auch nicht und will das Risiko noch einmal eingehen. Sie darf es nicht tun!« Peter wusste nichts von der Komplikation, die Elisabeth den emotionalen Lichtbogen genannt hatte. Aber ich hatte den Kampf, sie wieder von Max zu lösen, miterlebt. Nochmal schaffte sie das nicht!

Sie war anderer Meinung, diskutierte nächtelang mit mir darüber und ich gebe zu, dass wir uns immer öfter gestritten haben. Aber die ganze Diskussion war von vorneherein zwecklos. Elisabeth durfte Deutschland nicht verlassen. Fast war ich dem Staatsschutz dankbar: Ich wusste, ich hätte sie nicht aufhalten können.

Doch wir mussten zu einer Entscheidung kommen. Max hatte hier bereits zwei schwere Infektionen durchgemacht und die Ärzte hatten ihn nur widerwillig mit Antibiotika behandelt, weil sie darin eine Lebensverlängerung sahen, die Max´ Willen widersprach. Niemand machte uns Hoffnung, dass er jemals wieder aufwachen würde. Schweren Herzens unterschrieben Franca und ich unsere Einwilligung. Elisabeth hätte ihre Zustimmung von Deutschland aus geben können, aber als ich ihr unsere Entscheidung mitteilte, sagte sie nur »Ich komme« und legte auf.

Ich habe keine Ahnung, wie sie es bewerkstelligt hat, herzukommen. Sie ist wieder so verschlossen wie in den ersten Wochen und spricht nicht darüber.

60

Max

Ich hatte meine Rolle gespielt, war meinen Verpflichtungen nachgekommen, hatte funktioniert, meine Aufgabe übererfüllt. Und doch haben mich die Geister weiter verfolgt!

Seit Monaten hatte ich alles daran gesetzt, sie durch Arbeit und Ablenkung zu vertreiben, damit sie mir nachts in den entsetzlichen Albträumen nicht mehr zusetzen konnten. Sie quälten mich, aber ich erinnerte mich kaum an ihren Inhalt, wenn ich wieder wach wurde. Durch meine Arbeit wollte ich die Tiefschlafphasen verlängern. Tagsüber hechelte ich durch mein Programm, so dass ich sofort einschlief, wenn ich mich in die Waagerechte begab. Doch nach vier Stunden Schlaf träumte ich wieder, erwachte oft völlig verschwitzt und panisch. Mein Herz klopfte mir bis zum Hals, ich schnappte nach Luft.

Danach konnte ich nicht wieder einschlafen und vermisste Patrick, der mich in den Nächten bei Elisabeth und Vince nur umarmt hatte, bis ich mich beruhigte und wieder schlafen konnte. Ich versuchte, mir vorzustellen, das ruhige Atmen neben mir gehöre zu ihm, er läge neben mir, stellte mir Elisabeths Geschichten vor, aber ich kam nicht zur Ruhe. Ich schlief ein paar Mal mit Jo, dachte, es würde mir helfen. Aber meine Schuldgefühle wurden doch zu stark, weil ich an einen anderen Mann dachte. Ich wollte Jo nicht ausnutzen! Also stand ich besser auf und arbeitete weiter, berichtete meinen Fans von meinem so aufregenden Leben und war dabei grenzenlos einsam. Entweder hatte Patrick meine Botschaften nicht verstanden oder er hatte mit mir gebrochen. Meine Lage war klar: Ich war allein, es gab sie nicht, diese neue Chance.

Außer der Arbeit war mein Leben völlig sinnentleert. Und die Arbeit, die ich früher so geliebt hatte, schien mir zunehmend belangloser. Das oberflächliche Geschehen, die falsche Freundlichkeit, das aufgesetzte Lachen meiner Kollegen stieß mich nur noch ab. Doch ich spielte meine Rolle, das große Spiel von Ruhm und Erfolg, weiter mit.

Ich spürte, dass ich mir zu viel zumutete: Das leichte Zittern der Schwäche schrieb ich dem Koffeinkonsum zu. Bei meinem vollen Programm ein wenig außer Atem zu sein, war ja nicht weiter überraschend. Und wenn mir nachts das Herz klopfte, schob ich es auf die Albträume.

Als Jo sagte, er fliege über Weihnachten nach Großbritannien, war ich so erleichtert! Die Rolle des Max Llewellyn bereitete mir nur noch Übelkeit. Weihnachten verbrachte ich in der Suite und stellte mir vor, wie alle anderen feiern würden: Vince mit Elisabeth, Franca mit James, Jonathan und Mariah. Ich dachte sogar an dich, Rick, und fragte mich, wie du es all die Jahre ohne Familie ausgehalten hast. Und ich dachte an Patrick, dessen T-Shirt ich immer bei mir hatte, es oft unter den Sweatshirts und Pullovern trug, seit mir aufgefallen war, wie sehr es Jo verletzte. Ob Patrick wohl mit Nora Weihnachten feierte? An dem Abend des Zusammenbruchs hatte ich gerade das T-Shirt aus der Wäscherei geholt, wollte mir einen Drink einschenken und noch einmal darüber nachdenken, ob ich ihn stören durfte. Und dann war plötzlich alles nur noch Grau.

Es schien mir, als sei ich tagelang durch einen grauen Nebel gelaufen, bis ich in das fremde Land gelangte. Der Nebel löste sich auf, die Sonne beschien eine grüne Wiese mit einem beeindruckenden Stonehenge, der völlig intakt dort stand. Ich ließ mich nieder und genoss die Ruhe. Entdeckte mit der Zeit einen Fluss und ein Tal, in dem seltsame Steine standen. Betrachtete einen Berg, der die Ebene überragte. Ich fühlte mich wohl an diesem Ort und doch dachte ich manchmal, ich müsse wieder zurückkehren. Einmal versuchte ich es auch, aber ich hatte nach Tagen das Gefühl, ich wandere immer nur im Kreis und gab es wieder auf. Ich legte mich in die Wiese, hatte keine Wünsche und Interessen mehr, ließ mich treiben und dachte, ein Leben als Stein in dem Tal unter mir sei auch verlockend.

Plötzlich saß Elisabeth neben mir.

Epilog: Vermont

Rick

»Und dann, Max? Was hat sie gesagt?«, fragte ich atemlos.

Max sah nachdenklich an die Decke, schüttelte den Kopf. »Ich weiß es nicht mehr genau. Alles fühlt sich jetzt wie ein Traum an, die Erinnerung verblasst mehr und mehr. Aber sie sprach von einem Grund zu leben, den ich nicht erfahren würde, wenn ich in dem Land bleiben würde. Sie hat mich nicht bedrängt, mir die Entscheidung überlassen. Ich wollte nicht mehr zurück, nicht mehr kämpfen, nicht mehr leiden – und nicht mehr lieben. Doch dann dachte ich an Vince, Franca, unsere Eltern und auch an dich, Rick. Ich habe eure Trauer in dem Zimmer gespürt und ich wollte euch nicht wehtun. Dachte an Patrick, wollte wissen, wie es ihm geht, aber Elisabeth sagte: »Frag es ihn selbst.«

Sie seufzte: »Das Sterben läuft dir nicht davon, Max, aber es gibt noch ein Leben davor.«

Ich dachte lange über ihren Satz nach und nickte. »Ich werde es noch einmal versuchen. Zeigst du mir den Weg? Ich habe ihn nicht gefunden.«

Sie stand auf und reichte mir die Hand. »Lass uns losgehen, es ist ziemlich weit.«

Er riss sich aus seinen Erinnerungen und sah mich an. »Ihr seid alle gekommen, für mich. Ich bin nicht so allein, wie ich dachte.«

Ich nahm seine Hand. »Warum hast du mich nicht angerufen?«, fragte ich leise. »Ich wusste nichts von eurer Geschichte.«

Er versuchte ein trauriges Lächeln. »Ich dachte, alle mögen nur Max Llewellyn! Aber ich konnte ihn selbst nicht mehr ertragen; vielleicht war es das.«

Erleichtert drückte ich seinen Arm. »Zum Glück können wir jetzt noch reden.« Ich lehnte mich im Sessel zurück und dachte nach. »Hat Elisabeth dir heute den Grund zu leben verraten?«

»Nein, sie sagte, sie wolle auf dich warten, was immer sie auch damit meint.« Er sah mich forschend an.

Sollte ich ihm von ihrem Angebot berichten, ausgerechnet mich in ihre Geheimnisse einzuweihen, die noch niemand hier kannte? »Ja, sie will mir ihre Geschichte erzählen, wenn ich erfahren habe, warum du hier bist. Aber heute ist es schon wieder zu spät.« Ich sah auf meine Uhr. »Es ist gleich zwei und Vince löst mich ab.«

Er nickte. »Ich bin hundemüde! Dabei könnte man doch meinen, ich hätte genug geschlafen.« Er machte eine Pause., betrachtete mich erstaunt. »Rick, ich habe keine Ahnung, wie du es geschafft hast, dass sie mit dir sprechen wird. Uns hat sie jede Auskunft verweigert, sogar Vince weiß nicht, was in ihrem früheren Leben war, das sie manchmal erwähnt. Aber ich will es jetzt endlich erfahren! Darf ich dabei sein, wenn sie es dir erzählt? Es muss einen Grund für ihr seltsames Verhalten geben«, setzte er nachdenklich hinzu.

Unsicher schüttelte ich den Kopf. »Ich weiß nicht, ob sie euch dabeihaben möchte. Manchmal erzählt man eher Fremden seine Geschichte als Freunden«, wandte ich ein. »Aber ich werde sie einfach fragen.«

Max grinste. »`Einfach´ gibt es bei Elisabeth nicht!«

Es klopfte und Vince öffnete die Tür. »Darf ich hereinkommen? Es fühlte sich nach einer guten Stimmung hier an.«

Max nickte. »Klar, komm rein. Wir haben gerade festgestellt, dass Elisabeth nicht einfach ist.«

Vince schloss die Tür hinter sich und seufzte. »Das kann man wohl sagen! Und sie hat gefragt, ob wir alle an ihrem Gespräch mit Rick teilnehmen möchten.«

Ich war überrascht. »Wer ist alle?«

Vince zählte auf: »Max, Franca und ich. Außerdem will sie Georg mitbringen. Zur moralischen Unterstützung, wie sie sagte.«

Ich sah zu Max. »Das trifft sich gut, Max will auch dabei sein.«

Vince nickte. »Wann wollen wir uns treffen? Morgen Abend? Bis dahin sind wir alle ausgeruht.«

Wir stimmten zu und Max sagte leise: »Ich bin auch müde, Vince, ich werde auch schlafen. Geh in dein Bett, ich komme allein zurecht.«

Vince sah ihn skeptisch an. »Wirklich?«

Max sah zum Fenster. »Ich bin wieder da und ich möchte die Geschichte morgen hören. Geh´ zu ihr, ihr habt euch monatelang nicht gesehen.«

Sie tauschten einen langen Blick, den ich nicht deuten konnte.

Vince nickte. »Okay, brauchst du noch etwas?«

Max grinste. »Ruhe!«

»Na dann.« Wir verabschiedeten uns und gingen durch die eiskalte Nacht hinüber zum Gästehaus. Ich bemerkte das einzig beleuchtete Fenster. Es schien zu dem Zimmer von Vince und Elisabeth zu passen.

»Ist sie noch wach?«

Vince konzentrierte sich kurz. »Ja, sie ist wach, aber sie blockt sich stark ab. Ich weiß nicht, worüber sie den ganzen Tag nachdenkt.«

»Wie ist sie überhaupt hierher gekommen? Ich dachte, sie darf Deutschland nicht verlassen?«

Er schnaubte genervt. »Sie hat sich ausgeschwiegen und auf mein Nachfragen etwas von einem Deal gemurmelt.« Sorge lag in seinem Blick. »Was hat sie nur vor?«

Anmerkung der Autorin

Der dritte Band „Punktum" bildet den Abschluss der Trilogie um Elisabeth, Max und Vincent.

Dies ist ein Roman. Namen, Personen und Handlung wurden frei erfunden. Ähnlichkeiten mit lebenden oder verstorbenen Personen sind demnach unbeabsichtigt und wären rein zufällig.

Band 3: Marlian Wall

Punktum

»Seit drei Tagen waren wir umeinander geschlichen. Mir blieb mir nur diese letzte Nacht, um alle Geheimnisse zu lüften. Was war in Elisabeths früherem Leben geschehen?«

Ein Schneesturm tobt in Vermont, als Elisabeth ihre wechselvolle Geschichte offenbart. Wie werden sich Max und Vincent nach den unerwarteten Wendungen des Schicksals entscheiden?

ISBN: 9783743187481